ANDREA GUNSCHERA

Engelsbrut

ANDREA GUNSCHERA

ENGELSBRUT

ROMAN

LYX
EGMONT

Deutschsprachige Taschenbuchausgabe Januar 2011 bei LYX
verlegt durch EGMONT Verlagsgesellschaften mbH,
Gertrudenstr. 30–36, 50667 Köln

1. Auflage
Redaktion: Christiane Wirtz
Satz: Greiner & Reichel, Köln
Druck: CPI – Clausen & Bosse, Leck
ISBN 978-3-8025-8406-0

www.egmont-lyx.de

Prolog

Und als die Engel, die Söhne des Himmels, [die Menschentöchter] erblickten, entbrannten sie in Liebe zu ihnen […] und wohnten [ihnen] bei.

Und die Weiber empfingen und gebaren die Nephilim.

Diese verschlangen allen Erwerb der Menschen, bis es unmöglich wurde, sie zu ernähren. Da wandten sie sich gegen die Menschen, und begannen [sie] zu verletzen […] und zu trinken ihr Blut.

Da sprach der Höchste, der Große und Heilige: Binde ihn [den Engel Asâêl] an Händen und Füßen, wirf ihn in die Finsternis. […] Dort wird er bleiben immerdar.

Gehe [zu den Engeln], welche sich mit [den Menschenfrauen] vereinigten, und binde sie für siebzig Geschlechter unter die Erde, bis auf den Tag des Gerichts.

[…] Dann sollen sie hinweggeschafft werden in die untersten Tiefen des Feuers, und in den Kerkern eingeschlossen werden ewiglich.

Vertilge alle Nachkommen der Wächter; denn sie haben die Kinder der Menschen unterdrückt.

(Buch Henoch)

1

Wo versteckst du dich?

Wind zerrte an Kains Mantel. Er starrte hinab auf das Lichtermeer. *Ich finde dich, Vater. Ich finde dich.* Er hob einen Arm und betrachtete das Muster auf seiner Haut. Die Narben waren verblasst. *Ich finde dich.* Der Wind strich lautlos um seine Beine und schwang sich hinauf in die Nacht.

Jamie presste sich gegen eine Häuserwand. Die Dünste der Nacht verwirbelten im Wind. Autoabgase, der Gestank der Mülltonnen, Bratfett aus der Abluftanlage des Italieners in der Figueroa Street. Er zog die Decke enger um seine Schultern und hob den Kopf. Ein Nachtfalter taumelte gegen die Wand und stürzte hinunter. Mit schwirrenden Flügeln kroch er über den Asphalt. Ein fremder Duft stieg Jamie in die Nase. Er schnupperte. Er erinnerte ihn an etwas.

Ein Gewürz? Er kam nicht auf den Namen. Der Gedanke verflog, als eine Gestalt in sein Blickfeld trat. Jamie versuchte, das Gesicht des Mannes zu lesen.

»Hey«, nuschelte Jamie, ein Reflex, der ohne zu denken funktionierte, »hast du'n paar Pennys für mich?« Er streckte seine Hand unter der Decke hervor. Der andere beugte sich zu ihm herab. Jamie grinste. Heute schien sein Glückstag zu sein. »Hey, alles klar? Wie geht's so?«

Der Mann sagte einige Worte in einer fremden Sprache, die wie Gewehrstakkato klangen. Da fiel Jamie auf, dass er nicht allein war. Ein anderer hinter ihm lachte. Zwei Blocks weiter hupte die Alarmanlage eines Wagens los. Jamie wedelte mit der Hand.

»Hast'n paar Pennys?«, wiederholte er hoffnungsvoll. »Nur'n paar Pennys?«

Der Arm des Mannes schoss vor, seine Finger schlossen sich wie Klauen um Jamies Kehle. Panik lähmte seinen dürren Körper. Er konnte plötzlich nicht mehr atmen. Als sich der Griff für einen Moment lockerte, schnappte Jamie nach Luft, verschluckte sich und musste husten. Eine Hand packte sein Haar und zog ihn hoch. Seine Füße schlugen gegen den Asphalt, während der Fremde ihn mit sich schleifte. In einer schmalen Gasse zwischen zwei Mauern stieß ihn sein Angreifer zu Boden.

»Scheiße, Mann«, keuchte Jamie. »Scheiße, ich hab nichts. Mann, ich hab nichts!« Ein Kichern löste sich aus seiner Kehle. Das war ein Albtraum. Ein verdammter Albtraum. Er erhaschte einen Blick auf glänzend schwarze Knie, die seine Brust auf die Straße nagelten. Ein Lichtreflex fing sich auf Stahl. Dann spürte Jamie eine warme Nässe an seinem Kragen, und er begriff, dass es sein eigenes Blut war. Er wunderte sich, dass er keinen Schmerz fühlte. Ein Arm legte sich quer über seine Kehle. Jamie blickte in ein Paar glitzernde Augen. Der Mann knurrte. Ein tiefer, tierähnlicher Laut, der einen überwältigenden Fluchtinstinkt in Jamie auslöste. Sein Körper zuckte, er riss die Arme hoch und krallte seine Finger in das Shirt des Mannes. Tränen liefen über seine Wangen, als er die Sinnlosigkeit seiner Anstrengungen begriff.

»Bitte«, wisperte er. »Bitte nicht.«

Der Angreifer lächelte und entblößte sein Gebiss. Jamie starrte auf Eckzähne, die unnatürlich groß wirkten. Vielleicht verlor er den Verstand. Zu viel billiger Fusel. Sein Schädel fühlte sich leicht an, seine Sicht verschwamm.

»Scheiße, Mann.« Er hustete. »Bitte …«

Der Kopf senkte sich. Ein scharfer Schmerz schnitt durch Jamies Glieder. Er begann zu schreien. Er schrie, bis eine Hand sich auf seine Lippen presste und jeden Laut erstickte.

»Das ist der Zweite heute Nacht.« Detective Mark Johnson richtete sich auf und streifte die Latexhandschuhe ab. Seine Worte waren an niemanden im Besonderen gerichtet. »Was für eine Sauerei!«

Eve bückte sich unter dem Absperrband hindurch und drängte sich durch die umstehenden Polizisten. Scheinwerfer erhellten die Gasse und offenbarten das Blut, das in hohem Bogen gegen die Hauswand gespritzt war. Ihr Blick wanderte hinab zu dem Toten. Verstohlen drückte sie auf den Auslöser ihrer Handykamera.

»Eve!« Mark hatte sie entdeckt. »Was zur Hölle machst du hier?«

»Du meinst, weil du mich nicht angerufen hast?«

»Ich ermittle in einer Mordserie, falls dir das entgangen ist.« Seine Stimme nahm einen unpersönlichen Tonfall an. »Keine Presse.«

Eve schluckte die Beleidigung hinunter, die ihr auf der Zunge lag. Sie drehte leicht ihren Arm und krümmte die Finger, um weitere Fotos zu schießen, während sie seinen Blick festhielt. Mit der freien Hand strich sie sich die Locken zurück.

»Ich dachte, wir sind noch Freunde.«

»Das hat nichts damit zu tun.«

»Warum hast du dann nicht angerufen?«

Mark fasste sie am Arm und zog sie ein Stück zur Seite. Eve atmete tief durch. Blutgeruch hing in der Luft, ein süßliches Kupferaroma. Und etwas anderes. Ingwer?

»Tut mir leid.« Mark hob seine Hände zu einer defensiven Geste. »Wir haben hier einen Irren, der jede Nacht zwei Menschen umbringt, und nicht den Hauch einer Spur. Das ist Los Angeles, die Heimat der Verrückten und Hoffnungslosen. Wir wollen keine Nachahmungstäter. Deshalb gilt ab sofort: keine Details an die Presse.«

Eve verbarg die winzige Kamera in ihrer Handfläche. »Was ist mit dem Recht auf Information?«

»Ach, hör doch auf.«

Sie zuckte mit den Schultern. »Ist sie gut im Bett?«

Seine Züge verhärteten sich augenblicklich. »Das steht nicht zur Debatte.«

»Nicht?« Sie wusste, dass sie den Mund halten sollte. Ein paarmal durchatmen. Mark war empfindlich und nachtragend, und wahrscheinlich würde er seine Leute beim nächsten Mal anweisen, sie gar nicht erst an der Absperrung vorbeizulassen. Aber sie konnte sich nicht beherrschen. Es ging einfach nicht. »Ich dachte, genau darum geht es. Ich habe mich gefragt, ob es nur der Sex ist oder noch was anderes. Ich meine, Amandas überragender Intellekt ist es wohl kaum. Also, was sonst? Karriere? Kluger Zug, dich hochzuschlafen. Spart viel Stress, wo jeder andere …«

»Halt den Mund!«, zischte er. Eve zuckte zusammen, als er ihr Handgelenk packte. »Weißt du, dass jede Menge Leute beim LAPD angerufen haben, nachdem dein Artikel letzte Woche in der Times erschienen ist?«

»Gut für euch«, gab sie zurück. »Freie Publicity. Was willst du noch?«

»›Es drängt sich die Frage auf, ob das ein Mensch ist, der hier mordet‹«, zitierte Mark. Seine Stimme hob sich. »Hast du den Verstand verloren, so was zu schreiben? Ich brauche keinen hysterischen Mob. Wirklich nicht. Du schürst alle möglichen Spekulationen und lockst diese Verrückten aus ihren Löchern, die meinen, sie müssten auf Monsterjagd gehen.«

Eve biss sich auf die Lippen. »Willkommen im Zeitalter moderner Kommunikation, Mark! Dein hysterischer Mob will unterhalten werden. Entertainment durch Information, schon davon gehört?«

Er ließ ihren Arm los. Gott sei Dank. Eve wich zwei Schritte zurück und musterte sein Gesicht, den zusammengekniffenen Mund. Auf einmal tat es ihr leid, dass sie ihn angegriffen hatte. Sie widerstand dem Impuls, ihre Hand auszustrecken und durch sein Haar zu streichen, so wie sie es früher getan hatte.

»Entschuldige«, murmelte sie. »Ich bin noch nicht darüber hinweg.«

»Aber du wirst das nicht zum Anlass nehmen, mir schlechte Presse anzuhängen?«

Die versöhnliche Stimmung verflog so schnell, wie sie gekommen war. »Das kann nicht dein Ernst sein.«

»Was?«

»Dass du mir das unterstellst.«

»Aber ich habe nicht …« Er brach ab. »Jetzt komm, das war ein Scherz.«

War es nicht. Mark kannte nicht einmal die Bedeutung dieses Wortes. Es ärgerte sie, dass seine Frage sie verletzte. Aus dem Augenwinkel bemerkte sie, dass sich jemand an der Leiche zu schaffen machte. Ein Glück, dass sie so schnell gewesen war, nachdem sie den Tipp bekommen hatte. Ihre neue Wohnung lag nur ein paar Blocks von hier. Sie schüttelte den Kopf, als ihr bewusst wurde, wie bizarr dieser Gedanke war: Ein Glück, dass drei Straßen von ihrem Apartment entfernt ein irrer Serienmörder sein achtes Opfer abgeschlachtet hatte? Lieber Himmel, sie räumte ihrer Arbeit eine viel zu hohe Priorität ein!

»Gibt's ein offizielles Statement?«, fragte sie.

»Pressesperre«, wiederholte er.

»Fein.«

Sie drängte sich an ihm vorbei, zurück in die Menge. Inzwischen blockierten zwei Polizeiwagen die Straßeneinfahrt. Rote und blaue Lichter fleckten die Hauswände.

»Warte!«, hörte sie Mark rufen.

Rasch drückte sie auf den Kameraauslöser, drei- oder viermal. Ein Mann von der Spurensicherung fotografierte die Straße. Eve musterte die Leiche des dürren Schwarzen, der auf dem Rücken lag, die Knie halb angezogen. Seine Kehle war dunkel von geronnenem Blut. Ihr Blick wanderte hinab zur rechten Hand, die in einem unnatürlichen Winkel abknickte und ein zerfetztes Handgelenk entblößte. Der Kopf schwamm ihr vom Blutgestank.

»Geh nach Hause«, sagte Mark hinter ihr. »Es ist kurz nach vier. Es reicht, wenn wir uns hier die Nacht um die Ohren schlagen.«

»Ich arbeite.«

»Jetzt nicht mehr.« Die Falte auf seiner Stirn vertiefte sich. »Komm, ich begleite dich ein Stück.«

»Du komplimentierst mich vor die Tür.« Eve quittierte sein Lächeln mit einem Nicken. Hier kam sie nicht weiter. Morgen oder übermorgen, wenn die Ergebnisse von der Spurensicherung vorlagen, musste sie Andrew noch mal anrufen, einen von Marks Kollegen, der seine Chance witterte, nachdem Mark sie verlassen hatte, und sie seither mit Informationen versorgte. Bestimmt würde er sich freuen, wenn sie ihn zum Dinner einlud.

Zu Fuß machte sie sich auf den Weg nach Hause. Nachdem sie ein paar Meter zwischen sich und die Absperrung gebracht hatte, zog sie ihr Handy heraus und begann durch die Fotos zu blättern. Das erste war verschwommen. Auf dem nächsten verdeckte ein Finger die Hälfte der Linse. Eve seufzte und drückte weiter. Da war eine schöne Aufnahme des Toten, kaum verwackelt. Sie blieb stehen und blickte zurück zu den beiden Polizeiwagen. Erneut hob sie das Handy und drückte auf den Auslöser. Ein schönes Eröffnungsbild. Sie lächelte. Ein zerschrammter Geländewagen kam die Straße herunter, Musik schallte aus den offenen Fenstern.

Sie bog in den Olympic Boulevard ein und schlüpfte durch eine Glastür ins Innere des 717, des Hochhauses, in dem sich ihr neues Apartment befand. Felipe saß hinter dem Concierge-Tresen und blätterte in einer Zeitung. Eve freute sich, ihn zu sehen. Felipe war es gewesen, der sie überzeugt hatte, ins 717 zu ziehen, nachdem ihre Beziehung mit Mark endgültig auseinandergebrochen war. Felipe, der beste Freund, den sie sich wünschen konnte. Immer da, wenn sie jemanden brauchte, um ihr Herz auszuschütten, und außerdem ein unverzichtbarer Ratgeber in Beziehungsfragen. Felipe arbeitete nicht nur als Concierge im 717, sondern bewohnte auch das Apartment neben ihrer Wohnung.

»Eve!« Er legte die Zeitung beiseite.

»Hey«, sagte sie. »Du hast Dienst heute Nacht?«

»Warst du aus?«

Eve blickte an sich herunter. »Sehe ich aus, als wenn ich ausgegangen wäre?«

»Das kann man bei dir nie so genau sagen.«

Sie hob eine Augenbraue. »Was soll das heißen?«

Er erwiderte ihr Lächeln. »Dass du auch in Jeans und diesem T-Shirt nett aussiehst, bei dem ein Faden aus dem Ärmel heraushängt und – was ist das da am Kragen? Balsamico, Olivenöl?«

Sie schlug nach ihm. Dann hob sie den Arm. Tatsächlich, da war ein Faden. Unschlüssig zupfte sie daran. »Es gab wieder zwei Tote«, sagte sie schließlich. »Ich habe mich am Tatort herumgedrückt und tolle Fotos gemacht.« Sie hob ihr Handy. »Willst du sie sehen?«

Angewidert verzog er das Gesicht. »Eine Leiche? Um Gottes willen, nein!«

»Ich habe Mark getroffen«, fügte sie hinzu.

»Und?«

»Er schweigt eisern über die Details. Okay, ich war vielleicht auch nicht gerade taktvoll.« Sie seufzte. »Jetzt muss ich Andrews Schwäche für mich ausnutzen, um an Informationen zu kommen. Himmel, das ist so würdelos.«

»Wer ist Andrew?«

»Marks Kollege beim LAPD. Ein bisschen unscheinbar, sommersprossig, rotblonde Haare.«

»Ach so.« Felipes Miene hellte sich auf. »Der kleine Ire.«

»Ire? Woher weißt du das?«

»Marks Geburtstagsparty. Wir haben uns unterhalten. Er ist süß.« Sein Lächeln wurde süffisant.

»Felipe!«

»Entschuldige. Du hast gefragt.«

»Ich gehe mit ihm essen.«

»Um ihn auszuquetschen?« Felipe schüttelte den Kopf. »Eve, du bist böse.«

»Ich weiß.« Sie lächelte. »Aber ich muss diesen verdammten Artikel fertigschreiben, und ich kann mir nicht alles aus den Fingern saugen.«

Eve drückte den Aufzugsknopf.

»Gute Nacht«, rief Felipe ihr nach. »Schlaf gut!«

Sie ließ die Tür hinter sich zufallen und streifte die Schuhe von ihren Füßen. Obwohl ihr Körper sich zerschlagen anfühlte, war sie nicht wirklich müde. Im Bad wusch sie ihr Gesicht und wischte einen Rest Wimperntusche ab, der sich unter ihren Augen gesammelt hatte. Dicht beugte sie ihren Kopf zum Spiegel. Da waren Fältchen an den Mundwinkeln, die sich nicht mehr wegleugnen ließen. Mit einem Schnauben richtete sie sich auf und kniff die Augen zusammen. Sie war Mitte dreißig, da war das normal. Wenn man nicht genau hinschaute, bemerkte man es kaum. Ihre Wut auf Mark war noch nicht verflogen. Er war schuld daran, dass sie sich selbst infrage zu stellen begann.

Sie ging zurück ins Wohnzimmer, ließ sich in einen Sessel fallen und schaltete den Laptop ein. Während sie darauf wartete, dass das System hochfuhr, suchte sie nach dem Fenster im gegenüberliegenden Block.

Dem Fenster.

Es brannte noch Licht. Ihre Haut kribbelte. Schwach zeichnete sich die Silhouette eines Mannes hinter den Vorhängen ab. Sie konnte nicht sagen, was an diesem Umriss sie so elektrisierte, aber seit sie vor ein paar Wochen eingezogen war, suchte sie jeden Abend nach dem Schatten auf der anderen Seite. Das Gebäude war ein ehemaliges Bürohochhaus aus den Vierzigerjahren mit einer prachtvollen Stuckfassade, das nun Apartments beherbergte. Es grenzte an das etwas heruntergekommene Hotel Figueroa und einen unbeleuchteten Parkplatz auf der anderen Seite.

Während der langen Abende am Fenster hatte Eve zu spekulieren begonnen. Vielleicht war er Künstler. Ein paarmal hatte sie geglaubt, ihn vor einer Staffelei stehen zu sehen.

Rasch verkabelte sie die Kamera mit dem Laptop, stand auf und schaltete die Lampe aus. Der Monitor warf eine blaue Reflexion auf den Teppich.

Eve beobachtete das erleuchtete Fenster. Die Silhouette blieb lange unverändert, bis sich der Mann plötzlich aufrichtete und die Vorhänge zurückzog. Er stieß einen Fensterflügel auf und lehnte sich hinaus. Eve registrierte, dass er bis zu den Hüften nackt war. Der Lichtschein in seinem Rücken ließ seine Konturen ätherisch erscheinen. Zum ersten Mal sah sie mehr von ihm als nur seinen Umriss. Ob er von ihr wusste? Sie bezweifelte es.

Der Wind zerrte an den Vorhängen. Er streckte einen Arm aus und fing den Stoff mit der Hand wieder ein.

Eve legte ihre Finger an die Glasscheibe und stieß lautlos den Atem aus. Der Mann auf der anderen Seite stand reglos. Sie glaubte zu erkennen, wie eine Böe ihm einige Haarsträhnen ins Gesicht wehte. Ihre Kehle schmerzte, etwas brannte in ihr. Es schmeckte nach Sehnsucht und Leere. Es war eine Wunde, die mit der Trennung von Mark aufgerissen war und einfach nicht heilen wollte. Sie starrte hinüber zu dem Fremden, dessen Körper sich schlank und kräftig gegen das hell erleuchtete Fenster abhob. Als er die Vorhänge zuzog und sich abwandte, verspürte Eve leises Bedauern. Einen Augenblick später erlosch das Licht.

2

Die Stadt der Engel umfing ihn mit tausend Gerüchen. Nie zuvor hatte Kain einen Ort betreten, der so brodelte vor Energie. Er hatte sich die Suche leicht vorgestellt, hatte geglaubt, dass er nur einen anderen seiner Art finden müsste, um sich von ihm ins Herz der Dunkelheit führen zu lassen. Aber Los Angeles unterschied sich von anderen Orten. Kain witterte viele seines Blutes, doch sie folgten nicht einem einzigen Meister. Wie Nachtfalter trieben sie durch die Sphären der Stadt, mit Zielen so zahlreich wie tausend Straßen. Er würde suchen müssen.

Kain stützte sich auf die Ellbogen, erhob sich von der Matratze und starrte aus dem Fenster. Die Suite im Ostturm des Westin Bonaventure war geräumig und luxuriös möbliert. Dieses Hotel am Bunker Hill, ein abstoßender Betonklotz an der Auffahrt zum Harbour Freeway, offerierte innerhalb seiner Mauern erstaunlichen Komfort.

Er drehte sich um und betrachtete die Hure, die neben ihm eingeschlafen war. Sie hatte das Laken über die Brüste gezogen, ihr Haar kringelte sich auf dem Kopfkissen. Kain atmete ihren Duft ein. Einen langen Moment schwelgte er in der Vorstellung, sie zu schmecken. Er senkte den Kopf und legte seine Lippen an ihre Kehle. Seine Zunge tastete über ihre Haut, spürte das Pochen ihres Herzens. Sein Atem zitterte vor Begierde. Mit einem Stich des Bedauerns rang er seine Schwäche nieder und zog sich zurück. Wenn er sie tötete, müsste er ihre Leiche verschwinden lassen, und der Aufwand rechtfertigte nicht das Vergnügen.

Kain rollte sich vom Bett und trug seine Kleider ins Wohnzimmer. Auf dem Display seines iPhones fand er eine Nachricht. Er überflog den kurzen Text, der mit V unterzeichnet war. V stand für Vitali, einen Anwalt in Boston, der einzigen Person, mit der ihn so etwas wie ein Vertrauensverhältnis verband. Vitali verwaltete Kains Vermögen und verhandelte seine Aufträge.

Die SMS gab ihm einen Namen und eine Adresse in Santa Monica. Vitali wusste, dass Kain sich in Los Angeles aufhielt, und Kain schätzte den Sinn seines Vermittlers für praktische Arrangements. In der Nachricht stand nichts über den Preis und auch nichts über den Auftraggeber. Aber Kain interessierte sich nicht für Namen oder Beweggründe seiner Kunden, und er wusste, dass Vitali eine angemessene Bezahlung sicherstellen würde. Hinter den Fenstern dämmerte der Morgen herauf. Kain stellte sich vor den Spiegel und suchte nach bläulichen Schatten unter seinen Augen, den ersten Anzeichen des Hungers. Er musste die Sucht kontrollieren, sonst fraß sie ihn auf wie andere, die er getroffen hatte. Andere, die zu Ungeheuern mutiert waren, weil Hunger zur alles dominierenden Triebkraft in ihrem Leben geworden war.

Doch er fand nichts. Die Haut war makellos. Sein Haar, dicht und blond wie das eines Engels, fiel in zerzausten Strähnen über seine Schultern. Er entblößte seine weißen Zähne. Am Zahnfleisch entdeckte er schließlich einen grauen Schimmer, der verriet, dass der Verfallsprozess bereits einsetzte, selbst wenn er noch nichts davon spürte. Es würde etwa vierundzwanzig Stunden dauern, bis sich die dünnen Hautpartien in seinem Gesicht verfärbten, die erste sichtbare Warnung. Einen weiteren Tag, bis die Schmerzen einsetzten. Zu diesem Zeitpunkt wäre die berauschende Wirkung des Blutes endgültig verflogen. Ein gewöhnlicher Mensch wäre auch weiterhin kein Gegner für ihn. Er würde jedoch auf seine Erfahrung und das Moment der Überraschung zurückgreifen müssen, falls er einem anderen

Schattenläufer gegenübertrat, der über die gleichen Kräfte verfügte wie er selbst.

Vom Schlafzimmer klang ein Rascheln herüber, wo die Hure sich unter den Laken regte.

»Was für eine Ausstellung?« Eve beobachtete, wie der Kaffee durchlief. Sie öffnete den Kühlschrank und nahm die Milch heraus, während sie mit der anderen Hand das Telefon ans Ohr gepresst hielt.

»Alan Glaser.«

»Soll mir das was sagen?«

Greg La Rosa, ihr Agent am anderen Ende der Leitung, lachte.

»Ehrlich«, gestand Eve, »ich bin ein Kunstbanause.« Sie nahm die Glaskanne aus der Maschine und goss Kaffee in ihre Tasse. Zischend verdampfte Wasser auf der Warmhalteplatte. »In meinem früheren Leben habe ich Kriegsberichterstattung gemacht. Da hatten wir es nicht so mit Kunst.«

»Hast du den nächsten Artikel über die Obdachlosenmorde fertig?«

»Ich arbeite daran.«

»Aber das heißt nicht, dass wir ihn morgen verkaufen können, Süße.« Gregs Stimme bekam einen triumphierenden Unterton. »Und weil du trotzdem etwas essen musst, habe ich dir diesen Job besorgt.«

Eve verdrehte die Augen. »Alan Glaser, ja? Was macht der Kerl? Bilder, Skulpturen, Installationen aus Schrott?«

»Großformatige Gemälde in Acryl. Du fährst zur Vernissage in die Galerie Petrowska, trinkst ein paar Cocktails, interviewst die Galeristin und den Künstler und schreibst einen schönen Artikel. Ist für die *Los Angeles People*, also nicht zu intellektuell bitte.«

»Keine Sorge.« Eve nahm einen Schluck Kaffee. »Irgendeine

Chance, dass ich Brad Pitt oder George Clooney über den Weg laufe?«

»Falls du einen von ihnen triffst, mach unbedingt ein Foto, dann verdoppeln sie sicher das Honorar.«

Sie musste lachen.

»Okay«, sagte Greg, »ich verspreche denen, dass sie den Artikel Ende der Woche bekommen. Und mach eine schöne Story, hörst du? Delikate Details aus dem Alltag des Künstlers.«

»Und wenn ich rausfinde, dass er was mit Brad Pitt hat, sind wir reich.« Sie sah auf die Uhr. »Schick mir eine E-Mail mit der Einladung und der Adresse, ja?«

»Du bist die Beste.« Gregs Stimme wurde weich. »Und mach dir keine Sorgen wegen der Straßenmordserie, okay? Ich war gestern mit dem zuständigen Redakteur von der *Los Angeles Times* essen, und er sagt, er wartet lieber noch ein paar Tage, wenn er dafür einen wirklich guten Text bekommt. Er will die Qualität der ersten Beiträge halten.«

Klar, das wollte Eve auch. War nur nicht so einfach, bei der aktuellen Informationslage. Aber wenigstens hatte sie die Bilder von letzter Nacht.

»Greg? Ich habe gestern Fotos gemacht. Vom Tatort. Ich hab ein paar Großaufnahmen von der Leiche. Soll ich sie dir mailen?«

»Jugendfrei?«

»Natürlich nicht.« Eve trank schlürfend von ihrem Kaffee. »Die ganze Straße war voller Blut.«

Greg machte ein Geräusch, das sie nicht genau identifizieren konnte.

»Greg?«

»Geh zu dieser Vernissage, okay?« Es knackte in der Leitung.

»Greg?«

»Mach's gut, Eve.« Er legte auf.

3

Klaviermusik schallte auf die Straße. Die Türen der Galerie Petrowska waren weit geöffnet. Alan Glaser warf einen Blick aus dem Fenster und betrachtete die Fackeln, die zum Eingang führten.

»Nein«, sagte Katherina, »wir werden das nicht dulden.«

Ihre perfekt gezeichneten Lippen bewegten sich kaum, während sie sprach. Alan spürte, wie Verdrossenheit auch den letzten Rest Vorfreude auf die Vernissage verdrängte.

»Ich habe nichts damit zu tun«, sagte er. »Das ist eine Sache zwischen dir und Mordechai.«

»Du könntest ihn beeinflussen. Er ist dein Vater.«

»Das ändert nichts.«

Eine senkrechte Kerbe erschien über ihrer Nasenwurzel. »Du bedeutest ihm etwas.«

»Was nicht heißt, dass er meinem Rat folgt. Wir teilen selten eine Meinung.« Alan musterte den Ausstellungssaal auf der anderen Seite der Glaswand. Es trafen immer mehr Gäste ein. Eine Frau in Jeans und orangefarbener Batikbluse zog seine Aufmerksamkeit auf sich. Vielleicht, weil sie so gar nicht in die elegante Menge passte. Sie war schmal, drahtig und trug eine Ledertasche mit einem breiten Riemen. In ihrem Nacken kringelten sich kurz geschnittene Locken von der Farbe dunklen Honigs.

»Dir ist nicht klar, was er anrichtet, nicht wahr?« Katherinas Stimme nahm an Schärfe zu. »Wenn er diese Junkies ungestört wüten lässt, sie auch noch schützt, gefährdet er uns alle. Das ist die größte Mordserie der letzten zehn Jahre. Wahrscheinlich arbeitet das halbe LAPD an dem Fall. Früher oder später werden sie etwas finden, und ich will mir gar nicht ausmalen, was dann passiert. Sie werden eine Hetzjagd auf alle Schattenläufer ausrufen.«

»Mordechai glaubt nicht, dass ihm Menschen etwas anhaben können.«

»Mordechai ist verrückt. Ich habe schon einmal einen Krieg erlebt und kann nicht zulassen, dass sich das wiederholt.« Ihr Blick verdunkelte sich. »Nicht mit den Waffen, über die sie heute verfügen.«

Alan schwieg. Er beobachtete, wie die Frau mit dem honigfarbenen Haar eine Nikon aus ihrer Tasche nahm und sich auf ein Knie herabließ, um die Wandfront zu fotografieren.

»Du bestehst auf deiner Neutralität?« Ein Vorwurf schwang in Katherinas Frage mit.

»Du willst doch nicht nur, dass ich auf meinen Vater einrede. Du musst wissen, dass ich keinen Erfolg haben werde.«

»Ich will, dass du zu uns zurückkehrst, Alan Schattenherz.«

»Ich trage diesen Namen nicht mehr.«

Katherina lächelte traurig. »Nein, du versteckst dich hinter deinem Schwur, statt Unheil zu verhindern, wo du es könntest. Das bringt die Toten nicht zurück.«

Sein Groll schlug um in Wut. »Selbst wenn! Selbst wenn ich zurückkehre zur Garde … Du kannst nicht ernsthaft erwarten, dass ich mich gegen meinen Vater stelle.«

Ihre Augen leuchteten auf und enthüllten für eine Sekunde die Natur des Wesens, das sich in diesem makellosen Körper verbarg.

»Ich zwinge ihn zurück in die Regeln«, sagte sie. »Mit dir oder gegen dich. Ich will nur, dass du weißt, dass ich dich gern auf unserer Seite wüsste.«

»Ist das eine Drohung?«

Sie lächelte schwach. Alan wandte den Blick ab. Er bemerkte, dass die Fotografin ihre Kamera über die Schulter gehängt und ein Gespräch mit einem Gast begonnen hatte, einem hageren Mann in einem Leinenanzug. Er kannte ihn von früheren Ausstellungen, erinnerte sich jedoch nicht an seinen Namen.

»Wir sollten uns unters Volk mischen«, sagte Katherina. »In zehn Minuten geht es los.«

»Wer ist die Frau dort drüben?«

»Die Fotografin?«

Er nickte.

»Das ist vermutlich Eve Hess. Sie schreibt für die *Los Angeles People*.«

»Ich bekomme eine Besprechung in der *LA People*?« Er hob eine Augenbraue. »Die interessieren sich für Kunst?«

»Die *People* hat mehrere Millionen Leser. Selbst wenn die nur das Muttermal auf deiner Wange besprechen, ist das schon gut für uns. Du gibst ihr ein Interview. Erzähl ihr ein paar Anekdoten.«

»Welche Anekdoten genau hattest du im Sinn?«

Katherina lachte. Ihr Lachen verriet mehr als alles andere ihre Jahre in Russland, mehr sogar als ihr Name. Kennengelernt hatte er sie in Paris, aber er wusste, dass sie zuvor eine lange Zeit in St. Petersburg verbracht hatte.

»Erzähl ihr, was du gern isst, welche Fernsehserien du magst und was du von Angelina Jolie hältst.«

»Das sind die Dinge, die die Welt bewegen?«

»Du wirst es mögen, berühmt zu sein.«

Ihr Lachen verklang zu einem amüsierten Lächeln. Alan wusste, dass sie es erneut versuchen würde, ihn gegen Mordechai zu instrumentalisieren. Nicht heute vielleicht. Doch später. Nicht dass er sie nicht verstand. Aber er erwartete, dass sie ihm das gleiche Verständnis entgegenbrachte, und das tat sie nicht. Hatte sie nie getan.

»Sollen wir?«, fragte Katherina. Sie strich ihr Kleid glatt, eine elegante kleine Geste. »Lassen wir sie nicht länger warten.«

Eine Bewegung im Augenwinkel erregte Eves Aufmerksamkeit.

»Und deshalb«, fuhr der Herr im Leinenanzug fort, »bin ich dieser Galerie schon seit Mitte der Neunziger verbunden.«

Sie drehte sich um und entdeckte eine Frau und einen Mann, die den Saal durch eine Nebentür betraten. Das Äußere der Frau fesselte Eve derart, dass sie den Blick nicht abwenden konnte. Sie war groß und schlank und überragte den Mann neben ihr um beinahe einen Kopf, obwohl er keinesfalls klein war. Lichtreflexe fingen sich auf ihrer leuchtend roten Seidenrobe, die ihren Körper umspielte wie eine zweite Haut. Ihr Haar, changierend in Bernsteinfarben, floss lang und glatt über ihren Rücken.

»Sie haben Katherina noch nicht kennengelernt?« Die Stimme ihres Gesprächspartners klang amüsiert. »Keine Sorge, sie hat diese Wirkung auf jeden, der ihr zum ersten Mal begegnet.« Der Mann lächelte.

»Sie meinen, das ist Katherina Petrowska?«

»Sprecht ihr über mich?« Die Frau blieb neben ihnen stehen. Sie beugte sich vor und küsste Eves Gesprächspartner auf die Wangen. »Ich hoffe, nur Gutes. Schön, dich zu sehen!« Sie streckte Eve eine Hand entgegen. »Sie müssen Eve sein. Ich bin Katherina.«

Eve ergriff die Hand. »Ich soll Ihnen Grüße von Greg La Rosa ausrichten.«

»Freut mich, Sie kennenzulernen! Greg hat von Ihnen geschwärmt.«

»Tatsächlich?«, fragte Eve irritiert.

Das Lächeln der Galeristin war überwältigend. Gott, die Männer mussten ihr scharenweise nachlaufen!

»Darf ich Ihnen den Künstler vorstellen? Alan, das ist Eve. Eve …«

Erst jetzt richtete Eve ihre Aufmerksamkeit auf den Mann, der einen halben Schritt hinter der Galeristin stehen geblieben war. Er trug Hosen und Hemd aus glänzendem schwarzem Stoff. Sein Haar, voll und dunkel, reichte ihm bis zu den Schultern.

»Alan Glaser«, vervollständigte Katherina ihren Satz.

Eve errötete. »Hallo«, murmelte sie. Er besaß ein ausgesprochen schönes Gesicht. Obwohl kaukasisch geschnitten, fand sich in seinen Zügen ein südlicher, vielleicht arabischer Einschlag. Mit aufsteigendem Ärger versuchte Eve, ihre Verlegenheit niederzukämpfen. Sie verstand nicht, was plötzlich mit ihr los war.

»Eve kommt von der *Los Angeles People* …«

»Nicht ganz«, fiel sie Katherina ins Wort. »Ich bin freie Journalistin. Ich schreibe nur im Auftrag von *LA People*.«

»Gefällt Ihnen die Ausstellung?«, fragte Alan. In seiner Stimme schwang ein warmes Timbre, das zu seiner Erscheinung passte und eine Saite in ihr zum Schwingen brachte.

»Ihre Bilder sind ungewöhnlich.« Kein besonders origineller Kommentar, aber das Erste, was ihr einfiel. Sie suchte nach einer Reaktion in seiner Miene. Katherina warf Alan einen Blick zu, den Eve nicht zu deuten wusste. Sie fühlte sich plötzlich unbehaglich.

»Vielleicht möchten Sie, dass Alan Sie durch die Ausstellung führt?«, fragte die Galeristin.

»Ja«, stieß Eve hervor, noch immer halb paralysiert. »Das wäre gut.«

Alan berührte sie leicht am Arm. Seine Fingerspitzen, glatt und warm, lösten eine kleine Hitzewelle aus, die ihren Ärger auf sich selbst nur verstärkte. Mein Gott, sie war doch kein Teenager mehr, der sich vom Lächeln des erstbesten attraktiven Mannes den Kopf verdrehen ließ!

»Kommen Sie?«

Sie straffte die Schultern und wich zur Seite, sodass seine Hand von ihr abglitt. Aus dem Augenwinkel sah sie, wie sich Katherina bei dem Mann im Leinenanzug unterhakte und ihn in eine andere Richtung dirigierte. Kein Wunder, dass er seit zehn Jahren der Galerie die Treue hielt.

»Ich habe keinen Titel für die Ausstellung gefunden«, sagte Eve, während sie neben Alan zurück zum Foyer schlenderte. Allmählich fand sie ihre Fassung wieder.

»Das liegt daran, dass es keinen Titel gibt«, erwiderte er.

»Warum nicht?«

»Weil Namen Assoziationen wecken.« Alan blieb vor einem Triptychon stehen, das gegenüber dem Haupteingang aufgehängt war. »Namen haben Macht. Sie setzen Dinge in einen Kontext.«

»Und das möchten Sie nicht?«

»Sie legen eine Bedeutung in meine Bilder, die ich ihnen nicht zugestehe.«

Eve musterte sein Profil, während er sprach. Er hatte etwas Verstörendes an sich. Sie konnte das Gefühl nicht benennen. Es war wie eine Erinnerung, die ihr entglitt, wenn sie danach zu greifen versuchte. Sie tastete nach dem kleinen Diktiergerät in ihrer Tasche.

»Haben Sie etwas dagegen, wenn ich das Band laufen lasse?«

»Nur zu.«

Seine Gemälde wirkten plakativ und farbenprächtig, wie großformatige Cartoons. Die Bildtafeln vor ihr zeigten einen Jungen am Steuer eines Wagens, lässig mit den Händen in den Hosentaschen vor einem graffitibesprühten Schuppen und schließlich in einer Nahaufnahme mit einer Pistole.

»Wer ist das auf dem Bild?«

»Ich nenne ihn Marty.« Er hielt seinen Blick auf die Wand

gerichtet. »Er lebt in einer Straße in East L. A. und träumt die Träume, die alle Jungs in seinem Alter träumen.«

»Also malen Sie sozialkritische Themen?«

»Sozialkritisch?« Er verzog einen Mundwinkel zu einem schiefen Lächeln. »Würden Sie das so nennen? Sozialkritische Kunst?«

Eve zögerte, weil sie nicht sicher war, ob sie gerade enthüllt hatte, dass sie überhaupt keine Ahnung von Kunst hatte, egal ob sozialkritisch oder nicht. Im Stillen verfluchte sie Greg La Rosa und seine idiotischen Ideen. Sie hatte nie in ihrem Leben eine Kunstreportage geschrieben. Wie kam Greg darauf, dass sie ausgerechnet jetzt damit anfangen konnte?

»Ich weiß nicht«, sagte sie. Aber wenn sie schon untergehen sollte, dann mit wehenden Fahnen. »Marty sieht aus wie einer dieser Jungs, die nicht wissen, welcher von den Kerlen, die bei ihrer Mutter ein und aus gehen, ihr Vater ist, und die mit vierzehn ihren ersten Mord begehen.«

»Und das macht es sozialkritisch?« Alan sah sie an.

Mit wehenden Fahnen.

Eisern hielt sie seinem Blick stand. »Natürlich. Sie malen es und halten es den Menschen vor, die sonst nie im Leben nach East L. A. fahren und Marty kennenlernen würden.« Sie kam sich vor wie ein Idiot. »Weil Sie damit den Menschen einen Spiegel vorhalten und ihr Leben in einen Kontext setzen.« Alan lächelte. Überrascht hielt sie inne. »Habe ich was Richtiges gesagt?«

»Kommen Sie«, sagte er, »ich zeige Ihnen die anderen Bilder. Sonst wirft mir Katherina vor, ich hätte mich nicht gut um Sie gekümmert.«

»An wen verkaufen Sie Ihre Kunst?«

»Was meinen Sie?«

»Ihre Kunden. Was sind das für Menschen?«

Sie durchquerten das Foyer und drängten sich durch eine

dichte Menschenmenge. Alan blieb vor einer Serie von Porträts stehen.

»Schauspieler, Banker, Geldadel …« Er lachte. »Genau die richtige Zielgruppe für sozialkritische Kunst.«

Eve fiel auf, dass seine Augen einen intensiven Grünton annahmen, wenn die Scheinwerfer sein Gesicht beleuchteten. Sie blinzelte. Das war jetzt wirklich nicht der passende Zeitpunkt, um über seine Augenfarbe nachzusinnen.

»Brad Pitt zählt nicht zufällig zu Ihren Kunden?«

»Was?«

»Oder George Clooney?« Sie wusste nicht genau, was sie ritt. Seit ihrer Trennung von Mark hatte ihr Taktgefühl im Umgang mit anderen Menschen deutlich gelitten. Und etwas an Alan forderte sie heraus. »Mein Agent sagt, wenn ich Brad Pitt oder George Clooney auf Ihrer Vernissage ablichte, zahlen die das Dreifache für den Artikel.«

Alan starrte sie einen Moment an, dann begann er zu lachen. »Was für eine Reporterin sind Sie eigentlich?«

Eve legte den Kopf schräg. »Geben Sie mir immer noch ein Interview, wenn ich's Ihnen sage?«

»Was Sie wollen.«

»Frontberichte aus dem Irak, und in letzter Zeit zivile Mordfälle. Ich schreibe eine Serie über die Obdachlosenmorde in Downtown für die *LA Times*.«

Er hob eine Augenbraue. Ob anerkennend oder abschätzig, wusste sie nicht zu sagen. »Was ist mit Kunst?«

»Kunstschmuggel?«, schlug sie vor. »Ich habe mal Transportwege im Libanon recherchiert.«

Er stieß den Atem aus. »Sie müssen eine tolle Reputation haben.«

»Ich habe einen tollen Agenten.«

»Der Sie an die *LA People* vermittelt hat.«

Sie zuckte mit den Schultern.

»Was brauchen Sie?«

»Schlüpfrige Details.« Sie begann das Geplänkel zu genießen.

Alan grinste. »Erfinden Sie was!«

»Aber ich kann nicht …«

Ein Schrei drang vom Foyer herüber und ließ sie innehalten. Sie bemerkte plötzliche Anspannung auf Alans Gesicht. Mit einem Mal sah er überhaupt nicht mehr aus wie der bohemienhafte Künstler. Und endlich flammte die Erinnerung auf, nach der sie so hartnäckig gegraben hatte.

»Er ist von da oben runtergestürzt?«, hörte Alan einen Mann fragen. Stimmen schrien durcheinander. »Jemand muss die Polizei rufen!«

Er drängte sich durch die Menschen bis zur Tür. Die Galerie Petrowska lag im Erdgeschoss eines historischen Bürogebäudes in der Hill Street zwischen dem Eingang zum Broadway Trade Center und einem billigen mexikanischen Schnellrestaurant. Gegenüber stand eine sechs Stockwerke hohe Parkgarage. Ein Körper mit verdrehten Gliedmaßen lag auf der Straße. In der Nachbarschaft heulten Feuerwehrsirenen.

Der Mann schien aus einem der Parkgeschosse gefallen zu sein. Oder jemand hatte ihn gestoßen. Immer mehr Gaffer blieben auf dem Fußweg stehen. Alan schob sie beiseite. Er bückte sich, um das Gesicht des Mannes zu sehen und dessen Puls zu fühlen, zog die Hand aber zurück, als er die Wunde am Hals bemerkte. In den Augen glänzte nur noch Leere.

»Nummer elf«, sagte Katherina neben ihm.

Er richtete sich auf.

»Und sicher wird diese Nacht auch noch Nummer zwölf auftauchen.« Sie stieß einen Laut aus, der wie ein Zischen klang. »Er weicht mir aus, der Bastard. Er will nicht mit mir sprechen.«

»Mordechai?«

»Aber ich werde ihn zwingen. Ich zwinge ihn, aus seinem Bau zu kommen.« Katherina musterte ihn. In ihrem Blick lag Nachdenklichkeit. Alan wusste in Momenten wie diesem nie, ob er sie fürchten musste. »Bleibt es bei deiner Entscheidung?«

»Ich bin neutral in dieser Sache.«

Sein Blick glitt zurück zu der Leiche. Wieder ein Obdachloser. Wieder die gleichen Wunden. Aber Katherina hatte unrecht. Das hier ging ihn nichts an.

Er ging zurück ins Innere der Galerie und suchte nach der Reporterin, konnte sie jedoch nirgends entdecken. Mit einem Stich des Bedauerns vermutete er, dass sie im allgemeinen Chaos wohl aufgebrochen war, ohne sich zu verabschieden. Schade! Sie hatte nicht einmal ihre Visitenkarte zurückgelassen.

Das Treppenhaus stank nach Öl und Urin. Eve riss die Stahltür auf und tastete sich hinaus aufs Dach. Auf der Plattform stand kein einziger Wagen. Neben dem überdachten Treppenschacht lag ein Haufen Müll. Es roch nach Alkohol.

Mit dem Fuß stieß sie an eine Flasche, die halb ausgelaufen war. Sie hob die Kamera und machte ein paar Fotos. Vor Aufregung hämmerte ihr Puls gegen ihre Kehle wie nach einem Marathonlauf. Als sie die Leiche gesehen hatte, war ihr sofort klar geworden, was das bedeutete. So viel Glück an einem einzigen Abend war einfach nicht zu fassen. Sie musste Greg Blumen schicken oder ihn wenigstens zum Essen einladen. Der Downtownkiller hatte wieder zugeschlagen, und sie war vor der Polizei am Fundort der Leiche.

Den stinkenden Habseligkeiten nach zu urteilen, hatte das Opfer hier gehaust. Sie schob eine Pappe zur Seite und fand einen Haufen Decken. Vor der Brüstung schimmerte eine Blutlache auf dem Boden. Hier hatte der Killer ihn aufgestöbert.

Eine schwache Bewegung erregte ihre Aufmerksamkeit. Eve sank in die Knie und betrachtete ein Insekt, das sich in der trocknenden Flüssigkeit verfangen hatte. Ein großer Nachtfalter. Sie wich zurück und machte noch ein Foto. Als das Blitzlicht die Brüstung erhellte, stockte ihr der Atem. Sie ließ die Kamera sinken und leuchtete den Stahlgriff mit ihrem Handydisplay an. Sauber zeichneten sich ein Handballen und die einzelnen Fingerglieder ab, Konturen gemalt mit Blut. Sie brachte das Objektiv so nahe wie möglich an den Abdruck und betätigte den Auslöser. Der Blutgeruch zerrte an ihrem Magen. Das war etwas, das sie wirklich hasste. Sie hatte kein Problem mit dem Anblick von Leichen. Aber dieser süßliche Kupfergeruch löste zwangsläufig einen Würgreflex bei ihr aus.

Von der Straße klangen Polizeisirenen herauf. Blaue Lichter brachen sich in den Fenstern der Häuser. Die Leiche wurde inzwischen von einem dichten Kreis Neugieriger umzingelt. Als sie vom Geländer zurücktrat, stieg ihr ein vertrautes Gewürzaroma in die Nase. Ingwer.

Ihr Handy klingelte. Mit einer Hand schnippte sie es auf und presste es ans Ohr.

»Hallo, Süße, hier ist Andrew.«

»Ja?« Sie konnte ein Grinsen nicht unterdrücken.

»Es gibt einen neuen Mordfall.«

»Ich weiß«, sagte sie zärtlich. »Ich weiß.«

4

Der Mann arbeitete für Kaiser Permanente, eine Versicherungsgesellschaft mit Büros in Long Beach. Mit seinem unscheinbaren blauen Pontiac fuhr er jeden Morgen ins Büro. Er trug das Blut in sich, daran bestand kein Zweifel. Kain war sich nur nicht sicher, wie stark es in seinen Adern floss. Das ließ sich nie genau sagen. Nicht ohne einen Kampf.

Kain hatte sich einen Toyota Corolla gemietet. Der Wagen war ebenso unauffällig wie der des Mannes und reihte sich nahtlos in die anderen unauffälligen Autos in der Straße ein. Er legte eine CD mit Klaviersonaten ein und lauschte den nachhallenden ersten Akkorden. Vitali hatte ihn die Liebe zu Beethoven gelehrt. Er atmete tief ein und stieß langsam die Luft aus. Ob Vitali wusste, dass der Mann das Blut in sich trug? Der Auftraggeber musste es wissen. Es gab einen Grund, dass er Kain angefragt hatte. Den gab es immer.

Mondscheinsonate, zweiter Satz. Die Töne perlten wie Wassertropfen. Kain warf einen Blick in den Rückspiegel. Er richtete sich im Sitz auf, um die bläulichen Schatten unter seinen Augen zu studieren. Hinter den Schatten lauerte Schmerz, eine Drohung, berechenbar. Eine neue Dringlichkeit trieb ihn an. Er beugte sich zu seiner Pistole hinab, einer Desert Eagle mit 50er-Action-Express-Munition. Ohne Eile wickelte er den Schalldämpfer aus der Ölhaut und schraubte ihn auf die Waffe. Eigentlich mochte er Schalldämpfer nicht, weil sie die Präzision und die Durchschlagkraft einer Pistole verringerten, aber er wollte nicht die gesamte Nachbarschaft alarmieren. Außerdem würde er aus kurzer Distanz auf den Mann schießen, das relativierte die Nachteile des Schalldämpfers.

Im Rückspiegel bemerkte er, wie der blaue Pontiac in die Straße einbog und in die Garage fuhr. Mit der Pistole im Hosenbund stieg er aus seinem Wagen. Er lief zum Vordereingang, noch während das Garagentor herunterfuhr. Mit einem Fußtritt sprengte er das Schloss der Haustür. Leicht. Diese Sperrholztüren hielten nichts aus. Klappernd schlug die Tür gegen die Wand. Sekunden später hörte er, wie sich jemand mit einem Schlüssel an der Hintertür zu schaffen machte. Er wartete, dass die Tür aufschwang.

Der Mann erstarrte einen winzigen Moment, als er Kain in die Augen sah. Erkenntnis rauschte über sein Gesicht. Kain zog die Desert Eagle hoch und feuerte auf den Mann, während er auf ihn zuging. Er hielt auf den Oberkörper, weil es das leichteste Ziel war. Vier, fünf Kugeln schlugen in die Brust des Mannes ein und schleuderten ihn rücklings zu Boden. Kain setzte ihm die Desert Eagle auf die Kehle und drückte ein weiteres Mal ab.

Der Mann stieß gurgelnd den Atem aus. Blut und Schleim traten auf seine Lippen. Sein Körper bebte, sein Arm schoss hoch, die Finger zu Klauen geformt. Kain fing ihn mit der freien Hand ab.

»Hör auf, dich zu wehren!«

Der Duft des Blutes überflutete alle Gedanken. Sein Kopf begann zu schwimmen. Die warme Flut umspülte seine Zunge, rann seine Kehle hinab wie Nektar. Lust, Kraft und eine Welle von Sinneseindrücken explodierten in einer überwältigenden Eruption. In ihrem Sog flutete die Energie über ihn hinweg. Ein Hauch von Göttlichkeit.

»Ich glaube, er war früher mal bei einer Spezialeinheit.« Eve nagte an ihrer Fingerkuppe.

»Lass das«, sagte Felipe. Mit seiner Zeitung schlug er ihr freundschaftlich auf die Hand.

Eve sah auf. »Hast du mir zugehört?«

»Ja, dein Maler war früher mal bei den Green Berets.«

»Keine Ahnung ob bei den Green Berets. Vielleicht auch bei den Marines, oder …«

»Was ist dein Problem?«

Sie blinzelte in die Sonne. »Was heißt überhaupt *mein* Maler?«

»Du bist in ihn verknallt.«

»Felipe!«

Er zuckte mit den Schultern. »Stimmt doch, oder?«

Sie lehnte sich zurück in die Polster ihres Sessels. »Als da draußen das Theater wegen der Leiche losging, hatte er plötzlich diesen Blick.« Sie biss in einen Apfel und wischte sich mit dem Handrücken den Saft vom Kinn. »Ich habe das im Irak gesehen. Dort hatten sie auch diesen Blick.«

»Die Marines?«

»Diesen, du weißt schon, diesen ›Ich bin der Jäger, nicht die Beute‹-Blick.«

»Und was ist dabei, wenn er mal bei einer Spezialeinheit war?«

»Ich meine ja nur. Er ist Maler!«

»Gibt's ein Gesetz, das verbietet, dass Ex-Marines Maler werden dürfen?«

Ihr Telefon klingelte.

»Dein Handy klingelt«, bemerkte Felipe überflüssigerweise.

»Hast du eigentlich keinen Dienst heute?« Eve tastete nach dem Telefon in ihrer Tasche und machte eine Schweigegeste zu Felipe, der gerade zu einer Antwort ansetzen wollte. »Hallo?«

»Die Fotos sind klasse«, sagte Greg. »Widerwärtig, aber klasse. Wann ist der Artikel dazu fertig?«

»Mir fehlen noch ein paar Fakten.«

»Du sollst den Fall nicht aufklären, Süße, sondern dir nur eine gute Story aus den Fingern saugen.« Er atmete geräuschvoll ein. »Was ist mit der Alan-Glaser-Vernissage?«

»Ich sauge mir was aus den Fingern.«

Greg lachte.

»Immerhin hatten wir einen Mord vor der Tür«, fügte sie hinzu. »Ist doch fast so gut wie Fotos von Brad Pitt.«

»Jetzt ernsthaft, Eve. Schreib das Ding und sieh zu, dass du die Mordstory in die nächste Folge schickst. Die *Times*-Leute sind geduldig, aber nicht endlos. Wenn du zu lange wartest, verlierst du die Exklusivrechte. Dann heuern die jemand anders an.«

Eve richtete sich auf.

»Es spricht sich herum, dass deine beste Quelle jetzt mit einer neuen Frau ins Bett geht.«

Sie konnte einen Moment nichts sagen, so ungeheuerlich klang das aus Gregs Mund. »Woher weißt du das?«

»L. A. ist ein Dorf«, gab er zurück. »Jeder wusste, dass Mark dich mit Exklusivinformationen versorgt hat. Also fragt sich auch jeder, was es wohl zu bedeuten hat, dass Mark jetzt mit einer vollbusigen Blondine Händchen hält, von der man munkelt, sie wäre die Nichte des Dezernatsleiters.«

Schweigend starrte sie aus dem Fenster.

»Süße? Noch da?« Gregs Stimme nahm einen leutseligen Tonfall an. Er musste wissen, dass sie das verletzte. Aber gut, wenigstens war er aufrichtig.

»Amanda heißt die Schlampe.« Eve wechselte einen Blick mit Felipe, der vielsagend die Stirn runzelte. »Und ich habe übrigens noch andere Quellen im Dezernat. Ich brauche Mark verdammt noch mal nicht, um meine verdammten Fälle zu recherchieren.«

»Krieg dich ein, Süße. Beweise es, indem du die nächste Folge schreibst, dann interessiert sich kein Mensch mehr für dein verunglücktes Liebesleben.«

»Was heißt hier verunglücktes Liebesleben?« Ihre Stimme überschlug sich. Sie sollte ihren Zorn zurückhalten, sie wusste das. Aber sie konnte einfach nicht. »Sein Liebesleben ist verunglückt, nicht meins. Sieh dir die Schlampe an! Habe ich so was nötig? Mir geht's prächtig, danke!«

Heftig klappte sie das Handy zu. Sie warf es auf den Tisch, als es erneut zu klingeln begann.

»Leck mich!«

Später am Tag lud Eve die Bilder von ihrer Kamera auf den Laptop. Über der Stadt zog die Dämmerung herauf, der Horizont hinter den Hollywood Hills färbte sich violett und rot. Als sie die Bilder auf dem Bildschirm öffnete, verschlug es ihr den Atem. Die Nikon-Aufnahmen, brillant und hochauflösend, waren von bestechender Qualität. Eve vergrößerte eines der Fotos.

Der Tote, ein Schwarzer mittleren Alters, lag seitlich verkrümmt auf dem Asphalt. Auf dem Bild waren seine Verletzungen deutlich zu erkennen. Der klaffende Schnitt an der Kehle stammte vermutlich von einem Messer und war an der rechten Seite zerfetzt, so als habe der Mörder die Wunde nachträglich mit einem stumpfen Werkzeug erweitert.

Eve vergrößerte den Ausschnitt, bis sich das Bild in einzelne Pixel aufzulösen begann. Sie starrte eine Zeit lang auf die schwärzlichen Flecken, bis sie erkannte, was es war. Einkerbungen entlang des Risses. Kratzer auf der Haut neben der Wunde. Vier Stück, in gleichmäßigen Abständen. Sie hob eine Hand und betrachtete ihre Finger. Wenn jemand mit genügend Kraft seine Nägel ins Fleisch versenkte, konnte er eine solche Verwüstung anrichten. Der Gedanke ließ sie schaudern. Aber warum sollte jemand so etwas tun? Sie blickte auf und suchte das Fenster auf der gegenüberliegenden Straßenseite.

Sie wartete darauf, dass sich das Licht einschaltete, wie jeden

Abend. Sehnsüchtig wünschte sie es herbei. Nachdem ihre Wut auf Greg abgeklungen war, fühlte ihr Geist sich wund an. Greg La Rosa hatte nur die Wahrheit gesagt, und die schmerzte. Sie konnte kaum fassen, dass es sie noch immer verletzte, von Fremden zu hören, was sie längst wusste. Mark hatte eine neue Frau. Wen kümmerte das schon?

Im Zimmer gegenüber ging das Licht an. Erregung stieg in ihr auf. Sie wartete darauf, seine Silhouette zu sehen. Unwillkürlich musste sie lächeln. Sie registrierte eine Bewegung, ein schnelles Wischen. Etwas riss an den Vorhängen, das Licht erlosch. Merkwürdig. Eve wartete ein paar Minuten, ohne dass etwas geschah. Dann beugte sie sich wieder über den Laptop, doch ihre Finger verharrten reglos über den Tasten. Vielleicht ein simpler Stromausfall? Die anderen Fenster strahlten gelb in die Nacht. Kein Stromausfall. Was dann? Wieso konnte sie sich nicht konzentrieren, nur weil das verdammte Licht nicht brannte?

Vielleicht wollte er nicht, dass ihm jemand beim Sex zusah. Eve biss sich auf den Daumennagel. Die Vorstellung schickte eine Welle der Eifersucht durch ihren Körper. Sie lehnte sich in ihrem Stuhl zurück. Das durfte nicht wahr sein. Sie hatte sich nicht ernsthaft in eine Silhouette verguckt. Nein, das war lächerlich. Höchste Zeit, dass sie sich Gesellschaft für ihre einsamen Nächte suchte. Felipe hatte recht, sie brauchte einen neuen Mann. Vielleicht sollte sie Andrew eine Chance geben. Das war auf jeden Fall besser, als sich zu zerfleischen und Schattenrissen nachzulaufen.

Wieder dachte sie an Alan Glaser, den gut aussehenden Maler, der am Ende möglicherweise Undercoveragent war und Terroristen jagte. Aufregend. Sie hatte versäumt, sich nach Details zu seinem Liebesleben zu erkundigen, weil sie begierig gewesen war, eine Leiche zu fotografieren. Eine Frau musste eben Prioritäten setzen.

Sie könnte in der Galerie Petrowska anrufen und Katherina die Große nach Glasers Telefonnummer fragen. Dabei müsste sie nicht einmal lügen, wenn sie Katherina sagte, dass sie das halb begonnene Interview fortsetzen wolle. Den Künstler nach schlüpfrigen Details fragen, die die Leser der *People* brennend interessierten. Mein Gott, ihre Fantasie ging mit ihr durch!

Das waren also ihre Optionen. Ein zwielichtiger Maler und ein Schatten. Kein Wunder, dass Felipe sich über sie lustig machte.

Erneut sah sie zum Fenster hinüber. Was, wenn sie gerade einen Einbruch beobachtet hatte? Einen Raubüberfall? Sie stand auf und holte sich eine Flasche Wasser aus dem Kühlschrank. In Wirklichkeit wollte sie nur nicht wahrhaben, dass eine weibliche Hand die Vorhänge zugezogen und das Licht gelöscht hatte, um ihrem schattenhaften Liebhaber die Kleider vom Leib zu reißen.

Eve kehrte an ihren Schreibtisch zurück, öffnete das Bild mit dem blutigen Handabdruck und verstärkte die Kontraste. Minutenlang musterte sie die feinen Linien. Ihr fiel eine Irritation im Bereich der unteren Fingerglieder auf, eine Verdickung der Strukturen auf allen vier Flächen. Schmutz oder dickflüssiges Blut? Aber die Konturen wirkten gleichmäßig. Und plötzlich sah sie es.

Zwei senkrechte Striche, durch eine Diagonale verbunden. Ein N. Es musste eine Art Tätowierung sein, die sich wie ein Brandzeichen über die Hautfläche erhob. Das nächste Zeichen war ein aufgestellter rechter Winkel, der sich nach links öffnete. Dann ein Oval, ein O. Der letzte Buchstabe zeigte ein spiegelverkehrtes P. Vielleicht eine Art Geheimcode? Oder die weniger berauschende Möglichkeit: Es hatte schlicht gar nichts zu bedeuten.

Nein, das wollte sie nicht glauben. Man ritzte sich nicht grundlos Symbole in die Finger. Andererseits hatten sie es mit einem irren Serienmörder zu tun. Jemand, der mit kalendarischer

Präzision allnächtlich zwei Menschen ermordete, schnitt sich vielleicht auch Zeichen in die Haut, einfach nur zum Vergnügen.

Sie warf einen Blick zum Fenster hinüber. Es blieb schwarz. Was, wenn ein Eindringling dem Mann aufgelauert und ihn niedergeschlagen hatte? Ihr wurde heiß bei der Vorstellung. Und sie hatte zugesehen und nicht einmal versucht, ihm zu helfen. Aber sie konnte schlecht hinübergehen und an seiner Tür klingeln. Das war absurd. Was sollte sie sagen, wenn er öffnete? Sie wusste doch nicht einmal, welches Apartment er bewohnte.

»Shit«, sagte sie in den Raum hinein.

Sie sprang auf, schlüpfte in ihre Schuhe und nahm ihre Schlüssel von der Küchentheke. Sie öffnete die Wohnungstür, zögerte. Schließlich rannte sie zurück ins Schlafzimmer, zog die Schublade ihrer Wäschekommode auf und nahm die Beretta an sich. Sie warf die Pistole in ihre Ledertasche, zusammen mit einem Ladestreifen. Draußen im Flur zog sie die Beretta wieder heraus und hoffte, dass nicht ausgerechnet jetzt ein Nachbar auftauchte. Sie rammte den Munitionsclip in den Griff und lud die Waffe durch. Erst im Aufzug bemerkte sie, dass sie ihr Telefon vergessen hatte, wollte aber kein zweites Mal umkehren.

Glücklicherweise saß nicht Felipe am Empfang, sondern die kleine Blondine, deren Namen sich Eve nie merken konnte. Sie nickte der Frau zu und lief an ihr vorbei zum Ausgang. Mit weit ausgreifenden Schritten umrundete sie den Block. Sie wartete eine Lücke im Verkehr ab und hastete über die Straße. Neben einer Glastür mit Stahlrahmen hing ein Tastenfeld, das sie aufforderte, einen Code einzugeben. Eve legte den Kopf in den Nacken und starrte die Fassade hinauf. Wenn sie richtig gezählt hatte, befand sich das Apartment im achtzehnten Stock, eine Etage unter dem Dach.

Sie wollte eben das Gesicht an die Scheibe legen und in den Raum dahinter spähen, als die Tür von innen aufgestoßen wurde.

Eine junge Frau zog zwei weiße Terrier an einer Leine hinter sich her.

»Hallo«, murmelte Eve. Sie drängte sich an der Frau vorbei ins Foyer. Es gab keinen Empfangstresen, nur drei Aufzüge mit zerkratzten Fronten. Eve drückte den Knopf und betrachtete die Wände, während sie wartete. Die Stuckverzierungen ließen erahnen, dass dies einst ein schönes Haus gewesen sein musste. Doch der Anstrich war vergilbt und voller Staub, die Farben längst verblasst. Ein muffiger Geruch schlug Eve entgegen, als sich die Fahrstuhltüren öffneten.

Als sie die Kabine nach einer gefühlten Ewigkeit im achtzehnten Stock verließ, hatte sie das Gefühl, in einer anderen Zeit gelandet zu sein. Der Korridor erinnerte an die Gangway eines Flugzeugs aus den Achtzigern. Ein brauner Filzteppich dämpfte ihre Schritte, die Decke flirrte in dämmrigem Licht. Eve lief den Korridor hinunter. Manche Türen waren mit Nummern beschriftet, andere starrten ihr leer entgegen. Filmplakate bedeckten die Wände. Irgendwo lief Fernsehwerbung, viel zu laut. Eve kam sich deplaziert vor.

Sie könnte an einer der Türen klingeln, und es würde ihr ein Fremder öffnen, wahrscheinlich nackt mit einem Handtuch um die Hüften. Was sollte sie dann sagen?

»Hi, ich bin Eve. Bewaffnet und gefährlich?« Sie wusste doch nicht einmal, ob wirklich Mister Schattenriss vor ihr stand oder nicht. Unschlüssig schaute sie sich um. Was für ein bizarrer Moment. Sie konnte das jetzt durchziehen, auf die Gefahr hin, sich komplett lächerlich zu machen. Oder sie konnte umkehren und auf dem Weg zurück noch im Supermarkt einkaufen, um wenigstens einen Teil ihrer Würde zu retten.

Doch dann bemerkte sie, dass die Tür zu ihrer Rechten einen Spalt offen stand. Es brannte kein Licht auf der anderen Seite. Sofort richteten sich ihre Nackenhärchen auf.

»Hallo?«, fragte sie halblaut. Stille quoll ihr entgegen. Sie tippte leicht gegen die Tür, sodass sie nach innen schwang. Mit einem Mal schienen die Geräusche im Haus sich verändert zu haben. Der Fernsehsprecher klang jetzt weiter entfernt. Etwas knackte hinter ihr. Sie warf einen Blick zurück. Eine der Leuchtstoffröhren an der Wand flackerte. Eine Diskontinuität, die sie zuvor nicht wahrgenommen hatte.

»Hallo?«

Ich bin Eve, bewaffnet und gefährlich. Sie tastete nach der Beretta in der Handtasche und schloss ihre Hand um den schweren Griff. Das Metall fühlte sich kein bisschen beruhigend an. Im Gegenteil. Sie hatte das Gefühl, über eine unsichtbare Grenze zu treten, als sie die Pistole entsicherte. Die Luft schien sich zu verdichten. Es roch anders als noch einen Augenblick zuvor. Oder sie hatte es schon die ganze Zeit wahrgenommen, diesen feinen metallischen Gestank, es nur nicht bewusst realisiert. Sie hob die Waffe und machte einen Schritt ins Dunkel.

»Hallo?«, fragte sie zum dritten Mal in die gespenstische Stille hinein. »Ist alles in Ordnung?«

Der Boden unter ihren Füßen fühlte sich schlüpfrig an. Sie tastete die Wand nach einem Lichtschalter ab. Das Gefühl der Unwirklichkeit verstärkte sich. Als sie endlich den Schalter fand, flammte eine Deckenleuchte auf und enthüllte eine Art Studio. Vor ihr öffnete sich ein Raum mit hohen Fenstern. Eine Küchenzeile, ein Holztisch mit zwei Stühlen, eine umgestürzte Staffelei. Stahlregale säumten die Wände, ein Stapel Keilrahmen lehnte daneben. Kupfergeruch. Sie schluckte die aufkeimende Übelkeit hinunter. Angewidert richtete sie ihren Blick auf die dunkle Flüssigkeit am Boden. Sie brauchte sich nicht zu bücken, um zu wissen, dass es Blut war.

Reflexartig wollte sie nach ihrem Handy greifen, dann fiel ihr ein, dass sie es in ihrer Wohnung vergessen hatte. Sie stand wie paralysiert, obwohl alles in ihr schrie, sie solle umkehren und aus sicherer Entfernung die Polizei rufen. Die Blutschlieren zogen sich quer durch den Raum und verloren sich hinter einer halbhohen Mauer.

Ein Windzug streifte ihre Haut und brach ihre Starre. Den Griff um die Pistole verstärkt, ging sie weiter in den Raum hinein. Mit einer Mischung aus Furcht und Faszination näherte sie sich der Mauer, die Waffe vor sich ausgestreckt. Sie spähte auf die andere Seite des Durchgangs und machte die Umrisse eines Bettgestells aus. Das Fenster war aufgeschoben und gab den Blick auf die blutverschmierte Brüstung frei. Sie ahnte, was sich hier abgespielt hatte. Der Mann musste die Tür geöffnet haben, dann hatte ihn jemand angegriffen. Er war geflohen, quer durch den Raum. Das Fenster führte auf einen Eisenbalkon mit einer Feuertreppe. Die Frage war nur, warum er nicht um Hilfe gerufen hatte, anstatt nach draußen zu flüchten.

Eve spähte hinaus. Verkehrslärm schwang von der Figueroa hoch. Schließlich griff sie nach dem Rahmen und stieg aus dem Fenster. Die Metallkonstruktion unter ihren Füßen schwankte. Angestrengt vermied sie es, in die Tiefe zu sehen. Im Augenwinkel nahm sie ein Schimmern wahr. Flüssigkeit am Treppengeländer. Blut.

Was für ein Glück, dass sie wenigstens ihre Turnschuhe angezogen hatte! Der Gedanke in seiner absurden Normalität löste einen Teil ihrer Anspannung. Sie war noch nervös, stand aber nicht länger am Rand einer Panik. Sie konnte wieder klar denken und wusste, dass sie auf der Stelle umkehren und einen der Nachbarn herausklingeln sollte, um die Polizei zu rufen. Stattdessen setzte sie einen Fuß auf die wackelige Konstruktion und begann die Leiter hochzusteigen.

Ihre Finger berührten etwas Feuchtes. Eve zog die Hand im Reflex zurück und verlor beinahe das Gleichgewicht. Sie unterdrückte einen Fluch und kletterte weiter. Wenn sie ihren Arm ausstreckte, konnte sie schon die Dachkante berühren.

Sie hörte ein Keuchen, einen gepressten Ausruf.

Zögernd erklomm sie die nächste Stufe, und noch eine. Sie schob sich nach oben, bis ihr Kopf über die niedrige Mauer reichte.

Beinahe sofort entdeckte sie den Mann. Er kniete halb und wandte ihr den Rücken zu. Seine Füße waren nackt, sein helles T-Shirt blutgetränkt. Gegen das Licht der Lampen zeichnete sich seine Silhouette ab. Eve stieg Hitze ins Gesicht. Sie hatte ihn gefunden.

Als er den Kopf hob, schrak sie zusammen. Verspätet registrierte sie die beiden Angreifer, die sich aus den Schatten lösten und auf ihn zustürmten. Klingen blitzten auf. Der Mann kam auf die Füße, wich zurück, drehte sich. Schon krachte die Schulter des ersten Gegners mit furchtbarer Wucht in seinen Körper. Eve erfasste kaum die Gesichtszüge des Angreifers, nur kurzes platinblondes Haar. Der Mann taumelte rückwärts, blieb aber auf den Beinen. Ein Schrei riss ab zu einem Keuchen.

Eve fand sich gefangen zwischen einem drängenden Fluchtimpuls und dem zwanghaften Bedürfnis, einzugreifen. Wie erstarrt folgte sie dem Kampf. Für ein paar Sekunden war ihr nicht bewusst, dass sie die entsicherte Beretta in der Hand hielt.

Der Mann trieb den Blondschopf mit einer raschen Schlagfolge zurück. Er packte das Handgelenk des anderen und verdrehte es mit einem Ruck. Eng umklammert rangen sie um den Dolch in der Hand des Blonden und gingen gemeinsam zu Boden. Der zweite Angreifer, eine hagere Gestalt, näherte sich von der Seite.

Eves Gedanken rasten. Die Polizei konnte niemals schnell genug hier sein, um den Mann zu retten. Nicht einmal, wenn sie ihr Handy bei sich gehabt und auf der Stelle den Notruf gewählt hätte. Unwillkürlich hob sie ihre Waffe und zielte auf den Hageren, als dieser in die Knie ging und einen Arm des Mannes packte.

Der Schuss war ohrenbetäubend, der Rückstoß stauchte ihr Handgelenk. Eve zuckte zusammen, drückte aber ein zweites Mal ab. Der Hagere stürzte auf ein Knie. Überrascht begriff sie, dass sie getroffen hatte. Sie besaß die Pistole seit Jahren, hatte sie aber nie zuvor auf einen Menschen gerichtet.

Der Blondschopf richtete sich halb auf und ließ von seinem Opfer ab. Eve erhaschte einen Blick auf sein Gesicht, das von Blut entstellt war und sich in einer Mischung aus Fassungslosigkeit und Zorn verzerrte. Sie richtete die Pistole neu aus und zielte. Panik stieg in ihr auf, als er sich in Bewegung setzte und die Entfernung zu ihr mit wenigen Sätzen überbrückte.

Sie feuerte, traf aber nicht, starrte ihm entgegen und erwartete seine Attacke.

Doch der Angriff blieb aus. Mitten im Lauf stoppte er, als ein gebellter Befehl erklang, dessen Quelle Eve erst mit Verzögerung ausmachte. Voller Entsetzen realisierte sie, dass der Hagere, den sie niedergeschossen hatte, sich wieder aufrichtete.

Ohne einen weiteren Blick zurück flohen beide über das Dach und verschwanden in der Dunkelheit.

Eve starrte ihnen nach. Sie ließ den Arm mit der Pistole sinken, weil die Waffe mit einem Mal Tonnen zu wiegen schien. Ihr Herzschlag dröhnte in ihrer Kehle.

Mit steifen Gliedern stieg sie die letzten Stufen hoch und kletterte ganz auf das Dach. Was war hier eben geschehen? Vergeblich versuchte sie zu rekapitulieren, was der Hagere gebrüllt hatte. Die hätten sie umbringen können. Der Blonde trug wahrscheinlich eine kugelsichere Weste. Die hätten sie einfach töten und beenden können, was sie begonnen hatten. Stattdessen waren sie geflohen. Das entbehrte jeglicher Logik.

Sie bückte sich nach einem Zettel, den einer der beiden verloren hatte. Eine Restaurantrechnung. Ohne darüber nachzudenken schob sie sie in ihre Hosentasche.

Der Mann auf dem Boden begann sich zu regen. Eve kniete sich neben ihn und legte die Pistole aus der Hand. Alles war voller Blut. Der Mann hob den Kopf, seine Lider flackerten. Eve starrte ihn an. Die Wirklichkeit drehte sich unter ihr weg. Unmöglich, dachte sie. Unmöglich.

Seine Stimme war brüchig. »Was zum Teufel haben Sie hier zu suchen?«, flüsterte Alan.

Alan starrte in ihr Gesicht, in ihre hellen grauen Augen. Die Beherrschung darin war nicht echt. Er sah, dass sie kurz davorstand, die Nerven zu verlieren. Ihr Name. Was hatte Katherina gesagt? Wenn er sich nur an ihren Namen erinnern könnte.

»Die Schüsse«, sagte er. »Wir müssen hier weg. Die Polizei wird gleich auftauchen.« Sie blickte ihn an, als hätte er den Verstand verloren.

»Was?«, fragte sie nach einer endlosen Sekunde.

Es fiel ihm wieder ein. Ihr Name war … »Eve …« Und dann, nach einer langen Pause: »Helfen Sie mir.« Er hörte seine eigene Stimme wie durch einen dichten Schleier. Ihr Zögern hielt an. »Bitte.«

Erleichterung überflutete ihn, als sie sich endlich aufrichtete und seinen Arm packte. Sie hob die Pistole auf und schob sie in ihre Tasche, dann zog sie ihn auf die Füße.

Seine Muskeln zitterten. Er spürte kaum Schmerzen, aber das würde später kommen. Für jetzt war da nur eine gefährliche Schwäche, die seine Glieder in Blei verwandelte. Seine Sicht verschwamm.

»Um Gottes willen!«, hörte er sie rufen.

Er taumelte und begriff, dass er beinahe wieder gestürzt wäre. Er hatte zu viel Blut verloren.

Eve sog scharf die Luft ein. »Ihr Hals«, stieß sie hervor. »Wir müssen Sie in ein Krankenhaus bringen.«

»Kein Krankenhaus.« Er dirigierte sie zurück zur Feuertreppe.

»Schaffen Sie das?«, fragte sie zweifelnd.

»Mit Ihrer Hilfe.« Er ließ sich hinab auf die Stufen gleiten. Beinahe verlor er die Balance.

»Vorsichtig«, hörte er sie sagen.

Dann spürte er ihre Hand am Shirt, die sein Gleichgewicht stabilisierte. Er umklammerte das Geländer so fest, dass seine Knöchel weiß hervortraten.

»Wissen Sie«, stieß Eve hervor, »dass ich Höhenangst habe?«

Alan brach der Schweiß aus, als er einen Fuß von der Stufe löste und sich abwärts tastete.

»Warten Sie!« Er hörte Metall knirschen.

Das Atmen bereitete ihm Probleme. Er blutete noch immer. Es sickerte aus der Wunde in seinem Hals und aus dem zweiten Stich unterhalb der Schulter, wo sie ihm die Klinge tief zwischen die Rippen gerammt hatten.

Eve hangelte sich neben ihm die schmalen Sprossen hinunter, ihr Körper presste sich kurz gegen seinen. Hätte er sich nicht so darauf konzentrieren müssen, bei Bewusstsein zu bleiben, hätte er es genossen. So nahm er nur den Duft ihrer Haare wahr und ihre unterschwellige Panik, die sie so mühsam unterdrückte. Aber sie behielt die Nerven, und Alan war ihr dankbar dafür.

Sie fand einen stabilen Stand auf dem kleinen Gitter, das als Zwischengeschoss diente, und fasste nach seinem Fußgelenk.

»Kommen Sie«, sagte sie, »ich zeige Ihnen, wo Sie hintreten müssen.«

Alan ließ zu, dass sie seine Schritte führte. Dennoch schien es Stunden zu dauern, bis sie die Brüstung zu seinem Fenster erreichten und zurück in sein Apartment klettern konnten. Er lehnte sich an die Wand, als er endlich wieder festen Boden unter den Füßen hatte, und sank langsam in die Knie. Der Raum um ihn begann zu kippen.

»Wasser …« Er hoffte, dass er es laut ausgesprochen hatte. Seine Wahrnehmung driftete fort. »Kein Arzt. Bitte.«

Seine Stimme versagte. Und mit ihr die Erinnerung.

Alan war ohnmächtig geworden.

Eve schlug das Fenster zu. Dann schaute sie unschlüssig auf ihn herab. Alans Gesicht glänzte fahl, Blut rann aus seinem Haar. Das Studio sah aus wie ein Schlachthaus. Eve wurde heiß bei dem Gedanken, was sie der Polizei sagen sollte, wenn die Beamten an der Tür klingelten. Oder am Fenster klopften, bei der Blutspur, die den Weg die Feuertreppe hinunter markierte. Zumal Alan offenbar übertriebenen Wert auf seine Privatsphäre legte.

Die Erkenntnis über ihre Situation traf sie wie ein Schwall Eiswasser. Hier stand sie, mit blutverschmierten Jeans, zusammen mit einem Mann, der im Sterben lag. Seine Lider flatterten, seine Brust hob und senkte sich in flachen Atemzügen. Sie spielte mit dem Gedanken, seine Bitte zu ignorieren und die Ambulanz zu rufen.

Dann musste sie an ihre Witzeleien mit Felipe denken. Was, wenn es stimmte? Was, wenn Alan wirklich ein Undercovercop war und sie seine Tarnung sprengte, wenn sie den Notruf wählte und ihn in ein Krankenhaus bringen ließ? Womöglich schickte sie ihn vom Regen in die Traufe? Sie biss sich auf die Lippen.

Verdammt. Was sollte sie jetzt machen?

Eve beugte sich herunter und drehte Alan auf den Rücken. Sie musste seine Wunden verbinden, damit er aufhörte zu bluten. Ja, das war sicher eine gute Idee.

Hastig durchstöberte sie seine Küchenschränke und entdeckte schließlich eine Salatschüssel, die sie mit heißem Wasser füllte. Sie fand ein sauberes Handtuch, jedoch keinen Erste-Hilfe-Kasten. Kurz zögerte sie, dann zog sie das Laken vom Bett und riss es in schmale Bahnen. Sie schnitt Alan das T-Shirt vom Leib und würgte wieder, als ihr der intensive Blutgeruch in die Nase stieg.

»Shit«, sagte sie, zu niemandem im Besonderen.

Das Blut war überall. Sie konnte nicht einmal ausmachen, ob der Mann außer der klaffenden Wunde am Hals noch weitere Verletzungen hatte.

Alan regte sich, als sie das Handtuch über seiner Brust ausdrückte. Er zuckte zusammen, als sie begann, seinen Körper abzuwaschen. Eve entdeckte eine Stichwunde, aus der noch mehr Blut sickerte.

Warum musste ausgerechnet ihr das passieren? Warum konnte sie nicht einmal einen Mann treffen, der ganz normal war? Nett und gut aussehend und einfach normal?

Eve säuberte den Schnitt an seinem Hals, der sich von seinem Kieferansatz bis hinunter zur Schulter zog, schob die Schüssel beiseite und betrachtete ihr Werk. Ihr Spiegelbild zitterte in einer Pfütze blutigen Wassers. Schließlich kniete sie sich so hinter Alan, dass sie seinen Kopf auf ihre Beine betten konnte, und begann, die Wunde mit den Stoffstreifen zu umwickeln. Seine Hand glitt zur Seite. Wie lange durfte eigentlich jemand bewusstlos sein, bevor er Anlass zur Sorge gab?

Anlass zur Sorge? Sie unterdrückte ein hysterisches Kichern. Allmählich verlor sie wirklich den Bezug zum normalen Leben.

So konnte sie ihn nicht liegen lassen, auf dem kalten Boden in einer Pfütze aus Wasser und Blut. Sie umfasste seinen Oberkörper und zog ihn zum Bett, wo sie seinen Kopf und die Schultern gegen das Gestell lehnte. Sie kniete sich auf die Matratze und packte ihn unter den Armen, um ihn hochzuziehen. Der Körper war schwerer als erwartet. Für einen Maler war er ohnehin erstaunlich muskulös.

»Wach auf!« Erschöpft ließ sie ihn los. »Wach auf, verdammt!«

Plötzlich war ihr kalt. Sie schlang die Arme um ihren Körper. Wieso war es so furchtbar kalt in diesem Studio? Ihre Augen brannten. Sie spürte, wie Erschöpfung sie in die Knie zwang. Das war's. Der Zusammenbruch stand unmittelbar bevor. Sie schluckte und kämpfte gegen das Bedürfnis an, sich in eine Ecke zu kauern und loszuschluchzen. Sie hatte nicht einmal ein Telefon.

Aber sie konnte auch nicht einfach davonlaufen. Sie hatte diesem Kerl das Leben gerettet, jetzt war sie auch dafür verantwortlich, dass er die Nacht überstand. Und zum Teufel mit seiner Tarnidentität! Was konnte schlimmer sein, als in einer Blutlache auf dem Boden zu sterben, weil niemand seine Wunden versorgte? Sie sah sich um. Es musste doch ein verdammtes Telefon in dieser Wohnung geben.

»Eve«, flüsterte er hinter ihr.

Eves Umrisse verschwammen vor seinen Augen. Alan versuchte den Schwindel abzuschütteln. Es dauerte mehrere Sekunden, bis er die Orientierung wiederfand. Seine Hände glitten über den Boden, fanden die Bettkante. Er zog sich hoch, blieb dort sitzen und blickte an sich herab. Er registrierte die Verbände an seinem Körper, und für einen kurzen Moment verdrängte Überraschung alles andere. Sogar den aufsteigenden Schmerz.

»Wie lange war ich weg?«, fragte er.

Eve starrte ihn an. Fassungslosigkeit stand auf ihrem Gesicht. »Keine Ahnung. Ungefähr eine Stunde.«

Alan kämpfte gegen das Zittern in seinen Muskeln an. Sie musste gehen. Sofort. Dieser eine Gedanke explodierte in ihm mit bezwingender Klarheit. Die Transformation setzte bereits ein, und er konnte nichts tun, um den Prozess zu verlangsamen. Sie durfte das nicht sehen. Niemand durfte das.

Mit zusammengebissenen Zähnen quälte er sich auf die Füße. Er kämpfte die erste Schmerzwelle nieder und tastete nach seiner Kehle. Diese Bastarde hatten gewusst, was sie taten. Sie waren auf seinen Tod aus gewesen. Er würde herausfinden müssen, wer sie waren. Und wer sie geschickt hatte.

»Sie müssen gehen«, sagte er.

»Wie bitte?«

Ihr Gesicht spiegelte eine ganze Reihe von Emotionen wider. Überraschung, Erleichterung, Ungläubigkeit. Und Ärger.

»Bitte gehen Sie«, wiederholte er. »Sofort. Ich kann es Ihnen jetzt nicht erklären, aber wenn Sie nicht auf der Stelle gehen, muss ich Sie hinauswerfen.«

In ihren Augen flammte Wut auf und wischte alle anderen Gefühlsregungen beiseite. Alan umklammerte die Bettkante, als eine zweite Welle ihn traf. Er unterdrückte ein Stöhnen.

»Raus!«, knurrte er und stand auf. Er packte Eve am Arm und schob sie zur Tür. Mit mehr Kraft als notwendig stieß er sie in den Korridor und warf die Tür hinter ihr zu.

Ein Teil von ihm ahnte, dass er das wahrscheinlich nie wieder in Ordnung bringen konnte, ein anderer Teil bedauerte es. Doch es spielte keine Rolle mehr, als die Schmerzen in ihm aufbrandeten und sein Denken auf die elementarsten Funktionen reduzierten. Keuchend sank er auf die Knie.

Er hatte es aufgegeben zu fragen, warum er zuerst durch die Hölle musste, um Heilung zu erfahren. Vor allem für Wunden, die bei gewöhnlichen Menschen tödlich waren. Vor langer Zeit schon hatte er das Fragen aufgegeben. Es spielte keine Rolle. Nichts spielte mehr eine Rolle, außer dem Schmerz in seiner reinsten Form.

5

Seine Muskeln vibrierten vor Kraft.

Kain streckte seine Glieder wie eine träge Raubkatze. Er glaubte alle Gerüche, alle Stimmen und Geräusche mit tausendfacher Schärfe wahrzunehmen. Das war das Versprechen des Blutes. In seinen Adern brannte das Feuer der ersten Stunden, eine berauschende Macht, die seinen Körper stärkte und seinen Geist zu durchdringender Klarheit schliff.

Der Club befand sich in einem alten Depot am Rande des Fashion Districts in einer Gegend voller Autowerkstätten, Lagerhäuser und mexikanischer Trödelläden. Kain badete im Glanz der Lichter. Über ihm im Schatten wölbten sich Bögen aus genietetem Stahl. Er trieb durch schwitzende Menschen. Entspannt schlenderte er an einer Balustrade entlang, die um die Tanzfläche herumführte, das Sanktum im Herzen des Clubs. Eine Frau mit langem blondem Haar streifte seinen Arm. Sie hatte die Berührung provoziert, und zu einer anderen Zeit hätte Kain ihrem Angebot nachgegeben, aber nicht heute Nacht. Es gab andere Dinge, die er erledigen musste.

Er entdeckte zwei Männer, in denen er das Blut spürte und die zu jung oder zu sorglos waren, um ihre Andersartigkeit zu verbergen. Nicht, dass es sie vor Kain geschützt hätte. Er wusste, wonach er zu suchen hatte. Dennoch verweilte er nicht länger in ihrer Nähe.

Er hatte ein besseres Opfer ausgemacht, eins, das seinen Zwecken dienlicher sein würde als diese Kinder. Er musste nur geduldig sein.

Der Mann hatte den Club erst vor ein paar Minuten betreten, und Kain glaubte nicht, dass er sofort wieder gehen würde. Er erspähte ihn unten an einer Bar, zusammen mit einer Frau. Die Frau war bedeutungslos, der Mann aber war ein Krieger. Kain schloss es aus der Art, wie er sich bewegte und wie er die Menschen in seiner Umgebung musterte.

Eine Hand berührte ihn im Nacken. Kain drehte sich um und sah, dass die Blondine ihm gefolgt war. Sie trug einen kurzen schwarzen Rock, der den Ansatz ihrer Hinterbacken enthüllte, und Stiefel aus blauem Velours. Violette Strähnen durchzogen ihr Haar.

»Hi!«, rief sie ihm durch den Rhythmus und den Lärm der Tanzenden hindurch zu. »Ich bin Lena.«

Aus dem Augenwinkel beobachtete er, dass sein Opfer seine Gefährtin auf den Schoß zog und sie zu küssen begann. Warum nicht, dachte er mit einem Anflug von Nonchalance. Wer wusste, wie viele Stunden er in diesem Club verbringen musste, bevor der andere sich zum Gehen entschloss? Die Blondine mit den violetten Strähnen konnte ihm die Zeit versüßen und ihn zugleich gegen Neugierige abschirmen. In ihrer Gesellschaft wurde er zu einem unter vielen, auf der Suche nach einem Flirt für die Nacht.

Kain legte einen Arm um ihre Hüften und zog sie dicht an seinen Körper.

»Hallo, Lena.«

Er ließ seine Hand tiefer wandern und forschte nach einer Reaktion in ihrem Gesicht. Ihre Lippen verzogen sich zu einem Lächeln, als seine Finger über den Rocksaum hinausglitten und nach der Spitze ihres Höschens tasteten.

»Mein Gott, was für ein Arschloch!«

Eve knotete die feuchten Haare in ein Handtuch und drehte sich zu Felipe um, der auf ihrer Bettkante saß. Er hatte seine sorgenvolle Miene aufgesetzt, die er stets ausgrub, wenn er nicht sicher war, wie er reagieren sollte.

»Danke«, sagte sie etwas freundlicher, »dass du vorbeigekommen bist.«

»Kein Problem, ich schlafe nachts sowieso nie.« Felipe hatte sich in einen Morgenmantel gewickelt, sein Haar war unfrisiert. Wahrscheinlich hatte sie ihn aus dem Tiefschlaf geklingelt. Eve spürte einen Stich ihres schlechten Gewissens.

Er sah sie aus blutunterlaufenen Augen an. »Willst du mir sagen, was passiert ist?«

Sie zupfte an ihrem Handtuch.

»Und dir vorher etwas anziehen?«

Eve nickte. Sie verspürte das dringende Bedürfnis nach einer Zigarette, obwohl sie sich das Rauchen vor Jahren abgewöhnt hatte.

»Deine Sachen sind übrigens dort drüben im Schrank«, erläuterte Felipe hilfsbereit, während sie sich unschlüssig im Kreis drehte.

Sie ging zurück ins Bad, um in frische Kleider zu schlüpfen. Die blutverschmierten Jeans und die Bluse hatte sie sofort in die Waschmaschine geworfen.

»Okay …« Eve brach ab, als ihr bewusst wurde, dass sie nicht wusste, wo sie mit ihrer Erzählung beginnen sollte.

»Es ist kompliziert«, half Felipe.

»Es ist immer kompliziert.«

»Willst du was trinken?«

Sie nickte. Felipe nahm die Whiskyflasche aus dem Schrank. Er füllte Eiswürfel in zwei Gläser und goss ihres mit der goldglänzenden Flüssigkeit auf, während er sich Wasser einschenkte.

»Wie kommt es eigentlich, dass du dich besser bei mir auskennst als ich selbst?«

»Weil ich dich immer ins Bett bringe, wenn du dich mal wieder vor Kummer ins Koma getrunken hast.« Er reichte ihr das Glas. »Cheers!«

»Meine Theorie mit der Spezialeinheit hat sich übrigens bestätigt.« Eve nahm einen tiefen Schluck und blinzelte Tränen aus ihren Augen, als die Flüssigkeit ihre Kehle in Flammen setzte. »Obwohl ich jetzt glaube, dass er eher ein Undercovercop ist.«

»Aha.«

»Und außerdem ist er ein Riesenarschloch.«

»Ich nehme an, du sprichst von deinem Maler.«

»Er ist nicht *mein* Maler, verdammt!« Sie schlug mit der Faust gegen die Wand. Das Zittern kehrte zurück. Die ganze Zeit hatte sie es mit wütender Entschlossenheit in Schach gehalten. Sie lehnte ihre Stirn an das kalte Fensterglas. Die Tränen flossen nun wie von selbst. Sie stand einfach da, zitterte und beobachtete, wie ihre Tränen den Boden benetzten. Ein krampfhaftes Schluchzen erschütterte ihren Körper.

»Komm setz dich hin, dann weint es sich leichter.«

Sie wischte sich mit dem Handrücken über die Augen und gehorchte. »Hast du ein verdammtes Taschentuch?«

Schweigend reichte Felipe ihr die Küchenrolle. Eine Welle von Zärtlichkeit wallte in Eve auf.

»Willst du es lieber morgen erzählen?«

»Nein.« Sie schüttelte den Kopf. »Bleib bitte hier.«

Felipe streckte eine Hand aus und streichelte ihren Arm. »Hattet ihr ein Date?«

»Wie man's nimmt. Schwöre, dass du es niemandem erzählst!«

»Ich schwöre.«

»Es würde sowieso kein Mensch glauben.«

»Wenn du es sagst.«

»Hier ist die Kurzfassung.« Sie zog ihre Beine an den Körper und legte die Arme um ihre Knie. »Ich habe dem Arschloch das Leben gerettet und zwei Gangster angeschossen, die mich nur durch Zufall nicht auch umgelegt haben, und dann hat er mich aus seiner Wohnung geworfen. Felipe, ich habe auf jemanden geschossen.«

»Was?«

Sie hatte es geschafft. Es war ihr gelungen, Felipe aus der Fassung zu bringen, ihren unerschütterlichen Fels in der Brandung, der auf alles eine Antwort hatte, auch wenn es eigentlich keine Antwort gab.

»Ich schwöre, keine Drogen.« Sie trank mehr von dem Whisky. Der Alkohol begann allmählich zu wirken. Sie fühlte sich bereits viel gefasster. »Ich kann dir zum Beweis meine Klamotten zeigen, sie sind voller Blut, und …«

»Schon gut. Ich glaube dir. Was ist mit der Polizei?«

»Keine Ahnung.«

»Keine Ahnung?«

»Ich hab sie nicht angerufen. Er wollte keine Bullen und kein Krankenhaus, obwohl er diese grässliche Messerwunde am Hals hatte, und ich schwöre dir, das ist das Merkwürdigste an der Sache …«

Felipe legte den Kopf schräg. »Ja?«

Eve wurde heiß, als sie den Anblick der Wunde rekapitulierte. Sie sprang auf und griff nach ihrem Laptop. Ihr wurde beinahe schlecht, als sie länger darüber nachdachte. Wieso war niemand zuvor auf die Idee gekommen, dass es *zwei* Killer waren, die jede Nacht diese Morde verübten? Zwei Opfer für zwei Verrückte, das klang doch logisch. Sie klickte durch die Fotos.

»Hier«, sagte sie und schob ihm den Computer zu.

Felipe verzog angewidert das Gesicht. Er hob die Hände und drehte den Kopf zur Seite. »Nimm das sofort weg«, forderte er, »wenn du nicht willst, dass ich mich auf deinem Sofa übergebe.«

Sie zog den Laptop zu sich zurück und musterte die blutverschmierte Wunde an der Kehle des Schwarzen.

»Es sah fast genauso aus.«

Wieso war ihr das vorher nicht aufgefallen? Wohl, weil sie zu aufgewühlt war und zu beschäftigt, die Nerven nicht zu verlieren. Aber jetzt, mit mehr Abstand, erschien es offensichtlich. Es passte alles zusammen. Alle Todesfälle hatten sich in Downtown L. A. ereignet, einer nur drei Blocks entfernt. Die Wunde wies Ähnlichkeit mit ihren Fotos auf. Und dass es zwei Killer waren, stärkte ihre Theorie. Selbst die Flucht der Männer nach Eves Eingreifen entbehrte nicht länger einer gewissen Logik. Falls die Morde irgendeinem bizarren Ritual folgten, hatte Eve das Muster gestört und diese Psychopathen vielleicht so sehr verunsichert, dass sie einen Rückzug als einzige Alternative angesehen hatten. Obwohl es ihnen ein Leichtes gewesen wäre, sie ebenfalls zu töten.

Nur beim Opfer fand sich ein Bruch. Alan Glaser war kein Obdachloser, und die Killer waren offenbar in seine Wohnung eingedrungen. Fast, als hätten sie es gezielt auf ihn abgesehen.

»Ich glaube, ich bin dem Downtownkiller begegnet«, sagte Eve. Ein flaues Gefühl breitete sich in ihrem Magen aus, ein nachträgliches Entsetzen. »Und es ist nicht einer, es sind zwei.«

Felipe stand auf, schüttete sein Wasser in die Spüle und schenkte sich Whisky ein. »Und du hast sie angeschossen«, wisperte er. »Eve, wie aufregend!«

Sie stürzte den Rest des Alkohols herunter und reichte ihm das Glas, damit er es wieder auffüllte. »Ich weiß nicht.« Sie wickelte das Handtuch von ihrem Kopf und fuhr sich durch die feuchten Locken.

Plötzlich fiel ihr etwas ein, siedend heiß. Sie stürzte zur Waschmaschine und zerrte die stinkende Jeans heraus. Erleichterung überflutete sie, als sie den Zettel fand. Den hatte sie vollkommen verdrängt.

»Das hat einer von ihnen verloren.« Sie betrachtete den Fetzen Papier. Es war ein Rechnungsbeleg für eine Kreditkartenzahlung, 380 Dollar und 74 Cent. Valhalla, Hobart Boulevard. Der Name des Karteninhabers lautete Andrej Icoupov. Sie reichte Felipe die Rechnung. »Weißt du, wo das ist?«

Er verzog das Gesicht zu einer anerkennenden Miene. »Nobel geht die Welt zugrunde.«

»Du kennst es also?«

»Schau bei Google nach.«

Sie öffnete einen Browser und tippte den Namen und die Adresse des Lokals in die Suchzeile ein. Der zweite Treffer verwies auf eine Website, die allerdings nicht viel preisgab.

»Sieht aus wie ein russischer Club mit Restaurant«, sagte sie. »Nord-Hollywood.«

»Da gibt es eine russische Gemeinde«, bestätigte Felipe. »Ich bin mal an der Basilika vorbeigefahren. Sie hat vergoldete Zwiebeltürme.«

Eve klappte ihren Schreibblock auf. »Sieh dir das an«, sagte sie. »Das hat einer der Killer auf seinen Fingern.« Sie zeigte ihm die Seite, auf der sie die Zeichen aufgemalt hatte.

P O Г N.

»Ein P, ein O, ein rechter Winkel und ein N.« Eve runzelte die Stirn. »Keine Ahnung, was es bedeutet.«

»Du hast seine Hand gesehen?«, fragte Felipe.

»Nein, einen Abdruck.« Sie drehte ihm den Laptop mit dem Foto zu.

»Und das ist vom Downtownkiller?«

Sie nickte.

Er betrachtete das Bild eine Zeit lang. Plötzlich grinste er. »Kannst du Russisch?«

Eve schüttelte den Kopf. »Ich kann ein paar Brocken Arabisch und leidlich Hebräisch, und ich finde, das sind genug abgefahrene Sprachen. Da muss ich nicht auch noch Russisch lernen.«

»Wenn du es könntest, wüsstest du, dass das hier kyrillische

Buchstaben sind.« Sein Grinsen wurde breiter. »Aber zum Glück hast du ja mich.«

»Woher zur Hölle kannst du Russisch?«

»Erinnerst du dich an Wassili?«

Sie verdrehte die Augen. Natürlich erinnerte sie sich an Wassili. »Der Typ, den du heiraten wolltest und der dir zwei Monate später die Wohnung leer geräumt hat.«

»Ich habe Russisch gelernt, nur für ihn.« Er drehte bedauernd die Handflächen nach oben. »Ein schöner Schmetterling. C'est la vie.« Seine Aufmerksamkeit richtete sich zurück auf das Bild. »Dein N ist ein spiegelverkehrtes russisches I, das P ein R und der rechte Winkel ein G. Hier steht IGOR, wenn du es richtig herum liest.«

Eve starrte ihn an. »Du solltest Detektiv werden.«

Felipe lächelte maliziös.

»Igor«, konstatierte sie. »War das nicht der Typ, den Frankenstein aus Leichenteilen zusammengeschustert hat?«

»Du schaust zu viele schlechte Filme. Igor ist ein russischer Vorname.«

»Klar.« Sie sah ihr Glas an. Manchmal hatte Felipe keinen Humor. »Ein russischer Name und ein russisches Restaurant.«

»Deine Downtownkiller gehören zur russischen Mafia«, schlug Felipe vor.

»Hoffentlich nicht. Und falls doch, was zur Hölle hat Alan Glaser mit der russischen Mafia zu tun?«

»Du meinst, als Undercoveragent? Na, das ergibt doch gerade Sinn.«

»Ja, tut es.« Sie stürzte den Rest ihres Whiskys herunter. Ihre Zunge wurde allmählich schwer. »Trotzdem ändert es nichts daran, dass er ein Arschloch ist.«

»Du bist süß«, murmelte Kain. Seine Zunge glitt von Lenas Zähnen ab, er richtete sich auf. »Aber ich muss leider los.«

Er malte mit dem Finger eine glänzende Spur auf ihren Schenkel, während er über ihre Schulter hinweg beobachtete, wie sein Opfer dem Ausgang zustrebte. Der Mann hatte sich von seiner Gefährtin verabschiedet. Umso besser. So würde er sie wenigstens nicht aus dem Weg räumen müssen. Heute Nacht hatte er keine Lust auf Spielchen.

»Gibst du mir deine Telefonnummer?«, fragte Lena.

Sie versank beinahe in den tiefen Polstern des Sessels. Bläuliches Licht streifte ihr Haar und verlieh den farbigen Strähnen einen unwirklichen Schimmer. Lächelnd drehte er sich um und drängte sich durch die Menschen, die dicht den Korridor bevölkerten. Lena folgte ihm nicht. Lena war betrunken und glücklich. Vielleicht würde sie von ihm träumen, später. Der Gedanke erheiterte ihn.

Zwischen einer Gruppe koreanischer Mädchen hindurch schob er sich ins Freie. Er entdeckte sein Opfer ein paar Meter die Straße hinunter und folgte ihm ohne Hast. Der Mann bog an einer Kreuzung ab und hielt auf eine Parkgarage zu. Gut.

Kain lief schneller und betrat kurz hinter dem Mann das Treppenhaus. Über seinem Kopf hörte er die Schritte des anderen auf dem Betonboden. Im Laufen zog er die Desert Eagle aus dem Hosenbund. Er machte sich nicht die Mühe, den Schalldämpfer aufzuschrauben, obwohl die Schüsse Passanten alarmieren konnten. Wenn die Polizei eintraf, würde er längst weg sein.

Auf der dritten Parkebene holte er sein Opfer ein. Der Mann ging auf einen frei stehenden Nissan Explorer zu. Bevor er reagieren konnte, feuerte Kain die erste Kugel ab. Der Knall brach sich an den Betonwänden und setzte sich in Echos fort. Der Mann wurde von der Wucht des Einschlags rücklings gegen einen Pfosten geschleudert, kam aber wieder auf die Füße. Kain korrigierte den Winkel der Waffe und drückte ein zweites Mal ab. Und noch einmal, bis er so nahe war, dass er den anderen greifen konnte. Er drehte die Pistole und schmetterte den Griff mit solcher Gewalt gegen die Schläfe des Mannes, dass die Haut aufplatzte und Blut über die Wange strömte.

Auch wenn sich jemand ihrer Art mit ein paar Schüssen nicht umbringen ließ; er konnte ebenso das Bewusstsein verlieren wie ein gewöhnlicher Mensch. Und war dann ebenso hilflos.

Schwer sackte der Körper zu Boden.

Kain suchte nach den Wagenschlüsseln in den Taschen des Mannes und entriegelte den Pick-up. Er fesselte die Hand- und Fußgelenke seines Opfers mit Kabelbinder und hievte den Mann auf die Rückbank. Ohne Hast lud er seine Waffe nach und legte sie neben sich auf den Beifahrersitz.

Niemand hielt ihn auf, als er zur Ausfahrt rollte und das Parkticket aus der Tasche des Mannes in den Automaten schob.

»Wie heißt du?«, fragte Kain.

Der Mann starrte ihn aus blutunterlaufenen Augen an. Schweiß bedeckte sein Gesicht, er zitterte am ganzen Körper. Der Heilungsprozess hatte bereits eingesetzt.

»René«, stieß er hervor. »Ich heiße René.«

Abrupt verstummte er, als eine Schmerzwelle seine Muskeln verkrampfte. Kain sah zu, wie der Mann einen Schrei niederrang. Nicht, dass es eine Rolle gespielt hätte. Hier würde ihn niemand hören.

»Du bist vom Blut«, sagte Kain.

Während der Mann bewusstlos gewesen war, hatte Kain ihn an einen der Stahlträger gefesselt, die Arme über dem Kopf, sodass der Körper knapp über dem Boden pendelte. »Fürchtest du dich?«

»Was willst du?«, fragte René.

Am Horizont hinter blinden Fensterscheiben dämmerte der Tag herauf. Kain lauschte dem Rauschen des Freeways zu ihren Füßen. Die Stadt erwachte aus ihrem unruhigen Schlaf.

»Ich benötige eine Auskunft.« Er lehnte sich mit dem Rücken gegen einen Pfeiler und ließ sich daran zu Boden gleiten. Entspannt streckte er ein Bein aus und blickte hoch in das Gesicht des Mannes.

»Warum dann das hier?« René bog den Kopf zurück. »Warum hast du nicht einfach gefragt?«

»Ich war mir nicht sicher, ob du mit mir reden willst.« Kain betrachtete die Pistole in seinen Händen. »Also habe ich Vorkehrungen getroffen.«

»Du hättest es versuchen können.« Renés Wangenmuskeln spannten sich an. Die zweite Welle überrollte seinen Körper.

Kain wartete, bis der Mann wieder sprechen konnte. Er sah zu, wie René sich wand, wie die Haut an seinen Handgelenken aufriss. Blut lief in einem dünnen Rinnsal den Unterarm hinab und sammelte sich an seinem Ellbogen. Der Tropfen zitterte im dämmrigen Licht, löste sich und fiel hinunter in die Lache unter den Füßen des Mannes. Der metallische Geruch reizte Kains Sinne, berührte ihn aber nicht. Er war satt, auf dem Zenit seiner Kraft.

»Kennst du einen Mann namens Mordechai?«

»Mordechai?« Renés Züge verzerrten sich, er lachte. Es war ein wütendes Lachen, ein rauer, schleifender Ton. »Bist du hinter ihm her?«

Kain blickte zu ihm hoch. Das Lachen versickerte in einem lang gezogenen Schrei, als die Schmerzen den Mann überwältigten. Er wand sich, sein Kopf schnellte zurück in den Nacken, er brüllte wie ein Tier.

»Kennst du ihn?«

Renés Brust hob und senkte sich in gewalttätigen Zügen, als

die Attacke abflaute. »Hol mich hier runter!«, krächzte er. Seine Stimme versagte und mündete in einen Hustenanfall.

»Nein«, sagte Kain.

»Ich bin kein Freund von Mordechai.«

Kain hob die Desert Eagle und drückte ab. Die Kugel durchschlug Renés Knie. Blut spritzte in einem langen Faden gegen die Wand hinter ihm. Renés Gesicht verlor alle Farbe. Seine Pupillen glänzten fiebrig.

»Ich habe die Waffe«, erklärte Kain. »Ich mache die Regeln.«

»Jemand wird die Schüsse hören«, flüsterte René.

»Nein.« Kain legte die Pistole neben sich auf den Boden. »Nebenan ist eine Baustelle. Hörst du den Presslufthammer? Wir können uns hier tagelang miteinander beschäftigen. Und nun zurück zu Mordechai.«

René krümmte sich unter einem neuen Hustenanfall. »Mordechai ist mächtig«, sagte er. Blutbläschen zerplatzten auf seinen Lippen. »Der Bastard macht seine eigenen Gesetze.«

»Er lebt in der Stadt?«

»Er hat seine Festung in Long Beach. Carnegies Export-Import.«

»Was ist das?«

»Ein Frachtkonzern. Er hat ein Areal am Hafen.«

»Und sein Versteck?«

»Er bewohnt die beiden oberen Stockwerke eines Bürogebäudes auf dem Gelände. Das wissen wir von einem Informanten. Niemand dringt zu ihm vor, wenn er das nicht will.«

»Niemand ist unbesiegbar«, sagte Kain. Die Behauptung dieses Mannes schürte Groll in seiner Kehle. Er verspürte den Wunsch, ihn zu schlagen. »Nicht einmal Mordechai.«

»Versuch dein Glück.« René entblößte seine Zähne. »Wir haben es nicht geschafft. Und wir sind viele.«

»Wir?«

»Die Garde.«

»Die Garde«, wiederholte Kain. Er stand wieder auf und trat dicht an den Mann heran. »Du gehörst zur Garde?«

René nickte. Sein Atem rasselte. »Mach mich los! Wir kämpfen auf der gleichen Seite.«

»Wer führt die Garde in Los Angeles?«

»Katherina Petrowska. Das ist allgemein bekannt.«

Der Name sagte ihm nichts. Aber es war auch nicht wichtig. Kain hatte sich nie für die Geschichte seiner Spezies interessiert. Er kannte die großen Führer nicht.

Jeder konnte sterben. Das war es, was zählte. Das verlieh ihm Stärke. Sie nicht zu unterschätzen und dennoch zu wissen, dass sie sterblich waren.

»Und Mordechai ist euer Feind?«

»Er bricht die Regeln.«

»Und ihr verfolgt Gesetzesbrecher.« Kain lächelte spöttisch. »Was ist mit Mordechais Leuten?«

»Was soll mit ihnen sein?«

»Sie müssen seine Schwächen kennen.«

René stieß einen Laut aus, der zuerst wie ein Wimmern klang, den Kain aber dann als Kichern erkannte. Die Eruptionen erschütterten Renés blutenden Körper. Kain spürte, wie der Groll in ihm zu echter Wut aufwallte.

»Ist das so lächerlich?«, zischte er. »Mordechai zu vernichten?«

Das Kichern riss ab. »Nicht lächerlich«, knurrte René. »Nur aussichtslos. Mordechai interessiert sich nicht dafür, ob jemand seine Leute foltert. Er gibt sich keine Blöße. Ich muss es wissen, ich jage ihn seit vierzig Jahren.«

»Vielleicht ist dein Hass nicht stark genug.«

»Oh, das ist er.« Blut sammelte sich in Renés Mundwinkeln. »Glaub mir, an Hass mangelt es nicht.«

Kain wandte sich ab. Er betrachtete einen Riss in der Wand

auf der anderen Seite. Ein fader Geschmack breitete sich in seiner Kehle aus. Er hatte nicht erwartet, dass es so leicht sein würde. So leicht und so enttäuschend.

Dieser Kerl belog ihn nicht. Eine Lüge hätte er gespürt. Wenn er dem Herzschlag des Mannes lauschte, hörte er nur Wut, Schmerz und Hilflosigkeit. Und zynische Frustration. René sprach die Wahrheit.

Kain würde nichts weiter von ihm erfahren. Er wusste nun, wo Mordechai sich verkroch. Und er wusste, dass die Garde nichts gegen seinen Vater ausrichten konnte. Ohnmächtig waren sie in ihrem gerechten Zorn. Er wollte ausspucken vor so viel Armseligkeit. Wie war es möglich, dass die Garde gegen einen einzelnen Mann versagte?

Er dachte darüber nach, was er mit René machen sollte. Beinahe verspürte er Mitleid mit dem Mann. Aber das war eine überflüssige Regung. Er konnte keine Zeugen gebrauchen. Rasch bückte er sich nach dem Dolch, den er in einer Hülle über dem Fußknöchel trug. Renés Augen weiteten sich, als er die Klinge sah.

»Nein«, brachte er hervor. »Wir stehen auf der gleichen Seite.«

Kain nickte. »Niemand ist unsterblich«, sagte er. »Wehr dich am besten nicht.«

Sonnenlicht strömte durch die Fenster, als Alan erwachte. Mühsam stemmte er sich vom Boden hoch. Sein Körper fühlte sich wund an, seine Haut so kalt, als habe er tagelang im Eisregen gelegen. Er tastete nach der Wunde an seinem Hals, die sich fast geschlossen hatte. Den Stich zwischen seinen Rippen spürte er kaum. Narbengewebe spannte sich unter seinen Fingern. Sein Mund war trocken. Er war am Verdursten.

Alan taumelte zur Spüle. Mit einer heftigen Bewegung schraubte er den Wasserhahn auf und trank aus der Leitung, ignorierte den Chlorgeschmack. Wasser benetzte seine Brust, lief ihm die Arme hinunter. Irgendwann vor Sonnenaufgang hatte er die Bandagen abgerissen. Sie lagen neben der Staffelei am Boden, blutige Leinenklumpen, die die Ereignisse der Nacht zurückbeschworen. Er hielt inne.

Letzte Nacht hätte er sterben können. Er war sich keinesfalls sicher, dass er den Kampf auf dem Dach für sich hätte entscheiden können. Sie hatten ihn überrumpelt und mit der ersten Attacke so schwer verletzt, dass es ihn beinahe das Leben gekostet hätte.

Er dachte an die Frau, Eve. Der Gedanke riss ein schmerzhaftes Bedauern in ihm auf, dessen Gewalt ihm den Atem nahm. Die Intensität dieser Empfindung überraschte ihn. Unwillkürlich schloss er die Augen. Doch dafür hatte er jetzt keine Zeit. Er musste herausfinden, wer die beiden Angreifer waren. Keine gewöhnlichen Einbrecher, so viel stand fest. Sie trugen das Blut in sich, und wenn er die Zeichen richtig deutete, waren sie auf seins aus gewesen. Junkies, die Beute machen wollten? Ungewöhnlich, dass sie sich kein leichteres Opfer suchten. Sie hätten wittern müssen, was er war.

Alan schleppte sich ins Bad. Er drehte die Dusche auf und entledigte sich seiner verbliebenen Kleider. Lange stand er im dampfenden Strahl, ließ zu, dass die Hitze seine Haut verbrühte. Es dauerte Minuten, bis kein Blut mehr aus seinen Haaren floss und das Wasser klar im Abfluss verwirbelte. Er dachte an seinen Streit mit Katherina, deren Garde der beiden Junkies nicht habhaft werden konnte. Seit ihrer Ankunft in der Stadt der Engel schlachteten sie jede Nacht zwei Menschen ab und machten sich nicht einmal die Mühe, die Reste ihres Mahls zu verbergen. Natürlich fühlten sie sich sicher. Sie weilten auf Mordechais Einladung in Los Angeles, und Mordechai schützte seine Gäste.

Alan fragte sich, ob es am Ende Mordechais Leute waren, mit denen er in der vergangenen Nacht aneinandergeraten war. Aber das ergab keinen Sinn. Selbst wenn sie seine Beziehung zu Mordechai nicht kannten, warum sollten sie das Risiko eingehen, einen anderen Schattenläufer anzugreifen? Warum nicht ein weiteres Opfer von der Straße? Und sie waren sehr zielstrebig vorgegangen, waren ins Haus eingedrungen und hatten an seiner Tür geklingelt.

Das beunruhigte ihn, mehr noch als die Erkenntnis, dass er ohne das Eingreifen der Frau jetzt vielleicht tot wäre. Er musste dem nachgehen.

Mordechai. Er musste mit seinem Vater sprechen.

6

Tiefe Kratzer übersäten das Stahltor, das die Zufahrt zu Carnegies Export-Import versperrte. Alan beobachtete die uniformierten Männer im Wachhäuschen, während er in seinem Wagen wartete. Einer von ihnen telefonierte mit der Zentrale, um Alans Legitimation zu überprüfen.

Die Wachleute wirkten übermäßig nervös. Alans Blick wanderte hoch zum Schild, verbogen und mit Graffiti besprüht. Wahrscheinlich randalierende Kids, die keine Ahnung hatten, wen sie hier herausforderten. Die Vorstellung entlockte Alan ein Lächeln.

Schließlich hob sich die Schranke, die Torflügel schwangen auf. Alan nickte dem Wachmann zu und passierte die Einfahrt.

Er lenkte seinen Dodge im Schritttempo über den asphaltierten Platz, vorbei an einer Rampe mit Lastzügen, passierte eine Tankstelle und eine kleine Kantine. Ein Gabelstapler kreuzte seinen Weg und bog in eine Gasse zwischen Containerstapeln ab. Alan bremste vor der Ziegelmauer, die den Verwaltungskomplex abschirmte. Neuer Stacheldraht glänzte in der Mittagssonne. Er stieg aus dem Wagen und steuerte auf die Sicherheitsschleuse zu, eine weiß gekalkte Baracke mit vergitterten Fenstern. Es roch nach Farbe und Kerosin.

Kälte schlug ihm entgegen, als er die Stahltür aufstieß. Die Klimaanlage lief auf Hochtouren.

»Hallo, Aaron«, sagte er.

Der Mann hinter dem Schreibtisch blickte Alan mit einer Mischung aus Überraschung und Unbehagen entgegen. Anders als die Wachmannschaft am Werktor gehörte Aaron zum inneren Zirkel. Er wusste, was Mordechai war, weil er selbst das Blut in sich trug. Aaron war einer der jungen Schattenläufer, die Mordechai in den letzten Jahren zu Dutzenden rekrutiert hatte. Einer von denen, die ihre Kräfte unbedacht einsetzten, die sich für unbesiegbar hielten, weil noch niemand ihnen das Gegenteil bewiesen hatte.

»Du bist nicht angemeldet«, sagte Aaron.

In seiner Stimme schwang die gleiche Nervosität, die Alan bereits bei den Wachleuten am Eingang registriert hatte. Etwas musste vorgefallen sein.

»Ruf Mordechai an«, gab Alan zurück. »Falls er beschäftigt ist, fahre ich einfach hoch und warte.«

»Aber du bist nicht angemeldet. Also kann ich dich nicht durchlassen.«

Alan bemühte sich nicht, seine Ungeduld zu verbergen. »Bitte, Aaron. Ich habe wirklich keine Zeit für Spielchen.«

Aaron starrte ihn an. »Lass dich auf die Liste setzen und komm morgen wieder.«

»Ruf einfach Mordechai an und frag ihn, okay?«

»Er ist beschäftigt.«

»Was soll der Scheiß? Hast du Ärger mit deiner Freundin, oder was?«

Aaron stand auf, die Hand an der Pistole in seinem Hüftholster. Es war eine kindische, provokante Geste. »Solange du nicht auf der Liste stehst, bist du ein Sicherheitsrisiko.« Er schloss seine Finger um den Griff der Waffe. »Raus jetzt!«

Alan kämpfte das Bedürfnis nieder, den Wachmann an der Kehle zu packen und einfach zur Seite zu stoßen.

»Ich rufe ihn selbst an, kein Problem.« Er tastete nach seinem Handy in der Jackentasche. »Du kriegst deine Genehmigung.«

»Jetzt lass ihn verdammt noch mal durch!«

Ein schwer gebauter Mann mit grau meliertem Haar und einem sorgfältig gestutzten Bart tauchte aus dem Hinterzimmer auf.

»Hallo, Ravin«, sagte Alan.

Der Mann sah aus wie ein Mittvierziger, aber Alan wusste, dass sein wahres Alter sein Äußeres Lügen strafte. Ravin war älter als er selbst, ein Weggefährte Mordechais, der schon existiert hatte, als Alan geboren wurde.

»Wie geht's dir?« Ravin streckte einen Arm aus.

Alan ergriff seine Hand. »Was ist los bei euch?«

»Wir hatten eine Razzia gestern Nacht. Die Bullen haben das ganze Gelände auf den Kopf gestellt. Jemand hat ihnen erzählt, wir würden hier Drogen verschieben.«

»Und stimmt das?«

»Carnegies Export-Import.« Er zuckte mit den Schultern. »Wir transportieren alles.«

»Ich dachte, Mordechai hat Freunde beim LAPD.«

»Mordechai kann nicht die ganze verdammte Stadt bestechen. Irgendeine Ratte findet sich immer. Wir mussten das Zeug im Meer versenken.« Ravin wandte sich an Aaron, der steif neben seinem Schreibtisch stand, auf dem Gesicht einen Ausdruck unverhohlener Feindseligkeit. »Bring ihn hoch, okay?«

Alan schob das Handy zurück in die Tasche. »Danke«, sagte er.

Auf dem Weg zum Haupteingang wechselten sie kein Wort. Aaron lief einen halben Meter vor Alan, mit wütenden, weit ausgreifenden Schritten.

Die Verwaltung des Carnegie-Unternehmens war in einem schwarz verglasten zwölfstöckigen Hochhaus untergebracht, das direkt ans Wasser gebaut war. In den unteren sechs Geschossen befanden sich die regulären Büros, dann folgten Etagen, die nur Mordechais innerem Zirkel zugänglich waren. Labore, Wohnungen, Bibliotheken. Die beiden obersten Stockwerke beherbergten Mordechais Privatquartier.

Alan folgte Aaron zu den Aufzügen im Zentrum der Lobby. Der Wachmann benutzte einen chipcodierten Schlüssel, um den Fahrstuhl in Bewegung zu setzen. Im achten Stock wechselten sie in eine andere Kabine, die bis hoch zur elften Etage fuhr.

»Von hier aus findest du den Weg ja selbst«, knurrte Aaron, als die Türen aufglitten.

Alan trat hinaus in Mordechais Privatlobby mit den hohen Fenstern und holzvertäfelten Wänden. Ein Wasserbecken war in den Boden eingelassen. In schwarzen Marmorvasen standen Bambusstauden und blühendes Schleierkraut. Seine Schritte hallten gedämpft auf den glänzenden Kacheln. In einem Durchgang tauchte ein kleiner, ältlicher Inder auf: Naveen, Mordechais Privatsekretär.

»Guten Tag«, begrüßte ihn der Mann. Er machte eine winzige Verbeugung, bei der sich Alan nie sicher war, ob es sich dabei nicht um eine subtile Form von Spott handelte. »Wir haben Sie nicht erwartet.«

Alan lächelte. »Darf ich ihn trotzdem sehen?«

»Er ist im Garten.« Naveen öffnete eine Glastür. »Möchten Sie Kaffee oder Tee? Eine Kleinigkeit essen?«

»Kaffee wäre schön.«

»Sehr gern.« Naveen verschwand so lautlos, wie er gekommen war. Alan blieb noch einen Moment stehen, dann trat er hinaus auf die Terrasse. Mit einem leisen Klicken fiel die Tür hinter ihm ins Schloss. Wie jedes Mal verweilte er eine Zeit lang und genoss die Schönheit dieses Ortes.

Mordechai verglich die Anlage gern mit den Hängenden Gärten der Semiramis. Die Außengalerie umlief das Gebäude auf drei Seiten. Hohe Säulen stützten das darüber liegende Stockwerk. An einigen Stellen hatte der Architekt die Bodenplatten durchbrochen. Nun wucherten Farne und Bougainvilleen durch die künstlichen Kanäle und verwandelten die beiden Stockwerke in einen blühenden Dschungel.

Alan folgte einem überdachten Pfad und bog um die Ecke. Die Glasbrüstung bot einen weiten Blick über das Meer. Wind raschelte in Palmwedeln und den Kronen der Olivenbäume und spielte mit den Lilien, die sich schwer auf ihren Stängeln wiegten.

Zur Mitte hin verbreiterte sich der Garten zu einer kleinen Plaza. Wasser stürzte von der oberen Ebene hinab in ein Bassin. In der Luft hing feiner Sprühnebel und benetzte die Sträucher und Schlingpflanzen, die den Platz in eine schattige Laube verwandelten. Alan hatte erwartet, Mordechai hier zu finden, doch die Plaza lag verlassen. Er mochte diesen Ort, er hatte viel Zeit hier verbracht. Das war, bevor die Kluft zwischen ihm und seinem Vater aufbrach, diese schwelende Wunde. Mit jedem Jahr schien sie tiefer zu reichen, ganz gleich, wie sehr sie versuchten, einander zu verstehen.

Alan wanderte weiter, vorbei an einer Reihe von Zitronenbäumen bis zum Rosengarten am Ende der Terrasse. Dort endlich fand er Mordechai in einer Nische mit einigen Korbstühlen. Rosenhecken schirmten den Platz ab. Alan blieb einige Schritte entfernt stehen.

»Vater.«

Mordechai war ein hagerer, grobknochiger Mann. Sein schwarzes Haar hatte er in den Nacken zurückgekämmt. Die Brille mit einem Stahlrahmen, die ihm das intellektuelle Aussehen eines Universitätsprofessors verlieh, war ein Tribut an die Eitelkeit. In dreitausend Jahren hatte seine Sehfähigkeit nicht gelitten; es gab keinen Grund, warum sich das in den vergangenen zwei Jahren geändert haben sollte.

»Deine Freunde hetzen mir die Polizei auf den Hals«, sagte

Mordechai, ohne von seinem Buch aufzusehen. »Kommst du, um mich um Verzeihung zu bitten?«

Alan blickte auf ihn herab, auf die scharf geschnittene Nase, die tief liegenden Augen unter den schwarzen Brauen. Der arabische Einschlag in Mordechais Zügen war unverkennbar. Seine Herkunft lag im Dunkeln, aber aus seinen Andeutungen schloss Alan, dass er im Persien der Achaimeniden geboren worden war. Mordechai hatte Kyros den Großen als Zeitgenossen kennengelernt. Die Vorstellung rang Alan noch immer einen Rest Ehrfurcht ab.

»Dein Krieg mit Katherina interessiert mich nicht.«

»Wer redet von Krieg?« Mordechai legte ein Lesezeichen zwischen die Seiten und klappte die Buchdeckel zu. Alan konnte den Titel nicht entziffern. Es war Latein, verblasste Buchstaben auf Leder. »Wie lief deine Vernissage?«

»Du weißt davon?«

»Nur weil ich nicht dort war, heißt es nicht, dass ich nicht davon weiß.«

»Wir wurden unterbrochen, weil eine Leiche vom Dach auf die Straße stürzte.« Alan setzte sich in einen der Stühle. »Ein Obdachloser, Nummer elf, glaube ich, mit tiefen Bisswunden an der Kehle. In der Pathologie werden sie feststellen, dass er genau wie die anderen eine beträchtliche Menge Blut verloren hat. Zu viel eigentlich, gemessen an den Wunden.«

Mordechai hob eine Braue, schwieg aber.

»Was sind das für Wesen, deine Gäste? Sie wissen nichts von der zivilisierten Welt.«

»Sie leben, wie sie es gelernt haben.«

»Du meinst, wie Ungeheuer? Wann legst du sie endlich an die Kette?«

»Ich respektiere die Gesetze der Gastfreundschaft.«

»Hör auf!« Alan hielt den aufsteigenden Groll nicht zurück.

»Du weißt, dass das die Grenzen der Gastfreundschaft weit überschreitet. Sie führen sich auf wie Tiere. Wenn sie wenigstens versuchen würden, die Leichen zu verbergen. Aber nein, sie töten ganz offen. Es ist ihnen gleichgültig, ob sie Aufruhr erregen oder nicht. Weil sie wissen, dass du sie schützt.«

Mordechais Züge verhärteten sich. »Willst du mir vorschreiben, was ich zu tun und zu lassen habe?«

»Keine Sorge.« Alan stieß den Atem aus. »Das könnte ich nicht. Ich appelliere nur an deine Vernunft.«

»Ausgerechnet du redest von Vernunft?« Ein Muskel zuckte an Mordechais Kinn. »Der Krieger, der sich weigert, ein Krieger zu sein. Was hast du verändert in dieser Welt, seit du das Schwert gegen einen Pinsel getauscht hast? Hast du ein einziges Schicksal zum Besseren gewandelt?«

»Wir reden hier aber nicht von mir«, knurrte Alan.

»Vielleicht sollten wir das?«

Alan schwieg für ein paar Herzschläge. Er starrte hinaus auf die dunstige Linie, an der Himmel und Meer zusammenflossen. »Zwei Männer haben mich angegriffen«, sagte er schließlich. »Gestern Nacht.« Er berührte die Narbe an seinem Hals. »Sie wollten mich töten. Sie waren vom Blut.«

Mordechais Augen wurden schmal.

»Sie haben Russisch gesprochen«, fügte Alan hinzu.

»Unmöglich!«, stieß Mordechai hervor.

»Bist du sicher, dass du für deine Gäste die Hand ins Feuer legen kannst?«

Abrupt stand Mordechai auf. »Das werden wir herausfinden.«

Sie fuhren mit dem Aufzug hinunter in den achten Stock und betraten einen Gang mit hohen Wänden. Teppichboden dämpfte ihre Schritte. Mordechai blieb vor einer Tür am Ende des Korridors stehen und berührte den Chipleser neben dem Schloss mit einem Ring. Summend glitten die Riegel zurück.

Eine Wand aus Monitoren tauchte den dahinterliegenden Raum in bläuliches Licht. Vor einer Konsole mit Tastaturen und leuchtenden Displays saßen zwei Männer und unterhielten sich leise. Sie unterbrachen ihr Gespräch, als Alan und Mordechai eintraten.

»Apartment 812«, sagte Mordechai. »Jemand zu Hause?«

Einer der beiden Männer, ein stämmiger Kahlkopf, tippte einen Befehl. Auf dem großen Bildschirm in der Mitte der Wand erschien ein Bild aus einer Überwachungskamera. Blaustichig und verzerrt zeigte es einen Raum mit einer Sitzgruppe und einer Küchenecke.

»Sie sind im Wohnzimmer«, sagte er. »Alle beide. Hier«, er deutete mit dem Finger auf einen Mann, der rauchend vor dem Fenster stand, »das ist Arkadin.«

»Du überwachst deine Gäste?«, fragte Alan.

Mordechai blickte ihn an. »Erkennst du sie wieder?«

Alan trat dichter an den Bildschirm. Mit zusammengekniffenen Augen musterte er Arkadins Züge. Der zweite Mann saß auf dem Sofa und blätterte in einer Zeitschrift, das Gesicht im Halbprofil. Sein Haar war von unnatürlich heller Farbe. Alan erinnerte sich, dass einer seiner beiden Angreifer ebenfalls blond gewesen war. Dennoch verspürte er eine vage Enttäuschung, weil er erkannte, dass er die Frage nicht beantworten konnte. Er wusste nicht, ob er gegen diese Männer gekämpft hatte. Er war sich einfach nicht sicher. Nicht sicher genug.

Als sie in den Garten zurückkehrten, hatte Naveen Kaffee und Gebäck auf dem kleinen Tisch zwischen den Rosen serviert.

»Warum sind sie hier?«, fragte Alan.

»Die Icoupov-Brüder?« Mordechai gab Milch und Zucker

in seine Tasse. Silber stieß klingend gegen Porzellan. »Sie sind Unterhändler. Ich schließe ein Geschäft mit ihrem Boss ab. Sie verhandeln in seinem Namen.«

»Und um die guten Beziehungen nicht zu stören, lässt du zu, dass sie jede Nacht zwei Menschen abschlachten. Mitten in Los Angeles.« Alan dachte an seinen Streit mit Katherina. Es verdross ihn, zugeben zu müssen, dass ihre Sorge wegen der Morde berechtigt war. Und dass er nun hier saß und genau das tat, was sie von ihm gefordert hatte. »Es ist nur eine Frage der Zeit, bis jemand herausfindet, was der Downtownkiller wirklich ist.«

»Was kümmern mich die Bullen?«

»Sie kümmern dich sehr wohl, wenn sie deine Lagerhäuser nach Drogen durchsuchen.« Alan hielt Mordechais Blick fest. »Wie viel mehr werden sie dich kümmern, wenn sie beschließen, dass du eine Bedrohung bist, die ausgerottet werden muss?«

»Du klingst wie Katherina und ihre Ritter für Recht und Ordnung.«

»Worum geht es bei deinem Geschäft? Ist es so wichtig, dass du einen Krieg dafür in Kauf nimmst?«

Mordechai stellte die Tasse auf den Tisch und lehnte sich zurück in die Polster. In seinen Augen glomm Erregung. »Ich habe etwas gefunden«, begann er. »Etwas Großes. Du weißt, dass ich mich mit den Schöpfungslegenden beschäftige.«

Alan nickte. Sein Vater hatte immer schon einen Hang zur Mystik gepflegt, aber diese Neigung verwandelte sich zunehmend in Obsession. Von Ravin wusste er, dass Mordechai die Führung seiner Geschäfte nun Fremden überließ, um seine gesamte Zeit aufs Studium der alten Schriften zu verwenden. Eine Nachlässigkeit, die sich als gefährlich erweisen konnte. Mordechais Imperium war ein Nexus der Macht. Macht, mit der niemand leichtfertig experimentieren sollte.

Andererseits, wer war er, dass er die Weltflucht seines Vaters verurteilen durfte? Er selbst hatte es stets abgelehnt, Verantwortung für andere zu übernehmen. Er stieß den Anflug von Schuldbewusstsein zurück. Das war nicht immer so gewesen.

»… ich glaube, ich habe Asâêl aufgespürt«, endete Mordechai.

»Asâêl?« Der Name berührte etwas in Alan.

»Seine sterbliche Hülle liegt in St. Petersburg. Ich kaufe sie seinem Eigentümer ab.« Mordechai lachte auf. »Er hat keine Ahnung, was er da besitzt. Er glaubt, es ist ein seltenes Relikt. Eine schöne Statue von kunsthistorischem Wert.«

Alan setzte zu einer Frage an, aber in diesem Moment tauchte Naveen zwischen den Rosenhecken auf. Der Inder trug seine übliche distinguierte Miene zur Schau, doch Alan bemerkte, dass seine Finger nervös am Stoff seiner Hose spielten.

»Es gibt ein Problem«, eröffnete Naveen. »Ein dringendes Problem.« Sein Blick flackerte kurz zu Alan und heftete sich wieder auf Mordechai. »Ein Problem, das nicht warten kann.«

Altvertraute Enttäuschung stieg in Alan auf. Seine Wangenmuskeln verkrampften sich. Stets gab es Dinge, die wichtiger waren. Das hatte sich nicht geändert. Nicht in vierhundert Jahren. Er hatte sie kommen und gehen sehen, andere Männer wie Naveen, die seine Wortwechsel mit Mordechai unterbrachen, kaum dass sie begannen, sich von Streit in Verständnis zu wandeln. Mordechai würde ihn bitten zu warten, wie stets, und ihn danach vergessen.

Im Grunde hatte sich nur eines geändert. Alan hatte das Warten aufgegeben. Er würde das Haus verlassen und ihn Wochen später anrufen, vielleicht Monate. Und Mordechai würde sich nicht einmal erinnern an diesen Tag zwischen den Rosen, an dem er ihm von dem Wesen Asâêl erzählt hatte, ohne zu erklären, was es für ihn bedeutete.

»Es wird nicht lange dauern«, sagte Mordechai.

Der Ausdruck in Naveens Augen blieb unergründlich. Ein Windhauch streifte die Blüten und spielte mit ihrem Duft.

»Sicher.« Alan beugte sich vor und griff nach seiner Kaffeetasse. »Ich warte, Vater. Wie ich es immer tue.«

Mordechai traf seinen Hauptmann in einem kleinen Konferenzraum im neunten Stock. Ravins Miene verriet nichts. Nur seine Augen, diese glasharten, farblosen Pupillen, bewegten sich rascher als sonst.

»Hat Alan dich gefunden?«, fragte der Hüne.

Mordechai nickte. Neben Ravin stand ein Mensch, ein grauhaariger Latino mit einem Gesicht voller Pockennarben.

»Das ist Julio de la Torre«, erklärte Ravin. »Ein guter Freund von mir.«

Ein Informant. Der Name kam ihm vage bekannt vor. Vielleicht hatte er ihn auf einer der Listen gesehen. Sie bezahlten eine Menge Leute da draußen, um sicherzustellen, dass sich niemand in die Geschäfte von Carnegies Export-Import einmischte.

»Julio hat Neuigkeiten für uns.«

Der Latino nickte. Mordechai witterte seine Nervosität. De la Torre schwitzte, seine Finger bewegten sich unablässig.

»Sir«, begann er. »Ich fühle mich geehrt, Sie kennenzulernen, Sir.«

Mordechai schenkte ihm ein dünnes Lächeln. Julio log. In Wirklichkeit wünschte er sich nichts sehnlicher, als aus dem Raum fliehen zu können. Er hatte von Mordechai gehört, und nun, Auge in Auge, schüchterte seine Präsenz ihn ein.

»Es gibt ein Gerücht, Sir.« Julio wechselte einen raschen Blick mit Ravin. »Es heißt, dass ein Mann namens Kain in der Stadt ist. Ein Auftragskiller.«

Für eine Sekunde verlor Mordechai die Kontrolle. Er zuckte

innerlich zusammen. Der Boden unter seinen Füßen schien sich zu verschieben.

Kain.

Der Name durchschlug die Schichten seines Bewusstseins und breitete sich aus wie die Druckwelle einer Explosion.

»Angeblich hat er zwei Menschen getötet«, fügte Julio hinzu.

Mordechai starrte ihn an. »Woher weißt du das?«

»Mein Bruder ist beim LAPD. Sie haben Zugriff auf die Überwachungssysteme ... Ich dachte, weil Ravin sagte, es könne wichtig sein.« Er brach ab.

»Sprich weiter!«, forderte Mordechai.

»Die Jungs in Baldwin Village sagen, der Kerl wurde angeheuert, um Paul Lindsey umzulegen.«

»Lindsey war mal groß mit de Vito im Geschäft«, warf Ravin ein. »Und hat letztes Jahr als Kronzeuge gegen ihn ausgesagt. De Vitos Leute haben ihn irgendwann aufgespürt, trotz Zeugenschutzprogramm.«

Julio kicherte nervös. »Aber der Mann war nicht totzukriegen. Ich habe Geschichten gehört ... jedenfalls sagen sie, Kain habe es geschafft.«

»Dein Bruder hat es in den Unterlagen?«, fragte Ravin.

Julio nickte. »Paul Lindsey wurde in seinem Haus erschossen, dann hat der Killer es niedergebrannt. Ist nicht viel von ihm übrig geblieben.« Er straffte die Schultern. »Mein Bruder sagte, dass sie heute früh noch eine verkohlte Leiche in einem Lagerhaus in Downtown gefunden haben, und eine Patronenhülse, die wahrscheinlich aus derselben Waffe stammt wie die, mit der Lindsey umgelegt wurde.«

»Der Tote ist René Moreau«, sagte Ravin. »Einer von Katherinas Leutnants.«

Mordechais Gedanken kreisten schneller. Er sah seinen Hauptmann an, tauschte einen Blick mit Naveen. Sie mussten sich beraten. Rasch. Und ohne den Menschen, in dessen Gegenwart sie nicht offen reden konnten.

»Ich denke, er ist auf der Suche nach Ihnen«, sagte Naveen, nachdem Ravin mit Julio den Raum verlassen hatte.

Mordechai nickte schweigend. Kain, der jüngste seiner Söhne, war also zurückgekehrt. Er schloss die Augen für einen Atemzug. Kain, der Widerspenstige. Das Hurenkind.

»Er ist Ihnen sicher nicht freundlich gesinnt«, fügte Naveen hinzu.

Nein, vermutlich nicht.

Mordechai spürte einen Anflug von Bedauern. Er hatte Kain aus den Augen verloren, im trägen Fluss der Jahre. Ein Killer war aus seinem Sohn geworden, etwas, das zu seinen Genen passte. Lange hatte Mordechai gehofft, ihn für seine Ziele gewinnen zu können. Doch Kains Wut war wie Lava, ein brennender Strom, der sich unaufhaltsam vorwärtswälzte und nicht gebrochen werden konnte. Es war ein Fehler gewesen, den Jungen bei der Mutter zu lassen. Ein Fehler, den er zu spät bemerkt hatte. Und dann, als er ihn korrigierte, hatte Kains Wut sich in Hass verwandelt.

Die Tür öffnete und schloss sich mit einem leisen Zischen, als Ravin zurückkehrte. »Sollen wir ihn aufspüren?«, fragte der Hüne.

Mordechai sah ihn an. »Er kommt zu uns, keine Sorge. Er sucht bereits nach mir. Ich denke, er hat sich einfach den nächstbesten Schattenläufer geschnappt, und das war dieser Moreau. Und dann hat er ihn auf gut Glück ausgequetscht, in der Hoffnung, eine Spur zu finden. Pech für den Mann.«

»René ist nicht gerade das, was ich als leichte Beute bezeichnen würde«, sagte Ravin.

»Nicht gut genug für Kain.« Ein absurder Stolz erfüllte Mordechai. Trotz allem, was sie entzweit hatte, Kain war noch immer sein Abkömmling, ein Erbe seines Blutes. In ihm pulsierte die Stärke seines Vaters.

»Katherina wird wütend sein.«

Mordechai zuckte mit den Schultern. Katherinas Zorn berührte ihn nicht. »Was ist mit diesem anderen Toten?«

»Lindsey war ein Auftragsmord.« Ravin lehnte sich gegen die Wand. »Ich habe das überprüfen lassen. De Vito hat dafür bezahlt. Es scheint einen Kontaktmann an der Ostküste zu geben.«

»Kennen wir ihn?«

»Noch nicht.«

»Kain ist eine Bedrohung«, warf Naveen ein. »Ein Monster.«

Mordechai wandte ihm den Kopf zu. »Du nennst meinen Sohn ein Monster?«

Der Inder verschränkte seine Finger. »Er war ein Ungeheuer. Nicht kontrollierbar.«

»Er war jung.«

»Du kanntest ihn kaum.«

»Das ist wahr.« Naveens Gesicht verwandelte sich in einen glatten Spiegel, der alle Emotionen schluckte. »Trotzdem sollten wir Vorbereitungen treffen. Vielleicht treibt ihn der Wunsch nach Rache.« Er zögerte. »René Moreau war kein einfacher Gegner. Und dennoch hat Kain ihn getötet.«

»Er war sorglos«, warf Ravin ein. »Er hat viele Jahre nicht mehr kämpfen müssen. Kain hat ihn vermutlich überrascht.«

Mordechai realisierte, dass er Naveens Unruhe nicht teilte. Er verspürte keine Furcht. Wie auch? Die Vorstellung war lächerlich. Eine andere Empfindung füllte ihn aus, eine leise Erregung, beinahe ein Fieber.

»Sorgt dafür, dass unsere Leute Ausschau halten und auf der Hut sind«, sagte er. »Ich will nicht, dass einem von ihnen das Gleiche widerfährt wie diesem René Moreau, nur weil er sorglos ist.«

Ravin nickte.

»Und findet mehr über diesen Kontaktmann heraus.« Mordechai schob seinen Stuhl zurück und stand auf.

Kain trieb im Abendverkehr, der den Pacific Coast Highway in eine sechsspurige Blechlawine verwandelte. Die Sonne versank leuchtend rot in den Wolken, die vom Meer aufzogen. Wie Scherenschnitte standen die Silhouetten der Kräne vor dem Horizont, die Hafenanlagen von Long Beach.

Während Kain im Schritttempo vorwärtsrollte, studierte er die Hausnummern auf der linken Seite. Carnegies Export-Import verschanzte sich hinter einer hohen Betonmauer, die mit Stacheldraht gesichert war. Kameras observierten die Straße.

Kain passierte eine Einfahrt mit einer Sicherheitsschleuse und stoppte sein Fahrzeug ein paar Meter weiter. Im Rückspiegel beobachtete er, wie sich das Stahltor aufschob.

Ein grauer Dodge Magnum mit getönten Scheiben fuhr hinaus auf die Straße. Vielleicht ein Kunde oder einer der Mitarbeiter. Kain erfasste die Umrisse einer Halle auf der anderen Seite der Mauer. Das Carnegie-Areal grenzte direkt an den Hafen, besaß eigene Piers und Entladeanlagen. Er würde einige Zeit damit verbringen, den Herzschlag des Unternehmens zu beobachten, den Rhythmus, in dem Mitarbeiter kamen und gingen. Er musste sich ein Bild über die Zugänge machen, musste erkunden, wie Land- und Seeseite gesichert waren. Er fragte sich, wie Mordechai reagieren würde, wenn er hörte, dass er wieder in der Stadt war.

Vor ihm kam der Verkehr wieder in Bewegung. Kain nahm den Fuß vom Bremspedal. Er suchte nach dem Dodge, der sich ein paar Meter hinter ihm in die Autoschlange eingeordnet hatte. Ein halbes Lächeln glitt ihm über die Lippen. Ein Schattenläufer. Der Fahrer des Dodge gab sich keine Mühe, seine Natur zu verbergen.

Vielleicht würde es leichter werden als geplant. Vielleicht entschied Mordechai, den Zeichen zu folgen und die Einladung anzunehmen.

Die Vorstellung erregte Kain. Er drehte die Musik im Wagen lauter. Beethovens fünfte Symphonie schlug über ihm zusammen. Die Harmonien sanken in seine Haut, verdichteten sich zu Kraft und Wärme. Er lauschte den Akkorden, die das Adrenalin in seinen Adern aufpeitschten.

So viele Jahre. So lange hatte er seinen Hass konserviert. Die Narben geküsst und gewartet. Gewartet, dass er an Stärke gewann, um seinem Vater gegenüberzutreten. Es würde anders sein, dieses Mal. Er war nicht länger ein hilfloser Junge, der seinen Zorn nicht zu kanalisieren wusste. Er war auch kein Wilder mehr, blind der eigenen Zerstörungskraft ausgeliefert und unfähig, einen taktischen Gedanken zu fassen. Mordechai hatte seine Schwächen genutzt, um ihn zu demütigen, ihn zu verletzen und ihn schließlich zu brechen. Doch nun wusste er, wie er seinen Hass kontrollieren konnte. Er hatte seine Schwäche in Stärke verwandelt.

Der graue Dodge hinter ihm scherte aus auf die äußerste rechte Spur, die auf den Harbour Freeway in Richtung Norden führte. Kain schloss zu ihm auf. Als sie auf gleicher Höhe fuhren, warf er einen Blick hinüber zum Fahrer. Obwohl er nur wenig mehr erkennen konnte als schwarzes Haar und das Profil eines Mannes, durchfuhr ihn ein Schauder.

Kurz spielte er mit dem Gedanken, ihm zu folgen. Vielleicht ergab sich eine Gelegenheit. Doch dann verwarf er die Idee, fiel hinter den Wagen zurück. Die rechte Spur mündete in eine Kurve, die vom Pacific Coast Highway fortführte. Kain blickte den Rücklichtern des Dodge nach, bis der Wagen hinter der Steigung verschwand.

Dämmerung umhüllte die leuchtenden Türme der Stadt, als Alan in sein Apartment in der Figueroa Street zurückkehrte.

Ein muffiger Geruch schlug ihm entgegen, als er die Tür aufstieß, eine Mischung aus Öl, feuchten Lumpen und seinem eigenen Blut. Mit einem Fuß schob er die Bandagen zusammen, die immer noch im Raum verstreut lagen. Er richtete die Staffelei wieder auf und stellte das halb begonnene Gemälde zurück auf das Querholz. Der Keilrahmen war an der Seite gebrochen. Alan ertastete einen Riss in der Leinwand.

Sozialkritisch, hatte Eve gesagt. Er fragte sich, was Marty davon halten mochte. Dann wurde ihm bewusst, dass er zum ersten Mal darüber nachdachte. Zum ersten Mal in fünfzehn Jahren. Marty, der ihn anlachte auf diesem Gemälde, in typischer Pose. Der coole Junge aus South Central L.A. *Es geht um Respekt*, hatte Marty gesagt. *Verstehst du, Mann? Es geht um Respekt*. Alan erinnerte sich an einen Tag im Sommer, die Straße flirrend vor Staub und Hitze. Sie hatten auf der Rampe eines Lagerhauses gesessen, Redondo Junction, und blickten auf einen Werkstatthof hinunter, in dem Loks repariert wurden. Das Rauschen des Freeways klang wie Ozeanwellen. Marty hatte ihm erklärt, warum er für Giorgio de Vito arbeitete, und Alans Einwände beiseitegewischt.

Es geht um Respekt, Mann. Das war zwei Wochen vor der Nacht gewesen, in der Alan ihn getötet hatte und in der er schwor, nie mehr eine Waffe anzurühren, nachdem er verstanden hatte, was er getan hatte. In dieser Nacht war die Kluft zwischen ihm und seinem Vater aufgerissen. Ein schrecklicher Streit. Er war auf Blut aus gewesen, wie wahnsinnig vor Wut. Und bei Gott, die gleiche Mordlust hatte er in Mordechais Augen gesehen. Sie hätten einander umgebracht, wäre Ravin nicht eingeschritten.

Abrupt wandte er sich ab. Er hob Pinsel und Farbtuben vom Boden auf und legte sie zurück auf den Tisch. Marty war tot. Er würde nicht wieder zum Leben erwachen, egal wie oft Alan ihn auf Leinwand bannte. Lange Zeit hatte Alan über Schuld nachgedacht. Wer trug die Schuld an Martys Tod? Er selbst, der die Kugel abgefeuert hatte? Mordechai, der ihn in seine Schlachten schickte, als Instrument seiner Rache und Begehrlichkeiten? Oder Giorgio de Vito, der halbe Kinder rekrutierte, um Drogen auf der Straße zu verkaufen?

Alan schob die Fenster auf und lehnte sich hinaus. Er blickte nach unten auf die Fahrbahn, die Scheinwerfer der Autos, die sich auf vier Spuren vor den Ampeln stauten.

Er hatte nicht gewusst, dass Marty den verdammten Wagen fahren würde in dieser Nacht. Mordechais Krieg mit de Vito ging ihn nichts an. Dennoch erschlug er die Feinde seines Vaters, ohne nach ihren Namen zu fragen. Die Pflicht eines guten Sohnes.

Das war das Widernatürliche an ihrer Rasse. Ein Menschenleben endete nach einer begrenzten Zahl an Jahren und entließ die Söhne aus ihren Verpflichtungen. Alan aber war auf ewig an seinen Vater gebunden. Ein Vater, der nicht müde wurde, seine Blutschuld einzufordern.

Martys Tod war Alan im Nachhinein wie ein Peitschenhieb der Götter erschienen, ein Fanal, das die Rechtmäßigkeit seiner Schuld gegenüber Mordechai endgültig infrage stellte. Er hätte nicht dort sein sollen in dieser Nacht. Und vielleicht hätte Marty nicht den Wagen für de Vitos Killer gefahren, wenn Alan mit ihm zu einem Baseballspiel gegangen wäre an diesem Abend. Oder wenn sie zusammengesessen hätten, wie in anderen Nächten, um zu reden. Über Gott und die Welt, über Martys Träume.

Alan spürte, wie der Wind die Haut auf seinen Armen abkühlte. Marty war sechzehn gewesen, als er gestorben war. Und Eve fragte, ob seine Bilder sozialkritisch waren? Er fuhr sich mit beiden Händen durchs Haar. Marty hätte gegrinst, wenn ihm jemand gesagt hätte, dass er die Galionsfigur einer Kampagne für die verlorenen Jungs von East L. A. sei. Er hätte gegrinst und dann den Kopf gesenkt, in plötzlicher Verlegenheit, und hätte etwas gemurmelt wie »Es geht um Respekt, Mann.«

7

Die Autoschlangen auf der Melrose Avenue in Richtung West Hollywood bewegten sich nur stockend. Nachtschwärmer, die zu einer Party unterwegs waren oder zu einem späten Dinner. Musik aus Autoradios mischte sich mit dem Glockenläuten aus den Lautsprechern einer Kirche.

Eve bremste vor einer roten Ampel. Sie klappte die Sonnenblende herunter und musterte sich in dem kleinen Spiegel. Ihre Augen hatte sie dunkel geschminkt und die Locken mit Gel zurückgekämmt, sodass sie sich im Nacken bauschten. Auf ihren Lippen glänzte eine Spur Gold. Halb ironisch, halb anerkennend hob sie eine Braue.

Die Ampel sprang zurück auf Grün, die Bremslichter vor ihr erloschen. Eve klappte die Blende zurück und ließ den Wagen anrollen. Sie drückte ihren Rücken gegen das Polster, um ihre Sitzposition zu verändern. Ihr Kleid fühlte sich unbequem an. Bei Macy's in der Umkleidekabine hatte sie gedacht, dass es sexy aussah und einigermaßen passte. Jetzt allerdings schienen die Spaghettiträger in ihre Schultern zu schneiden und der seidige Stoff rutschte beim Sitzen hoch über ihre Oberschenkel. Vielleicht lag es auch einfach daran, dass sie seit dem College kein Kleid mehr getragen hatte. Und hätte Felipe nicht auf sie eingeredet, wäre sie sich treu geblieben.

Sie setzte den Blinker und bog in den Hobart Boulevard ein, eine unscheinbare Straße, die zwischen einem Thai-Markt und einer Wäscherei abzweigte. Spärlich beleuchtete Wohnhäuser wechselten sich ab mit Werkstätten und verbarrikadierten Läden.

Ein paar Blöcke weiter fand sie das Valhalla, den Club, aus dem die Rechnung stammte, die einer von Alans Angreifern auf dem Dach verloren hatte.

Neonbuchstaben leuchteten von der Ziegelfassade herab. Auf dem Vorplatz warteten Angestellte in roten Uniformen, um die Autos der Gäste zu parken. Eve zupfte den Saum ihres Kleides nach unten. Eine Sekunde später öffnete ihr einer der Männer die Wagentür. Sie nahm den Quittungszettel entgegen, dann lief sie mit klappernden Absätzen zur Tür.

Eine Gruppe von Gästen debattierte mit den Türstehern. Eve zog sofort die Blicke auf sich. Sie lächelte einen der Sicherheitsleute an. Der Mann musterte sie, sein Gesicht hellte sich auf. Dann drückte er die Tür einen Spalt auf und ließ sie hinein.

Wärme und gedämpfte Rhythmen umfingen Eve, als sie in die Dunkelheit glitt. Vielleicht behielt Felipe am Ende recht. Der Gedanke entlockte ihr ein schiefes Lächeln. Das Seidenkleidchen erfüllte seinen Zweck. Und vielleicht war es gar nicht so schlecht, dass der Stoff sich bei jeder Bewegung auflud und sich an ihren Körper schmiegte wie eine zweite Haut.

Sie folgte einem langen Gang mit goldgerahmten Spiegeln und trat durch die zweite Tür am Ende des Korridors. Für einen Moment blieb sie unschlüssig stehen, als Musik und Gesprächsfetzen über ihr zusammenschlugen. Das Valhalla sah aus wie eine Mischung aus Gothic-Club und Barocktheater. Seidentapisserien bedeckten die Wände, von der Decke hingen Kristallkronleuchter, die Lämpchen zu düsterem Orange gedimmt. Eine Kellnerin in einem engen Rokokokostüm und mit aufgetürmter Perücke rauschte an ihr vorbei. An den Bars rund um die Tanzfläche drängten sich gut gekleidete Menschen.

Eve tauchte in die Menge ein. Sie fand eine kleine Eckbar, die nicht ganz so dicht umlagert war. Einer der Barkeeper fiel ihr auf, ein hagerer Typ mit nervösen Händen, der an einem zurückweichenden Haaransatz litt. Sehr gut. Sie wartete, bis zwei Blondinen den Tresen verließen, und nahm deren Platz ein. Sofort fixierte sie den Mann. Als er sie bemerkte, öffnete Eve ihre Lippen und schenkte ihm ein überwältigendes Lächeln.

»Hey«, rief sie ihm zu, »machst du mir einen Wodka Martini?«

Seine Augen wichen ihrem Blick aus, bevor er das Lächeln zurückgab. Hervorragend. »Zwölf fünfzig«, sagte er und stellte das Glas vor ihr ab.

Eve drückte ihm eine Zwanzigdollarnote in die Hand. »Wie heißt du?«

»Was?« Er glaubte wohl, ihre Frage nicht richtig verstanden zu haben.

»Wie du heißt«, wiederholte Eve. Sie vertiefte ihr Lächeln. »Ich bin Eve.«

»Oh …« Irritiert hielt er inne. »Hey, Eve.« Sie streckte ihm eine Hand hin, die er nach einigem Zögern ergriff. »Daniel. Ich heiße Daniel.« Sein Händedruck war feucht und nicht sehr fest, als fürchtete er, sie würde es sich anders überlegen und ihre Hand wieder zurückziehen.

»Freut mich, dich kennenzulernen.« Sie prostete ihm zu. »Arbeitest du jeden Abend hier?«

»Fast.« Sein Blick hob sich, streifte ihre Augen. »Ich hab dich noch nie hier gesehen.«

»Das liegt daran, dass ich zum ersten Mal hier bin.«

»Gefällt es dir?«

»Es ist nett. Sehr charmant.«

»Der Besitzer bezeichnet es als Hommage an den Glanz der Zaren.«

Daniel begann seine Scheu abzulegen. Das lief gut. Gleich der erste Wurf ein Treffer. »Wie die rauschenden Feste im Winterpalast?«, fragte sie.

»So was in der Art. Keine Ahnung.«

Eve beugte sich ein wenig vor. Sie spürte, wie der Stoff eine kleine Wölbung über ihrem Dekolleté formte. »Was machst du, wenn du nicht gerade Drinks im Valhalla mixt?«

»Was meinst du?«

Sie glaubte, ihn leicht erröten zu sehen, obwohl das bei dem dämmrigen Licht nicht genau zu sagen war. Seine Fingerspitzen verrieten, dass er aufgeregt war.

»Ich meine, was machst du tagsüber?«

»Ich bin Schauspieler.«

Klar, was sonst? Wahrscheinlich hatte keine Stadt auf der Welt so viele gut aussehende Kellner wie Los Angeles, eine Legion von Jungs, die eigentlich Schauspieler oder Models werden wollten.

»Cool«, sagte sie. »Und wie läuft's so damit?«

»Geht so.« Er zuckte mit den Schultern. »Noch bin ich ja hier.«

»Ist bestimmt nur eine Frage der Zeit.« Eve beugte sich weiter über die Bar. »Du hast ein Charaktergesicht.«

Jetzt errötete er wirklich, während er zugleich versuchte, ihr nicht in den Ausschnitt zu starren. Irgendwie süß.

»Hey, Daniel, wenn du jeden Abend hier arbeitest, kennst du sicher eine Menge Leute, oder?«

»Geht so.«

»Ich bin mit jemandem verabredet.«

»Und bist auf der Suche nach ihm?«

Sie nickte.

»Und denkst, ich kenne ihn?«

»Er ist Russe.«

»Das trifft hier auf jeden Zweiten zu.«

»Er heißt Andrej Icoupov.«

»Keine Ahnung.«

»Und er hat tätowierte Finger.« Eve drehte ihre Handfläche nach oben und berührte die unteren Fingerglieder. »Hier. Es ist IGOR eingraviert. Russische Buchstaben.«

Etwas trat in Daniels Blick, das sie alarmierte. »Was ist?«

»Du kennst diesen Kerl?«, wollte er wissen.

»Nicht gut. Von einer Party. Warum?«

Daniel brachte sein Gesicht dicht an ihres, seine Stimme senkte sich. »Das ist einer von diesen Verrückten. Zwei Brüder, die sind vor ungefähr zwei Wochen aufgetaucht. Die gehören zu jemandem, der mit dem Boss befreundet ist. Deshalb können sie sich aufführen wie Arschlöcher.«

»Was meinst du damit?«

»Sie tun, was ihnen gefällt. Belästigen die Mädchen.« Er redete sich in Rage. »Und wenn jemand was sagt, werden sie handgreiflich. Aber wir können nichts machen. Der Boss meint, sie gehören zu Mordechai. Sie sind unantastbar.«

»Wer ist Mordechai?«

Daniel zögerte. »Ich sollte dir das nicht erzählen. Es geht mich eigentlich nichts an.«

»Nein, ist okay«, versicherte Eve. Sie stellte ihr Glas ab und stützte ihren Arm auf die Theke. Wie zufällig berührte sie Daniels Hand. »Ich bin froh, dass du es mir erzählst. Ich meine, ich hatte ja keine Ahnung.«

Das schien ihn zu ermuntern.

»Mordechai ist eine große Nummer«, fuhr er fort. Er senkte seine Stimme so weit herab, dass Eve ihn kaum noch verstehen konnte. »Die Leute reden alles Mögliche. Keine Ahnung, was davon stimmt. Ich schätze, er hat Dreck am Stecken. Vielleicht Drogen oder Waffen.« Er machte eine Kopfbewegung zu einer Kellnerin, die ein Stück entfernt an einer Kasse hantierte. »Der Boss hat Angst vor ihm. Sprich mal mit Nastasja, wenn du mehr über deinen Russen hören willst.«

In Eve wallte Hochstimmung auf. Ein echter Glückstreffer. Jetzt musste sie nur aufpassen, dass der Faden nicht wieder abriss.

»Meinst du, ich kann sie einfach fragen?«

Daniel richtete sich auf. »Nastja!«, rief er zu der Frau herüber. »Nastja, kommst du mal?«

Die Kellnerin blickte auf. Sie war ähnlich kostümiert wie die anderen Mädchen, die im Club arbeiteten. Eine weiße Lockenperücke thronte auf ihrem Kopf und bildete einen leuchtenden Kontrast zu ihrer Seidenkorsage. Samtstiefel mit goldbestickten Stulpen verhüllten ihre Knie.

»Das ist Eve«, erklärte Daniel. »Sie hat eine Verabredung mit einem von den Verrückten. Erzähl ihr, auf was sie sich einlässt.«

Nastasja maß Eve mit einem langen Blick. »Sie ist erwachsen«, sagte sie, an Daniel gewandt. »Sie wird schon wissen, was sie tut.«

»Bitte, Nastja.«

Die Frau schenkte ihm ein entnervtes Lächeln. Dann schaute sie Eve ins Gesicht. »Kommst du mit raus, auf 'ne Zigarette?«

»Klar.« Eve drückte Daniels Hand. »Danke, bin gleich zurück!«

Das Hyatt Regency mit seinen sechzehn Stockwerken überragte die meisten anderen Gebäude in der Gegend. Kain hatte ein Zimmer gebucht und war hinaufgefahren aufs Dach. Die Plattform bot einen guten Blick auf die Haupteinfahrt des Carnegie-Geländes. Scheinwerfer beleuchteten einen breiten Streifen beiderseits der Mauer. Die Sicherheitskameras waren in so kurzen Abständen montiert, dass es unmöglich war, sich der Wand zu nähern, ohne von einer Linse erfasst zu werden.

Kain musterte einen Wachmann, der vor der Schleuse stand. Obwohl drahtig und gut trainiert, war der Wächter nur ein gewöhnlicher Mensch. Kain hatte zuerst geglaubt, dass die Sicherheitsmannschaft für die Außenbereiche ausschließlich aus Menschen bestand, aber dann hatte er sich korrigieren müssen. In der Betonbaracke mit den Panzerglasfenstern neben dem Tor hielten sich mindestens zwei Schattenläufer auf. Einer von ihnen, ein blasser Junge mit rötlichem Haar, führte das Kommando. Kain würde sich später mit ihm befassen.

Er fuhr sich durch die Locken. Das Dach lag verlassen. Er stand allein im nächtlichen Wind. Kein Mensch störte die Einsamkeit.

Vater.

Er dachte das Wort so laut, dass es auf seinen Lippen zu schmelzen begann.

Vater. Bald ist es so weit.

»Du erinnerst dich nicht an mich, stimmt's?« Nastasja blies den Rauch durch ihre Nase. »Schon okay, ich nehm's dir nicht übel.«

Sie standen auf der Rückseite des Clubs zwischen Mülltonnen und Schutt. Es stank nach verrottetem Gemüse. Eine Irritation dämpfte Eves Hochgefühl. Etwas entging ihr, und als die Russin das Gespräch so direkt eröffnete, wusste sie nicht, was sie entgegnen sollte.

»Habe ich mich irgendwie danebenbenommen?«, fragte sie, weil ihr keine bessere Antwort einfiel. »Falls ja, tut's mir leid. Ehrlich. Vielleicht kann ich mich damit herausreden, dass ich betrunken war.«

Die Russin lachte. »Keine Sorge. Aber ich bin nicht Daniel, klar? Bei mir gibt's Informationen nur gegen Kohle.«

Eve hob eine Augenbraue.

Nastasja drückte die Zigarette an der Hauswand aus und zündete sich eine neue an. »Ich weiß, dass du Reporterin bist. Das hier ist nicht gerade dein Stammclub, also bist du hinter irgendwas her, stimmt's? Süßes Kleidchen übrigens.«

»Hilf mir mal. Woher kennen wir uns?«

»Die Schießerei im La Golondrina letztes Jahr.«

Eve massierte sich die Schläfen. »Ach ja«, murmelte sie. »Du hast da gearbeitet?«

Nastasja lächelte.

»Wie viel?«, fragte Eve.

»Kommt darauf an, was du willst.«

»Ich brauche ein paar Details über einen Kerl namens Andrej Icoupov, der die Innenseite seiner Finger tätowiert hat.«

»Warum interessiert er dich?«

»Das sage ich dir, wenn du mir sagst, was du über ihn weißt.«

Die Russin schüttelte den Kopf. Puderige Strähnen wippten gegen ihre Wangen. »Ist mir eigentlich auch egal. Fünfhundert.«

»Was?«

»Fünfhundert, jetzt gleich.«

Eve zögerte. Fünfhundert Dollar waren ein stolzer Preis, vor allem beim derzeitigen Stand ihrer Finanzen. Sie hielt Nastasjas Blick stand, während sie überlegte, ob sie darauf einsteigen sollte. Die Züge der Russin waren hart, trotz des Lächelns um ihre Lippen. Die Frau würde nicht verhandeln. Entweder Eve zahlte ihren Preis, oder sie ließ es bleiben.

»Okay.«

Nastasja streckte eine Hand aus.

»Jetzt sofort?«

»Vorkasse.«

»Hoffentlich ist der Typ das wert.« Eve förderte ihre Brieftasche zutage und zählte ein Bündel Dollarnoten ab.

»Du trägst ganz schön viel Geld mit dir herum«, bemerkte Nastasja. Lässig blätterte sie durch die Scheine, dann ließ sie das Päckchen in einer Falte ihres Kleides verschwinden. »Könnt ihr Typen das eigentlich von der Steuer absetzen?«

»Wenn du mir eine Quittung schreibst?«

Die Russin lachte.

»Was habe ich gekauft?«

Nastasjas Augen wurden schmal. »Du weißt das nicht von mir,

klar? Mordechai hetzt mir seine Gorillas auf den Hals, wenn er's erfährt.«

»Keine Sorge. Ich gebe meine Quellen nicht preis.«

»Okay. Es sind zwei Brüder, Andrej und Arkadin. Geschäftspartner von Mordechai. Sie kommen aus Moskau und führen sich auf, als würde ihnen der Club gehören.«

»Um welche Art von Geschäften geht es?«

»Keine Ahnung. Ich habe bedient, als sie sich das erste Mal getroffen haben. Wir haben ein paar Räume oben im zweiten Stock für Veranstaltungen. Mordechai kam mit einem ganzen Pulk Leibwächtern, die aber draußen im Treppenhaus warten mussten. Er hat privat mit den beiden Brüdern getafelt und übers Geschäft geredet. Ich glaube, es hat etwas mit Kunstschmuggel zu tun. Oder Kunstraub. Ich war ja immer nur kurz im Raum.«

»Woher weißt du dann, dass es um Kunstraub geht?«

»Einer der Brüder hat Mordechai ein Bild auf seinem iPhone gezeigt. Ich habe es eine halbe Sekunde gesehen. Da war eine Statue drauf, aus Marmor. Sah antik aus.«

»Aber deshalb muss es nichts Illegales sein, oder?«

»Schätzchen«, Nastasja grinste, »ich schwöre dir, wenn Mordechai seine Finger im Spiel hat, dann ist es garantiert illegal. Außerdem sind Arkadin und Andrej nicht gerade das, was man sich unter einem feinsinnigen Kunsthändler vorstellt. Die gehören zur Grupperovka.« Sie verzog die Lippen, als wollte sie ausspucken. »Moskauer Abschaum. Keine Manieren und kein Respekt. Benehmen sich wie die Barbaren. Kein Wunder, da wo die herkommen.«

»Was ist Grupperovka?«

»Die Moskauer Unterwelt.« Nastasja ließ den glimmenden Zigarettenrest zu Boden fallen und trat ihn mit ihrer Schuhspitze aus. »Typen, die Porsches fahren und denken, sie könnten alles kaufen. Und was sie nicht haben können, schlagen sie eben kaputt.«

»Das heißt also, diese Brüder, Andrej und Arkadin, sind Kriminelle, die aus Moskau gekommen sind, um mit diesem Mordechai ein Geschäft abzuschließen, bei dem es um eine antike Statue geht.«

»Du hast es erfasst.« Nastasja wandte sich um. »Komm, lass uns wieder reingehen.«

Eve schwamm der Kopf, als sie das Gebäude wieder betrat. Gleichzeitig hatte sie das Gefühl, alle Sinneseindrücke mit schneidender Klarheit aufzunehmen. Namen und Bilder schwirrten durch ihren Geist. Sie drückte den Türflügel auf und ließ Nastasja eintreten. Nach der Stille im Hof dröhnte ihr die Musik in den Ohren wie ein plötzlicher Sturm. Ein paar Gäste in Gothic-Kostümen wichen vor ihr auseinander und gaben den Blick frei auf zwei Männer, die sich den schmalen Gang hinunterbewegten, direkt auf Eve und Nastasja zu. Beide waren groß und kantig.

»Hey, Nastja«, sagte einer von ihnen. Farblose Augen richteten sich auf Eve. »Wer ist deine Freundin?«

Nastasjas Stimme hatte den spöttischen Tonfall verloren. »Das ist Eve.« Der Blick, den sie Eve zuwarf, war Abbitte und Warnung zugleich. »Und das sind Arkadin und Andrej. Was wollt ihr Süßen trinken?«

Sirenen zerschnitten die Nacht.

Alan lauschte selbstvergessen, während er seinen Blick auf die Leinwand gerichtet hielt. Wenn er sich konzentrierte, konnte er einzelne Pigmente in der Grundierung erkennen. Er hatte das halb begonnene Bild zur Seite gestellt und durch einen frischen Malgrund ersetzt. Er fühlte sich nicht in der Stimmung, Marty in die Augen zu sehen. Seine Gedanken drifteten ab. Eve kam ihm in den Sinn. Wo war sie gestern Nacht hergekommen? Sie war plötzlich aufgetaucht, noch dazu mit einer Waffe. Seltsam.

Er nahm ein Stück Kohle in die Hand. Mit raschem Schwung zeichnete er eine Profillinie. Eine schmale Nase, leicht aufwärts geschwungene Lippen. Kleine Locken über dem Nacken. Er ließ den Arm sinken und trat einen Schritt zurück, um die Skizze zu betrachten. Nicht schlecht. Die Ähnlichkeit war unverkennbar. Dann wurde ihm bewusst, was er gerade tat. Irritiert schüttelte er den Kopf. Warum hatte er begonnen, sie zu malen?

Noch während er der Frage nachhing, stieg Groll in ihm auf. Groll gegen sich selbst, gegen die Zwänge, die er sich auferlegte. Was war dabei, wenn er sie malte? Er hatte eine Frau getroffen, sie inspirierte ihn. Warum schmeckte es wie Verrat? Vor allem woran? An seinem Versprechen, sich selbst zu bestrafen?

Der Groll loderte auf zu Wut. Alan ließ die Kohle zu Boden fallen. Seine Zähne pressten sich so fest aufeinander, dass seine Wangenmuskeln zu schmerzen begannen.

Das Bedürfnis, die Wut in Zerstörung zu entladen, wurde übermächtig. Diese Wut war es, die er einst entfesselt hatte im Angesicht seiner Feinde. Oder nein, nicht *seiner* Feinde. Er hatte aus Pflichtgefühl getötet. Aus Angst, einem Anspruch nicht gerecht zu werden, einem Ideal, das vor Jahrhunderten seine Bedeutung verloren hatte.

Seine Faust krachte gegen die Ziegelwand. Der Stoß fuhr ihm in die Schulter, eine schmerzhafte Prellung seiner Muskeln und Knochen. Wieder schlug er gegen die Steine und wieder so fest, dass die Haut über seinen Knöcheln aufplatzte und Blut seinen Handrücken hinunterrann.

Eve überlief es siedend heiß, als sie dem Mann in die Augen starrte. Das hier war ein riesiger Club, vollgestopft mit Hunderten von Leuten. Sie hatte gedacht, dass das Risiko überschaubar war, wenn sie ein paar Leute nach den Killern fragte, und dass sie danach leicht wieder in der Menge abtauchen konnte. Nicht aber, dass sie ihnen hier tatsächlich über den Weg laufen würde. Vor Entsetzen vergaß sie beinahe zu atmen. Der Mann würde wissen, dass sie es gewesen war, auf dem Dach gestern Nacht.

»Hallo, Eve«, sagte Andrej. »Freut mich, dich kennenzulernen.« Er sprach mit einem scharfen Akzent. Sein Lächeln entblößte leuchtend weiße Zähne. Nicht ein Hauch von Wiedererkennen lag in seinem Blick. »Was willst du trinken?«

»Martini«, stammelte sie.

Die Luft schien mit Metalldampf gesättigt zu sein. Eve ließ zu, dass er seinen Arm um ihre Schulter legte. Einen kräftigen, muskulösen Arm, der mühelos ein Genick brechen konnte.

»Komm mit, wir haben eine Nische!«

Die Ähnlichkeit zwischen den Brüdern war unverkennbar. Eve war sich mit einem Mal ganz sicher, dass dies die beiden Männer waren, die sich in der Nacht zuvor den Kampf mit Alan geliefert hatten. Zwar hatte sie die Gesichter im Halbdunkel nicht erkennen können, aber sie erinnerte sich an Andrejs kurz geschorenes platinblondes Haar. Er war der Kerl, der sie hatte angreifen wollen, aber von dem anderen zurückgehalten worden war.

»Ich habe dich noch nie hier gesehen«, sagte Andrej. Er führte sie zu einer Treppe und hoch zur Galerie. »Bist du zum ersten Mal im Valhalla?«

»Eine Freundin hat mir den Club empfohlen.«

Andrej zog sie mit sich in die Polster eines barocken Sofas in einem Separee. Die Musik klang dumpfer als im Erdgeschoss.

Unfassbar. Wie war es möglich, dass er sie nicht erkannte? Wahrscheinlich, weil er nicht damit rechnete. Andrej hatte ihr Gesicht genauso vage im Halbdunkel gesehen wie sie seines. Und hier, in den Dunstschwaden des Valhalla, nahm er nur eine weitere Schöne mit langen Beinen und glänzenden Lippen wahr.

Zeit, sich zu entspannen, dachte sie mit Sarkasmus. Alles bestens. Er hatte sie nicht erkannt, also war sie relativ sicher. So sicher, wie es nur ging, wenn man im Arm eines Kerls lag, der zusammen mit seinem Bruder jede Nacht zwei Obdachlose aufschlitzte. Ob sie heute wieder auf die Jagd gehen würden?

»Wo kommst du her?«, fragte Eve, angestrengt um einen Plauderton bemüht.

»Warum fragst du?«

»Dein Akzent klingt interessant.«

Andrej lachte. Er verströmte eine überwältigende, raubtierhafte Vitalität, der sie sich kaum entziehen konnte. Eine Ecke ihres Bewusstseins registrierte, dass sie ihn attraktiv gefunden hätte, wäre sie ihm ohne Vorwissen auf der Straße begegnet.

»Moskau«, sagte er.

»Und gefällt dir L. A.?«

»Die Stadt ist braun. Keine Farbe, nur Staub.«

Andrej nahm sich eine Handvoll Weintrauben von der Schale in der Mitte des Tisches. An seinem Mittelfinger trug er einen altertümlich geformten Ring. In einem Gespinst aus Silberfäden thronte ein weißer Opal.

»Bist du jetzt traurig, dass mir deine Stadt nicht gefällt?« Er hob die freie Hand und strich ihr über die Wange. Eve hinderte ihn nicht. Sie empfand altvertraute Abenteuerlust, dieses Fieber, das sie immer wieder in Schwierigkeiten brachte. Sie balancierte auf einem Drahtseil, spürte es schwingen, und machte einen weiteren Schritt. Und noch einen, weil ein Preis winkte. Eine Antwort, eine Story, ein Teil eines Puzzles.

»Wie ist es in Moskau?«, fragte sie.

»Moskau ist der leuchtende Diamant im Dekolleté von Mutter Erde.«

Andrej beugte seinen Kopf zu ihr herab und versuchte sie zu küssen. Seine Haut verströmte einen intensiven Ingwerduft. Eve spürte seinen Atem an ihrer Wange. Seine körperliche Präsenz schnürte ihr die Luft ab. Sie fühlte sich gefangen im Innern einer gewaltigen Stahlpresse, deren Wände mit Samt ausgekleidet waren und sich unaufhaltsam um sie schlossen.

Als Nastasja auftauchte und ein Tablett mit Gläsern abstellte, nutzte Eve die Ablenkung, um sich Andrejs Umarmung zu entziehen. Sie beugte sich vor und griff nach ihrem Martini. Sein Arm legte sich erneut um ihre Schultern. Sie spürte, wie seine Finger unter die Träger ihres Kleides glitten. Einem plötzlichen Impuls folgend griff sie nach seiner Hand und zog sie weiter nach vorn. Ihre Fingerspitzen streichelten über sein Handgelenk, ihr Daumen schob sich in seine Handfläche und bog die Finger leicht zurück. Und da waren sie, vier Tattoos, breit und wulstig wie Narben. Blut rauschte ihr in den Ohren. Sie musste ihre ganze Willenskraft aufbringen, um die Farce aufrechtzuerhalten.

»Was ist das?« Sie hob seine Hand an und berührte die Buchstaben mit ihren Lippen. »Sieht geheimnisvoll aus.«

»Das ist eine Erinnerung«, erwiderte er. »An jemanden, der nicht vergessen werden soll.«

Er wollte es ihr nicht sagen. Aber es spielte auch keine Rolle. Wichtig war nur, dass sie den Mann gefunden hatte, dessen Handabdruck sie auf dem blutverschmierten Geländer der Garage in Downtown fotografiert hatte. Sie versuchte es erneut.

»Was machst du in L. A., wenn du die Stadt nicht magst? Bist du geschäftlich hier?«

»Warum fragst du so viel?«

Andrejs Gesicht näherte sich ihrem, und dieses Mal konnte sie sich dem Kuss nicht entziehen. Seine Zunge zwang sich zwischen ihre Lippen, und sie ließ ihn gewähren, während sie fieberhaft überlegte, was sie jetzt mit ihm tun sollte.

Der rothaarige Wachoffizier wusste, dass er verfolgt wurde. Kain schloss es daraus, wie er seine Geschwindigkeit variierte, die Umgebung musterte und mehrmals abrupt die Richtung wechselte.

Der Santa Monica Boulevard, eine Meile aneinandergereihter Restaurants, Clubs und Designerläden, war dicht bevölkert von Nachtschwärmern. Kain, der dem Mann bis hierher gefolgt war, hatte vielleicht zu sehr darauf vertraut, dass der andere ihn in der Menschenmenge nicht bemerken würde. Vielleicht war der Rothaarige aber auch wachsamer als die anderen vom Blut, die Kain in dieser Stadt getroffen hatte, sich stärker seines Umfelds bewusst. Aber das würde ihm nicht helfen.

Kain ließ sich ein wenig zurückfallen. Sein Opfer bog nach links in die Sechste Straße. Kain folgte ihm in die Arizona Avenue, die, obwohl nur einen Block vom Santa Monica Boulevard entfernt, nahezu leer war.

Plötzlich war der Mann verschwunden. Kain stockte einen Moment, dann begann er zu laufen. Er fiel in einen leichten Trab, spähte in jede Nische zwischen den Häusern.

Auf der nächsten Kreuzung blieb er stehen. Die Fünfte Straße führte links zurück in den Trubel der Vergnügungsmeile, rechts verlor sie sich zwischen Wohnhäusern und Garagen im Dunkel. Im Zwielicht der Straßenlaternen glaubte er eine Bewegung wahrzunehmen. Er lief wieder ein Stück, die Hand bereits an der Desert Eagle.

Je tiefer er in das Viertel eindrang, desto dichter erschien ihm die Stille. Kain spürte den Rothaarigen hier irgendwo, konnte ihn beinahe riechen, ein scharfes Aroma am Rand seiner Wahrnehmung. Der Mann war nicht weit.

Unvermittelt traf ihn ein schwerer Schlag in den Rücken und schleuderte ihn nach vorn. Beim Aufprall schürfte er sich Gesicht und Arme auf. Keuchend wälzte er sich herum.

Seine Sicht verschwamm, sein Angreifer schoss auf ihn zu wie ein Dämon aus Schatten. Kain erfasste einen Lichtreflex auf Metall. Instinktiv riss er den Arm hoch, um die Waffe abzublocken. Er spürte, wie die Klinge Haut und Muskeln durchdrang. Einen Herzschlag später erwischte er das Handgelenk des anderen und zerrte ihn mit einem Ruck nach vorn. Der Mann geriet aus dem Gleichgewicht. Kain drehte sich und trat seinem Gegner seitlich gegen das Knie. Er spürte, wie das Gelenk unter dem Aufprall nachgab. Der andere stürzte mit einem gepressten Schrei. Kain griff nach seiner Pistole. In einer glatten Bewegung drehte er sich weiter, entsicherte die Waffe und zog sie hoch. Der Schuss hallte ohrenbetäubend in die Nacht.

Blut spritzte von der Kehle des Rothaarigen, sein Kopf flog zurück. Kain richtete sich auf und taumelte zwei Schritte zur Seite. Sein Arm blutete unaufhörlich. Die Wunde klaffte tief und zog sich vom Handgelenk bis hinauf zum Ellbogen.

Verspätet sickerte Wut in das Adrenalin und ließ seine Hände zittern. Er verspürte das überwältigende Bedürfnis, es hier und jetzt zu Ende zu bringen. Den rothaarigen Kopf vom Rumpf zu trennen, die Leiche zu verbrennen. Doch eine Polizeisirene heulte auf, erschreckend nah, und brachte ihn zur Besinnung.

Er packte den Mann an den Schultern und zerrte ihn in eine unbeleuchtete Gasse zwischen zwei Gebäuden. Als er einen Blick zurückwarf, sah er die Blutspur auf dem Asphalt. Fluchend ging er in die Knie und hievte den Körper auf seine Schultern. Der Mann stöhnte. Kain schleppte ihn bis zur nächsten Querstraße. Er musterte die Autos, die dicht hintereinander geparkt waren, und entschied sich für einen alten Ford Pick-up.

Es kostete ihn nur wenige Sekunden, das Schloss aufzubrechen. Als er den Rothaarigen auf die Rückbank zog, brachte der Mann plötzlich ein Knie hoch und trat ihm in den Unterleib. Kain taumelte zurück. Die Wut explodierte in ihm wie eine weiß glühende Kugel. Bevor sein Opfer nachsetzen konnte, richtete

Kain die Desert Eagle auf ihn und feuerte drei Kugeln in seine Brust. Der Körper bäumte sich auf, zitterte und lag dann still.

Kain packte die Beine des Mannes und stieß ihn in den Truck. Er rammte die Tür zu und zwängte sich hinter das Lenkrad. Sein Kopf dröhnte. Es bereitete ihm Mühe, sich zu konzentrieren. Ungelenk riss er die Plastikverkleidung ab und schloss die Zündung kurz.

Einen Augenblick später rollte er aus der Parklücke und die Straße hinunter, fort von der Stadt, in Richtung Highway.

»Ich muss kurz für kleine Mädchen«, sagte Eve.

Andrej blickte nicht einmal auf. Sie spürte seine Lippen an ihrer Halsgrube und seine Zähne, die über ihre Haut streiften. Für einen schrecklichen Moment flackerte ein Bild durch ihr Bewusstsein. Eine tiefe Wunde, getrocknetes Blut. Sie wusste nicht, warum seine Berührung ausgerechnet diese Assoziation wachrief. Mörder oder nicht, er würde wohl kaum seine Zähne in ihre Kehle schlagen.

»Bitte.« Sie zwang sich ein kleines Lachen ab und zog seinen Kopf mit beiden Händen hoch. »Sonst wird das hier gleich sehr unangenehm.«

»Ich finde es eigentlich sehr angenehm.«

In seinen Augen flackerte Gier und noch etwas anderes, Dunkleres. Eve fand sich wieder in diesem Zustand von Unwirklichkeit, ein Tank trüben Wassers, das die Welt um sie filterte.

»Ich bin gleich zurück. Ich schwöre.«

Widerstrebend ließ er von ihr ab. Als sie sich nach ihrer Tasche bückte, packte er ihr Handgelenk.

»Wozu brauchst du die?«

Sein Griff schmerzte. »Um mir die Nase zu pudern.«

»Also gut.« Das Misstrauen wich aus seiner Miene, er lehnte sich zurück.

Erleichterung durchflutete Eve, als er sie endlich freigab. Gepresst atmete sie aus. Sie lächelte, dann wandte sie ihm den Rücken zu und schlüpfte aus der Nische. Sie musste sich zwingen, ihre Schritte langsam zu setzen. Durch eine dichte Menschenmenge drängte sie sich hinaus in den Korridor. Flüchtig blickte sie in einen Spiegel. Sie sah aus, als käme sie geradewegs aus dem Bett. Das Kleid zerknittert, die Haare zerwühlt, die Haut gerötet.

Eve wandte den Blick wieder ab und schlüpfte in den Waschraum. Die Tür schwang hinter ihr zu und dämpfte den Lärmpegel zu einem entfernten Hämmern. Wärme und Zimtduft hüllten sie ein.

Sie lehnte sich gegen die gekachelte Wand. Ihr Körper zitterte. Sie drohte die Nerven zu verlieren. Aber nicht jetzt, hämmerte es durch ihren Kopf. Zuerst musste sie hier raus.

Sie riss ein Stück Papier aus dem Handtuchspender und wickelte sorgfältig die Härchen ein, die sie eingesammelt hatte, als sie Andrej über den Kopf strich. Material für einen DNA-Test. Sie musste nur noch entscheiden, ob sie das Mark zuspielte und sich damit eine bessere Position in der Exklusivberichterstattung zurückkaufte oder ob sie jemanden fand, der das privat für sie untersuchte.

Ihre Hände zitterten, als sie die Tür wieder aufstieß. Sie spähte durch einen Spalt, vergewisserte sich, dass Andrej ihr nicht gefolgt war. Dann schlüpfte sie nach draußen und lief den Gang hinunter zum Ausgang.

Der Türsteher rief ihr einen Abschied nach, doch sie antwortete nicht. Sie reichte einem der rot uniformierten Jungs auf dem Vorplatz ihren Parkzettel. Während sie wartete, dehnten sich die Minuten ins Unendliche. Der Mann brachte ihren Wagen, den zwei Jahre alten Lexus IS, den sie sich eigentlich nicht leisten konnte. Nicht jedenfalls, wenn sie sich weiterhin so viel Zeit ließ beim Abliefern ihrer Artikel.

Eve stieg ein und fuhr los. Zu schnell rollte sie die Straße hinunter. Ein Stück hinter ihr leuchteten Scheinwerfer auf. Oder vielleicht waren sie auch vorher schon da gewesen. Sie wühlte ihr Telefon aus der Handtasche und wählte Felipes Nummer. Der Akku piepste eine Warnung, dass er fast leer war. Felipe hob erst nach dem sechsten oder siebenten Klingeln ab.

»Ja?«, fragte er verschlafen.

»Habe ich dich geweckt?«

Etwas raschelte. Seine Stimme klang verzerrt, wie durch eine lange Röhre. »Wo bist du?«

»Ich komme aus dem Valhalla.« Die Worte sprudelten aus ihr heraus. »Oh Gott, ich habe sie gefunden!«

»Wen?«

Unmut stieg in ihr hoch, weil Felipe so langsam reagierte. »Die Downtownkiller. Andrej und Arkadin Icoupov. Zwei durchgeknallte Gangster aus Moskau.«

Sie hörte, wie Felipe scharf Luft holte. Endlich verstand er. »Hast du die Polizei gerufen?«

»Nein.« Eve setzte den Blinker und bog nach links in die Melrose Avenue.

»Warum nicht?« Jetzt schwang Hysterie in Felipes Tonfall.

»Weil ich's nicht beweisen kann.« Sie dachte an das Päckchen mit den platinblonden Haaren in ihrer Tasche. »Noch nicht jedenfalls.« Im Rückspiegel wogten Scheinwerferketten. »Und sie haben irgendwas mit Kunstschmuggel zu tun. Oder Kunstraub. Sie machen Geschäfte mit einem Kerl namens Mordechai.«

»Mordechai?«

»Keine Ahnung, wer das ist.« Ihr Nacken fühlte sich immer noch kalt an. Wenigstens hatten ihre Hände aufgehört zu zittern. »Aber das finde ich heraus. Felipe, ich bin so froh, dass ich wieder im Auto sitze. Du kannst dir nicht vorstellen …« Sie stockte. »Dieser Andrej ist absolut furchteinflößend. Ich weiß, dass er ein Killer ist. Ich konnte es riechen.«

Felipes Stimme kippte leicht über. »Hast du etwa mit ihm gesprochen?«

»Ich habe ihn geküsst.«

Sie fuhr die Rampe hinauf zum Hollywood Freeway und ordnete sich in den fließenden Verkehr ein. Hinter ihr hing ein Wagen mit Xenonscheinwerfern, die sie im Rückspiegel blendeten. Eve blieb auf der äußersten rechten Spur, damit der andere leichter überholen konnte, aber der Fahrer schien es nicht eilig zu haben und fiel allmählich zurück.

»Was ist, wenn er heute Nacht wieder zuschlägt?«, fragte Felipe.

Ja, verdammt, was dann? Sie hatte darüber bisher nicht nachgedacht. Was, wenn er wieder mordete? Und sie es hätte verhindern können, weil sie seine Identität kannte?

Der Akku piepste dreimal, dann war die Leitung tot. Eve nahm das Telefon vom Ohr und starrte das schwarze Display an.

Äste und Gebüsch schlugen gegen Kains Oberschenkel, während er sich einen Weg hinunter in den Betonkanal bahnte. Den Wagen hatte er auf einem Sandplatz geparkt, ein paar Meter hinter der Brücke, die den Kanal überspannte. Seine Finger waren klebrig von Blut, seinem eigenen und dem seines Opfers. Das Gewicht des Mannes behinderte ihn.

An der abschüssigen Rampe geriet Kain ins Rutschen und löste seinen Griff um den Leib des Rothaarigen. Haltlos stürzte der Körper hinab, überschlug sich und blieb am Fuß der Böschung liegen.

Kain erreichte ihn einen Moment später. Der Rothaarige regte sich, die Muskeln in seinen Armen spannten sich an. Kain beugte sich herab, presste ein Knie in den Rücken des Mannes und zog dessen Arme nach hinten. Benommen von Schock und Blutverlust setzte der Mann sich kaum zur Wehr, während Kain ihm die Handgelenke mit Kabelbinder fesselte. An einem Bein zog er ihn weiter in den Schatten der Brücke. Dort fesselte er auch die Fußgelenke. Keuchend sackte er gegen einen Brückenpfeiler und wartete auf die erste Schmerzwelle.

Als Eve vom Freeway abfuhr, blendeten sie erneut Xenonscheinwerfer im Rückspiegel. Kurz überlegte sie, ob es der gleiche Wagen sein konnte, der ihr schon in Hollywood so dicht aufgefahren war. Sie bog ab in die Wilshire Street, die ins Herz von Downtown führte.

Zwei Blocks weiter füllten die Xenonlichter noch immer ihren Rückspiegel. Die Ampel sprang auf Rot, sie stoppte. Langsam rollte sie vor und bog in die leere Straße nach rechts. Der Wagen blieb hinter ihr, während sie die Flower Street hinunterfuhr. Blut stieg ihr ins Gesicht, ihr Nacken prickelte. Wieder eine rote Ampel, wieder ein Stopp. Im Rückspiegel identifizierte sie das Fahrzeug als schwarzen Porsche. Den Fahrer konnte sie nicht genau erkennen, sie erfasste jedoch einen hellen Schemen hinter dem Lenkrad. Blondes Haar?

Die nächste Straße war bereits der Olympic Boulevard. Eve zog drei Spuren hinüber bis ganz auf die rechte Seite, vorbei an einer Baustelle. Sie beobachtete, dass der Porsche das Gleiche tat. Das konnte kein Zufall mehr sein. Ihr Unbehagen steigerte sich zu Furcht.

Sie wollte in die Garage des 717 einbiegen, dann stoppte ihre Hand vor dem Blinker, als hätte sie jemand mit Eiswasser übergossen. Falls dieser Verrückte sie tatsächlich verfolgte, würde sie damit offenbaren, wo sie wohnte.

Verdammt!

Sie biss sich auf die Lippen, zog die Hand zurück und gab Gas.

Sie bog nach rechts in die Figueroa Street ab und beschleunigte. Die Fahrbahn war leer; außer ihr und dem schwarzen Porsche schien kein Mensch mehr in Downtown unterwegs zu sein. Was sollte sie jetzt tun? Zurück auf den Freeway? Eine blöde Idee, mit einem Porsche im Nacken. Die Ampel vor ihr stand auf Gelb. Ein rascher Blick, die Kreuzung lag verlassen. Eve trat das Gaspedal bis zum Boden durch, die Automatik heulte auf, der Wagen schoss vorwärts. Schlingernd nahm sie die Kurve, fand zurück in die Spur und bremste so hart, dass ihr Körper in den Gurt prallte. Sie beschleunigte wieder, kreuzte zwei Straßen und bog in die Grand Avenue. Sie warf einen Blick in den Rückspiegel. Die Fahrbahn war leer. Sie fuhr ein paarmal um den Block, bis sie wieder auf den Olympic Boulevard stieß. Der Porsche blieb verschwunden.

Eves Anspannung löste sich. Sie nahm eine Hand vom Lenkrad. Ihre Finger, verschwitzt und kalt, zitterten. Sie passierte die Kreuzungen in umgekehrter Reihenfolge – Grand, Hope, Flower. Die Einfahrt des 717 geriet in Sichtweite.

Blitzartig zerschnitt das grelle Weiß der Xenonscheinwerfer die Nacht, der Porsche schoss um die Kurve, rammte sie fast. Eve schrie auf. Geistesgegenwärtig gab sie Gas, überquerte dieses Mal die Figueroa und bog scharf in die Zubringerstraße zum Freeway ein.

Die Lichter klebten an ihrem Rückspiegel wie glühende Tentakel.

Kurz vor der Auffahrt zwang sie den Lexus in eine scharfe Rechtskurve. Sie raste eine Gasse zwischen Wellblechbaracken und einer abgesperrten Parkfläche hinunter, schoss in die Sechste Straße und wiederholte ihr Manöver, mit dem sie den Porsche beim ersten Mal abgehängt hatte. Sie lenkte den Wagen in eine unbeleuchtete Passage zwischen einem Schnellrestaurant und einer Wells-Fargo-Filiale. Einer plötzlichen Eingebung folgend schaltete sie die Scheinwerfer ab, wich zugleich einem Müllcontainer aus, erwischte ein Schlagloch. Etwas schlug dumpf gegen den Unterboden. Sie rollte weiter, langsamer nun, beschleunigte erst, als sie die andere Seite erreicht hatte. Sie passierte das Sheraton mit seiner abweisenden braunen Ziegelmauer. Gegenüber erhob sich hell erleuchtet die Fassade eines Supermarktes. Gott sei Dank hatte der Laden bis Mitternacht geöffnet. Eve kam eine Idee. Sie warf einen Blick in den Rückspiegel, dann bog sie in die Einfahrt zur Tiefgarage und zog ein Ticket.

Ein heftiges Zittern überlief ihren Körper, als sie im Aufzug stand. Ihr Magen rebellierte. Mit einer Hand umklammerte sie ihre Handtasche, mit der anderen das nutzlose Handy. Die Kabine stoppte, und Eve zögerte einen Moment, bevor sie es wagte, den Aufzug zu verlassen.

Der Supermarkt war beinahe leer. An der Kasse scherzte ein blasser Typ mit der Kassiererin. Die Straße vor den großen Panoramafenstern lag da wie ausgestorben. Eve trat aus der Kabine und schlüpfte zwischen die langen Regalreihen. Sie betrachtete Preisschilder und stöberte in Zeitschriften, ohne wirklich zu sehen, was sie las. Sie kaufte sich Zeit. Sie wollte sichergehen, dass der Porschefahrer es aufgab, durch die Straßen der Nachbarschaft zu kreuzen, auf der Suche nach ihr.

Eve wusste nicht, wie lange sie sich im Laden aufhielt. Lange genug jedenfalls, um ihren Verfolger davon zu überzeugen, dass die Beute entkommen war. Lange genug, um das Zittern unter Kontrolle zu bekommen und sich so weit zu entspannen, dass sie wieder klar denken konnte. Sie kaufte Obst und Milch, dann machte sie sich zu Fuß auf den Weg nach Hause zum 717, das nur zwei Blocks entfernt lag. An einer Kreuzung streifte sie ihre hochhackigen Riemchensandalen ab und lief barfuß weiter. Ihre Füße fühlten sich geschwollen an und schmerzten.

Was für eine Nacht! Im Nachhinein erschienen die Geschehnisse der letzten Tage unwirklich. Ihr schwirrte der Kopf von zu vielen Informationen und Mutmaßungen. Seit ihrem Zusammenstoß mit Alan Glaser und den beiden Killern auf dem Dach seines Hauses war ihr Leben vollkommen aus den Fugen geraten. Das irrwitzige Katz-und-Maus-Spiel mit dem Porsche markierte nur den letzten Höhepunkt in einer bizarren Kette von Ereignissen.

Sie überquerte die Straße und tauchte in die Baustellenunterführung ein, die den Bürgersteig auf dieser Seite der Fahrbahn ersetzte. Wind raschelte in den Folien. Die Geräusche des nächtlichen Downtown schienen von weit her zu kommen. Eve stellte sich eine Badewanne mit heißem Wasser vor, konnte die Wärme auf ihrer Haut fast schon spüren, roch Gewürzduft, Lavendel und Ingwer. Ingwer.

Als sie aus der Unterführung heraus wollte, verdunkelte sich das Blickfeld zwischen den Folien. Ein Mann trat in den Weg. Eve erschrak so sehr, dass ihr der Beutel mit den Einkäufen entglitt.

»Hallo, Eve«, sagte der weißblonde Killer. »Ich dachte, ich sehe mal nach, wo du bleibst.«

Die Schreie des Rothaarigen hatten jede Menschlichkeit verloren. Die Kehle längst heiser und wund, kämpfte er wie wahnsinnig gegen die Fesseln. In seinen Augen flackerte Entsetzen, und Kain wusste, dass er nie zuvor ernsthaft verletzt worden war. Er kannte die Gabe der Heilung noch nicht. Diese Pein, als würde das Fleisch gewaltsam von den Knochen gerissen. Das Aufbäumen seines nicht menschlichen Metabolismus, bevor sich die Wunden zu schließen begannen. Als müsste der Körper die versehrten Teile vernichten, bevor er das Gewebe erneuern konnte.

Kain fand seinen eigenen Schmerz dagegen erträglich. Doch seine Schmerztoleranz war hoch; zudem waren keine inneren

Organe verletzt. Er krümmte sich, als die letzte Welle ihn überlief, atmete weiter und spürte zuletzt, wie seine Muskeln sich entspannten. Wärme breitete sich in seinem Arm aus. Der Schnitt hatte aufgehört zu bluten.

Er warf einen Blick auf den Rothaarigen, der endlich verstummt war. Tränen liefen über die Wangen des Mannes. Kains Beine zitterten ein wenig, als er sich aufrichtete. Er zog sein Messer aus der Scheide am Fußknöchel und trat dicht an den Rothaarigen heran. Dann ließ er sich auf die Brust des anderen niedersinken. Der Mann zog die Füße an, um ihn zu attackieren, stoppte aber mitten in der Bewegung, als er die Klinge an seiner Kehle spürte.

»Die Transformation ist neu für dich?«

Der Mann hustete.

»Wie heißt du?«, fragte Kain. Er wartete ein paar Sekunden, dann tastete er mit der freien Hand die Taschen des anderen ab. Er fand eine Geldbörse, klappte sie auf und betrachtete den Führerschein. »Nicht, dass es wichtig wäre.« Kain ließ die Brieftasche fallen. »Chris, ja? Es macht es nur einfacher, sich zu unterhalten. Mein Name ist Kain.«

Der Mann namens Chris antwortete nicht.

»Du bist noch ein Kind.« Kain lächelte. »Du glaubst, wir sind unzerstörbar. Und das sind wir auch, zu einem gewissen Grad. Unser Blut ist etwas Besonderes. Es erneuert unsere Körper. Es hält uns jung. Deshalb …«, er zog einen Schnitt über Chris' Kehle, nicht sehr tief, aber genug, dass die Wunde zu bluten begann, »ist es zugleich unsere verwundbarste Stelle.«

»Wer bist du?« Chris' Stimme war kaum mehr als ein Krächzen.

»Nur ein Sohn, der Sehnsucht nach seinem Vater verspürt.« Kain lachte leise. »Vielleicht haben sie es dir nicht gesagt, aber wir sind nicht unsterblich. Man kann uns töten. Man muss nur unsere Adern aufschlitzen und dafür sorgen, dass das Leben aus uns herausläuft, bevor die Transformation einsetzen kann.« Er drückte die Spitze des Messers gegen die Halsschlagader des Mannes, verletzte sie aber nicht.

»Warum sagst du mir das?«

»Damit du deine Optionen kennst. Leben oder sterben. Willst du leben, Chris?«

Der Mann zitterte. Seine Pupillen glänzten wie die eines in die Enge getriebenen Tieres.

»Gut«, fuhr Kain fort, ohne eine Antwort abzuwarten. »Wenn du leben willst, dann hilf mir, Mordechai zu treffen.«

Chris schloss die Augen und öffnete sie wieder. »Das kann ich nicht. Selbst wenn ich wollte. Ich bin nur ein kleines Licht. Ich bin gar nichts.« Ein halbes Schluchzen entrang sich seiner Kehle. »Du hast dir den Falschen ausgesucht.«

»Ich glaube nicht.« Kain verringerte den Druck der Klinge. »Ich glaube sehr wohl, dass du mir helfen kannst. Du musst mir nur ein paar Fragen beantworten.«

»Warum bist du fortgelaufen?«

Eve wagte nicht, sich loszureißen. Andrejs Hand umschloss ihren Arm wie eine Stahlklammer.

»Ich bin nicht fortgelaufen.« Sie versuchte, die Panik zu unterdrücken. Sie fürchtete, dass er ihre Furcht riechen könnte und dass ihre Angst seine Blutgier anstacheln würde. »Ich hatte Kopfschmerzen.«

»Soll ich dir die Schultern massieren?«

Seine zweite Hand glitt über ihren Rücken und tastete sich hoch zu ihrem Nacken. Er erwähnte nicht ihre kleine Verfolgungsjagd durch die Straßenschluchten. Trotzdem war sie sicher, dass er den Porsche gefahren war. Es gab keine andere Erklärung. Er war ihr von Hollywood aus gefolgt.

»Also, gehen wir zu dir?«, fragte er.

»Klar«, murmelte Eve. Der Puls hämmerte ihr in den Ohren wie das Echo in einer Schmiede.

»Wohin?«

»Nicht weit.«

Ein Mahlstrom rotierte in ihrem Kopf. Sie musste Andrej loswerden. Im Lichtkegel der Straßenlaterne flatterte ein Nachtfalter auf. Ein zweiter Falter flog so dicht neben ihr, dass er fast ihre Wange streifte. Eve zuckte zurück. Im Griff des Russen lag kaum Zärtlichkeit. Ihre Haut schmerzte unter seinen harten Fingern. Sie tauschte ein Lächeln mit ihm, das ihre Augen nicht erreichte, ebenso wenig wie die seinen. Der Hunger in seinem Blick schürte ihr Entsetzen wie Wind ein Kohlenfeuer.

Sie gingen den Olympic Boulevard herunter, passierten die Glastüren des 717. Eve spähte hinein und fand den Concierge-Tisch verlassen. Ihr Puls schoss ein Stück höher. Das war schlecht. Sehr schlecht. Sie konnte Andrej unmöglich mit hoch in ihr Apartment nehmen. Die Wände im Haus waren gedämmt. Kein Mensch würde sie schreien hören, wenn er sich entschied, ihr die Kehle durchzuschneiden, anstatt mit ihr zu schlafen. Nicht, dass sie mit ihm schlafen wollte. Aber das war im Moment ihre geringste Sorge. Ihre Furcht kreiste um die viel elementarere Frage, wie sie Andrej entkommen sollte, wenn er sich als der Psychopath entpuppte, für den sie ihn hielt. Sie zog ihn am Eingang des 717 vorbei, ohne im Tempo innezuhalten. Sie überquerten die Figueroa Street und näherten sich dem Apartmenthaus mit der Ziegelfassade. Aus dem Augenwinkel beobachtete Eve die Züge des Russen. Sie wartete auf ein Zucken, ein Zeichen des Erkennens. Irgendeine Gefühlsregung. Er kannte diesen Ort. Kannte ihn gut. Doch sein Gesicht blieb eine Maske.

»Wohin jetzt?«, fragte er.

»Die Straße hinunter.«

»Ich glaube, du lügst.« Andrej sagte das ohne Emotion, eine gleichmütige Feststellung.

»Was?« Ihr Lachen misslang.

Er stoppte so abrupt, dass sie stolperte. Mit einem Ruck zog er sie herum und drückte sie gegen die Ziegelmauer. Eve wurde bewusst, wie dunkel es vor dem Haus war. Es gab keine Straßenlampen auf diesem Abschnitt, und die ausladenden Kronen der Bäume schirmten das Licht ab, das von der Fassade des 717 zurückgeworfen wurde. Der Geruch nach Ingwer verdichtete sich, als Andrej seinen Körper gegen sie presste. Vergeblich versuchte sie, ihn wegzustoßen. Er legte seinen Mund auf ihren, zwang seine Zunge zwischen ihre Lippen. Sein Kuss war eine gewalttätige Attacke, die Furcht und Zorn gleichermaßen in ihr schürte.

Eve begann zu kämpfen. Sie packte seinen Kopf und zerrte daran. Sie winkelte ein Bein an und trat ihn gegen das Schienbein, krümmte sich noch weiter und zog das Knie hoch.

Er stieß den Atem aus und ließ von ihr ab. Für ein paar Sekunden starrten sie sich an. Eve sog gierig Luft ein, verschluckte sich und hustete. Hunger und Gier in Andrejs Augen verwandelten seine Pupillen in schwarze Seen. In diesem Moment wusste Eve, dass niemand sie retten würde. Sie war ihm ausgeliefert, und sie wusste es. Und er wusste es auch.

Andrej lächelte. Seine Zähne schimmerten in leuchtendem Weiß. Eve folgte einem Instinkt, der so alt war wie die Menschheit selbst: Sie begann zu schreien.

Ein Schrei zerschnitt das nächtliche Rauschen. Dünn und scharf stieß er in Alans Bewusstsein, wie eine glühende Nadel. Der Schock riss ihn auf die Beine.

Er stürzte zum Fenster, ohne zu wissen, warum ihn dieser Schrei so alarmierte. Die Straßen dieser Stadt waren voller

Schreie, vor allem nach Einbruch der Dunkelheit. Doch dieser hier klang anders. Er rührte an Bilder in Alans Innerem, an eine Erinnerung. Es war eine Frau, die geschrien hatte.

Eine Vorahnung am Rand seiner Wahrnehmung verdichtete sich zu schrecklicher Schwärze. Alan wusste, woher der Schrei gekommen war.

Andrej wischte Eves Widerstand beiseite wie die Fäuste eines kleinen Kindes. Sie kämpfte gegen den Würgreflex, als er ihr eine Hand auf den Mund presste. Er schleifte sie in den Korridor zwischen der Hauswand und dem Drahtzaun, der den benachbarten Parkplatz absperrte. Dort stieß er sie zu Boden und kniete sich auf sie. Seine Finger tasteten ihre Schenkel hinauf. Stoff riss, als er am Saum ihres Kleides zerrte. Es war so dunkel, dass Eve seine Züge kaum mehr erkennen konnte. Sie nahm nur das Glitzern seiner Augen wahr – und das unnatürlich weiße Gebiss, als er lächelte.

»Immer noch Kopfschmerzen?«

Mit einer Hand presste er ihre Handgelenke auf den Boden, mit der anderen hinderte er sie am Schreien. Sein Körper war schwer und zugleich geschmeidig wie eine Stahlfeder.

»Du riechst gut.«

Seine Stimme sickerte wie durch Watte zu ihr. Sie bäumte sich auf. Vielleicht war es, weil Andrej nicht mit ihrer Attacke rechnete, aber es gelang ihr, die Arme loszureißen. Ihre Finger schabten über Kiesel und Sand, stießen gegen etwas Hartes, ein Stück Glas. Fest umklammerte sie die Scherbe, registrierte kaum, wie die scharfe Kante ihr in die Handfläche schnitt. Sie brachte den Arm hoch und schlug nach Andrejs Gesicht. Ihre behelfsmäßige Waffe drang durch Haut und Muskeln.

Der Russe keuchte überrascht auf.

Sie rangen miteinander, rollten herum. Plötzlich waren ihre

Lippen wieder frei. Eve schrie, bis ihre Kehle heiser wurde. Andrej zischte etwas auf Russisch, das wie ein Fluch klang. Dann erwischte er sie mit der Faust an der Schläfe. Ein scharfkantiger Gegenstand riss ihr die Haut auf. Der Ring, dachte sie noch. Ihre räumliche Wahrnehmung kippte. Verzweifelt kämpfte sie darum, nicht das Bewusstsein zu verlieren.

Andrej klemmte ihre Beine ein und beugte sich über sie. Warm tropfte ihr sein Blut aufs Gesicht. Ein Stich Befriedigung drang in ihren bleischweren Geist. Sie hatte ihn verletzt. Dann erfasste sie einen Lichtreflex auf poliertem Stahl und erkannte, dass er ein Messer in der Hand hielt. Ihre Wahrnehmung schien verzögert zu arbeiten, denn einen Augenblick später senkte die Klinge sich in ihre Kehle. Eve spürte kaum Schmerz, nur Schwäche. Sie wusste, dass sie sich wehren musste, dass sie sterben würde, wenn es ihr nicht gelang, ihn zurückzustoßen. Aber ihre Muskeln reagierten nicht, sie waren wie gelähmt.

Andrej neigte seinen Kopf zu ihr. Er lächelte noch immer. Oder nein, es war kein Lächeln. Ein Zähnefletschen. Der Duft nach Ingwer überdeckte alles.

Ihre Wahrnehmung gaukelte ihr Schritte vor, die sich näherten, und einen Ruf. Andrej senkte seinen Kopf tiefer. Ein scharfer Schmerz explodierte in ihr. Sie konnte kaum atmen vor Entsetzen. Plötzlich fand sie ihre Stimme wieder. Und ihre Kraft. Und begann zu kämpfen, als Andrej seine Zähne in der Wunde an ihrem Hals vergrub und anfing, ihr Blut zu trinken.

Alan hieß seine Wut willkommen. Ein rohes Feuer loderte in ihm auf, während er die letzten Meter zwischen sich und diesem Schattenläufer überbrückte, der über Eve kniete und das Leben aus ihr trank. Der Mann bemerkte ihn viel zu spät. Vielleicht, weil er vom Blutrausch benommen war. Seine Bewegungen waren zu langsam, als er endlich von seinem Opfer abließ und sich umdrehte, um seinem Angreifer entgegenzutreten. Alan traf ihn mit einem Fußtritt im Gesicht und schleuderte ihn rücklings zu Boden. Der andere schüttelte den Kopf, richtete sich wieder auf. Blut glänzte auf seinem Kinn. Alan starrte ihn an, erkannte das Gesicht.

Andrej Icoupov. Also doch. Im Augenwinkel erfasste er eine schwache Bewegung. Eve regte sich. Gott sei Dank, sie lebte.

»Wer bist du?«, knurrte Icoupov.

Die Frage überraschte ihn. Mit schmalen Augen musterte er Icoupovs Züge. Wie schon in Mordechais Haus konnte er nicht sicher sagen, ob es dieser Mann gewesen war, gegen den er in der Nacht zuvor gekämpft hatte. Das war seltsam. Er hatte gespürt, dass seine Gegner vom Blut waren, so wie er es jetzt wieder spürte, aber die erwartete Vertrautheit blieb aus.

In der Hand des Russen blitzte ein Messer, eine hässlich gekrümmte Klinge.

»Verschwinde!«, forderte Icoupov.

Alan hörte ein leises Keuchen. Der Asphalt glänzte von Eves Blut, und immer noch mehr strömte aus ihr heraus. Er spürte, wie schwach sie war. Der Wunsch, den Russen zu töten, explodierte zu einem übermächtigen Verlangen. Mordlust loderte in ihm auf. Die Gewalttätigkeit dieser Empfindung erschreckte ihn beinahe.

»Nein. Du verschwindest.«

Er presste die Zähne aufeinander. Der Frieden der letzten Jahre war weggewischt. Bedeutungslos, ein fernes Echo. Sein Schwur verwehte wie Linien im Sand. Ein Teil von ihm wünschte noch, der Russe würde gehorchen. Würde einfach die Waffe fallen lassen und in die Schatten zurückkriechen, aus denen er gekommen war. Doch diese Stimme war schwach und wurde übertönt vom Gesang des Blutes in seinen Ohren, der puren Kampfeslust. Der andere verströmte die Arroganz von jemandem, der sich unbesiegbar fühlte, nachdem er Blut getrunken hatte. Ein dünnes Lächeln verzerrte Icoupovs Lippen.

Mit unglaublicher Schnelligkeit griff der Russe ihn an. Er überbrückte die Distanz zwischen ihnen mit einem Sprung, doch Alan wich seinem Messerstreich aus. Die Klinge schnitt durch den Stoff seines Shirts, verletzte ihn aber nicht. Icoupov zog den Dolch zurück und stieß ein zweites Mal zu. Er zielte auf Alans Unterleib. Alan blockte die Waffe mit seinem Unterarm, mit der anderen Hand langte er nach Icoupovs Schulter.

Der Zusammenprall brachte sie beide aus dem Gleichgewicht. Sie taumelten, umklammerten einander, gingen gemeinsam zu Boden. Alan krachte mit dem Rücken auf den Asphalt. Er bekam das Handgelenk seines Gegners zu packen und verdrehte es brutal. Icoupov gab die Waffe nicht auf, sondern versuchte sich zu befreien, während er zugleich eine Reihe von Treffern gegen Alans Nieren landete. Alans Muskeln versteiften sich vor Schmerz. Keuchend verstärkte er seinen Druck. Er ballte die freie Hand zur Faust und hieb sie Icoupov ins Gesicht. Die Nase des Russen brach unter dem Aufprall, die Ringe rissen ihm die Haut auf. Icoupov knurrte. Es war ein tiefer, barbarischer Laut. Das menschliche Blut, das seinen Metabolismus stimulierte, machte ihn zu einem furchterregenden Kämpfer. Die Droge schärfte seine Reflexe, erhöhte seine Muskelkraft. Icoupovs Finger schossen hoch zu Alans Kehle. Scharfe Nägel gruben sich ihm in die Haut. Alan keuchte, als der Russe ihm die Luftzufuhr abschnitt. Während er mit einer Hand weiter das Messer herunterdrückte, versuchte er mit der anderen, den Griff um seinen Hals zu lösen.

Für ein paar Augenblicke schien es, als wären ihre Kräfte ausgeglichen. Alan hielt den Russen in Schach, schaffte es aber nicht, einen Vorteil zu erkämpfen. Zugleich begann sein Bewusstsein auszusetzen, eine Folge des Sauerstoffmangels im Gehirn. Blut hämmerte in seinen Schläfen, seine Sicht verschwamm. Am Rand seines Sichtfelds flackerte Schwärze.

Ihm blieb keine Wahl. Er gab den Griff um Icoupovs Waffenhand auf, um seine Kehle zu befreien, und brach die Umklammerung mit einem wütenden Ruck. Schwindel überflutete ihn, als er plötzlich wieder atmen konnte.

Einen Herzschlag später begrub Icoupov seine Klinge tief in Alans Fleisch.

»Was ist mit den Piers?«, fragte Kain. »Wie sind die gesichert?«

»Kameras«, entgegnete Chris. »Radar, Scheinwerfer, alle möglichen Sensoren. Wir kriegen jede Möwe auf den Bildschirm. Das Gelände wird mit Hunden patrouilliert.«

Seine Stimme klang flach und gleichförmig. Er saß gegen den Betonpfeiler gelehnt und starrte zu Boden. Die Transformation hatte seinen Widerstand gebrochen. Vielleicht war es aber auch die Vorstellung, dass Kain seine Wunden, die sich unter unsagbaren Schmerzen geschlossen hatten, wieder aufreißen und damit den Heilungsprozess erneut initiieren könnte.

»Keine Schwachpunkte?«

Chris schüttelte den Kopf. »Das Anwesen ist besser bewacht als Fort Knox. Vergiss es. Du kommst da nicht rein, wenn Ravin es nicht will.«

Ravin. Der Name hallte wie ein Donnerschlag in Kains Erinnerung. Ravin, Vaters Schwert und Schild und seine rechte Hand. Ravin, der Mann fürs Grobe.

»Mordechai kann sich nicht Tag und Nacht hinter seinen Mauern verschanzen, oder? Er muss das Anwesen ab und zu verlassen.«

»Manchmal.«

»Wann?«

»Wir wissen es nicht.« Chris zögerte. »Nicht vorher. Niemand weiß, wann er ausgeht.«

Kain richtete die Desert Eagle gegen Chris' Knie. Er legte den Sicherungshebel zurück. Das Knacken klang überlaut in der Stille.

»Nicht!« Seine Stimme überschlug sich. »Bitte. Ich sage die Wahrheit.«

Kain spürte, dass der Mann nicht log. Chris hatte Angst. Seine Angst überlagerte alles andere. Loyalität, Trotz, den Wunsch nach Vergeltung. Mehr als die Konsequenzen seines Verrats fürchtete Chris die neuerliche Transformation.

»Woher weißt du dann, dass er das Haus verlässt?«, fragte Kain.

Chris starrte unter gesenkten Wimpern hervor auf die Pistole. »Unsere Leute machen Witze, dass der Boss nur ein Mythos ist. Niemand bekommt ihn zu Gesicht. Jedenfalls niemand, der nicht zum inneren Kreis gehört. Wir sehen manchmal, wie drei gepanzerte Limousinen die Garage verlassen. Sie fahren im Konvoi. Und keiner weiß, in welchem Fahrzeug sich Mordechai befindet.«

Kain ließ frustriert die Waffe sinken. Mordechai aufzuspüren war leicht gewesen. Doch er verbarrikadierte sich in seiner Festung aus schwarzem Glas und hatte den Burggraben in Brand gesteckt.

»Wie komme ich in dieses Haus?«

»Mit einer Armee«, sagte Chris.

Schlieren trübten ihren Blick.

Einen schrecklichen Moment wusste Eve nicht, wo sie sich befand. Sie wollte sich aufrichten, doch Schmerz und Übelkeit überfluteten ihren Körper. Ihr Gleichgewichtssinn versagte, als sie sich auf die Knie erheben wollte. Sie schwankte, fing sich mit den Handflächen auf und verharrte so, schwer atmend. Einen Moment später erfasste sie die beiden Gestalten, die in tödlicher Umklammerung über den Boden rollten. Ihr wurde klar, dass sie nur wenige Minuten weg gewesen war, vielleicht nur für Sekunden. Andrejs platinblondes Haar leuchtete im Dunkeln.

Eves Gedanken rasten. Sie wusste es wieder, mit glasklarer Sicherheit, dass der andere Alan Glaser war. Der Maler.

Eve erinnerte sich nicht, wann er aufgetaucht war. Sie spürte nur Erleichterung, so überwältigend, dass sie für einen Moment ihr Entsetzen verdrängte. Als Alan einen gepressten Laut ausstieß, halb Keuchen, halb Schrei, zuckte sie zusammen. Er zog plötzlich die Beine an und schleuderte den Russen zurück. Dann kam er auf die Füße, den Oberkörper leicht vorgebeugt. Andrej richtete sich gleichzeitig auf. Für ein paar Atemzüge standen sie still und belauerten einander. Eve wagte nicht, sich zu bewegen.

Auf einer unbewussten Ebene realisierte sie, wie ähnlich die Männer einander waren. Wie Raubtiere, deren Anblick sich in die Netzhaut ihrer Beute brennt, kurz vor dem tödlichen Biss. Dann griff der Russe wieder an, attackierte Alan mit einer Serie von Schlägen. Alan blockte und wich aus, mit atemberaubender Präzision. Er fing Andrejs Arm und zog den Russen zu sich heran, drehte sich und hieb ihm den Ellbogen ins Gesicht. Zwei Treffer in den Unterleib ließen den Russen einknicken. Alan umklammerte seinen Nacken mit beiden Armen und rammte ihm ein Knie ins Gesicht.

Das Geräusch klang wie brechendes Holz. Andrej sackte zusammen. Im nächsten Moment überlief Eve ein Grauen, als Alan nach seiner Seite tastete und ein Messer aus einer Wunde zog. Er ließ sich auf Andrejs Brust niedersinken, packte dessen Kopf und schnitt ihm die Kehle durch. Der Russe bäumte sich auf, doch seine Bewegungen waren nicht mehr so kraftvoll wie zuvor. Alan nagelte ihn mit den Knien auf den Boden und hielt seine

Arme fest. Eve wollte die Augen schließen, konnte es jedoch nicht. Gegen ihren Willen starrte sie zum Russen und seinem Henker. Andrejs Todeskampf schien ewig zu dauern. Als seine Glieder endlich aufhörten zu zucken, sank Eve nach vorn und übergab sich.

Alans Wut fiel in sich zusammen, als der Russe aufhörte zu atmen. Plötzlich lag der Körper ganz still. Alan konnte das Hämmern seines eigenen Herzschlags hören. Seine Knochen fühlten sich kalt an. Keuchend erhob er sich. Er ließ das Messer fallen und sah nach Eve, die bleich und verletzt am Boden hockte. Ihre Halsseite und die Schulter waren schwarz von Blut. Der säuerliche Geruch von Erbrochenem mischte sich in die Nachtluft, die bereits gesättigt war von Tod und Schmerz.

Was hatte er getan? Er tastete nach der Stelle, an der ihm Icoupov das Messer ins Fleisch gerammt hatte. Blut sickerte aus dem Schnitt. Es schmerzte. Mit ein paar Schritten überbrückte er die Distanz zwischen sich und Eve und ging vor ihr in die Knie. Sie öffnete die Lippen.

»Was …?«

»Nicht«, unterbrach er. »Nicht sprechen.«

Er streckte einen Arm aus und tastete über die Wunde an ihrem Hals. Der Schnitt ging nicht so tief, wie er befürchtet hatte. Glück gehabt. Ihn überspülte eine solche Erleichterung, dass ihm fast schwindlig wurde.

»Können Sie aufstehen?«, fragte er.

»Keine Ahnung.«

Ihre Lider zitterten. Alan unterdrückte das Bedürfnis, ihre Wange zu berühren. Eve umklammerte sein Handgelenk, als er ihr aufhalf. Er legte die andere Hand um ihre Hüfte und dirigierte sie zur Straße, hinaus aus der Dunkelheit.

»Ich bringe Sie hier weg.«

»Ja«, wisperte sie. Ihre Stimme klang teilnahmslos. Der Schock glänzte in ihren Augen. Sie machte ein paar unsichere Schritte, dann stockte sie. »Moment.«

Sie wand sich schwerfällig aus seinem Griff und schleppte sich zurück zu Icoupovs Leiche. In ihren Schritten lag eine verbissene Zielstrebigkeit, die Alan davon abhielt, sie zurückzuhalten. Sie beugte sich über den Toten und durchsuchte seine Taschen.

»Was tun Sie da?«, fragte Alan.

Eve antwortete nicht. Sie schien etwas gefunden zu haben. Alan konnte es nicht erkennen, weil sie ihm den Rücken zuwandte. Unerwartet strauchelte sie, stürzte halb auf ein Knie. Alan war sofort bei ihr, um ihr aufzuhelfen. Eve murmelte etwas Unverständliches. Sie wich seiner Berührung aus und richtete sich aus eigener Kraft wieder auf. Alan sah, dass sie ein Mobiltelefon in der Hand hielt. Ihr Gesicht war noch immer eine blutleere Maske, als sie den Russen zu fotografieren begann. Alan wusste, er sollte sie daran hindern, konnte sich aber nicht überwinden, ihr die kleine Kamera zu entreißen. Sie wirkte so fragil, so konzentriert. Und zugleich wie ein Geist, ein Schatten ihrer selbst. Es spielte keine Rolle. Er würde sich später um die Fotos kümmern.

Ein kleiner Gegenstand glitt ihr aus der Hand und fiel klirrend zu Boden. Alan hob ihn auf. Es war ein außergewöhnlich geformter Ring mit einem weißen Stein. Ein schwerer Ring mit großem Durchmesser, gemacht für eine Männerhand. Sein Blick glitt zurück zu Andrejs Leiche und dann wieder zu Eve.

Sie streckte die Hand aus. »Gib ihn mir!« Ihre Stimme klirrte.

»Hast du ihm den abgenommen?«

»Bitte«, fügte sie hinzu.

Alan fuhr mit dem Daumen über den Stein. Er fühlte sich warm an und seltsam rau. Eine Art Netz überspannte das Juwel. Er zögerte, kapitulierte dann jedoch vor dem gehetzten Ausdruck in Eves Blick und legte ihr den Ring in die Hand. Seine Finger berührten für eine Sekunde ihre Handfläche.

»Ich will nach Hause«, sagte sie leise.

Sie musste kurz vor dem Zusammenbruch stehen. Der Schock wirkte nach, und sie hatte eine Menge Blut verloren. Ein Wunder, dass sie überhaupt noch aufrecht stand. Sie sah verloren aus, blutbesudelt in ihrem zerrissenen Kleidchen. Eine Welle der Zärtlichkeit spülte über ihn hinweg. Eine unerwartete Emotion.

»Wo wohnen Sie?«

»Dort drüben.« Sie machte eine Kopfbewegung zur Straße hin und zuckte sofort zusammen. Ihre Hand fuhr hoch und bedeckte die Wunde. »Verdammt, das tut weh!«

In ihrem Ton schwang die alte Eve durch, und Alan war erleichtert.

»Das 717?«

Sie nickte.

Alan schürzte die Lippen. »Nett.«

»Ist nicht so teuer, wie es aussieht.« Eve verzog die Mundwinkel zu einem Lächeln. Sie taumelte, umklammerte seinen Arm und brach zusammen.

8

Eves erste Wahrnehmung war der Geruch von Terpentin.

Sie schlug die Augen auf und starrte ins Dunkel. Ihre Hände tasteten über eine Matratze. Sie drehte den Kopf und sah ein Fenster. Lichter auf der anderen Seite. Alles war fremd, aber dennoch vertraut. Sie hatte das schon einmal gesehen. Wie lange war sie weg gewesen?

Sie erinnerte sich an den Kampf mit Andrej, an Alan, der den Russen getötet hatte. Der ihm die Kehle durchgeschnitten hatte und ihn danach verbluten ließ. Ihr wurde kalt, als das Bild vor ihrem inneren Auge auftauchte, so klar, dass sie das Blut fast riechen konnte.

Ein Geräusch durchbrach ihre Lethargie, ein Keuchen. Mit einem Ruck richtete sie sich auf. Die Decke rutschte von ihrem Körper. Erst jetzt bemerkte sie, dass sie bis auf ihren Slip nackt war. Die Vorstellung, Alan könnte sie entkleidet haben, trieb ihr die Hitze ins Gesicht. Sie tastete nach der Wunde an ihrem Hals. Ihre Finger wanderten über glatte Haut, suchten nach dem Schnitt, fanden aber nicht die geringste Verletzung.

Verwirrung verdrängte den Anflug von Scham. Sie konnte sich das alles nicht eingebildet haben, oder?

Erneut hörte sie das Geräusch. Es klang wie gepresste Atemzüge. Sie machte zwei vorsichtige Schritte aus dem Bett, ertastete die Wand. Mehr eine Schiebetür. Sie legte ihre Hände flach dagegen und schob sie zur Seite. Auf der Türschwelle verharrte sie. Ein Streifen Licht fiel durch die Fenster und tauchte den Raum in dämmrige Schatten.

Alan stand gegen die Wand gestützt, barfuß, mit nacktem Oberkörper. Er schien sie nicht zu bemerken. Schwarze Krusten bedeckten seine Seite, wahrscheinlich getrocknetes Blut. Auf seiner Haut glänzte Schweiß. Er atmete schwer und zitterte am ganzen Körper. Jäh zuckte er zusammen, wie unter einem elektrischen Schlag. Seine Muskeln verkrampften sich, er sank in die Knie. Eine Zeit lang hockte er am Boden, keuchend, die Hände zu Fäusten geballt. Schließlich schien der Schmerz von ihm abzufallen. Er streckte sich aus und blieb reglos liegen.

Panik kroch in Eves Kehle hinauf. Sie starrte auf seinen Rücken, suchte nach einem Zeichen, dass er noch atmete. »Bitte«, flüsterte sie. »Bitte.«

Sie löste sich aus ihrer Erstarrung und schlich näher. Sie ging in die Hocke und streckte eine Hand nach ihm aus, berührte leicht seine Schulter.

Wie ein Dämon rollte er herum, packte ihren Arm, seine Finger wie Klauen. Seine Augen weit aufgerissen. Wut loderte darin, ein wahnsinniges Feuer. Mit einem Ruck riss er sie zu Boden, und dann war er über ihr.

Eve schrie. Seine Faust raste auf sie zu. Aber er stoppte, bevor er ihr das Gesicht zerschmettern konnte.

Alans Griff löste sich so abrupt, als hätte er sich verbrannt. Sie starrte ihn an, wollte etwas sagen, konnte aber nicht. Ihre Zunge verweigerte den Dienst. Der Wahnsinn in Alans Blick war verschwunden. Aber sie hatte ihn für einen Moment gesehen. Sie hatte sich das nicht eingebildet.

»Tu das nie wieder«, knurrte Alan.

»Was?«

Sein Gesicht verzerrte sich zu einer Grimasse, als er sich aufstützte und auf die Füße kam. Mit einer Hand hielt er sich am Tisch fest. »Tut mir leid wegen dem Kleid.« Er klang wieder wie er selbst. »Ich musste es wegwerfen.«

Es war gespenstisch, wie abrupt seine Gemütszustände wechselten. In einem Moment gebärdete er sich wie ein tollwütiger Wolf, im nächsten war er so ruhig, als sei nichts geschehen. Das war nicht normal.

Eve blickte an sich herunter. Verspätet wurde ihr bewusst, dass sie so gut wie nichts am Leib trug.

»Tut mir leid«, wiederholte Alan. »Ich kann dir ein T-Shirt geben.«

»Ja.«

Später saß Eve auf einem Stuhl am Fenster und versuchte, ihre widerstreitenden Empfindungen zu sortieren. Unter gesenkten Lidern beobachtete sie Alan, der an der Küchenzeile stand und Tee aufbrühte. Seine Bewegungen gewannen an Sicherheit. Sie wusste, dass er beim Kampf mit Andrej verletzt worden war. Sie hatte das Messer gesehen, das bis zum Heft in seiner Seite gesteckt hatte. Obwohl er sich vor einer halben Stunde noch mit Krämpfen am Boden gewunden hatte, bewegte er sich nun, als wäre er vollkommen genesen.

Verstohlen tastete sie ihren Hals ab. Sie fand nichts. Nicht das kleinste Anzeichen einer Wunde. Etwas entging ihr hier.

Sie bückte sich nach ihrer Handtasche. In der Innentasche steckte noch immer das Päckchen mit Andrejs Haarprobe. Daneben ertastete sie den Ring, den sie ihm aus einem Impuls heraus abgezogen hatte, und das iPhone des Russen. Sie hatte sich das alles nicht nur eingebildet.

»Alan«, sagte sie, ihre Stimme bemüht ruhig, »was läuft hier?«

Er blickte auf. »Was meinst du?«

»Alles.«

Eve machte eine Geste mit der Hand. Im Kopf rekapitulierte sie den Kampf zwischen Andrej und Alan. Das war unmenschlich gewesen, eine atemberaubende Eruption von Gewalt. Nicht, dass sie viel Erfahrung in Straßenkämpfen hatte. Aber die beiden Männer waren aufeinandergeprallt wie Titanen. So etwas hatte sie nie zuvor gesehen.

»Was ist mit deiner Wunde?«, fragte sie. »Der Dolch in deiner Seite?«

»Ein Kratzer.«

»Und mein Hals?«

Ein Hauch Ungeduld glitt über seine Züge. »Sah schlimmer aus, als es war.«

»Du belügst mich.« Eve tippte mit einer Fingerspitze gegen ihre Kehle. »Ich habe mir das nicht eingebildet. Es hat geblutet. Und jetzt ist da nicht mal ein kleiner Schnitt.«

Alan stellte eine Teetasse neben ihr auf dem Fensterbrett ab. »Trink das«, sagte er. »Dann fühlst du dich besser.«

Er hatte wirklich ein schönes Gesicht. Ihr Blick glitt über seinen Körper. Er hatte ein frisches Shirt angezogen, das jegliche Verletzung verbarg, aber sie hätte schwören können, dass die Stichwunde verschwunden war. Oder vielleicht verlor sie auch einfach den Verstand. Großartig.

»Was hast du gemacht?«, fragte Eve.

»Was meinst du?«

»Der Kampf mit Andrej. Die Wunden, die auf magische Weise verschwunden sind.«

Er schwieg.

»Wie hast du mich überhaupt gefunden?«

»Du hast geschrien.«

»Verkauf mich nicht für dumm, okay? Ich weiß, was ich gesehen habe. Ich frage mich auch, was mit deinen anderen Verletzungen ist.« Eve deutete auf eine dünne weiße Narbe an seinem Hals, die aussah, als wäre sie Jahre alt. »Du wärst beinahe verblutet auf dieser verdammten Feuertreppe. Und jetzt ist die Wunde einfach verschwunden?«

»Ich bin robust«, sagte Alan.

Sie folgte seinem Blick, der sich irgendwo vor der Wand verlor, zwischen Keilrahmen und Papierrollen und Stapeln von Zeitungen. Auf der Staffelei stand eine Leinwand mit einer Kohleskizze, der Kopf einer Frau im Halbprofil. Sie kniff die Augen zusammen, für einen Moment irritiert, weil die Gesichtszüge so vertraut wirkten.

»Das bin ja ich!«

»Was?« Er verstand nicht sofort.

Eve stieg das Blut in die Wangen. »Das Porträt.«

»Ach das.« Sie war nicht sicher im dämmrigen Licht, aber glaubte zu sehen, dass er ebenfalls errötete. Oder vielleicht irrte sie sich. »Ich habe vorhin damit angefangen.«

Als wäre es völlig normal, ein Bild von ihr zu zeichnen. »Es ist schön«, sagte sie.

»Danke.«

Sie schwiegen eine Zeit lang. Eve beobachtete ihn aus dem Augenwinkel. Ihr Blick heftete sich auf die kraftvollen Linien seines Körpers, die sich unter dem T-Shirt abzeichneten.

Eine Polizeisirene ließ sie zusammenzucken. Mit einem Mal war Andrej wieder präsent, dessen blutüberströmte Leiche in der Gasse zwischen Haus und benachbartem Parkplatz lag. Sie hatte Alan nicht danach gefragt. Sie hatte es vollkommen vergessen.

»Icoupovs Leiche …«

»Keine Sorge. Jemand hat sich darum gekümmert.«

»Jemand?«

Alan erklärte es nicht. Es war wohl normal, dass sich *jemand* um die Leiche kümmerte, wenn ein Mann getötet wurde. Eve bezweifelte jedenfalls, dass Alan die Polizei gerufen hatte.

»Die Cops werden keine Verbindung zwischen dir und dem Toten herstellen.«

»Das ist ja beruhigend.« Eve lehnte sich vor. »Alan, ich will wissen, was hier gespielt wird. Seit ich gestern Nacht dein Tête-à-tête mit diesen russischen Killerbrüdern unterbrochen habe, passieren mir seltsame Dinge, die ich nicht verstehe. Und ich hasse es, etwas nicht zu verstehen. Deshalb bin ich Reporterin. Ich muss so lange nachbohren, bis ich alles verstanden habe.«

Alans Gesicht blieb versteinert, während sie sprach. Seine Reglosigkeit schürte ihren Ärger. Ja, er hatte ihr das Leben gerettet. Aber sie hatte das Gleiche für ihn getan. Es war ein Austausch von Gefallen. Sie schuldete ihm nichts.

»Ich erkläre dir, was ich meine.« Ihre Stimme gewann an Schärfe. »Du bist ein Maler, aber du kämpfst wie ein US Marine. Deine Verletzungen lösen sich einfach in Luft auf, und die der Personen in deiner Nähe gleich mit. Was bist du? Ein verdammter Außerirdischer?«

In Alans Kinn regte sich ein Muskel. »Du willst das nicht wirklich wissen.«

»Ich will das nicht wissen?« Jetzt wurde sie wirklich wütend. Egal, wer nun wem das Leben gerettet hatte, er würde sie nicht für dumm verkaufen. »Wie kannst du beurteilen, was ich wissen will oder nicht?« Sie umklammerte die Stuhllehne. »In zwei Tagen muss ich einen Artikel über den Downtownkiller abliefern. Und wenn ich nicht weiß, was hier vorgeht, reime ich mir einfach was zusammen. Ich weiß nicht, ob das Ergebnis so ausfällt, wie du dir das wünschst.«

»Kein Mensch würde dir glauben, wenn du das schreibst.«

»Wenn ich *was* schreibe?«

Sie starrten sich an. Sein Antlitz glich einer Maske. Ein Teil von Eve fühlte sich schuldig, ihn derart in die Enge zu treiben, nachdem er sein Leben für sie riskiert hatte. Ihr anderes Ich verlangte dagegen, noch tiefer zu bohren, bis er endlich resignierte und ihr die Antworten gab, die sie suchte.

»Bist du so eine Art verdeckter Ermittler?«

Ein dünnes Lächeln glitt über sein Gesicht. »Selbst wenn es so wäre«, erwiderte er, »würde ich es kaum zugeben.«

Alan wusste nicht einmal genau, was er empfand, als er auf Eve hinabstarrte. Sie übte eine seltsame Faszination auf ihn aus, wie sie dort auf ihrem Stuhl hockte, die Finger so fest um die Lehne geklammert, dass ihre Knöchel sich weiß verfärbten.

Ihre Stimme war halb Drohung, halb Verlockung. Ihr Gesicht zeigte ihre Stimmungen wie ein offenes Buch. Und schließlich ihr Körper, ausgelaugt, aber gespannt wie eine Stahlfeder. Sie sprach einen Instinkt in ihm an, den er nicht kontrollieren konnte. Als er sie unten auf der Straße gefunden hatte, blutüberströmt mit verletzter Kehle, hatte Wut sein Bewusstsein überschwemmt. Er hatte den Russen mit voller Absicht getötet. Und er hatte es genossen.

Alan schloss die Augen. Er wollte jetzt nicht darüber nachdenken. Stattdessen suchte er nach einer anderen, angenehmeren Emotion. Die Erleichterung, als ihm bewusst wurde, dass er nicht zu spät gekommen war. Dass er sie retten konnte.

Als er sie gewaschen und ihre Wunden geheilt hatte, war er ihr nahe gewesen. Doch nun war die Nähe verflogen. In seiner Brust schwelte neuer Groll, weil sie nicht aufhörte zu fragen. Und dabei eine solche Anziehungskraft auf ihn ausübte, dass er sich nicht überwinden konnte, sie abzuweisen. Ihn plagte noch immer die Schuld, weil er sie am Vorabend grob aus seiner Wohnung geworfen hatte.

»Icoupov hat für einen Kerl namens Mordechai gearbeitet«, sagte Eve. »Sagt dir der Name was?«

Alan zuckte fast körperlich zusammen. »Nein«, murmelte er. »Nie gehört.«

Eve biss sich auf die Unterlippe. »Scheint eine große Nummer in der Unterwelt zu sein. Die Icoupovs handeln einen Deal mit ihm aus. Ich glaube, es geht um Kunstschmuggel.«

»Eve, du solltest das nicht tun. Diese Leute sind gefährlich. Wenn du ihren Weg kreuzt, spielst du mit deinem Leben.«

»Und wer bist du, dass du mir das sagst?« Hinter dem spöttischen Ton verbarg sich Verletzlichkeit. »Meine Mutter?«

»Wenn es nach deiner Mutter ginge, wärst du mit diesem Icoupov gar nicht erst in Berührung gekommen.«

Schlagartig verhärtete sich ihr Gesicht. »Lass meine Mutter da raus!«, knurrte sie.

Alan hob die Hände. »Schon gut.«

Ihre Aggression fiel so jäh in sich zusammen, wie sie aufgeflammt war. Ihre Lider senkten sich. Dann straffte sie die Schultern und stand auf.

»Ich weiß nicht, was hier vorgeht«, sagte sie. »Ich bin dir jedenfalls dankbar, dass du …« Ihre Hand glitt zu ihrem Hals, tastete nach der Wunde, von der nicht mehr als eine feine Narbe geblieben war. »Ich schätze, er hätte mich umgebracht, wenn du nicht gewesen wärst.«

Alan nickte. Ihm fiel auf, wie lang und schmal ihre Finger waren. Sie trug ihre Nägel kurz geschnitten. Sein Blick glitt am T-Shirt hinunter, das ihr lose auf den Schultern hing, wie ein zu weites Kleid, und ihre kleinen Brüste kaschierte. Der Saum endete auf halber Höhe ihrer Oberschenkel. Er betrachtete ihre Beine, schlank und glatt. Ihre Haut war sehr hell. Er unterdrückte den Impuls, seine Hand auszustrecken und diese Haut zu berühren. Dafür war jetzt wirklich nicht der richtige Moment.

»Ich werde gehen«, sagte sie.

»Barfuß?«

Eve zuckte mit den Schultern. »Es ist ja nur über die Straße.«

Sie bückte sich nach ihrer Handtasche. Alan dachte an die Fotos auf ihrem Handy. Aber was zeigten die schon? Eine Leiche mit durchgeschnittener Kehle. Nichts Außergewöhnliches. Nichts, was seinen Vater belastete. Sie wusste nichts.

»Und du bist sicher, dass du mir nicht etwas sagen willst, das … meinen Artikel in die richtige Richtung lenkt?«

»Versuch nicht, mich zu erpressen, Eve.«

»Das tue ich nicht.«

Ihre Lider flackerten. Eine Lüge. Die Luft im Raum fühlte sich plötzlich klamm an. Und er versuchte nicht, sie aufzuhalten, als sie nach der Türklinke griff.

9

Obgleich von perfekter Schönheit, gaben die Züge das Geschlecht des Wesens nicht preis. Gesicht und Schultern glänzten fahl, wie aus Alabaster geschnitten. Mordechai beugte sich vor, um einen Fleck zu studieren, der ein Fehler im Bild sein konnte oder eine kleine Narbe auf der Haut. Das Foto war nicht so groß, wie er es sich gewünscht hätte. Nicht fein genug aufgelöst, um Details zu erkennen.

Aber es genügte. Es nährte eine tiefe, schmerzhafte Sehnsucht, die aus Leere geboren war und aus tausend Jahren Einsamkeit. Mehr als alles andere verlangte es ihn danach, diese Sehnsucht zu stillen. Dies war der Preis, der am Ende seiner Suche stand. Und er war nahe.

»Asâêl«, flüsterte er. Er lauschte dem Klang der Silben, als könnten sie allein das Wesen beseelen. »Asâêl.« So nahe.

Hinter der Fenstergalerie ging rot die Sonne auf. Schritte rissen ihn aus seiner Konzentration. Naveen, der sich zögernd näherte.

Sein Sekretär besaß einen feinen Sinn für seine Stimmungen. Naveen störte ihn nicht ohne wichtigen Grund, wenn er in sich selbst versunken war wie in diesem Moment.

»Arkadin Icoupov möchte Sie sprechen.« Die Finger des Inders rieben nervös über eine Naht an seiner Hose. »Unverzüglich. Er besteht darauf.«

»Er besteht darauf?«

Wer war dieser Mann, der es wagte, sich so aufzuführen? Sein Bruder und er hatten ihm bereits genug Ärger eingebrockt.

Inzwischen sehnte Mordechai den Tag herbei, an dem er die beiden in ein Flugzeug zurück nach Moskau setzen konnte. Die Brüder erregten zu viel Aufmerksamkeit. Sie zogen Probleme an. Noch schützte er sie, aber seine Geduld ging zu Ende. Er hatte keine Lust, sich in einen Krieg mit Katherinas Garde zu stürzen, nur weil diese zwei Wilden ihren Blutdurst nicht unter Kontrolle hielten. Aber bald war der Handel vollzogen. Dann konnte er sich ihrer entledigen.

Er drehte sich um. »Wo ist er?«

»Mit Ravin in der Bibliothek im achten Stock.« Der Inder hob eine Augenbraue, eine indignierte kleine Geste. »Er kocht vor Wut. Wir konnten ihn kaum beruhigen.«

»Was ist geschehen?«, fragte Mordechai, während er neben Naveen zum Fahrstuhl ging.

»Andrej wurde getötet.«

Mordechai blieb stehen. »Was?«

Naveens Gesicht verbarg jede Gefühlsregung hinter einer höflichen Maske. »Ich habe es Ihnen gesagt, Sir. Die beiden werden uns viel Ärger bereiten. Ist es das wert?«

»Ja«, sagte Mordechai. »Das ist es.«

Die Sonne schmerzte ihr in den Augen, als Eve die Lider öffnete. Sie umklammerte das Kissen und presste ihr Gesicht in den Stoff. Ihr Mund fühlte sich pelzig an, ihre Kehle geschwollen. Oh Gott!

Ein paar entsetzliche Herzschläge lang konnte sie sich nicht erinnern, wie sie in ihr Apartment zurückgekommen war. Sie stützte sich auf die Ellbogen und starrte aus dem Fenster. Bilder der gestrigen Erlebnisse sickerten zurück in ihr Bewusstsein, zusammen mit nagenden Kopfschmerzen.

Ihr fiel wieder ein, wie sie barfuß und im T-Shirt über die Straße gelaufen war. Zum Glück war der Concierge-Tisch unbesetzt gewesen, als sie sich durch das elegante Foyer des 717 zu den Fahrstühlen geschlichen hatte.

Sie schlug die Bettdecke zurück und setzte sich auf. Ihr Blick glitt hinunter zu ihren schmutzigen Füßen und wieder hoch zum Laken. »Verdammt!«

Mit zitternden Knien schleppte sie sich ins Bad. Sie drehte die Dusche auf und stellte sich unter den dampfenden Strahl. Die Hitze tat ihren Muskeln gut. Lange stand sie darunter, die Augen geschlossen, und ließ das Wasser auf ihre Schultern niederprasseln. Die Erlebnisse der letzten Nacht erschienen ihr noch unwirklicher als ihre erste Begegnung mit den Downtownkillern auf dem Dach des gegenüberliegenden Hauses.

Sie dachte an Alan, der sie viel mehr faszinierte, als sie sich eingestehen wollte. Sie war so wütend auf ihn gewesen, nachdem er sie aus seiner Wohnung geworfen hatte, obwohl sie sein Leben gerettet hatte. Doch gestern Nacht hatte er seine Schuld zurückgezahlt, und alles, was sie noch in sich fand, war leiser Groll, weil er ihre Wut zu kindischer Attitüde herabsetzte. Weil er sie ungerührt auf ihren Fragen sitzen ließ. Außerdem hatte er diese Art, sie anzusehen, sodass sie mitten im Satz abbrechen musste, weil sie vergessen hatte, was sie sagen wollte.

Kopfschüttelnd stieg sie aus der Dusche und wickelte ein Handtuch um sich. Zum Teufel mit Alan Glaser und seinem verwirrenden grünen Blick! Sie musste eine Story zu Papier bringen. Ja, er übte eine seltsame Anziehungskraft aus, aber sie konnte es sich nicht leisten, sich ausgerechnet jetzt von ihrer Arbeit ablenken zu lassen.

Eve beugte sich vor und betrachtete ihren Hals im Spiegel. Die Haut an der Seite sah dünn und gerötet aus, wie frisches Narbengewebe. Das schockierte sie beinahe noch mehr als eine unversehrte Kehle. Es bewies, dass sie sich Icoupovs Biss nicht eingebildet hatte. Ebenso wenig wie die Messerwunde in Alans Seite. Sie hatte gesehen, wie tief die Klinge in seinem Fleisch steckte. Sie verstand es einfach nicht. Es überstieg ihren Horizont.

»Es wird keinen Deal mehr geben«, brüllte Arkadin, »wenn Sie die Schlampe nicht finden und zur Rechenschaft ziehen!«

Der Russe konnte kaum atmen vor Wut. Der Ausbruch des Mannes widerte Mordechai an. Arkadin Icoupov ließ sich gehen, ohne Rücksicht auf die Interessen seines Lehnsherrn. Er riskierte alles, nur weil er seine Emotionen nicht unter Kontrolle hatte. Mordechai würde so etwas in seinen eigenen Reihen niemals dulden. Er tauschte einen Blick mit Ravin und fand Bestätigung in den Augen seines Hauptmanns.

»Du kannst den Deal nicht mehr stoppen«, sagte er schließlich. »Das Schiff ist unterwegs. Ich habe die erste Hälfte des Geldes überwiesen.«

»Ich kann das alles noch aufhalten.«

Arkadins Lider flackerten. Mordechai schluckte eine scharfe Erwiderung herunter. Es war müßig, sich mit Arkadin zu streiten. Er konnte diesen Mann mit einer Geste seines kleinen Fingers zerschmettern. Aber damit gefährdete er die Übergabe, und das war es nicht wert. In einem Winkel seines Herzens konnte er Arkadin sogar verstehen. Wild oder nicht, Andrej war sein Bruder.

»Außerdem«, presste Arkadin hervor, »hat sie den Ring gestohlen.«

Mordechai glaubte, einen eisigen Hauch in seinem Nacken zu spüren. »Wie bitte?«

»Sie hat ihn genommen.«

Die Kälte kroch sein Rückgrat hinunter. »Wie war das möglich?«

Arkadin wich seinem Blick aus. »Andrej hat ihn immer bei sich getragen. Nachdem sie ihn getötet hat, muss sie ihn gestohlen haben.«

Fassungslos starrte Mordechai ihn an. »Er hat den Ring mit auf die Jagd genommen? Was für ein Leichtsinn!«

»Wir dachten, der sicherste Ort wäre an seinem Körper. Wir konnten den Ring nicht unbeaufsichtigt zurücklassen. Die Übergabe war erst in ein paar Tagen geplant …«

»Und ihr habt mir nicht getraut«, fiel Mordechai ihm ins Wort. »Ihr hättet ihn in einem Tresor einschließen können.«

Arkadins Gesicht nahm einen stoischen Ausdruck an. »Finden Sie die Schlampe, töten Sie sie, dann haben Sie Ihren Ring.«

»Also gut«, knurrte Mordechai. Es kostete ihn all seine Willenskraft, nicht einfach einen Arm auszustrecken und Arkadins Kehle zu zerquetschen. »Wie heißt die Frau?«

»Eve Hess«, erwiderte der Russe. »Sie ist Reporterin.«

»Ist das sicher?«, fragte Ravin. »Oder nur eine Vermutung?«

Arkadin fletschte die Zähne. »Sie ist die Frau, mit der sich Andrej gestern Nacht getroffen hat. Eine Kellnerin im Valhalla hat mir ihren Namen gegeben. Ich weiß, dass sie es war.«

Ravin runzelte die Stirn. »Ist sie vom Blut?«

»Keine Ahnung.«

»Sie muss stark sein, wenn sie deinen Bruder so einfach erledigen konnte.«

Mordechai verfolgte schweigend den Dialog. Ravin hatte recht. Wenn es der Frau gelungen war, Andrej Icoupov aufzuschlitzen, musste man sie ernst nehmen.

»Er muss doch gespürt haben, dass sie vom Blut ist«, sagte Ravin.

»Ich habe nichts gespürt, als wir sie trafen«, erwiderte Arkadin. »Ich stand dicht neben ihr und habe es nicht gespürt.«

Vielleicht war sie in der Lage, ihre Herkunft zu verschleiern. Mordechai selbst konnte das, und er wusste, dass auch Ravin dazu fähig war. Er konnte in einer Menge untertauchen, als wäre er nur ein einfacher Mensch. Allerdings erforderte es Erfahrung und ein hohes Maß an Selbstdisziplin, was nur wenige vom Blut aufbrachten. Aber selbst wenn ein weiterer machtvoller Schattenläufer in Los Angeles lebte, ohne dass er davon wusste, wie konnte das eine Frau sein?

Arkadin sprach den Gedanken aus, bevor Mordechai es tat. »Es gibt keine weiblichen Schattenläufer.«

»Mit Ausnahme von Katherina«, gab Ravin zurück. Obwohl er auf die Bemerkung des Russen antwortete, sah er Mordechai dabei an. »Aber sie ist eine Anomalie. Katherinas Herkunft liegt im Dunkeln. Es ist allgemein bekannt, dass aus einer Verbindung des Blutes mit einer menschlichen Frau keine weiblichen Kinder hervorgehen.«

»Und was wäre«, fragte Mordechai bedächtig, »wenn nicht der Vater vom Blut ist, sondern die Mutter?«

»Du weißt so gut wie ich, dass Katherina die Einzige ihrer Art ist.« Ravin stockte. Dann schüttelte er den Kopf. »Unmöglich.«

»Egal wer sie ist«, warf Arkadin ein, »sie muss gefunden und bestraft werden.«

Mordechai nickte. Die Rachegelüste des Russen kümmerten ihn nicht. Aber der Ring, das war eine Katastrophe. Ob diese Frau wusste, was sie vom Finger des Toten gestohlen hatte? Erkannte sie die wahre Natur des Rings, oder hielt sie ihn nur für ein hübsches Schmuckstück?

Er hoffte auf Letzteres und dass sie den Ring nur als Trophäe genommen hatte. In einer Sache stimmte er Arkadin zu: Die Frau musste gefunden und zur Strecke gebracht werden. Und er konnte nicht einfach irgendjemanden schicken, falls sie tatsächlich mit Katherina verbunden war. Falls sich ihre Kräfte aus der gleichen Anomalie speisten, musste er sie behandeln wie einen ebenbürtigen Feind.

Er drehte sich zu Naveen um, der ein wenig abseits in einem Sessel saß und ihnen schweigend zuhörte. »Hast du die Identität des Brokers herausfinden können?«

»Ja.« Naveen richtete sich ein wenig in seinem Sitz auf. »Es gibt einen Anwalt in Boston, der besonders schwierige Fälle vermittelt. Man wendet sich an ihn, wenn das Opfer vom Blut ist.« Der Inder lächelte. »Jedenfalls ist er der Mann, dem Giorgio de Vito einen siebenstelligen Betrag gezahlt hat, um Paul Lindsey zu töten.«

Mordechai nickte. Die Idee war brillant. Elegant, einfach und von schlichter Schönheit.

»Wir werden sie jagen«, sagte er über die Schulter zu Arkadin. »Wir rächen deinen Bruder, keine Sorge.«

Eve drehte den Ring gegen das Licht. Der Opal war riesig, hatte die Farbe von Eis und funkelte mit unglaublichem Feuer. Der Reif selbst bestand aus Silber, das in den Vertiefungen schwarz angelaufen war. Eine kunstvolle Fassung hielt den Stein, geformt wie eine Kobra mit erhobenem Kopf. Archaische Ornamente bedeckten den Körper des Reptils, so fein ziseliert, dass Eve sie mit bloßem Auge kaum erkennen konnte.

»Siehst du das Netz?«, fragte Felipe. Er nippte an seinem Kaffee.

»Abgefahren, nicht wahr?« Eve berührte das Gespinst mit einer Fingerspitze. Obwohl aus feinsten Silberfäden gemacht, fühlte sich der Kokon erstaunlich stabil an. Die Fasern wuchsen aus der Innenseite der Fassung und überzogen den Opal wie eine Spinnwebe. »Ich habe so etwas noch nie gesehen. Glaubst du, der Ring ist alt?«

»Möglich. Der Stein allein dürfte ein Vermögen wert sein.«

Als sie ihn zurück auf den Tisch legen wollte, entdeckte sie eine Gravur auf der Innenseite des Rings. Die Linien waren dünn und nur schwer zu entziffern. Eine Schriftzeile, die an arabische Kalligrafie erinnerte.

»Sieh mal.« Sie reichte Felipe den Ring. »Kannst du was damit anfangen?«

Er hielt sich das Schmuckstück dicht vors Gesicht und kniff die Augen zusammen. Dann ließ er die Hand sinken.

»Du solltest das einem Experten zeigen.«

Eve stieß den Atem aus. »Und wenn das Ding letzten Monat in London gestohlen wurde und zu den Kronjuwelen gehört?«

»Tja«, Felipe beugte sich vor, »dann musst du den Jungs wohl beichten, wo du es herhast.« Er zog eine Augenbraue hoch. »Wo hast du es eigentlich her?«

»Ich habe es Andrej Icoupov abgenommen.«

»Einem der Downtownkiller, richtig.« Seine Stimme nahm einen entnervten Tonfall an. »Eve, würdest du mir bitte erzählen, was genau passiert ist, nachdem dein Handyakku den Geist aufgegeben hat? Ich habe mir Sorgen gemacht, weil du nicht aufgetaucht bist. Ich habe die Polizei angerufen …«

»Du hast was?« Sie schoss von den Polstern hoch.

»Ich habe die 911 gerufen, aber die freundliche Dame sagte mir, ich solle noch vierundzwanzig Stunden warten, bevor ich eine Vermisstenanzeige aufgebe.« Seine Wangen röteten sich. »Es war vier Uhr nachts, und dein Anruf war drei Stunden her! Ich schwöre, ich war drauf und dran, Mark aus dem Bett zu klingeln. Zum Glück bin ich auf die Idee gekommen, noch mal die Aufzeichnungen der Überwachungskamera durchzusehen. Und siehe da, die fünf Minuten, in denen ich nicht am Platz war, finde ich dich halb nackt in einem Männer-T-Shirt, wie du barfuß und mit nassen Haaren durch das Foyer schleichst.«

Eve biss sich auf die Lippen.

»Süße, ich hatte Nachtschicht, ich bin hundemüde, und ich war krank vor Sorge um dich.«

»Tut mir leid. Ich habe dich aus dem Bett geklingelt, was?«

»Ja, hast du.« Er trank noch mehr Kaffee. »Und jetzt erzähl mir, was passiert ist! Ich will wenigstens wissen, was ich den Bullen vorlügen muss, falls sie hier auftauchen und dich verhaften wollen, weil du wieder irgendwas angestellt hast.«

»Felipe!«

»Ist doch wahr«, murrte er. »Ich hatte wirklich Angst um dich. Du stürzt dich Hals über Kopf in irgendwelche Abenteuer, ohne nachzudenken. Das hier ist das echte Leben, okay? Hier wird man verletzt, wenn man strauchelt und fällt.«

Eve stand vom Sofa auf und ging zur Küche, um ihre Tasse nachzufüllen. »Möchtest du was essen?«

»Danke, dass du fragst, aber bei mir ist es mitten in der Nacht.«

»Tut mir leid«, wiederholte sie. »Willst du lieber wieder ins Bett gehen?«

»Schon gut. Sagst du mir jetzt, wo genau du dein Kleid und die Schuhe verloren hast?«

Eve war unsicher, wie weit sie Felipe einweihen sollte. Er war ihr bester Freund, und sie hatte nie Geheimnisse vor ihm gehabt, aber das hier sprengte alle Dimensionen.

»Der Russe ist mir gefolgt«, sagte sie. »Er hat mir aufgelauert. Wenn Alan nicht gewesen wäre, hätte er mich umgebracht.«

»Wow!« Felipe stieß die Luft aus.

»Der Ring gehört Andrej, ich habe ihm das Ding abgenommen. Vielleicht ist das eine Spur zu dieser Kunstschmuggelgeschichte. Ich habe auch sein iPhone. Und eine Haarprobe.«

»Oh toll!« Felipe war verblüfft. »Kunstschmuggel?«

Er fragte nicht einmal, wie Alan in die Geschichte verwickelt war. Das zeigte nur, wie sehr ihn ihre Beichte aus der Fassung brachte.

»Und glaubst du nicht, dieser Russe wird versuchen, sich seine Sachen wiederzuholen?«

Der Russe war tot. Aber das konnte sie Felipe nun wirklich nicht sagen. Er würde nicht verstehen, dass sie sich weigerte, die Polizei einzuschalten. »Das T-Shirt gehört Alan«, sagte sie, ohne auf seine Frage einzugehen.

»Du meinst Alan, wie Alan der Maler?«

»Ich habe um Hilfe geschrien.«

Felipe nickte, als erklärte das alles.

Eve war froh, dass er nicht weiterbohrte. Sie wusste selbst nicht, warum Alan so plötzlich aufgetaucht war. Als hätte er auf ihren Ruf gewartet. »Ist dir ein Phänomen bekannt, das Verletzungen übernatürlich schnell heilen lässt?«, fragte sie nach ein paar Sekunden des Schweigens.

»Was?«

Eve trat dicht an ihn heran und beugte sich zu ihm herab. »Sieh dir meinen Hals an.« Sie deutete auf die Narbe. »War das gestern schon da?«

Sein Atem schlug warm gegen ihre Wange. »Du lieber Himmel«, sein Finger betastete ihre Haut, »seit wann hast du das?«

Ein Schauder überlief sie, als die Ereignisse der Nacht in ihr Bewusstsein zurückstürzten. »Das war gestern nicht da, oder?«

»Keine Ahnung.« Ratlos sah er sie an. »Es ist mir jedenfalls nicht aufgefallen.«

»Aber man kann das doch unmöglich übersehen.«

Felipes Blick spiegelte ihre eigene Hilflosigkeit.

»Okay«, wisperte sie, »ich erzähle dir jetzt was. Und du schwörst, dass du mich nicht für verrückt hältst.«

»Klar.«

»Schwöre!«

»Schon gut. Ich schwöre.« Sein Grinsen misslang. Großartig, er hielt sie jetzt schon für verrückt.

»Okay, Andrej hat mich verletzt. Mit einem Messer. Er hat mir die Halsseite aufgeschlitzt. Ich habe gespürt, wie das Blut aus mir herausgelaufen ist. Und jetzt …« Hysterie schwappte in ihre Stimme. »Jetzt ist es verschwunden. Verstehst du, was ich meine? Ich habe da eine Narbe, aber die Wunde ist fort!«

Zweifelnd sah Felipe sie an. Er hielt sie für verrückt, keine Frage.

»Hör mal«, fügte sie hinzu, »ich weiß, wie das klingt. Ich verstehe es selbst nicht. Ich glaube, es hat etwas mit Alan zu tun.«

»Hat er dir seine Hand aufgelegt, oder was?«

»Das ist nicht lustig, okay?«

»Aber du weißt, dass es verrückt klingt.«

»Deshalb wollte ich ja, dass du schwörst.«

Felipe betrachtete den Ring auf dem Tisch. »Vielleicht war es nur ein kleiner Schnitt. Und es hat sich schlimmer angefühlt, als es war, weil du in Panik warst.«

Auch Alan hatte das behauptet, aber sie wusste, dass Alan log. Sie wusste es einfach. Genauso wie sie sicher war, dass er eine Erklärung für diese Wunderheilung hatte. Er hielt sie nur zurück.

»Alan war halb tot, als er mich vorletzte Nacht aus seinem Apartment geworfen hat. Aber gestern war alles verschwunden.« Sie wollte vom Messer in seiner Seite erzählen, aber verstummte dann. Felipe würde fragen, wie der Kampf geendet hatte, und sie konnte ihm keine plausible Antwort geben.

»Du brauchst ein bisschen Schlaf«, konstatierte Felipe.

Eve schüttelte den Kopf. Es war zum Verzweifeln. Aber andererseits, wie wollte sie erwarten, dass er ihr glaubte? Sie konnte sich ja selbst kaum glauben.

»Okay«, sagte sie, »schon gut. Hilfst du mir wenigstens mit Andrejs russischen E-Mails?«

»Auf dem iPhone?«

Sie nickte.

»Kein Problem.« Er wirkte erleichtert, dass Eve das Thema wechselte. »Sag mir, was ich tun soll!«

»Ich drucke sie dir aus, und …«

Ein dünnes Klingeln unterbrach sie. Glockengeläut, das rasch anschwoll. Ihr Blick glitt zum iPhone, auf dessen Display eine Nummer leuchtete.

»Soll ich abnehmen?«, fragte sie.

Felipe schüttelte den Kopf. Eve starrte auf das Telefon wie auf eine giftige Schlange. Der gespenstische Moment dauerte an. Dann riss das Klingeln ab, und ein einzelner Ton zeigte an, dass eine Nachricht eingegangen war.

10

Kain verspürte eine tiefe Müdigkeit, die nichts mit seinem Körper zu tun hatte. Es war diese Art von Erschöpfung, die sich einstellte, wenn Euphorie an einem stählernen Wall zerbrach. Wie war es möglich, dass er Mordechai spüren konnte, so nahe, als müsste er nur die Hand ausstrecken, und dass seine Fingerspitzen dann gegen Panzerglas stießen?

Von den Piers hallten dumpfe Schläge herüber, das Quietschen von Stahlwinden und die Rufe der Arbeiter, die ein Containerschiff entluden. Kain blickte hoch zu dem schwarzen Glasturm, der nur ein paar hundert Meter entfernt aufragte. Die Sonne spiegelte sich in der Fassade. Es musste einen Weg hinein geben. Gewiss gab es einen Weg. Doch dieser offenbarte sich nicht. Frustriert kniff Kain die Augen zusammen. Die Sonne blendete ihn.

In seiner Jackentasche vibrierte das Telefon. Er klappte es auf und warf einen Blick auf die Textnachricht.

Hast du Zeit für einen neuen Job? V.

Er ließ die Hand sinken und starrte in den blauen Himmel. Warum nicht? Er würde länger in Los Angeles bleiben als geplant.

Details?, schrieb er zurück.

Er schlenderte den schmalen Weg hinunter und folgte dem Verlauf des Zauns, der das Hafengelände begrenzte. Ein Jogger kam ihm entgegen und rief ihm einen Gruß zu. Nach einer weiteren halben Meile bog der Pfad seitlich ab und mündete in einen Damm, der eine kleine Lagune abtrennte. Das Wasser auf der anderen Seite schimmerte ölig. Möwen kreisten über dem Tümpel. Die Luft roch nach Salz und Maschinendiesel.

Kain genoss die Sonne auf seiner Haut. Sie dämpfte die Müdigkeit zu erträglicher Schwere. Wieder klappte er sein Handy auf, um Vitalis Antwort zu lesen: *Eve Hess. 717 West Olympic Boulevard, Downtown Los Angeles.*

Eve lauschte dem Rufton und kämpfte gleichzeitig gegen das Bedürfnis, die Leitung zu unterbrechen. Aber nein, sie würde das jetzt durchziehen. Sie hatte es begonnen, sie würde es zu Ende bringen.

»Hallo?«, meldete sich eine männliche Stimme.

Eve zuckte zusammen, dann straffte sie ihre Schultern. Sie hatten einander nackt und blutüberströmt gesehen. Zum Teufel also mit der Schamhaftigkeit!

»Alan?«

»Wer ist da?«

»Ich bin es. Eve. Du entsinnst dich, die Verrückte im roten Kleid?«

»Das ich in den Müllschlucker geworfen habe. Ja, ich erinnere mich.«

Da war es wieder, dieses Timbre, das ihr schon in der Galerie eine Gänsehaut bereitet hatte. Sie hätte schwören können, dass er lächelte.

»Woher hast du meine Telefonnummer?«

»Ich habe deine Galeristin angerufen und gesagt, ich hätte noch ein paar Fragen zur Ausstellung.«

»Katherina ist zu leichtgläubig. Wie geht es dir?«

»Gut.« Sie warf einen Blick auf die Uhr. Später Nachmittag. »Störe ich?«

»Nein.« Jetzt lachte er. »Eigentlich bin ich froh, deine Stimme zu hören.«

Eve errötete. Sie betrachtete den Bildschirm ihres Laptops, auf dem ein Ladebalken den Fortschritt des Kopiervorgangs anzeigte. Andrejs E-Mails, seine Fotos, sein Adressbuch.

»Tut mir leid, dass ich gestern Nacht einfach so gegangen bin«, sagte sie. »Wollen wir noch mal anfangen?«

Sie presste sich das Wasserglas gegen die Wangen, um die Haut abzukühlen. Was für ein Glück, dass Alan sie nicht sehen konnte.

»Was hattest du im Sinn?«

»Wir könnten essen gehen.«

Er schwieg.

»Ich stelle auch keine unbequemen Fragen«, heuchelte sie. »Ich verspreche es.« *Komm schon, Baby.* Sie wollte sich lieber nicht die Folgen für ihr Ego vorstellen, wenn er ablehnte. Ihr wurde plötzlich bewusst, dass seine Antwort wichtig für sie war. Dass es viel mehr bedeutete als nur eine Informationsquelle, bei der ihre Überredungskünste versagten.

»Wann?«, fragte er endlich.

»Morgen abend gegen sieben?« Sie hasste sich für das Zittern in ihrer Stimme. »Ich lade dich ein.«

»Einverstanden. Dann hole ich dich ab.«

Eine völlig unvernünftige Euphorie durchflutete Eve. Sie legte das Telefon zurück auf den Tisch und atmete tief durch. Als sie Alans Telefonnummer in der Galerie Petrowska erfragt hatte, hatte sie sich selbst versichert, dass es ihr um die Recherche ging. Alan Glaser wusste mehr über die Downtownkiller, als er zugab, und dann waren da noch die anderen Ungereimtheiten. Mit Charme und Hartnäckigkeit würde sie ihn dazu bringen, sein Wissen mit ihr zu teilen.

Doch diese Überlegungen wichen nun einem Prickeln, das absolut nichts mit professionellen Motiven zu tun hatte.

Eve wartete bis zum Einbruch der Dunkelheit, bevor sie an Felipes Apartment klingelte. Er öffnete sofort, und er war vollständig angekleidet. Sie lächelte defensiv.

»Ich habe extra gewartet«, sagte sie, »um dich ausschlafen zu lassen.«

Felipe zog die Tür ganz auf. »Willst du reinkommen?« Er war wesentlich freundlicher als noch vor ein paar Stunden. Sie legte einen Stoß bedruckter A4-Blätter auf dem Küchentresen ab.

»Andrejs gesammelte Korrespondenz.«

»Oh.« Felipe strich mit dem Daumen über die Seitenränder.

Sie angelte ein Glas aus seinem Schrank und goss sich Wasser ein. »Hör mal, wenn du das für mich machst, werde ich dich immer lieben.«

»Das tust du doch sowieso.«

»Ich besorge uns Karten für die Schwanensee-Aufführung im Dorothy Chandler Pavillon.«

Sein Mundwinkel zuckte.

»Grand Circle, erste Reihe.« Vergnügt schlug sie ihm auf den Arm. »Jetzt hab ich dich, oder?«

»Das wäre ein Liebesbeweis.« Er hob eine Augenbraue. »Wieso hast du so gute Laune?«

»Ich habe ein Date.«

»Mit deinem Maler, der eigentlich ein Undercovercop ist und Schusswunden durch Handauflegen heilt?« Ihr stieg das Blut in die Wangen. Felipe fuhr fort, durch den Papierstoß zu blättern. »Was ziehst du an?«

»Keine Ahnung. Das rote Kleid ist Geschichte.«

»Du wirst ein neues kaufen müssen.« Er fischte eine Seite heraus. »Was ist das?«

Eve betrachtete das Bild, das unterhalb des Textes eingefügt war. Es war ein Foto, das bereits vergrößert auf ihrem Schreibtisch lag.

»Was steht dazu in der E-Mail?«, fragte sie.

»Hier ist ein Foto vom Objekt«, rezitierte Felipe. »Sag ihm, dass wir bis morgen Abend mehr anfertigen und per Expresskurier schicken.« Er blickte auf. »Das ist alles. Der Absender ist ein Aleksandr Demidhin.«

Das Bild zeigte eine liegende Statue in einer Glasvitrine, die aus glänzend weißem Stein geschnitten war. Vielleicht Alabaster oder eine besondere Art von Marmor. Die Aufnahme war unscharf, körnig und nicht sehr groß.

»Sieht babylonisch aus«, mutmaßte Felipe. »Oder persisch?«

»Jedenfalls alt. Es muss in einem Museum fotografiert worden sein.«

»Wie ich dir sagte, du brauchst einen Experten.«

»Ja. Aber einen, der keine dummen Fragen stellt.«

»Weil das dein Part ist, schon klar.« Felipe trommelte mit den Fingerspitzen auf die Granitplatte. »Vielleicht wüsste ich jemanden für dich.«

»Wirklich?«

Er lächelte. »Katherina Petrowska. Du hast sie wahrscheinlich sowieso schon getroffen.«

Eve stellte das Glas ab. »Die Galeristin? Woher kennst ausgerechnet du sie?«

Entrüstet erwiderte er ihren Blick. »Ich kenne viele Leute, Schätzchen. Zufällig sind wir beide in der Western Heritage Association und haben schon ein paarmal miteinander zu Abend gegessen. Katherina ist eine sehr niveauvolle und gebildete Frau.«

»Daran zweifle ich nicht.« Eve musste lachen. »Außerdem erzeugt sie durch ihre bloße Anwesenheit in einem Raum Trauben von männlichen Besuchern.«

»Dazu kann ich nichts sagen«, erklärte er schnippisch.

»Schon gut«, sie tätschelte seine Hand, »ihr seid befreundet.

Tut mir leid. Ich bin selbstsüchtig. Ich will einfach nicht wahrhaben, dass du auch noch mit anderen Frauen befreundet bist außer mit mir.«

»Aber du bist die Beste.«

»Ja, weil ich dich mit Ballettkarten besteche. Grand Circle, erste Reihe.«

»Ich denke an nichts anderes.« Wieder blickte er auf das verwaschene Foto. »Was du vielleicht nicht weißt, ist, dass Katherina Spezialistin für vorderasiatische Kunst- und Kulturgeschichte ist. Sie fertigt Gutachten für Museen und private Sammler an.«

»Und du meinst, sie stellt keine dummen Fragen?«

»Nicht, wenn ich sie darum bitte.«

Eve dachte an ihr Gespräch früher am Tag, als sie Katherina um Alans Telefonnummer gebeten hatte und sich dabei des Gefühls nicht hatte erwehren können, dass Katherina genau wusste, dass sich hier private und berufliche Interessen mischten. Und dass Eves Stimme sie verraten hatte.

»Glaubst du«, murmelte sie.

Felipe lächelte großmütig. »Hast du eigentlich die Nachricht auf Icoupovs Handy abgehört?«

»Der Anrufer hat nicht auf die Mailbox gesprochen. Ein Freund von mir überprüft die Nummer.«

Je länger Alan darüber nachdachte, desto mehr festigte sich seine Überzeugung, dass Andrej Icoupov nicht der Mann gewesen war, gegen den er auf dem Dach seines Hauses gekämpft hatte. Andrej hatte ihm gestern Nacht zum ersten Mal gegenübergestanden, und sein Erstaunen war echt gewesen.

Damit stellte sich wieder die Ausgangsfrage: Wer waren die beiden Männer, die vor zwei Tagen versucht hatten, ihn zu töten? Und wenn es sich dabei nicht um die Icoupov-Brüder gehandelt hatte, wie hoch standen die Chancen, dass ein Paar, das ihnen ähnelte, zur gleichen Zeit die Straßen von Downtown heimsuchte? Nachahmer? Aber warum hatten sie ausgerechnet ihn ins Visier genommen und nicht eine leichtere Beute?

Er lehnte sich aus dem Fenster und betrachtete die Fassade des 717 auf der gegenüberliegenden Seite. Eve lebte hinter einer dieser Scheiben. Vielleicht stand sie dort, in genau diesem Moment, und beobachtete ihn durch das spiegelnde Glas.

Noch immer konnte er kaum fassen, dass sie ihn angerufen und ein Date vorgeschlagen hatte. Der Gedanke schickte einen Hitzeschauder durch seinen Körper. Er wusste, dass sie eigentlich eine Ablenkung war, dass er sich lieber auf seine unmittelbaren Probleme konzentrieren sollte. Doch sie hatte sich in seinem Kopf festgesetzt, mit ihrem Duft, ihrer Stimme und ihrem kühlen grauen Blick.

Was, wenn er glauben sollte, dass die Icoupov-Brüder ihn überfallen hatten? Wenn jemand den Angriff auf ihn inszeniert hatte, aber sicherstellen wollte, dass der Verdacht auf die Downtownkiller fiel?

Die Vorstellung war absurd. Es gab kein sinnvolles Motiv. Seit Alan sich aus Mordechais Geschäften zurückgezogen hatte, war er praktisch unsichtbar. Er stand niemandem im Weg, war weder in Rivalitäten noch Kämpfe verstrickt. Es gab keine unbeglichenen Rechnungen. Keine zumindest, bei denen ein Feind so viele Jahre gewartet hätte, um seine Rache zu vollziehen. Es gab keinen Grund, dass ihm jemand zwei Killer auf den Hals schicken sollte.

Alan tastete nach der frischen Narbe über seinen Rippen. Als er Eves Verletzung geheilt hatte, hatte Angst ihn getrieben. Die Vorstellung, dass sie sterben könnte, hatte ein irrationales Entsetzen in ihm wachgerufen, das alle anderen Empfindungen verdrängt hatte. Er hatte nicht über die Konsequenzen nachgedacht, als er eine Ader in seiner Armbeuge öffnete, um sein

Blut in ihre Wunde tropfen zu lassen. An die Fragen, die sie stellen würde.

Und nun wusste er nicht, wie er sie zufriedenstellen konnte, ohne ihr seine Natur zu offenbaren. Was wiederum undenkbar war. Wenige Menschen kannten das Mysterium des Bluts. Alan wollte keinen weiteren Mitwisser erschaffen. Mordechai tat es von Zeit zu Zeit, machte Menschen zu seinen Vertrauten. Doch Alan war nicht Mordechai. Andere, mächtigere Schattenläufer würden Eve jagen, wenn sie erfuhren, dass sie ihr Geheimnis kannte.

Aber was hätte er tun sollen? Sie sterben lassen?

Er fuhr sich mit beiden Händen durchs Haar. Die kalte Luft verursachte ihm eine Gänsehaut auf den Armen. Wieder rekapitulierte er den Überfall von vor zwei Tagen. Und was, wenn sie ihn gar nicht hatten töten wollen?

Er hatte das alles nicht durchdacht. Er hatte die Flucht der Angreifer mit Eves Auftauchen in Verbindung gebracht. Aber das war Unsinn. Eve war kein Gegner für zwei Killer vom Blut, selbst mit ihrer Pistole nicht. Die Männer hätten sie leicht vernichten und ihr Werk beenden können. Stattdessen waren sie geflohen. Was, wenn ihn jemand nur glauben machen wollte, das die Icoupov-Brüder auf seinen Tod aus waren? Jemand, der hoffte, dass Alan sie danach aufstöbern und zur Rechenschaft ziehen würde? Jemand, der wusste, was er einst gewesen war? Es gab nicht viele, die das wussten. Nur eine Person.

Mit dir oder gegen dich. Er dachte an ihr Streitgespräch vor ein paar Tagen, kurz vor der Vernissage. Seine Fäuste krampften sich um die Fensterbrüstung.

»Katherina«, presste er zwischen zusammengebissenen Zähnen hervor. »Katherina.«

Mit einem Mal schoben sich die Puzzleteile ineinander, und Alan verstand.

Sie hatte ihn gezwungen, seinen Schwur zu brechen. Sie hatte ihn in einen Krieg gestoßen, der nicht der seine war. Aber er ließ sich nicht manipulieren. Nicht von Mordechai und nicht von ihr.

Sie wollte Krieg? Sie sollte ihn haben. Doch er würde die Regeln bestimmen.

11

Eve drehte sich vor dem Spiegel. Das Kleid war schwarz und seidig und floss glänzend um ihre Knie. Sie konnte kaum glauben, dass sie sich binnen zweier Tage zwei neue Kleider gekauft hatte, nachdem sie es mehr als fünfzehn Jahre vermieden hatte, auch nur einen Rock zu tragen.

Am Morgen hatte sie am Artikel für die *LA Times* weitergeschrieben. Sie hatte ihre Idee formuliert, dass es sich nicht um einen, sondern um zwei Killer handelte. Sie blieb vage, verhüllte ihre These in Andeutungen und Indizien. Im Nachfolgeartikel würde sie die Karten auf den Tisch legen. Der Gedanke war aufregend. Andrew, der immer noch auf ein Date mit ihr hoffte, hatte ihr einen Kontakt zum Laboranten des LAPD vermittelt, der Haar- und Speichelproben untersucht hatte, die bei den Opfern gefunden worden waren. Der Laborant hatte sich für zweihundert Dollar bereit erklärt, Andrejs Haarprobe zu analysieren und mit den anderen Proben zu vergleichen.

Das war ein produktiver Tagesbeginn gewesen, sodass Eve kaum Gewissensbisse verspürt hatte, als sie sich eine Mittagspause bei Macy's gönnte, um sich ein Kleid für das Abendessen zu kaufen. Sie genoss den eitlen Moment vor dem Spiegel. Es war verrückt und lächerlich, und sie gestand es sich nicht gern ein, aber sie war aufgeregt wie ein Teenager vor dem Abschlussball. Rücklings ließ sie sich aufs Bett fallen und betrachtete ihre Füße in den blauen Riemchensandalen.

Sie schlüpfte aus den Schuhen und kehrte zurück an ihren Laptop. Erneut überflog sie den bisherigen Text und wägte ab, ob sie die Handabdrücke jetzt schon bringen oder besser aufsparen sollte für die Fortsetzung. Schließlich griff sie nach dem Handy und rief Greg La Rosa an.

»Kriegst du den Artikel heute fertig?«, fragte Greg zur Begrüßung.

»Ich habe neues Material.« Es versetzte sie in Hochstimmung. »Und es ist heiß, Baby.«

»Hast du deinen Deal mit dem LAPD erneuert?«

»Du meinst mit Mark?« Ihr wurde bewusst, dass sie seit ihrem ersten Zusammenstoß mit den Downtownkillern vor zwei Tagen überhaupt nicht mehr an Mark gedacht hatte. »Ich brauche ihn nicht, okay? Ich sage es dir noch einmal, ich habe andere Quellen. Das kannst du auch jedem sagen, der denkt, dass die blonde Schlampe in Marks Bett irgendeinen Einfluss auf meine Arbeit hat.«

»Reg dich nicht auf«, erwiderte Greg in beschwichtigendem Tonfall. »Ich sage ja gar nichts.«

Eve fuhr sich mit einer Hand durch die feuchten Locken. »Ich ermittle jetzt selbst. Glaub mir, es fühlt sich gut an, nicht länger von Leuten abhängig zu sein, denen du ein Date versprechen musst, damit sie dich durch die Absperrung lassen.« Unwillkürlich verzog sie den Mund zu einem Lächeln. »Beim Mord in der Hill Street war ich als Erste am Tatort. Ich habe da ein paar Hinweise gefunden.« Sie dachte an die Restaurantrechnung, die Andrej auf dem Dach verloren hatte. Diesen Teil der Geschichte würde sie auslassen. »Ich schätze, ich bin dicht dran.«

»Du willst sagen, du weißt mehr als die Cops?«

Sie wickelte eine Locke um ihren Finger. »Da bin ich mir sicher.«

»Süße«, Besorgnis schwang in Gregs Tonfall mit, »mach keinen Scheiß. Du sollst eine Reportage schreiben, nicht die Welt retten. Du wirst keine unnötigen Risiken eingehen, oder?«

Risiken? Welche Risiken? Was gab es noch zu fürchten? Jetzt, wo ihre Verletzungen mit Lichtgeschwindigkeit heilten? »Ich bin okay«, sagte sie. »Hör mal, ich muss dich was fragen.«

»Klar.«

»Ich habe eine Idee, wer die Downtownkiller sind.« Sie hörte ihn scharf einatmen. »Ich habe Indizien. Soll ich die jetzt schon bringen oder für die nächste Folge zurückhalten?«

»Du willst damit sagen, dass du die Identität des Killers kennst?« Gregs Stimme klang alarmiert. »Die Bullen aber nicht? Kannst du das noch mal wiederholen, bitte?«

»Ich weiß es nicht sicher«, wich sie aus. »Ich kann es noch nicht beweisen.« Das Gespräch verlief nicht so, wie sie es geplant hatte.

»Du solltest wirklich …«

»Was?«, unterbrach sie ihn. »Mark ›das Arschloch‹ Johnson anrufen und ihm einen Ermittlungserfolg schenken, nachdem er mir meine Quellen gekappt hat?« Sie sprang auf und lief durch die Wohnung. »Das meinst du nicht ernst!«

»Aber hier geht es nicht um Mark oder dich. Sondern darum, ob heute Nacht wieder zwei Menschen sterben und ob du es verhindern kannst.«

Eve spürte einen Stich Schuldgefühl. In den Nachrichten hatte sie zwar nichts über weitere Tote gehört, war allerdings nicht sicher, ob sie nicht etwas überlesen hatte. Tatsächlich schien es, als habe Andrejs Tod die Morde vorläufig gestoppt.

»Gab es letzte Nacht neue Opfer?«

»Nein.«

»Und auch nicht vorletzte Nacht?«

»Warum fragst du?«

»Nur so.« Warum war Andrejs Leiche eigentlich noch nicht in den Nachrichten aufgetaucht? Vielleicht weil jemand sich darum gekümmert hatte?

»Wenn die Information so kritisch ist«, beharrte Greg, »solltest du sie wirklich ans LAPD weitergeben.«

Vielleicht hatte er recht. Vielleicht sollte sie ihren Stolz herunterschlucken und den verdammten Anruf machen. Aber was sollte sie sagen? Sie würde erklären müssen, wie sie den Icoupovs auf die Spur gekommen war. Mark würde ihr Diebstahl von Beweismitteln unterstellen, wenn sie ihm die Restaurantrechnung zeigte. Und schließlich, was änderte es? Andrej Icoupov war tot, und die Chancen standen gut, dass sein Bruder allein die Lust auf nächtliche Mordzüge verlor. Wenn sie Mark von ihrem Verdacht erzählte, ohne ihre beiden Zusammenstöße mit den Killern zu erwähnen, blieb ihre Story dünn. Kein Mensch würde ihr glauben.

»Okay«, sagte sie, damit Greg Ruhe gab, »ich denke darüber nach.«

Ernüchtert legte sie auf. Sie blieb eine Zeit lang am Fenster stehen und betrachtete den großen schwarzen Falter, der am unteren Rand der Scheibe klebte. Flatternd stieß er gegen das Glas. Ihr Hochgefühl war verflogen. Sie setzte sich zurück an ihren Schreibtisch, doch ihre Finger auf der Tastatur fühlten sich taub an. Wieder warf sie einen Blick auf das Foto mit dem blutigen Handabdruck, dann tippte sie einen neuen Absatz:

In der Nacht zum 12. November tötete der Killer einen weiteren Obdachlosen, Joe Gonda, und stieß ihn danach vom Dach der Parkgarage, auf der der Mann sein Nachtlager aufgeschlagen hatte. Dabei hinterließ er einen blutigen Handabdruck auf der Brüstung.

Stolz keimte in ihr auf und vertrieb den schalen Geschmack. Nun dachte sie doch an Mark Johnson. Und plötzlich kehrte die Befriedigung zurück, mit jedem Wort, das sie in die Tasten hämmerte.

Zwei Stunden später tauchte Felipe auf. Unter seinem Arm klemmte ein Stoß Papier.

»Wow«, sagte er, als Eve ihn in die Wohnung bat, »tolles Kleid!«

Sie drehte sich. »Ich habe überlegt, ob ich meine Fußnägel lackieren soll.«

Felipe hob eine Augenbraue. »Dein Maler muss ein toller Typ sein.«

»Musst du nicht arbeiten?«

»Muss ich auch.« Er wedelte mit den Seiten. »Ich wollte dir nur das hier vorbeibringen.«

»Die russischen E-Mails?« Eine warme Woge stieg in ihr auf. Sie hatte nicht erwartet, dass er sich so beeilen würde. »Du bist der Beste.«

»Dieser Andrej Icoupov ist ein Unterhändler.« Felipe setzte sich aufs Sofa und legte den Papierstoß vor sich ab. »Er verhandelt einen Kunstdeal für seinen Boss, Aleksandr Demidhin. Der Käufer ist ein Kerl namens Mordechai.« Er sprang wieder auf und drückte seine Finger gegeneinander. Eve spürte, wie seine Aufregung auf sie übersprang. »Es geht um einen Ring und um ein Objekt, das sie als Abbild bezeichnen. Ich glaube, sie meinen diese persische Statue auf dem Foto.«

»Ein Ring, ja?«, wiederholte Eve. Ihr Blick wanderte zu dem glänzenden Schmuckstück auf ihrem Schreibtisch.

»Die Stücke müssen sehr wertvoll sein. Icoupovs Boss verlangt 25 Millionen.«

»25 Millionen Rubel?«

»US-Dollar, Schätzchen.« Felipe grinste schief. »Dieser Mordechai scheint ein reicher Mann zu sein. Er hat die Hälfte der Summe bereits bezahlt.«

»Glaubst du, dieser Ring …«

»Ist der, den du Icoupov abgenommen hast?« Felipe runzelte die Stirn. »Alt genug sieht er jedenfalls aus.«

Eve fröstelte. Wenn der Ring so viel wert war, würde jemand ihn wiederhaben wollen. Plötzlich war sie nicht mehr so sicher, ob es eine gute Idee war, den Ring einem fremden Menschen zu zeigen, Experte hin oder her.

»Ich habe mit Katherina Petrowska gesprochen«, sagte Felipe. »Du könntest morgen Nachmittag bei ihr vorbeifahren. Sie hat ihr Haus in Malibu.«

»Was glaubst du, wie viele von den 25 Millionen stecken im Ring? Ich meine, wie hoch ist die Chance, dass diese Katherina mich niedersticht und meine Leiche in ihrem Garten vergräbt, um den Ring für sich zu behalten?«

Felipes Grinsen wurde breiter. »Soll ich mitkommen und dich beschützen?«

»Weil sie vielleicht Hemmungen hat, uns beide umzubringen?«

»Im Ernst, Katherina ist vertrauenswürdig. Außerdem dürfte sie wohlhabend genug sein, um der Versuchung zu widerstehen. Warte, bis du ihr Haus siehst!« Er schlenderte zum Schreibtisch, hob den Ring hoch und hielt ihn gegen das Licht. »Unglaublich«, sinnierte er, »dass jemand so viel Geld für so einen Klunker bezahlt.«

»Er ist hübsch.«

»So hübsch nun auch wieder nicht.« Felipe rümpfte die Nase. »Eigentlich sieht er aus wie der Ring des Zauberers von Oz.«

Eve musste lächeln.

»Icoupovs Boss erwähnt eine Übergabe.« Er tippte auf den Papierstapel. »Lies es mal. Er schreibt es nicht direkt, aber ich glaube, er bezieht sich auf die Statue. Das Ding kommt per Schiff. Es gibt eine Containernummer.«

»Nennt er den Namen des Schiffs?«

»Lies es.« Er lächelte wieder. »Ich habe mir eine Heidenarbeit gemacht, also wirst du es auch lesen.«

Kain fand die Adresse ohne Schwierigkeiten. Das 717 war eines der neuen Apartmenthochhäuser an der Peripherie des Financial Districts in Downtown Los Angeles. Er parkte den Wagen einen Block entfernt und ging das letzte Stück zu Fuß. Er betrat das elegante Foyer und warf einen Blick zum Empfangstresen. Der Platz war leer, der Computer eingeschaltet. Kain widerstand der Versuchung, die Gelegenheit zu nutzen und selbst nach der Mieterliste zu suchen. Der Concierge konnte jeden Moment zurückkehren, und er wollte keine Auseinandersetzung riskieren. Der Raum war voller Überwachungskameras und verfügte garantiert über ein Alarmsystem.

Kain entdeckte einen uniformierten jungen Latino hinter einer Glastür im Durchgang zur Garage. Wahrscheinlich ein Angestellter, der die Wagen der Hausbewohner parkte. Als Kain ihm zuwinkte, öffnete der Mann die Tür und lächelte ihn an.

»Kann ich Ihnen helfen, Sir?«

Kain lächelte zurück. Er las die aufkeimende Sympathie in den Augen des anderen.

»Ich bin mit Eve Hess verabredet«, sagte er, »aber nicht sicher, welche Apartmentnummer …«

»Eve«, das Gesicht des Latinos hellte sich auf, »die Reporterin? Sie ist eben erst eingezogen, nicht wahr?«

»Genau. Ich wollte sie anrufen, aber mein Handy ist leer.« Kain hob die Hände in einer verlegenen Geste. »Ich bin leider zu spät, sie wundert sich wahrscheinlich schon, wo ich bleibe.«

Der Latino nestelte einen Schlüssel aus der Hosentasche. »Kein Problem«, sagte er, »ich bringe Sie hoch.«

Er ging zu den Aufzügen und aktivierte das Zahlenfeld mit einem Plastikchip. Kain hatte das erwartet. In einem solchen Gebäude waren alle Zugänge mit Chipschlössern gesichert. Der junge Mann drückte eine Taste und trat zurück in den Flur.

»Siebzehn-null-eins«, sagte er.

Kain rief ihm einen Dank zu. Sein Lächeln erlosch, als die Türen sich schlossen.

Im siebzehnten Stock trat er in einen hohen Korridor mit cremefarbenen Wänden. Dicker Teppichboden dämpfte seine Schritte. Er betrachtete die Teakholztüren und die Nummernschilder, die dezent neben den Klingelknöpfen angebracht waren. Kein Laut drang aus den Wohnungen. Kein Geschrei, kein Kinderlachen. Nicht einmal das Geräusch eines laufenden Fernsehers, nur luxuriöse Stille.

Das Apartment von Eve Hess lag an der Stirnseite des Flurs. Kain tastete nach der Desert Eagle unter seiner Jacke. Vitali hatte geschrieben, dass die Frau vom Blut war, eine Anomalie, deren Kräfte nicht abschätzbar waren. Er fragte sich nur, warum er ihre Aura nicht fand. Er tastete nach ihr, streckte seinen Geist nach ihr aus, ohne das geringste Echo. Dabei musste sie sorglos sein. Sie rechnete nicht mit jemandem wie ihm. Sie hatte keinen Grund, ihre Aura zu verbergen. Warum also spürte er sie nicht? Vielleicht eine Wirkung der Anomalie?

Er streckte eine Hand nach dem Klingelknopf aus. Im letzten Moment zog er sie zurück, als er ein Lachen auf der anderen Seite der Tür hörte, eine männliche Stimme. Die Frau fragte etwas, der Mann antwortete. Sie war nicht allein.

Kain zögerte. Wenn er sie in ihrem Apartment überraschte, ging er ein Risiko ein. Er wusste nicht, wer der Mann war. Und es irritierte ihn immer stärker, dass er die Frau überhaupt nicht fühlen konnte. Selbst seinem Vater war es nie gelungen, sich vollständig gegen ihn abzuschirmen. Das musste nicht bedeuten, dass ihre Kräfte die seines Vaters überschritten. Aber er wusste dennoch zu wenig über sie, um das Risiko eines zusätzlichen Gegners einzugehen, selbst wenn es nur ein Mensch war.

Kain löste die Finger vom Griff der Pistole. Er drehte sich zurück in den Korridor und musterte die Decke. Schließlich fand er die Kamera, versteckt in einer Nische. Und eine zweite an der Ecke. Zweifellos gab es noch weitere, die den Bereich vor den Aufzügen überwachten.

So gesehen war es ohnehin nicht die beste Idee, die Frau in ihrem Apartment zu töten. Man würde ihn auf den Bändern entdecken und sein Gesicht mit dem Mord in Verbindung bringen. Er konnte ihre Leiche nicht unbemerkt verschwinden lassen, zumindest nicht ohne größeren logistischen Aufwand. Dafür wiederum hatte er keine Zeit. Sein Auftraggeber stand unter Druck.

Kain hatte keine Wochen oder gar Monate, um das Opfer zu beobachten, seine Gewohnheiten zu studieren und auf den perfekten Moment zu warten, auf eine Schwäche, eine Verwundbarkeit. Leises Bedauern machte sich in ihm breit. Er tastete mit der Zunge über seine Zähne. Der Hunger regte sich in ihm. Was für ein Genuss es wäre, von einem anderen Schattenläufer zu trinken. Von einer Frau mit dem Blut.

Die Gier wurde so stark, dass er eine weitere Minute mit sich kämpfte. In Momenten wie diesem, wenn die Sucht ihn zu überwältigen drohte, unterschied er nicht mehr zwischen Emotionen. Er kämpfte nur, er zitterte, er ballte seine Hände zu Fäusten, sodass seine Nägel sich tief in die Handballen gruben.

Endlich setzte er sich in Bewegung, einen Fuß vor den anderen, und entfernte sich von ihrer Tür. Er gewann die Kontrolle zurück. Als er die Aufzugskabine betrat, hatte er sich wieder vollständig in der Gewalt.

Der Concierge-Stuhl stand immer noch leer. Kain erwiderte das Lächeln des jungen Mannes auf der anderen Seite der Glastür. Er trat ins Freie und brachte ein paar weitere Meter hinter sich, bevor er die blutigen Handflächen an seiner Hose abwischte.

12

»Du hast es getan«, stellte Felipe fest. Er ließ sich zurück in seinen Stuhl hinter dem Empfangstresen fallen.

Eve blickte an sich hinunter. »Was?«

»Du hast deine Fußnägel lackiert.« Er warf einen Blick hinter sich auf die Uhr. »Dein Date ist übrigens zu spät.«

»Zum Glück habe ich den Nagellackentferner gleich mit gekauft.« Sie krümmte ihre Zehen in den neuen Schuhen. »Er wollte vor fünf Minuten hier sein.«

»Vielleicht hat er kalte Füße bekommen?«

Hoffentlich nicht. Es fiel ihr allmählich schwer, das Lächeln nicht zu verlieren. Er musste doch nur einen Block weit gehen. Das Argument, dass er im Stau steckte, galt nicht.

»Ich laufe ihm ein Stück entgegen.« Sie machte einen Schritt vom Tresen zurück. »Wünsch mir Glück, okay?«

»Du siehst toll aus, Baby.«

Felipe formte seine Lippen zu einem Kuss. Eve versuchte, das flaue Gefühl in ihrem Magen zu ignorieren. Es war die Aufregung, nichts weiter. Sie drückte die Glastür auf und trat hinaus ins Freie.

Kain beobachtete Eve Hess von der gegenüberliegenden Straßenseite aus. Gleich nachdem das Licht in ihrem Apartment erloschen war, hatte er seinen Lauschposten im Figueroa Hotel verlassen.

Er verspürte Befriedigung, weil er richtig kalkuliert hatte. Die Frau lief die Straße hinunter. Ihm gefiel, wie schlank und drahtig sie war. Sie trug ihr Haar in kurzen karamellfarbenen Locken, die dazu einluden, sein Gesicht hineinzupressen.

Zeitgleich mit ihr überquerte er die Figueroa Street auf der anderen Seite der Kreuzung. Als sie in die Schatten vor dem Hotel Figueroa eintauchte, war er dicht hinter ihr. Plötzlich spürte er eine Aura, wie einen scharfen Geruch, der jäh die Luft durchdrang. Die Kraft fühlte sich vertraut an. Er kannte sie so gut, dass er schauderte. Es war wie ein Blick in einen Zerrspiegel. Eine verstörende Empfindung, die aber nicht von der Frau auszugehen schien. Seltsam. Kain schüttelte den Kopf, um die Irritation zu vertreiben.

Weiter vorn an der Kreuzung zur Neunten erspähte er einen Bettler, sonst aber keinen Menschen. Die Gelegenheit war günstig. Die Frau blieb vor einem Hauseingang stehen und suchte etwas in ihrer Tasche. Mit zwei großen Schritten war er hinter ihr, zog die Desert Eagle, entsicherte sie und streckte die Hand nach Eve Hess aus.

Als er sie im Nacken berührte, durchzuckten ihn Enttäuschung und Erleichterung zugleich. Sie war nur ein gewöhnlicher Mensch. Und mit der Erleichterung wallte die Gier wieder auf, die er zuvor niedergerungen hatte, ein wilder Hunger, der ihn selbst erschreckte.

Eve spürte eine Präsenz in ihrem Rücken, wie ein Windhauch auf einem Aschefeld. Instinktiv wandte sie sich um.

Im Bruchteil einer Sekunde erfasste sie einen Mann mit leuchtend weißen Locken. Flüchtig dachte sie, dass er aussah wie ein Erzengel auf einem alten Gemälde. Er war so dicht hinter ihr, dass sie sich fragte, warum sie seine Schritte nicht gehört hatte. Sein Anblick fesselte sie so sehr, dass sie erst verspätet die Pistole bemerkte.

Eine absolut tödliche Aura haftete ihm an. Seine Bewegungen

waren sparsam und elegant wie die einer Raubkatze. Sie nahm all diese Details mit ungewöhnlicher Schärfe wahr, wie sie sich zu einer Bedrohung ballten, die ihr schier den Atem raubte.

Lauf weg, schrie alles in ihr. Doch ihre Muskeln waren wie gelähmt. Und als sie sich endlich wieder rühren konnte, schlossen sich seine Finger um ihren Nacken wie eine Klammer aus Stahl. Im Augenwinkel erfasste sie eine zweite Bewegung, verschwommen und rasend schnell.

Einen Herzschlag nachdem sie realisiert hatte, dass es seine Hand mit der Waffe war, traf sie der Lauf der Pistole an der Schläfe und schaltete die Welt um sie herum aus.

Alan war spät dran. Er knöpfte sich das Hemd zu, während er die Wohnungstür abschloss und stürmte mit weit ausgreifenden Schritten den Korridor hinunter. Hoffentlich entschied sie nicht, dass er es nicht wert war, zehn Minuten zu warten. Im Aufzug fuhr er sich durchs Haar und betrachtete kritisch seine Erscheinung im fleckigen Spiegel. Er verzog den Mund zu einem schiefen Lächeln. Wie lange war es her, dass er zuletzt mit einer Frau ausgegangen war? Er konnte sich kaum erinnern.

Als er in die Lobby trat, streifte eine Witterung seine Sinne, eine Kälte, die ihm die Haare im Nacken aufrichtete und jeden Anflug von Romantik verdrängte.

Etwas an dieser Aura alarmierte ihn und weckte alte Instinkte. Er hätte nicht sagen können, warum die Präsenz ihn beunruhigte. Ein Schattenläufer strich durch die Straßen und machte sich nicht die Mühe, seinen Geist zu verschließen. Was war schon dabei?

Alan tastete nach seinem Handy. Im Ausgang blieb er stehen, um Eves Nummer zu wählen. Die fremde Präsenz brandete nun wie Donnergrollen gegen seine Sinne. Seine Unruhe steigerte sich, während er dem Rufton lauschte.

»Nimm ab«, murmelte er, während er hinaustrat auf die nachtleere Straße. »Komm schon, nimm ab!«

Die Mailbox schaltete sich ein. Alan drückte die Rufwiederholung. Ein geisterhaftes Echo überlagerte den Ton. Er brauchte mehrere Sekunden, bis er erkannte, dass es ein Handy war, das irgendwo in der Nähe klingelte. Als er auflegte, brach das Echo ab. Er wählte erneut. Verzögert setzte das Echo ein.

Und dann entdeckte er die Ledertasche neben dem Baum. Er bückte sich danach und stellte fest, dass der Riemen abgerissen war. Eves Handy lag daneben. Auf dem Display blinkte sein Name. Alans Nasenflügel blähten sich, das Blut wich aus seinem Gesicht. Er atmete kaum, während er die Schatten ringsum musterte. Sein Körper spannte sich an.

Sein Blick fiel in die winzige Gasse, die das Figueroa Hotel von seinem Wohnblock trennte. Schwärze ballte sich in der Lücke zwischen den Mauern. Die fremde Aura fühlte sich nun so dicht an, dass er sie fast greifen konnte. Er witterte die Signatur eines Killers, eine Raubtierfährte. Mit plötzlicher Klarheit wurde ihm bewusst, dass er keine Waffe trug. Er hatte seine Waffen abgelegt, am Tag nach Martys Tod, und geschworen, sie nie wieder anzurühren. Diese Entscheidung hatte er nie bedauert. In den Jahren danach hatte er sich zurückgezogen von den Konflikten seiner Spezies. Er brauchte die Waffen nicht länger. Er erschuf nun, statt zu zerstören.

Bis vor zwei Tagen die beiden Schattenläufer den Kampf in sein Leben zurückgebracht hatten. Der Gedanke erzeugte einen bitteren Geschmack auf seiner Zunge. Und sein Instinkt flüsterte ihm zu, dass er diese Gasse besser bewaffnet betrat. Doch ihm blieb keine Zeit.

Er ließ Eves Tasche fallen und trat in die Dunkelheit. Gestank schlug ihm entgegen, eine Mischung aus Urin und Essensabfällen. Und Kupfergeruch. Das scharfe Aroma von Blut.

»Eve?«, fragte er halblaut.

Er glaubte eine Bewegung wahrzunehmen, einen schwarzen Schatten, der sich aus der Dunkelheit schälte. Eine Gestalt hockte am Boden. Er begann zu laufen. Die Finsternis war so absolut, dass er sie selbst mit seinen geschärften Sinnen nicht durchdringen konnte. Erst im letzten Augenblick konnte er erkennen, was vor ihm lag. Der Geruch nach Blut wurde überwältigend.

»Eve!«

Die Gestalt vor ihm fuhr herum. Ein Mann mit leuchtend weißem Haar. Ein Schattenläufer, die Quelle der bedrohlichen Präsenz. Die Aura des anderen raubte Alan den Atem. Der Mann entblößte seine Zähne, sie trieften vor Blut. Eine Wolfsgeste. Ohne Eile erhob er sich von seinem Opfer. Seine Augen funkelten im aufkeimenden Rausch. Alan hatte es oft gesehen. Oft genug, um selbst der Verlockung zu widerstehen. Der Ekstase, dem Versprechen von Stärke. Es blieb trotz allem, was es war, ein Weg ohne Wiederkehr.

Alan krümmte sich innerlich, als er einen Blick an dem Mann vorbei auf den Körper erhaschte, der auf den Platten lag. »Eve«, murmelte er. Sein Verstand weigerte sich zu akzeptieren, was er sah. Er war zu spät. Ein paar Minuten zu spät, weil er sich zu viel Zeit gelassen hatte mit der Vorbereitung auf das Dinner.

Er starrte den anderen an. »Wer bist du?«

»Kain.« Das Gesicht des Mannes verzerrte sich zu einem Lächeln. »Mein Name ist Kain.« Er machte eine Kopfbewegung zu Eve. »Ihr Herz schlägt noch. »Kommst du, um sie zu retten?«

Ein Schuss hallte von den Hauswänden wider. Alan taumelte rückwärts, als das Projektil in seine Brust einschlug. Er verlor das Gleichgewicht und stürzte. Als er auf dem Asphalt aufschlug, setzte der Schmerz ein. Die zweite Kugel zertrümmerte seinen

Arm, ein drittes Geschoss verfehlte seine Kehle, als er zur Seite rollte. Ein Regen feiner Splitter traf ihn im Gesicht.

Mit schierer Willenskraft zwang er sich auf die Knie. Seine Lungen brannten wie Feuer. Einen Herzschlag später war der andere über ihm, der Mann namens Kain, und stieß ihn zurück auf den Boden. In Kains Faust funkelte eine Klinge.

Alan wusste im gleichen Moment, dass er zu langsam war. Seine Reflexe versagten. Er zog den unverletzten Arm hoch, um die Hand mit dem Dolch aufzuhalten. Seine Finger krallten sich in Kains Ärmel, brachten aber nicht genug Kraft auf, die Wucht des Streiches zu brechen. Die Klinge grub sich in seine Kehle, Schock versteifte seine Muskeln, sein Mund füllte sich mit Blut. Er spürte, wie es aus ihm heraussprudelte. Wie er mit jedem Herzschlag an Stärke verlor. Kain trieb den Dolch noch tiefer in die Wunde, nagelte ihn gegen den Asphalt. Er beugte den Kopf so dicht herab, dass Alan sein Spiegelbild in den Pupillen des anderen sah.

»Habe ich dich überrascht?«, knurrte Kain.

Alans Geist driftete fort. Ein Teil seines Bewusstseins erkannte, dass ihn die Konfrontation mit dem eigenen Tod kaum berührte. Im Gegenteil. Er spürte eine seltsame Erleichterung. Dann dachte er an Eve, und Bedauern strömte in die Leere. Und unter der Trauer keimte Wut auf. Eine hilflose Wut, am Boden gehalten von zwölf Zentimetern Stahl.

»Spürst du es nicht?«, fragte Kain. Warum brachte er es nicht zu Ende? »Wie nah wir uns sind? Du musst es spüren. Es ist wie ein Spiegel.« Nachdenklichkeit trat in Kains Blick. »Was ist das in dir?«

Alan öffnete tonlos den Mund. Kain tauchte einen Finger ins Blut und benetzte damit seine Lippen.

Ein Schuss krachte. Kains Körper erstarrte im gleichen Moment. Wie durch einen Schleier sah Alan, dass sich die Augen des anderen weiteten. Ein zweiter Schuss, und Kains Schulter explodierte in einer Wolke aus Blut. Die dritte Kugel löste Kains Griff um den Dolch und schleuderte ihn rücklings in die Dunkelheit.

Alan konnte sich wieder bewegen. Würgend zog er die Klinge heraus. Seine Muskeln zitterten so heftig, dass er die Waffe beinahe fallen ließ. Er presste eine Hand gegen seine Kehle, ein vergeblicher Versuch, den Blutstrom zu stoppen. Agonie tobte durch seinen Körper, als er sich auf die Beine zwang. In seinen Ohren hallte ein vierter Schuss. Dann erfasste er Eves Gestalt, die sich aus der Dunkelheit löste. Blutüberströmt stand sie da, wie ein Rachegeist, und hielt mit beiden Händen eine Pistole umklammert. Ein Stück entfernt hockte Kain am Boden, kaum mehr als ein Umriss gegen das Schwarz. Eve feuerte weitere Schüsse auf ihn ab. Die Kugeln erschütterten den Körper des Killers und schleuderten ihn tiefer in die Schatten. Alan hörte, wie der Hammer ein paarmal auf Metall schlug. Das Magazin war leer.

Er umklammerte den Griff des Dolches, der glitschig war von seinem eigenen Blut, und begann zu laufen. Allmählich stabilisierten sich seine Schritte. Wut und Adrenalin überschwemmten seinen Körper und drängten die Schwäche zurück. Doch alles, was er fand, war eine Blutlache, wo Kain zu Boden gegangen war, und eine glänzende Spur in die Nacht. Alan blieb stehen und lauschte auf Feuerwehrsirenen in der Ferne. Kain war geflohen.

Keuchend ließ er die Waffe sinken.

13

»Halt still«, flüsterte Alan.

Eve starrte aus weit aufgerissenen Augen zu ihm hoch. Sie lag mit dem Kopf auf seinen Knien und zitterte so heftig, dass er sie festhalten musste.

Seine Kehle blutete noch immer. Er beugte sich über sie, sodass das Blut in ihre Wunde rann. Beinahe sofort setzte eine Reaktion ein. Eve versteifte sich in seinem Arm. Sie öffnete den Mund und schloss ihn wieder, und Alan kämpfte gegen die Schwärze, die sein Bewusstsein zu überfluten drohte. Seine Finger tasteten über den Asphalt, fanden die Pistole, die Eve hatte fallen lassen. Er erhob sich und zog Eve mit sich auf die Beine. Schmerz schoss seinen Arm hinauf und setzte sich fort in der Brust. Eine dumpfe Qual lastete auf ihm, die jeden Atemzug zu einer ungeheuren Anstrengung machte.

»Komm.« Er strich ihr übers Haar in einem hilflosen Versuch, ihr Entsetzen zu lindern.

Noch immer gelang es ihm kaum, zu sprechen. Seine Kehle, verletzt und voller Blut, fühlte sich an wie mit heißem Metall ausgegossen. Halb stützte, halb trug er sie. Er schleppte sie tiefer ins Dunkel, bis sie eine Stahltür auf der Rückseite des Hauses erreichten. Alan wischte sich das Blut von den Händen, bevor er das Schloss aufbrach. Dahinter fanden sie einen Korridor mit Doppeltüren, hinter denen sich die Betriebsräume des Gebäudes befanden. Eves Atem flatterte an seinem Arm, flach und unstet wie die Flügel einer verletzten Motte. Als sie den Fahrstuhl betraten, sackte sie gegen ihn. Alan packte sie bei den Schultern und schüttelte sie. Ihre Lider öffneten sich einen Spalt.

»So müde«, wisperte sie. »Ich bin so müde.«

Kälte kroch in Alans Glieder. Er fürchtete plötzlich, dass es nicht genug war. Dass es nicht ausreichen würde, sie zu heilen. Er konnte ihren Puls kaum noch spüren. Rasch zog er sie aus dem Aufzug heraus und den Korridor hinunter. Blut tropfte von seinen Fingern auf den Filzteppich, der es aufsog.

Das letzte Stück trug er sie. Gefährliche Schwäche zerrte an ihm und ließ ihn bei jedem Schritt taumeln.

In seinem Apartment angekommen, legte er sie auf sein Bett, wie schon einmal vor zwei Nächten. Die Verletzung an ihrem Hals war schwarz von Blut, ein klaffender Riss im Gewebe. Alan tränkte ein Handtuch mit Wasser und säuberte die Wunde, so gut es ging.

Dann fügte er sich mit dem Dolch des Killers einen tiefen Schnitt zu, vom Handgelenk bis zur Armbeuge. Er ließ mehr von seinem Blut in ihre Kehle fließen, während er darum kämpfte, bei Bewusstsein zu bleiben. Vor seinen Augen tanzten Schlieren. Er umklammerte den Bettpfosten so fest, dass seine Knöchel schmerzten, und starrte hinab auf Eves bleiches Gesicht.

Ihr Atem beruhigte sich endlich, und Alan ließ mehr Blut auf ihre Lippen tropfen. Sie reagierte nicht. Doch sie atmete weiter. Während er ihren Atemzügen lauschte, spürte er, wie sein eigener Organismus erstarrte, der Moment der Stille, bevor die Heilung einsetzen und jede Faser zerschmettern würde, um sie danach neu zusammenzusetzen.

Er stürzte aus dem Zimmer und zog die Tür hinter sich zu. Seine Hand rutschte von der Tischkante ab, bevor der Schmerz ihn überflutete und sein Inneres in Stücke riss.

Eve hörte einen abgerissenen Schrei, doch ihr Geist war zu träge, um darauf zu reagieren. Ihre Sinne funktionierten nur noch gedämpft, wie eingehüllt in eine schwere Decke. Ihr Körper fühlte sich kalt an. Sie konnte sich nicht bewegen, verspürte aber kaum Schmerzen. Als endlich Stille einsetzte, drangen andere Geräusche zu ihr vor. Das Rauschen des Verkehrs von der Straße, Feuersirenen. Ein Hund bellte irgendwo.

Sie wollte sich erinnern und stolperte über Bilder, die keinen Sinn ergaben. Was war geschehen, seit der Russe versucht hatte, sie zu töten? So wie sie hier lag, fühlte es sich an wie ein Déjà-vu, eine schreckliche Verschiebung im Zeitgefüge. Sie sah das Gesicht dieses Mannes vor sich, der nicht Andrej war, sondern ein anderer tödlicher Killer, der sie nach dem Ring gefragt hatte, bevor er ihre Kehle aufriss. Wie war es möglich, dass sich ein Dämon hinter dem Antlitz eines Engels verbarg?

Der Stoff unter ihrer Wange fühlte sich klamm an. Endlich gelang es ihr, den Kopf zu drehen. Mit Mühe hob sie eine Hand und untersuchte ihr Gesicht. Ihre Fingerspitzen tauchten in klebrige Feuchtigkeit, Schweiß oder Blut, sie wusste es nicht. Sie ertastete eine wulstige Narbe und folgte ihr bis zum Schulterknochen.

Mehr Bilder drängten hoch. Sie erinnerte sich, dass sie ihre Waffe auf Erzengel Gabriel abgefeuert hatte. Welch ein Glück, dass sie ihrer Eingebung gefolgt war, die Pistole am Körper zu tragen anstatt in ihrer Tasche! Dass sie überhaupt entschieden hatte, das Ding mitzunehmen.

Schließlich fand sie die Kraft, sich aufzusetzen.

Alan hatte sein Blut in ihre Wunde laufen lassen. Nachträglich traf sie der Schock, als sie auf diese spezielle Erinnerung prallte. Sie saß reglos da, während sie zu ergründen versuchte, ob sie sich diesen Teil der Geschehnisse eingebildet hatte oder nicht. Die Verletzung war verschwunden, wenn auch nicht spurlos wie beim letzten Mal. Die Narbe fühlte sich knotig an, wie von einer Brandwunde.

Eve leckte sich über die Lippen. Sie schmeckte ein süßlich metallisches Aroma. Blut. Plötzlich wusste sie, dass das Alans Blut war, nicht ihr eigenes. Oh Gott! Vielleicht verlor sie den Verstand.

Ihr fiel auf, wie still es um sie herum geworden war. Panik stieg in ihr hoch. Sie hatte gesehen, wie schwer Alan verletzt worden war. Sie hatte gesehen, dass zwei Kugeln ihn getroffen hatten und dass ein langer Schnitt in seiner Kehle klaffte. Es überstieg ihre Vorstellung, wie er sich mit diesen Verletzungen überhaupt noch hatte bewegen können. Wie war es ihm gelungen, sie beide hier hochzuschleppen?

Eve hob ihre Beine über den Bettrand und stand auf. Sie verharrte einen Moment, um ihr Gleichgewicht zu finden. Dann trat sie beherzt ins Dunkel.

Betonaufbauten und rostige Luftschächte überzogen das Dach des Figueroa Hotels. Kain hockte im Schatten eines Stahlgerüsts mit Neonbuchstaben und starrte hinunter auf die Stadt. Wie sie bebte und pulsierte mit ihren leuchtenden Adern. Fast wie ein lebendiges Wesen. Er fragte sich, ob Metropolen ein Bewusstsein besaßen.

Seine Muskeln zitterten noch immer von der Wucht der Transformation, sein Körper fühlte sich wund an. Er fröstelte im kalten Nachtwind.

Ganz schwach am Rande seiner Wahrnehmung konnte er die Aura des fremden Schattenläufers spüren. Der Mann musste sich in der Nähe aufhalten, hatte wahrscheinlich einen Schlupfwinkel in einem der Hochhäuser. Kain senkte den Blick. Er hatte sich überschätzt. Vielleicht, weil das Töten so leicht geworden war. Weil er zugelassen hatte, dass Lust und Arroganz seine

Handlungen diktierten. Das hätte ihn den Kopf kosten können. Er hätte die Frau sofort töten sollen, dann wäre es gar nicht erst zum Zusammenstoß mit dem anderen Schattenläufer gekommen. Nun war Eve Hess aller Wahrscheinlichkeit nach noch am Leben, und sie wusste, dass er hinter dem Ring her war. Er stand unter Zeitdruck, viel stärker als zuvor. Er musste rasch handeln, wenn er den Auftrag nicht verlieren wollte.

Sein Blick wanderte zur Fassade des 717, zu den dunklen Fenstern von Eves Apartment. Ein seltsamer Widerwille flammte in ihm auf. Plötzlich wurde ihm klar, dass die Vorstellung, sie zu töten, heftige Skrupel in ihm auslöste. Das verstörte ihn. Er war es nicht gewohnt, Gefühle für seine Opfer zu entwickeln, gleichgültig ob Abneigung oder Sympathie. Er zog es vor, sie distanziert zu betrachten, ohne Persönlichkeit. Bei Eve Hess hatte er einen Fehler begangen. Er hatte einem Trieb nachgegeben, einem flüchtigen Rausch – und darüber die Distanz verloren.

Kain richtete sich auf und dehnte sein Bein, das sich immer noch steif anfühlte und wahrscheinlich Tage brauchen würde, um sich vollständig zu erholen. Knochen heilten langsamer als Muskeln. Langsam wanderte er zurück zu der Stahltür, die zum Treppenhaus führte.

Er musste sich um den Ring kümmern, bevor Eve ihn in Sicherheit bringen konnte.

Eve fand Alan ausgestreckt auf den Steinen liegend, die Kleider mit Blut durchtränkt. Er hatte den Kopf unter den Armen vergraben und atmete so flach, dass sie nicht sicher war, ob er nicht im Sterben lag.

»Alan? Kannst du mich hören?« Sie wagte nicht, ihn zu berühren, aus Angst, er würde hochschrecken und sie angreifen, wie zwei Nächte zuvor. »Alan?«

Er regte sich. Eve war so erleichtert, dass ihr Tränen in die Augen stiegen. »Soll ich die Ambulanz rufen?«

»Nein«, flüsterte er.

Mit Verzögerung begriff sie, wie surreal dieser Dialog war. So surreal wie die Tatsache, dass er überhaupt noch am Leben war. Er stützte sich auf die Arme und richtete sich halb auf. Den Rücken gegen die Wand gelehnt, sah er sie an.

Eve starrte auf seine Kehle, auf die Krusten geronnenen Blutes. Der klaffende Schnitt hatte sich geschlossen.

»Du brauchst keine Ambulanz«, stellte sie fest. Ihr war selbst nicht klar, wie sie es schaffte, so ruhig zu bleiben. »Deine Wunden sind verheilt, nicht wahr?«

Sehr langsam hob er einen Arm, winkelte ihn an und streckte ihn wieder. Eve erhaschte einen Blick auf hellrotes Narbengewebe.

»Nicht ganz.« Er verzog einen Mundwinkel.

Sie nickte. »Du verstehst, dass ich dir dieses Mal nicht abkaufe, dass ich mir alles nur eingebildet habe?«

Alan stieß geräuschvoll den Atem aus. »Du wirst meine Erklärung nicht glauben.«

»Versuch es! Ich habe viel Fantasie.«

Er seufzte. »Außerdem ist es eines dieser Geheimnisse, bei denen ich dich töten müsste, nachdem ich dich eingeweiht habe.«

Eve hob eine Augenbraue. »Dafür ist es ein bisschen spät.«

Alan stemmte sich auf die Füße. »Ich könnte damit anfangen, dass ich vierhundert Jahre alt bin.« Seine Stimme klang ausdruckslos. »Vierhundertundzwei, um genau zu sein. Ich wurde 1610 in Marseille geboren.«

Sie wusste nicht, was sie erwidern sollte. Er machte sich offenbar über sie lustig. Aber da war kein Lächeln, keine versteckte Ironie. Er erwiderte nur ihren Blick, sein Gesicht eine bleiche Maske.

Andererseits, warum nicht?

Sie war gerade Zeugin einer Wiederauferstehung geworden. Der Mann hätte eigentlich tot sein müssen. Und sie ebenfalls. Warum also nicht? Warum sollte es dann nicht auch möglich sein, dass er 1610 in Marseille geboren war und seither im Körper eines Mittdreißigers die Welt durchwanderte? Eines sehr attraktiven Mittdreißigers im Übrigen. Eve lachte ein nervöses Lachen.

»Aber du bist nicht zufällig Lestat, der Vampir?« Sie hatte einen Scherz machen wollen, aber nun, da es ausgesprochen war, kam es ihr plötzlich gar nicht mehr witzig vor.

»Nein.« Er lächelte dünn. »Ich trinke kein Blut.«

Eve Hess war nicht in ihr Apartment zurückgekehrt.

Aber das wäre zu viel des Guten gewesen. Kain hatte sie sterbend in der Gasse zurückgelassen. Entweder sie war verblutet, oder der fremde Schattenläufer hatte sich um sie gekümmert.

Unter seinen Füßen knisterte Papier, als er den Loft durchquerte. Kain hob ein paar der Seiten auf. Ausgedruckte E-Mails, in Russisch verfasst, neben die jemand von Hand eine englische Übersetzung geschrieben hatte. Das Licht war nicht eingeschaltet, doch seine Sinne geschärft vom Blut; er konnte Konturen und Details so gut voneinander unterscheiden wie unter greller Sonne.

Eves Geruch hing in den Räumen, ein leichter Sommerduft. Eine Einladung, ein geflüsterter Traum. Wieder überfiel ihn diese Regung wie ein ungewollter Gast und zerrte an seinen Entscheidungen. Unwillig schüttelte er den Kopf. Was zum Teufel hatte sich geändert, seit sein Anschlag auf die Frau missglückt war? Er hatte keine Skrupel verspürt, ihr die Kehle herauszureißen. Er hatte gewusst, dass er sie töten würde, und es hatte ihn nicht berührt. Was also hatte sich geändert?

Seine Finger glitten über ihren Schreibtisch, ihren kleinen Laptop, der zugeklappt auf der Glasplatte stand. Daneben lagen Fotos einer verstümmelten Leiche. Kain erkannte die Signatur eines Junkies auf den ersten Blick. Er war schließlich selbst einer, abhängig vom Blut. Er kontrollierte die Sucht nur besser als andere.

Die Frau fotografierte also Menschen, die Opfer räuberischer Schattenläufer geworden waren. Interessant. Möglicherweise war sein Auftraggeber selbst vom Blut. Vielleicht jemand, der seiner Sucht zu offen nachgegeben hatte und dem sie nun auf den Fersen war? Er zog die Schubladen auf, eine nach der anderen. Im mittleren Kästchen fand er den Ring. Ihm genügte ein einziger Blick, um das Schmuckstück zu identifizieren.

Erstaunlich, wie leichtsinnig Eve damit umging! Wusste sie nicht, dass dieser Ring so wertvoll war, dass andere viel Geld für ihren Tod und die Wiederbeschaffung des Objekts zahlten? Im Moment, da er ihn berührte, spürte er die Energie, die den Stein umgab.

Er musterte den milchweißen Opal, der in seinem Netz ruhte wie eine winzige Supernova. Furcht einflößend. Was war das für ein Ding?

Kain glaubte nicht an die Existenz von Magie, aber dieses Kunstwerk fühlte sich magisch an. Als würde es vor sich hin summen in einer alten Sprache. Er ließ es in seine Jackentasche gleiten.

Lange starrte er über den Schreibtisch hinweg aus dem Fenster. Irgendetwas schien die Motten anzuziehen. Sie flatterten vor der Scheibe, ein halbes Dutzend oder mehr, prallten gegen das Glas und taumelten zurück ins Dunkel. Kain betrachtete die Scheiben im Hochhaus auf der gegenüberliegenden Straßenseite, das höchstwahrscheinlich den Schlupfwinkel des fremden Schattenläufers beherbergte.

Dem würde er später nachgehen. Er hatte etwas gespürt in diesem Mann. Etwas, das er zuerst nachprüfen musste. Das fast zu gut war, um wahr zu sein. Seine Gedanken wanderten zurück zu Mordechai.

Und Hoffnung flackerte unter der Asche.

Alan entschied, dass es keine Rolle mehr spielte.

Sie hatte bereits zu viel gesehen. Dinge, die er nicht erklären konnte, ohne ihr seine Natur zu verraten. Der Gedanke, weiterhin Katz und Maus mit ihr zu spielen, ermüdete ihn immer mehr. Vielleicht hatte er auch Glück, und Eve hielt ihn für verrückt.

Ihre Augen waren dunkel vor Misstrauen.

Er unterdrückte den Impuls, seine Hand auszustrecken und ihre Locken zu berühren. »Ich gehe duschen«, sagte er, »und ziehe mir etwas Sauberes an.«

Sie antwortete nicht, sah ihn nur schweigend an.

Zur Hölle mit dem Taktgefühl!

Er hob seinen Arm und berührte mit den Fingerspitzen ihre Wange. Als sie nicht auswich, umfasste er ihr Kinn und strich mit dem Daumen über ihre Lippen. Hitze stieg in ihm auf. Er könnte sie einfach an sich ziehen, seinen Mund auf ihrem, seine Hände auf ihrer Haut, und sich in ihr verlieren. Dem Brennen nachgeben, das seinen Körper überflutete, das ihn hart werden ließ und jede Vernunft in Flammen setzte. Ihr Atem strich wie eine Liebkosung über seine Hand.

Von irgendwoher heulten Feuerwehrsirenen auf und zerrissen den Moment. Alan konnte sehen, wie sie innerlich zusammenzuckte, wie sich der Schleier von ihrem Blick hob. Zögernd ließ er den Arm sinken. Ein Echo der Lust pulsierte durch seine Adern, als er seine Enttäuschung in ihrem Blick gespiegelt sah.

»Danach erzähle ich dir eine Legende. Die kannst du dann glauben oder nicht.«

Im Bad streifte er sich die Kleider vom Leib und tastete nach den Narben auf Brust und Kehle. Das war eine der schlimmsten Transformationen, die er je durchlitten hatte. Sie zeigte ihm, wie nahe er dem Tod gewesen war. Kain hatte gekämpft wie ein Dämon.

Und Eve hatte ihm das Leben gerettet.

Was passierte dort draußen? Erst die Icoupov-Brüder, und nun dieser Killer, dessen Aura nichts glich, das Alan kannte. Kain war ein Raubtier, er verströmte den Tod. Und er musste erst kürzlich nach Los Angeles gekommen sein, sonst hätte Alan von ihm gehört. Ein Schattenläufer mit diesen Fähigkeiten, der sich noch dazu nicht scheute, seine Anonymität durch Mord auf offener Straße zu gefährden, konnte seine Identität nicht lange geheim halten.

Was also ging hier vor? Etwas braute sich zusammen, eine Konjunktion von Kräften. Und Eve war irgendwie darin verwickelt. Vielleicht hatte er sie sogar erst hineingezogen, als sie Zeugin seiner Auseinandersetzung mit den falschen Icoupovs geworden war. Schuldgefühle regten sich in ihm. Sie hatte keine Ahnung, mit welchen Mächten sie sich einließ. Sie war stark und intelligent, aber sie war nur ein Mensch.

Und wie bei anderen vor ihr berührte ihn etwas an ihr.

Nein, dachte er. Mit ihr war es anders. Sie war nicht gewöhnlich. Sie berührte ihn so sehr, dass es schmerzte. Ihre Art zu sprechen, jede Bewegung, selbst das Misstrauen in ihren kühlen grauen Augen zog ihn unwiderstehlich an. Vorhin im Atelier hatte er an sich halten müssen, nicht über sie herzufallen.

Er blickte an sich herunter und verzog den Mund zu einem spöttischen Lächeln. Allein der Gedanke an diesen Moment erregte ihn wieder. Doch das Beängstigende war, dass diese aufkeimende Leidenschaft für Eve weit über körperliche Anziehung hinausging. Da machte er sich nichts vor. Das Bedürfnis, sich ihr zu öffnen, war übermächtig geworden. Es war Fluch und Geschenk zugleich. Die alten Schöpfungsmythen, die Mordechai so faszinierten, kamen ihm in den Sinn. Die Liebe hatte seine Vorväter stürzen lassen. Und nichts hatte sich seither geändert.

»Okay, du bist also ein vierhundert Jahre alter französischer Landadliger«, stellte Eve fest. Alan blieb in der Tür stehen und schob sich das feuchte Haar aus der Stirn. »Wie geht es weiter?«

»Weder adlig noch französisch.« Er begann sein Hemd zuzuknöpfen. »Mein Vater ist Perser.«

»Ah.« Ihr Blick glitt über seine Lippen, die eleganten Wangenknochen und blieb schließlich an seinen Augen hängen, deren Grün nun um einige Schattierungen dunkler wirkte. Der Herzschlag stieg ihr in die Kehle.

»Bist du sicher, dass du die Geschichte jetzt hören möchtest? Es ist zwei Uhr nachts, und du willst dir wahrscheinlich das Blut abwaschen.«

Eve tastete nach den verkrusteten Stellen in ihrem Haar. Ihre Arme hatte sie notdürftig in der Spüle gereinigt, den Rest ihres Körpers jedoch nicht angetastet.

»Ich mache dir einen Vorschlag.« Alan löste sich aus dem Türrahmen. »Ich koche uns Tee, und du stellst dich unter die Dusche. Vielleicht finde ich sogar etwas zu essen. Ich weiß nicht, wie es dir geht, aber ich habe Hunger.«

»Ich dachte, ihr ernährt euch von Blut?«

Er antwortete nicht, sondern sah sie nur an. Eve hielt seinem Blick ein paar Sekunden stand. Dieses dunkle Grün hypnotisierte sie, ließ sie vergessen, was sie hatte sagen wollen. Ihre Wangen glühten, sie wandte sich hastig ab. Ihre Bemerkung erschien ihr plötzlich kindisch.

»Handtücher sind im Schrank«, rief er ihr nach, als sie das Schlafzimmer durchquerte.

Unter dem heißen Wasser lösten sich Dreck und trockenes Blut und flossen in einem bräunlichen Strom über ihren Körper. Eves Magen begann zu rebellieren. Sie atmete tief und gleichmäßig, um die Übelkeit zu vertreiben.

Nach der Dusche wickelte sie sich in ein dickes Handtuch und ließ sich auf den gekachelten Boden sinken. Sie war zu Tode erschöpft. Lange saß sie so da, den Blick auf ein imaginäres Ziel gerichtet, und wartete, dass die Wärme in die tieferen Schichten ihres Körpers sickerte. Inzwischen befand sie sich an einem Punkt, an dem sie so etwas wie Alans Behauptung, er sei vierhundert Jahre alt, tatsächlich akzeptieren konnte. Dinge, die jeder Vernunft widersprachen. Vielleicht lag es daran, dass nichts von dem, was sie in den vergangenen Tagen erlebt hatte, vernünftig war.

Sie richtete sich wieder auf und trat vor den Spiegel. Mit dem Handrücken wischte sie das beschlagene Glas frei. Sie fuhr sich durch die nassen Locken und fragte sich, ob Alan sie attraktiv fand. Es knisterte zwischen ihnen, ohne Zweifel. In Alans Berührung hatte keine Unschuld gelegen. Doch was, wenn es nicht mehr war als eine flüchtige Hitze, vielleicht eine Folge der extremen Ereignisse dieser Nacht, die nach wenigen Stunden verflogen war?

Das Handtuch fester um ihre Brüste gezogen, ging sie zurück ins Atelier. Alan lehnte am Fenster.

»Hey«, sagte sie.

Er nahm eine Tasse vom Tisch und hielt sie ihr entgegen. Dabei strich wie zufällig seine Hand über ihren Arm, eine Berührung wie ein elektrischer Schlag, die die Härchen auf ihrer Haut aufrichtete. Für einen Moment vergaß sie zu atmen. Er stand so dicht vor ihr, dass sie die Wärme seines Körpers spürte. Rasch senkte sie den Kopf und nippte an ihrem Tee in dem angestrengten Versuch, ihre Fassung zu wahren. Doch nun begann auch noch das Handtuch zu rutschen. Ihr blieb nichts anderes übrig, als die Tasse auf den Tisch zurückzustellen und mit beiden Händen nach dem Knoten zu greifen.

»Ich frage mich die ganze Zeit«, murmelte Alan, »wie es wäre, dich zu küssen.«

Eve erstarrte.

Seine Stimme sank in ihr Bewusstsein wie durch dichten Nebel. Sein Atem streifte ihre Locken, ihre Stirn.

»Tatsächlich denke ich darüber nach, seit du im Bad verschwunden bist.«

Sie sah in seine Augen, die sich noch weiter zu verdunkeln schienen. Alans Mund formte sich zu einem leisen Lächeln. Es lag Zärtlichkeit darin und eine vage Hoffnung, die beinahe ihr Herz zum Stillstand brachte.

Das Handtuch rutschte. Aber sie konnte sich nicht darauf konzentrieren. Sie war gefangen in seinem Blick, der ihren Atem flattern ließ und ihre Haut in Brand setzte. Das Licht der Lampe verlieh seinem Gesicht einen weichen Schimmer. Sein Haar kringelte sich feucht über dem weißen Hemdkragen. Eves Mund wurde trocken. Er wirkte überhaupt nicht mehr wie jemand, der eben erst knapp dem Tod entronnen war.

»Nein, das ist nicht ganz richtig«, korrigierte er sich. »Genau genommen kam mir der Gedanke schon auf der Vernissage.«

»Weil ich dich so in Bann geschlagen habe mit meinen intelligenten Fragen?« Ihre Stimme klang rau in ihren Ohren. Das Herz schlug ihr so hart gegen die Kehle, dass sie kaum die Worte zu formen vermochte.

Alan hob einen Arm und berührte sie im Nacken. Seine Finger gruben sich in ihre Locken. Eve wurde bewusst, dass es ihr gleichgültig war, ob das nun eine flüchtige Leidenschaft war oder nicht. Sie packte Alans Kopf mit beiden Händen und zog ihn zu sich herunter.

Seine Lippen schmeckten genau, wie sie es sich vorgestellt hatte. Glatt waren sie und fest, fordernd, als seine Zunge sich einen Weg in ihren Mund bahnte. Es war wie eine Explosion. Er küsste sie mit der Begierde eines Verdurstenden. Das Handtuch löste sich, als er ihre Hüften umschlang und sie heftig an sich zog. Sie spürte seine Erektion, die Hitze seines Körpers, und hoffte, dass der Kuss niemals enden würde. Das war es, was sie gewollt hatte, von dem Moment an, da sie seiner Silhouette hinter dem Fenster verfallen war.

Halb schob er sie, halb taumelten sie, fanden den Weg zu seinem Bett. Das Handtuch glitt zu Boden. Seine Finger auf ihrer nackten Haut verursachten ihr eine Gänsehaut. Das Holzgestell stieß gegen ihre Kniekehlen, sie knickte ein und sank auf die Laken. Alan war über ihr, seine Hände umfingen ihre Hüften. Er duftete nach Holz, Orangen und warmem Leder. Genau so, wie ein Mann riechen sollte. Seine Zunge glitt über ihre Lippen, dann hob er den Kopf. Dunkle Haarsträhnen fielen ihm ins Gesicht.

Eve begann sein Hemd aufzuknöpfen, strich mit beiden Handflächen über seine Brust, den muskulösen Bauch, ertastete die vielfach vernarbte Haut. Sie fand die feine Haarlinie, verfolgte sie weiter. Ihre Finger zitterten vor Erregung und Faszination. Er erstarrte mit gepresstem Atem.

»Warte«, flüsterte er. »Warte.«

Sie lächelte, nestelte an den Knöpfen seiner Jeans herum. Alan fing ihre Hände mit festem Griff. Sie kicherten beide. Das Lachen in seiner Kehle, das leichte Beben seiner Muskeln barg so viel Sinnlichkeit, dass Eve glaubte, darin ertrinken zu müssen. Sie hörte Stoff rascheln, dann schob sich sein Arm unter ihren Hintern und drehte sie um.

Einen Herzschlag später kitzelte sein Haar zwischen ihren Schulterblättern. Seine Lippen glitten ihr Rückgrat hinunter, Küsse wie Schmetterlinge. Seine Hände fuhren über ihre Hüften, umschlossen ihre Hinterbacken und blieben dort liegen, massierten sie mit sanftem Druck, bis sie ihn anflehen wollte, dass er sie weiterwandern ließ, noch ein Stück weiter.

Für einen Moment hielt er inne und ließ zu, dass sie sich drehte. Mit einem Knie schob er ihre Beine auseinander und ließ sich dazwischensinken. Sie spürte, wie seine Erektion gegen ihr Fleisch drängte, und als sie sich an ihm rieb, wandelte sich sein Atem in ein Keuchen. Wann hatte er sich ausgezogen? Sie erinnerte sich nicht.

Er stützte sich ein wenig auf, um Platz für seine Hand zu schaffen, die sich einen Weg zwischen Eves Schenkeln bahnte. Seine Finger tauchten in Feuchtigkeit. Er war sanft, doch nachdrücklich. Fordernd. Erregte sie in einem Maße, dass sie schreien wollte. Aber sie konnte nicht schreien, denn sein Kuss verschloss ihre Lippen. So grub sie ihre Nägel in seine Hüften, verflocht ihre Beine mit seinen und unterdrückte das Schreien für später.

Sie seufzte vor Enttäuschung, als er seine Finger aus ihr zurückzog. Einen Herzschlag später hob er ihren Schoß an und drang endlich in sie ein. Heftig bog sie sich ihm entgegen. Er zitterte, kämpfte darum, die Kontrolle zu behalten. Eine Welle baute sich zwischen ihnen auf, hüllte sie in weiche Glut. Eve blickte ihm in die Augen. In einem Schimmer aus Grün und Schatten fand sie ihr Spiegelbild. Dieser Moment barg eine Kostbarkeit, die ihr nie zuvor gewährt worden war.

»Eve.« Ihr Name war kaum mehr als ein Atemhauch. Als müsste er sich vergewissern, dass sie keine Illusion war. Sie spürte seinen Herzschlag, hart und schnell an ihrer Brust. Er begann sich zu bewegen, zuerst langsam, dann fordernd in einem kraftvollen Rhythmus, der sie beide mit sich zog. Wie Wasser, das über den Rand eines Beckens läuft, bis sie sich zitternd der Erlösung ergab und ihr Schauder auch ihn über den Zenit trieb. Bis sie glaubte, seine Seele schmecken zu können.

»Gott beauftragte die Wächterengel mit der Schaffung des Gartens Eden.«

Alan verstummte für einen Moment. Die Legenden seiner Kindheit. Sein Vater hatte sich schon früher im Mystizismus verloren. Aber auch Mordechai konnte nicht sagen, wie wahr oder falsch die Geschichten waren. Niemand konnte das. Niemand wusste, wie ihre Spezies wirklich entstanden war.

»Wie geht es weiter?«, fragte Eve.

»Die Engel erblickten die Töchter der Menschen, verliebten sich in sie und vergaßen darüber ihre Pflichten. Obwohl es ein Sakrileg war, schliefen sie mit ihnen und zeugten Nachkommen, die zur einen Hälfte menschlich, zur anderen Hälfte etwas anderes waren.«

Alan betrachtete Eve, die sich das Laken über die Brüste gezogen hatte und seinen Blick erwiderte. Im Halbdunkel erschienen ihre sonst hellen Pupillen schwarz. Ihre Locken lagen auf dem Kissen ausgebreitet wie Blütenblätter.

Eine Welle von Zärtlichkeit überspülte ihn, gepaart mit einem stummen Erstaunen, dass sie solche Empfindungen in ihm auslösen konnte. Sie war wie ein verrücktes, ganz und gar unvernünftiges Geschenk. Er kannte sie kaum und wusste nicht, wie es weitergehen würde, wusste nicht einmal, ob es überhaupt ein Weiter gab. Doch das war nichts, worüber er jetzt nachgrübeln wollte.

»Langweile ich dich?«, fragte er.

Ein Grübchen zeigte sich auf ihrer Wange. »Nein.«

»Soll ich weitermachen?«

»Du könntest deine Hand wieder dorthin legen, wenn es das ist, was du meinst.«

Er musste lachen. »Das meinte ich eigentlich nicht.«

»Ich weiß.« Sie erwiderte sein Lächeln. »Erzähl weiter, aber leg deine Hand bitte trotzdem zurück.«

Alan zog das Laken beiseite und ließ seine Hand spielerisch über ihre Haut gleiten. Sie zuckte leicht zusammen, als er zwischen ihre Schenkel schlüpfte, und lenkte ihn damit so sehr ab, dass er beinahe den Faden verlor. Für einen Moment erwägte er, sie dort zu küssen, statt in seiner Erzählung fortzufahren, und spürte sofort, wie die Erregung in ihm aufstieg.

»Du warst bei den Engeln«, erinnerte sie ihn.

»Ja richtig.« Er versuchte sich zu konzentrieren. »In der Bibel werden diese Nachkommen als Nephilim bezeichnet, als Geschlecht von Riesen oder Helden, je nachdem, wie man es übersetzt. Sie waren stark und langlebig, sodass sie als unsterblich galten. Es heißt, sie hätten sich schließlich gegen die Menschen gewandt, sie erschlagen, ihr Blut getrunken und Verwüstung über die Erde gebracht. Gott entfesselte daraufhin seinen ganzen Zorn, strafte die abtrünnigen Engel und verbannte sie in die Tiefen des Fegefeuers. Auf die Erde schickte er die Sintflut, damit sie die illegitime Brut der Engel auslöschen sollte.«

»Steht das so in der Bibel?«

»Es gibt einen Verweis im Buch Genesis und alle schmutzigen Details im apokryphen Buch Henoch.«

»Apokryph?«

»Damalige religiöse Schriften, die nicht in die offizielle Bibelfassung aufgenommen wurden.«

Eve wand sich ein wenig unter seiner Hand. Er glitt tiefer, zog eine Linie über nachgiebige Haut. Sie stieß einen kleinen Laut aus, ein halbes Seufzen, das ihn berauschte. »Hör nicht auf«, bat sie.

Sein Finger drängte weiter, und eine noch heftigere Welle von Lust überspülte ihn, als sie wieder zusammenzuckte.

»Du musst das, was ich dir sage, als Geheimnis bewahren.«

»Ja.« Sie senkte halb die Lider.

»Ich meine das ernst. Versprich es mir.«

»Versprochen.« Sie lächelte träge.

Alan glaubte ihr nicht. Er konnte nur hoffen, dass der gesunde Menschenverstand ihr sagte, dass niemand ihr diese Geschichte glauben würde. »Was, wenn ich dir sage, dass einige der Nephilim dem göttlichen Zorn entkommen konnten?«

»Sagt das die Bibel?«

»Nein.«

Plötzlich spannte sich ihr Körper an, sie schlug die Augen auf. Nur langsam war die Bedeutung seiner Worte in ihr Bewusstsein gesunken.

»Dieser Teil der Legende ist nicht bekannt.« Er schob einen zweiten Finger neben den ersten. »Jedenfalls nicht unter den Menschen.«

»Den Menschen, ja?« Misstrauen schwang in ihrer Stimme. »Willst du damit sagen, du bist kein Mensch?«

Es war erregend, mit ihr zu spielen, während sich diese Debatte entwickelte. Eve würde skeptisch auf seine Eröffnung reagieren, und er wusste es und genoss es bereits, bevor es begann.

»Die überlebenden Nephilim wurden von den Menschen gejagt. Sie waren gezwungen zu fliehen, sich in unzugänglichen Regionen zu verstecken. Sie leckten ihre Wunden und warteten darauf, dass die Jäger vergaßen, wer eigentlich ihre Beute war. Dass diese Menschen alt wurden, starben und nur mehr Legenden an die nachfolgende Generation überlieferten. Die Märchen von den Schattenläufern, an deren wahren Kern sich niemand mehr erinnert.«

Sie war skeptisch, er las es in ihrem Blick. Dann verschleierten sich ihre Pupillen, als er sie fester zu streicheln begann.

»Mein Vater entstammt der ersten Generation.«

Er lauschte in dem entstandenen Schweigen ihrem Herzschlag, der sich beschleunigte, zusammen mit ihrem Atem. Alan streifte seine Beherrschung ab und rollte sich über sie. Mit einer fließenden Bewegung drang er in sie ein.

Überrascht keuchte sie auf, dann presste sie ihren Unterleib gegen den seinen. Das Blut rauschte in seinen Ohren. Seine Muskeln zitterten von der Anstrengung, sich zurückzuhalten. Er spürte, wie ihre Fingernägel sich in seine Hinterbacken gruben, ein lustvoller kleiner Schmerz.

»Und ich habe mich schon gefragt«, wisperte sie an seinem Ohr, »warum du anders bist als die anderen Jungs.«

14

Eve blickte über Alans Körper hinweg zum Fenster. Rot und violett zog die Morgendämmerung herauf. Sie war erschöpft, gefangen in einer glücklichen Trägheit, von der sie wünschte, sie möge ewig anhalten. Ihr Kopf ruhte auf Alans Arm, seine Finger spielten in ihrem Haar. Der Mann war zu gut, um wahr zu sein. Und seine Geschichte so verrückt, dass sie sich eigentlich nur mit einer Geisteskrankheit erklären ließ. Andererseits war sie so gut wie jede andere Erklärung für die unheimlichen Selbstheilungskräfte, über die er verfügte.

»Wie hast du das gemacht?«, fragte sie. »Die Wunde an meinem Hals?«

»Unser Blut.« Er drehte den Kopf, sodass sie ihn ansehen konnte. »Die Gabe der Engel, wie mein strenggläubiger Vater zu sagen pflegt.« Seine Mundwinkel verzogen sich zu einem spöttischen Lächeln. »Es enthält Stoffe, die eine heftige biochemische Reaktion auslösen. Die natürliche Regeneration der Zellen wird um ein Vielfaches beschleunigt.«

»Klingt wie der Rohstoff für das perfekte Heilmittel.«

»Das ist versucht worden.« Sein Blick verdüsterte sich. »Auf die eine oder andere Weise. Aber man kann es nicht künstlich herstellen. Alle Versuche in diese Richtung sind gescheitert. Das ist wie die Frage, warum aus einer Anhäufung von Kohlenstoffverbindungen plötzlich Leben entsteht. Keiner weiß eine Antwort darauf. Es ist eben mehr als die Summe seiner Teile.«

Eve ließ seine Erklärungen einsickern. Nachfahren von Engeln. Klar.

Verrückt. Aberwitzig logisch, brillant und einfach verrückt.

»Diese Icoupov-Brüder«, überlegte sie laut, »das sind ebenfalls Schattenläufer, nicht wahr?« Der Begriff ging ihr nur schwer über die Lippen. Schattenläufer, das klang wie eine indianische Legende. Aber sie hatte mit eigenen Augen gesehen, wie fantastisch schnell Alan sich regeneriert und wie er ihre Wunden geheilt hatte. Mehr noch, sie hatte ihn kämpfen sehen. So kämpfte kein Mensch, das hatte sie schon in der Nacht auf dem Dach gedacht und dann beiseitegeschoben. Alan senkte die Lider, die Andeutung eines Nickens als Antwort auf ihre Frage.

»Und dieser Kerl gestern abend mit den weißen Haaren?«

»Der auch.«

»Warum trinken sie Blut?«

»Blutplasma. Vor allem menschliches Blutplasma, oder besser noch das von meinesgleichen, enthält einen Stoff, der wie eine Droge auf unseren Metabolismus wirkt.« Seine Stimme klang ruhig, ein wenig gedämpft. »Hast du mal Koks probiert?«

»Nein.«

»Jetzt komm, ich bin kein verdeckter Drogenfahnder.«

Sie schenkte ihm ein schiefes Lächeln.

»Du fühlst dich vitaler und leistungsfähiger«, fuhr er fort. »Dein Gehirn scheint schneller zu arbeiten, alle Sinneseindrücke wirken intensiver. Blutplasma hat eine ähnliche Wirkung auf unsere Spezies wie Kokain auf Menschen, nur viel heftiger. Und es ist mehr als nur eine Illusion. Deine Sinne werden empfindlicher, du siehst plötzlich im Dunkeln. Du stellst dich auf die Spitze eines Turms und kannst die Gespräche der Menschen am Boden belauschen. Deine Reflexe verbessern sich, du gewinnst an Kraft und Geschwindigkeit.«

»Sprichst du aus eigener Erfahrung?«

Er hob die freie Hand und strich ihr mit dem Finger über

die Lippen. Die Berührung fühlte sich so sinnlich an, dass Eves Kehle sich sofort verengte.

»Ich habe es nie probiert«, sagte er. »Ich hatte Angst, dass ich es nicht schaffen würde, danach wieder aufzuhören. Ich habe gesehen, was es anrichtet. Wie alle Drogen macht auch diese körperlich abhängig. Wenn die Sucht dich einmal in den Klauen hat, gibt es keinen Weg zurück. An einem bestimmten Punkt verändert sich deine Körperchemie, und der Prozess wird unumkehrbar.« Seine Hand glitt über ihr Kinn, ihren Hals hinab zu ihren Brüsten. »Es ist gefährlich. Du verlierst die Kontrolle. Du kannst an nichts anderes mehr denken als an den nächsten Rausch. Wenn die Wirkung nachlässt, ist dir jeder Preis recht, um die Schmerzen zu lindern. Und die Abstände werden immer kürzer, je exzessiver du trinkst.« Alan schüttelte den Kopf. »Junkies, die ihre Sucht nicht kontrollieren, sind eine Gefahr für unsere Art. Diese Welt ist vor allem eine Welt der Menschen, und wenn wir darin leben wollen, können wir uns nicht benehmen wie die Axt im Walde.«

»Du sagst also, die Icoupovs waren verrückte Junkies, die jede Nacht einen Menschen aussaugen mussten, um ihre Entzugserscheinungen zu bekämpfen?« Die Erklärung war in ihrer Einfachheit entsetzlicher als alle Serienmordtheorien. »Der andere Icoupov«, stieß sie hervor, »wenn es ihm um das Blut geht, wird er nicht aufhören zu morden, nur weil sein Bruder tot ist.«

»Nein, wird er nicht.« Alan klang leidenschaftslos, so nüchtern, dass es sie fast krank machte. »Aber jetzt räumt er wenigstens hinter sich auf.«

»Oh Gott.« Alle Romantik war verflogen. Plötzlich fror sie an den Stellen, wo ihre Haut nicht zugedeckt war. Sie drehte sich zur Seite, sodass Alans Hand sie nicht länger berührte, und wich seinen Fingern aus, als er nach ihr suchte.

»Was ist?«, fragte er.

Eve antwortete nicht. Sie fühlte sich, als wäre sie aus einem Traum erwacht, zurück in einer eisigen Welt.

Kain entdeckte sie im morgendlichen Trubel, zwischen Bankern in Anzügen und Maklerinnen mit hochhackigen Schuhen, als sie die Straße vor dem Hotel überquerte. Karamellfarbene Locken, die zerzaust auf ihren Schultern lagen, und ein schwarzes Kleid. Sie lebte, ihr Körper war wieder erstarkt, und er wusste, dass der fremde Schattenläufer sie mit seinem Blut geheilt hatte. Eine Welle der Eifersucht überspülte ihn.

Er erstarrte, als ihm klar wurde, was für eine Empfindung das war.

Wie war das möglich? Er musste Eve Hess töten. Er lauerte dieser Frau auf, um einen Vertrag zu erfüllen. Einmal hatte er bereits versagt. Beim zweiten Mal konnte er sich keine Schwäche mehr gestatten, keine Sentimentalitäten. Und doch beschwor die Vorstellung, dass dieser andere sie mit seinem Blut genährt, dass er sie berührt hatte, eine rasende Wut herauf. Er taumelte vom Fenster zurück in den Raum, benommen von der Wucht der Empfindung. Erschrocken starrte er in den Spiegel. Die Schatten unter seinen Augen waren verschwunden. Er hatte genug von ihrem Blut in sich aufgenommen, um seine Reserven aufzufüllen.

Ihr Blut. Nur langsam sickerte es in sein Bewusstsein. Es war nur eine Möglichkeit. Eine bloße Theorie. Wieso verursachte ihm dann der Gedanke ein so heftiges Schwindelgefühl?

Er tastete nach dem Ring, den er an einer Kette um den Hals trug. Der Wasseropal ruhte an seiner Brust, hatte die Wärme seiner Haut angenommen. Kain trat zurück ans Fenster und stellte fest, dass er Eve nicht länger sehen konnte. Sein Blick wanderte wieder zu dem Polizeiwagen, der seit fast einer Stunde auf der anderen Straßenseite gegenüber dem 717 parkte. Er stellte sich vor, wie Eve das Foyer durchquerte, dem Concierge zunickte, der kein Wort darüber verlor, dass ihr Kleid zerrissen war und dass Blutspritzer ihre Schuhe befleckten. Vielleicht lächelte sie den jungen Latino an, der die Autos parkte und der ihren Namen wusste, obwohl sie erst kürzlich eingezogen war. Sie würde den Aufzug betreten und hoch in den siebzehnten Stock fahren, und sie würde feststellen, dass jemand ihre Wohnung durchsucht und einen wertvollen Gegenstand gestohlen hatte.

Plötzlich schien der Tag seine Farben zu verlieren.

»Eve!«

Felipes Gesichtsausdruck sagte ihr noch deutlicher als sein Tonfall, dass etwas ganz und gar nicht stimmte.

»Warte!«, wies er sie an, während er von seinem Stuhl hinter dem Empfangstresen aufstand. »Komm kurz mit.«

Er fasste nach ihrem Handgelenk und zog sie in das kleine Büro, das an das Foyer angrenzte.

»Hast du den Streifenwagen da drüben gesehen?«

Eve schüttelte den Kopf. Sie hatte verstohlen in die Gasse zwischen Alans Wohnblock und dem Figueroa Hotel gespäht und war erleichtert gewesen, dass dort nichts abgesperrt war. Tatsächlich wirkte alles völlig normal. Felipes Gesicht war gerötet vor Aufregung, seine Stimme heiser.

»Oben im Café warten zwei Typen vom LAPD, die dich sprechen möchten. Ihre Kollegen befragen gerade die Mieter, ob sie was im Zusammenhang mit der Schießerei gestern Nacht gesehen haben.« Für eine Sekunde starrte sie ihn nur an. »Ach so«, fügte Felipe hinzu, »und erzähl ihnen bloß nicht, du hättest die Nacht zu Hause im Bett verbracht! Dein Ex-Detective Mark Johnson hat bis heute früh um vier Uhr morgens versucht, dich zu erreichen. Da du offenbar nicht an dein Telefon gegangen bist, hat er hier unten angerufen, um herauszufinden, ob du zu Hause bist.«

Sie unterdrückte einen Fluch.

»Bitte sag, dass du eine heiße Nacht mit deinem Maler verbracht hast, weit weg von jeder Schießerei, und dass du ihn anrufen kannst, damit er das bestätigt.«

»Der Teil mit der heißen Nacht stimmt.« Eve fuhr sich durch die Locken. »Hast du eine Ahnung, was die von mir wollen?«

»Ich weiß nur, dass sie nicht weggehen werden, bevor sie dich nicht befragt haben. Die gute Nachricht ist, dass sie keinen Durchsuchungsbefehl für dein Apartment haben. Also stehst du wohl nicht unter dringendem Mordverdacht, falls es das ist, was dir Kopfzerbrechen bereitet.«

»Hör mal, Felipe, wenn überhaupt, dann bin ich das Opfer, nicht der Täter.«

Er hob die Hände. »Ich hab dir gleich gesagt, du sollst die Bullen anrufen. Ist immer besser, als wenn sie von sich aus kommen.«

Es konnte eigentlich nur wegen der Schießerei gestern Abend sein. Vielleicht hatte jemand sie gesehen. Oder ihre Tasche gefunden. Die hatte sie verloren, als der engelhafte Killer sie angegriffen hatte, und anders als ihre Pistole hatte Alan sie nicht aufgesammelt und mitgenommen.

Ihre Pistole.

Siedend heiß fiel ihr ein, dass diese immer noch auf Alans Tisch liegen musste. Sie hatte ein paar Schüsse daraus abgefeuert. Was, wenn die Bullen die Hülsen gefunden und untersucht hatten? Die Beretta war auf ihren Namen registriert. Wie lange brauchten die in der Ballistik, um so etwas herauszufinden?

»Kann ich mal das Telefon benutzen?«

»Klar.« Felipe reichte ihr einen schnurlosen Apparat.

Eve tippte eine Zahlenfolge ein. Flüchtig wurde ihr bewusst, dass Marks Nummer eine der wenigen war, die sie auswendig kannte. Leiser Ärger mischte sich in ihr Unbehagen, während sie dem Klingeln lauschte. Endlich nahm er ab.

»Ich bin's. Eve.«

»Wo hast du die ganze Nacht gesteckt?«, schnappte Mark.

Ihr Ärger schwoll an. »Mir geht es gut, danke! Und wie geht's dir so?«

»Hör mal, ich habe versucht, dich zu erreichen.« Unter seinem scharfen Ton hörte sie Sorge, das überraschte sie. »Du steckst in Schwierigkeiten.«

»Weil ich die Nacht nicht zu Hause verbracht habe?« Es gelang ihr nicht, den Sarkasmus zu unterdrücken. »Weißt du, ich bin ein großes Mädchen. Und du bist sicher der Letzte, der ein Recht hätte, sich darüber zu beschweren …«

»Eve, bitte! Es gab eine Schießerei gestern Nacht vor deinem Haus, und man hat dein Handy dort gefunden, neben ein paar wirklich großen Blutlachen, die von drei verschiedenen Personen stammen. Ich würde gern in Ruhe mit dir darüber reden, bevor die regulären Ermittler über dich herfallen.«

»Mir hat jemand die Tasche geklaut«, gab sie, ohne zu zögern, zurück.

»Warum hast du keine Anzeige erstattet?«

»Ich war auf dem Weg zu einem Date. Es war sowieso nichts Wertvolles drin.«

Mark schwieg einen Moment. Eve hörte seine Atemzüge in der Leitung. Dann endlich: »Du spielst jetzt dein eigenes Spiel?« Seine Stimme klang unerwartet sanft.

»Ich hatte ein Date«, wiederholte Eve. Sie traute ihm nicht. Besonders nicht, wenn er diesen Ton anschlug.

»Du hast dich nicht mehr wegen der Morde gemeldet.«

Nein. Aber Mark würde sich mit Sicherheit wieder bei ihr melden, wenn morgen ihr neuer Artikel in der *LA Times* erschien. Bevor sie zu ihrer Verabredung mit Alan aufgebrochen war, hatte sie Greg den fertigen Text und die Fotos geschickt.

»Du hast dich klar ausgedrückt«, sagte sie.

Mark seufzte. »Du weißt, wie es läuft, wenn man mitten in einer Tatortsicherung steckt. Ich schätze, ich war ziemlich harsch. Tut mir leid. Es war nicht so gemeint.«

Eves Misstrauen wurde noch größer. Sie wollte ihn fragen, ob es mit Amanda gerade nicht so lief, und verbiss sich die Bosheit im letzten Moment.

»Habt ihr schon eine Spur?«, fragte sie. Es war ein Schuss ins Blaue. »Er hat aufgehört zu morden, oder?«

»Nach dem Toten vor der Galerie Petrowska haben wir keine Leichen mehr gefunden. Aber das heißt nicht, dass die Serie zu Ende ist. Vielleicht ist es ihm nur zu heiß geworden. Er wartet. Hält die Füße still, bis wir uns entspannen. Und schlägt dann wieder zu.«

Sie wussten nichts. Überhaupt nichts. Sie warf einen Blick zur Wanduhr über dem Schreibtisch, deren Zeiger auf kurz vor elf standen. Mark würde Atemnot bekommen, wenn er die morgige Ausgabe der *LA Times* las. Sie war nicht sicher, ob sie sich davor fürchten oder lieber die Vorfreude genießen sollte.

»Also habt ihr niemanden verhaftet.«

»Nein.«

Und Andrej Icoupovs Leiche blieb offenbar auch verschwunden. Vielleicht hatte jemand, dessen Name Alan nicht nennen wollte, den Kerl in einem Kanal einbetoniert. Nun, im Moment war es ihr recht.

»Okay«, sagte sie, »ich gehe jetzt mal zu diesen Polizeibeamten, die mich so sehnlich erwarten.«

»Noch mal, Eve«, seine Stimme nahm einen beinahe beschwörenden Klang an, »komm zu mir, wenn du in Schwierigkeiten bist. Ich mache mir immer noch Sorgen um dich, hörst du?«

»Na sicher«, murmelte sie, »ich liebe dich auch.« Halb erbost, halb erleichtert legte sie auf.

Felipe neben ihr hatte sich die ganze Zeit nicht geregt. »Hast du das ernst gemeint?«, fragte er.

Eve schnaubte. »Was glaubst du?«

»Kommt darauf an, was er hören wollte.«

»Soll ich ihn noch mal anrufen und ihm sagen, er solle sich bloß nichts einbilden?«

»Ist das wahr mit der Handtasche?«

Sie maß ihn mit einem langen Blick. »Bei dir steht heute aber auch jemand auf der Leitung, oder?«

Beleidigt zuckte er mit den Schultern. Eve küsste ihn auf die Wange. »Verzeih mir.«

»Steht das mit den Ballettkarten noch?«, fragte er.

Sie lächelte und nickte.

Alan war, als hätte zuvor ein Schleier auf der Welt gelegen, eine Staubschicht, die nun weggewaschen war. Er fühlte sich, als wäre er nach Jahrhunderten in der Dämmerung zum ersten Mal ins Licht getreten.

Er stand am Fenster und beschattete die Augen vor der Sonne, die sich in der gegenüberliegenden Fassade spiegelte. Eves Geruch hing in den Kissen, der Duft ihres Haars. Alan suchte nach dem Fenster, das sie ihm gezeigt hatte. Lichtreflexe tanzten über das Glas. Der Straßenlärm drang zurück in seine Wahrnehmung, ein Bus fuhr an. Er schob das Fenster zu und legte seine Handflächen dagegen. Und unter der Euphorie regten sich alte Instinkte.

Als er an den Kampf der vergangenen Nacht dachte, fröstelte er. Auf einen solchen Gegner war er nicht gefasst gewesen. Unbewaffnet war er ihm entgegengetreten, wie ein leichtfertiger Junge. Wo war der Mann, wisperte eine Stimme in seinem Kopf, den sie einmal Alan Schattenherz genannt hatten?

Schattenherz war tot. Er presste die Zähne aufeinander. Schattenherz war gestürzt an dem Tag, an dem Marty gestorben war, der Junge ohne Zukunft aus South Central L. A.

Fünfzehn Jahre. Alan schloss die Augen. Was waren fünfzehn Jahre? Genug, um die Konsequenzen seines Schwurs zu verstehen. Er mochte sein neues Leben. Alan Glaser, der Maler, verkörperte eine bußfertige Existenz. Der Maler tötete nicht, er vermied Gewalt. Er war ein Schöpfer, kein Zerstörer.

Und hätte Eve nicht ein Magazin voller Kugeln auf Kain abgefeuert, wäre er nicht mehr am Leben. Sie hatte den Killer vertrieben. Doch Kain lebte noch. Er lebte und war nicht weit. Wenn Alan sich konzentrierte, konnte er ihn spüren. Diese ganz besondere Aura hing wie ein Summen am Rande seiner Wahrnehmung.

Kain hatte etwas gespürt zwischen ihnen. Etwas, dem Alan mehr Aufmerksamkeit geschenkt hätte, hätte er nicht dagegen ankämpfen müssen, an seinem eigenen Blut zu ersticken. Er war nicht sicher, ob es Verstörung oder Faszination gewesen war, die er in Kains Stimme gehört hatte. Ein Spiegel, hatte Kain gesagt.

Ein dunkler Spiegel. Genau so hatte es sich angefühlt. Als würde man in einen Zerrspiegel blicken, auf eine Facette des eigenen Wesens, die lieber verborgen bleiben sollte. Alan wusste nicht, wie es war, einen Bruder zu haben. Er hatte nie darüber nachgedacht. Doch Kains Aura fühlte sich so vertraut an, dass dieser Vergleich der einzig passende war.

Er drehte sich fort vom Fenster und zog mit der Hand eine Spur über die Laken, als er den Raum durchquerte. Alles hatte sich verändert. Er war nicht länger nur Beobachter. Katherina schien recht zu behalten.

Ärger und Rage fanden neue Nahrung in seinem Innern. Die Wut war dünn, verwässert von Sorge. Was, wenn Eve kein Zufallsopfer war? Wenn Kain ihr gezielt aufgelauert hatte? Vielleicht gab es eine Verbindung zu den Icoupov-Brüdern? Eve war immerhin in Andrejs Tod verwickelt. Was, wenn Andrejs Bruder sie kannte und ihr einen Killer nachgeschickt hatte? Andererseits, wenn er auf Rache aus war, warum erledigte er den Job dann nicht selbst? Zu viele Fragen.

Doch bevor er sich auf die Suche nach Antworten machte, musste er gerüstet sein für das, was er finden mochte. Alan drehte sich vom Fenster weg und griff nach seinem Autoschlüssel. Er wusste nun, wohin er gehen musste.

Das Telefonat mit Mark hatte Eves Nerven beruhigt.

Die Cops stocherten im Nebel, und sie stand nicht unter Verdacht. Man hatte ihr Handy gefunden, aber das hieß ja nichts. Außer wenn Mark gelogen hatte. Der Gedanke flammte kurz auf und erlosch wieder. Mark besaß nicht die Raffinesse für solche Spielchen.

»Sie wohnen im siebzehnten Stock?«, fragte der ältere der beiden Officers, der sich als Luis Martinez vorgestellt hatte.

Sein Partner, ein blasser junger Mann, sprach kaum ein Wort, musterte aber die Umgebung, als rechnete er jeden Moment mit einem Angriff. Geräuschlos glitten die Aufzugtüren auf.

»Nach Ihnen«, sagte Eve. Sie schloss ihre Wohnungstür mit dem Ersatzschlüssel auf, den Felipe ihr gegeben hatte, und erstarrte.

Jemand war hier gewesen. Die Schubladen in ihrem Schreibtisch waren herausgerissen, Papiere und Fotos auf dem Boden verstreut.

»Shit!« Sie durchmaß mit schnellen Schritten den Flur und den Wohnbereich und blieb vor ihrem Schreibtisch stehen.

»Was ist?«, fragte Martinez.

»Jemand ist eingebrochen.« Wie paralysiert starrte sie in das Schubfach mit den Stiften und Briefumschlägen, zwischen denen sie den Ring deponiert hatte. Die Stifte waren noch da, ebenso wie das Bündel Dollarnoten für Notfälle. Der Ring allerdings war verschwunden.

»Fehlt etwas?«, fragte der Officer.

Er klang jetzt viel freundlicher als zuvor. Eve schoss durch den Kopf, dass sie vom potenziellen Täter offenbar zum Opfer aufgestiegen war. Benommen ließ sie sich auf das Sofa fallen.

»Wie ein gewöhnlicher Einbruch sieht das aber nicht aus.« Martinez hob die Geldscheine hoch.

Eve hatte eine Eingebung. »Die Pistole ist weg«, sagte sie und musste die Müdigkeit in ihrer Stimme nicht einmal vortäuschen.

Hinter dem Broadway veränderte sich die Gegend. Die alten Hochhäuser wichen Industriebaracken und heruntergekommenen Wohnvierteln. Alan kreuzte den Hollywood Freeway, die Gleisanlagen der Union Station und bog schließlich in die Main Street ein, eine wenig befahrene Straße, die von Lagerhäusern und Containerplätzen gesäumt war.

Hinter einer Unterführung bog er auf das Gelände einer ehemaligen Brauerei, die sich über die Jahre in eine Künstlerkolonie verwandelt hatte. Er parkte seinen Dodge unter einer Pferdeskulptur aus Plastikschläuchen und Stahl, stieg aus und blieb einen Moment in der Sonne stehen. Der Himmel war strahlend blau, die Luft klar. Aus einem geöffneten Fenster wehte Kaffeeduft. Er glaubte, das Klappern von Geschirr zu hören und leise Stimmen. Gelächter. Er liebte dieses Refugium, diese Gemeinschaft von Verrückten und Introvertierten, ein paar Revolutionären und ein oder zwei wirklichen Visionären. Es hatte eine Zeit gegeben, in der er jede freie Minute hier verbracht hatte. Bis sein Bedürfnis, sich von der Welt zurückzuziehen, auch diesen Ort kontaminiert hatte.

Der Friede sank in ihn ein, Blätter raschelten aneinander, Efeu an Ziegelwänden. Die Sonne wärmte sein Gesicht. Alan erklomm die Stufen zu einer Rampe. Er war wütend gewesen, als er hierher aufgebrochen war. Nun blieb die Wut in den Zweigen hängen, im Efeu, zwischen rostigen Geländern und buntem Glas. Alan lief einen dämmrigen Korridor hinunter bis in ein Atrium, groß wie eine Reithalle und drei Stockwerke hoch. Die Werkstatt befand sich am äußersten Ende der Halle, ein Loft, das mit einem Rolltor verschlossen war. Ein Fenster im Obergeschoss stand offen. Er legte den Kopf in den Nacken und blickte nach oben.

Er konnte den anderen spüren und gab sich keine Mühe, seinen eigenen Geist abzuschirmen.

»Hey, Pascal!«, rief er hinauf. Seine Stimme hallte von den Betonwänden zurück. »Pascal, mach auf!«

Irgendwo riss ein Motorgeräusch ab. Ein Riegel sprang auf. Das Tor glitt zur Seite und gab den Weg frei in ein Atelier voller Maschinen, deren Zweck sich nicht auf den ersten Blick offenbarte.

»Pascal«, sagte Alan. Seine Kehle verengte sich. Der Mann überragte ihn um fast einen Kopf. Sein Körper wirkte knochig und mager, aber Alan wusste, wie viel Kraft darin steckte. Kastanienbraunes Haar, von grauen Strähnen durchzogen, war zu einem Zopf gebunden.

»Alan Schattenherz«, sagte Pascal.

Er betrachtete Alan, wie man einen Geliebten ansieht, der nach langer Zeit zurückkehrt. Dann endlich breitete er die Arme aus und zog ihn an sich. Das Gefühl von Verlust wurde übermächtig. Und all der aufgestaute Schmerz, alle Einsamkeit, alle Schuld überfluteten Alan wie ein Strom, der einen Damm durchbricht.

»Mein Bruder«, sagte Pascal. »Dachtest du, ich schmeiße dich raus, nachdem du endlich zurückgefunden hast?«

»Ich bin nicht dein Bruder«, gab Alan zurück.

»Gott sei Dank bist du's nicht.« Pascal lachte. »Nichts gegen dich, ich bin nur froh, dass dieser Bastard nicht mein Vater ist. Aber ich fühle für dich, als wärst du mein Bruder.« Er wurde wieder ernst. »Das weißt du, Alan. Nicht wahr?« Sie saßen draußen auf der Terrasse auf dem Holzboden, so wie sie es früher getan hatten. Es roch nach Maschinenöl und verbranntem Metall. »Wie ist es dir ergangen?«

Alan dachte über eine Antwort nach und erkannte, dass er sie nicht geben konnte. Was sollte er erwidern? Dass er Frieden gefunden hatte? Einen trügerischen, zerbrechlichen Frieden, der unter der ersten Belastung splitterte? Ein bitteres Aroma sammelte sich in seiner Kehle. Plötzlich schmeckte es wie Verrat. Wie ein selbstsüchtiger, gedankenloser Treuebruch.

»Fünfzehn Jahre«, sagte er.

»Fünfzehn Jahre«, wiederholte Pascal. In seiner Stimme schwang kein Groll. »Du hast dich eine Weile nicht blicken lassen.«

»Ihr habt viel aufgebaut«, sagte Alan.

Wie war es möglich, dass sich so gar nichts zwischen ihnen verändert hatte? Dass sie hier sitzen und weitermachen konnten, wo sie vor fünfzehn Jahren aufgehört hatten? Das Gefühl von Unwirklichkeit wurde stärker. Er drehte seinen Kopf, um den anderen anzusehen.

»Es tut mir leid«, sagte er.

»Was tut dir leid?«

»Dass ich einfach gegangen bin.«

»Du hattest deine Gründe.«

Er schwieg, weil er nicht wusste, was er darauf antworten sollte.

»Kannst du nun damit leben?«, fragte Pascal.

»Was meinst du?« Dabei wusste er, was Pascal meinte.

»Den Jungen. Es war nicht deine Schuld. Willst du endlich aufhören, dich dafür zu bestrafen?«

Alan legte seine Hände auf die Holzplanken, dort wo die Sonne sie wärmte. »Ich habe lange darüber nachgedacht. Über Schuld.«

»Und nun bist du hier.«

»Hast du meine Waffen noch?«

Pascal lachte leise. »Du bist wieder da. Alan Schattenherz. Ich bin so froh, dich zu sehen, Bruder.«

Seine Hand legte sich schwer auf Alans Schulter, und Alan spürte, wie sehr es Pascal erschütterte. Wie sehr er selbst damit kämpfte, nicht die Fassung zu verlieren. Seine Augen brannten, er blinzelte.

»Ich habe die ganze Zeit an dich geglaubt.« Der Griff verstärkte sich. »Ich wusste, du kommst eines Tages zurück.«

Pascal Baccard war nie ein Kämpfer gewesen. Er verstand sich als Künstler und Ingenieur. In seinen Adern floss das Blut, und es war alt und stark. Er war schon da gewesen, als Alan geboren wurde. Und er diente niemandem. Nicht Mordechai, nicht Katherina und auch sonst keinem Herrn.

»Woran arbeitest du da?«, fragte Alan. Er betrachtete die Silberplättchen auf Pascals Werkbank.

»Das wird eine Kette.« Pascal hob eine der Scheiben hoch und drehte sie zwischen den Fingern. »Eine Kette für eine besondere Frau.«

»Du stellst jetzt Schmuckstücke her?«

»Alles zu seiner Zeit. Schmuck für die Liebe, Waffen für den Krieg.« Pascal legte das Plättchen zurück auf den Tisch. »Aber ich wollte dir etwas zeigen.«

Er stieg die Treppe hoch ins Obergeschoss des Ateliers.

Alan wandte sich um und betrachtete die Schwerter, die Pascal an der Wand aufgehängt hatte. Zwei davon kannte er, prachtvolle

Arbeiten, die der Schmied nach antiken Vorlagen gefertigt hatte. Ein Shamshir, ein persischer Säbel, und ein römischer Gladius. Das dritte Schwert war neu. Alan streckte die Hand danach aus.

»Eine Falcata«, erklang Pascals Stimme in seinem Rücken. »Auch Kopis genannt. Das Schwert Alexanders.«

Alan ließ den Arm sinken und drehte sich um. Pascal stellte einen Holzkasten auf der Drehbank ab.

»Sieh hinein!«, forderte er ihn auf. »Ich habe sie für dich aufgehoben.«

Alan schob den Deckel zur Seite. Darunter raschelte Seidenpapier. Er befreite den Dolch aus seinem Kokon, betrachtete die matte Tantoklinge. Der Griff war mit Leder umwickelt und schmiegte sich perfekt in seine Hand. Er war für ihn gemacht worden, wie alles andere auch. Das Schwert lag am Boden der Kiste, in Ölhaut eingeschlagen. Klinge und Griff waren voneinander gelöst.

»Lass mich mal«, sagte Pascal. Er nahm Alan die Stücke aus der Hand und verband sie mit einer raschen Drehung. Leise klickend rastete ein Mechanismus ein. »Ich habe die Verriegelung ausgetauscht«, erklärte er. »Funktioniert jetzt schnell und sauber.«

Alan musste lächeln. »Aber du wusstest nicht, ob ich sie jemals wiederhaben will.«

»Ich wusste, du würdest zurückkommen.« Pascal legte das Schwert auf die Werkbank. Es war eine schlichte, funktionale Konstruktion, die aussah wie ein japanisches Katana mit verkürzter Klinge. »Ich habe mir deine Ausstellungen angesehen.«

Alan blickte ihn an.

»Du hast ihm die Ewigkeit geschenkt.« Pascal wischte sich die Hände an der Lederschürze ab. »Der kleine Marty hat es ins LACMA geschafft. Da hängt er neben Roy Liechtenstein und Andy Warhol. Wer hätte das gedacht!«

»Noch haben sie das Bild nicht aufgehängt.«

»Aber sie haben es gekauft.«

»Woher weißt du es?«

Pascal grinste leicht. »Ich kriege hier und da was mit. Katherina hat einen Star aus dir gemacht.«

»Sie verdient auch gut daran.«

»Nicht, dass sie es nötig hätte.« Pascals Lächeln verblasste. »Ich habe noch andere Sachen gehört.«

»Was hast du gehört?«

»Etwas braut sich zusammen. Die Garde klappert mit den Waffen. Dein Vater macht obskure Geschäfte und schert sich nicht um die Konsequenzen. Wusstest du, dass René Moreau tot ist?«

Alan spürte, wie die Unwirklichkeit zurückkehrte, dieses Gefühl, als ob sich der Boden unter seinen Füßen auflöste.

»Was ist passiert?«

»Jemand hat ihn enthauptet und seinen Körper verbrannt. Die Polizei hat ihn vor ein paar Tagen gefunden, in einem leer stehenden Lagerhaus am Rand von Downtown.« Pascal runzelte die Stirn. »Katherina denkt, dass es Mordechais Leute waren. Sie nimmt es als Kriegserklärung.«

»Katherina«, knurrte Alan. Seine Wut, die so sacht davongetrieben war, flammte wieder auf. »Gibt es Beweise, dass mein Vater beteiligt war? Oder behauptet sie es nur?«

»Sie haben ein halbes Dutzend Pistolenkugeln in seinen Überresten gefunden. Kaliber 50 Action Express, verschossen aus einer Desert Eagle. Die stärkste Handfeuerwaffe der Welt.«

Alan presste seine Finger gegen die Schläfen. Er musste an den Killer mit dem Engelsgesicht denken, der ihn niedergeschossen hatte. Ein kleiner Schauer rann über seine Haut.

»Pascal, kannst du etwas für mich herausfinden?«

Der Schmied nickte.

»Wenn ich dir eine Kugel gebe, kannst du feststellen, ob die aus der gleichen Waffe stammt?«

»Ich bin froh, dass du mich das fragst, Mann.« Das Grinsen fand zurück auf Pascals Gesicht. »Denn es heißt, dass du wiederkommst.«

»Und noch etwas!« Alan hob das Schwert hoch und schwang es durch die Luft. »Ich brauche eine Pistole.«

15

Auf der Fahrt zum Haus von Katherina Petrowska fühlte Eve ein seltsames Unbehagen. Eine Zeit lang beobachtete sie die Straße im Rückspiegel, konnte aber nichts Verdächtiges entdecken. Sie fuhr zweimal vom Freeway ab und wendete an der nächsten Auffahrt, doch niemand folgte ihr. Vielleicht begann sie Geister zu sehen. Kein Wunder, nach den Ereignissen der letzten Tage. Ein wenig Verfolgungswahn war wohl normal, wenn man zweimal hintereinander nur knapp dem Tod entronnen war.

Sie drehte die Lautstärke des Radios hoch und sang laut mit – Coldplay's Violet Hill bis zur dritten Zeile. Dann brach sie ab, weil sie über sich selbst lachen musste. Sie war hysterisch, sie fürchtete sich. Und ihr wurde schwindelig, wenn sie an vergangene Nacht dachte. Den zweiten Teil der Nacht, Alans Duft, seine Lippen, seine Finger auf ihrer Haut. Sie war trunken vor Verliebtheit.

Und während sie mit diesem Maler geschlafen hatte, der kein Undercovercop, sondern eine Art unsterblicher Dämon war, war jemand in ihr Apartment eingebrochen und hatte den Ring gestohlen.

Nein, kein Dämon. Schattenläufer, hatte er gesagt. Schattenläufer. Sie hatte im Internet gesucht, nachdem die beiden Polizisten ihre Wohnung verlassen hatten. Das Buch Henoch existierte, sogar in einer englischen Übersetzung, dritter Treffer bei Google. Was, wenn alles, was Alan gesagt hatte, der Wahrheit entsprach? Es war zum Verrücktwerden. Sie konnte das keinem Menschen erzählen. Nicht einmal Felipe.

Das Haus der Galeristin lag an einer hügeligen Straße im Hinterland von Malibu, versteckt hinter Platanen und Fächerpalmen. Eve parkte ihren Lexus am Straßenrand und folgte dem Kiesweg zum Eingangsportal. Sie drückte auf den Klingelknopf und lauschte dem Läuten aus dem Innern des Hauses. Nicht lange, und es klapperten Absätze auf Stein, die Tür schwang nach innen, und Katherina trat ihr entgegen.

Die Galeristin küsste sie zur Begrüßung auf die Wangen. Ihre Herzlichkeit legte sich über Eves Nerven wie eine weiche Decke. Sie spürte, wie ihre Anspannung sich löste, während sie ihr ins Atrium folgte.

»Ich habe mich noch gar nicht bedankt«, sagte Katherina, »für Ihren ausgezeichneten Artikel.«

»Freut mich, dass er Ihnen gefallen hat.« Eve musterte ein Gemälde gegenüber dem Eingang. Der Stil war so klar gezeichnet, dass sogar sie verstand, was sie vor sich hatte. Ausgeführt wie ein überdimensionaler Cartoon zeigte es einen jungen Mann mit einer Bandana, die Augen vom Betrachter abgewandt. Seine Finger, obschon entspannt, umschlossen eine Pistole. Die Mauer in seinem Rücken war mit Graffiti bedeckt. Peace stand dort in eckigen Buchstaben.

»Ich mag dieses Bild«, sagte Katherina, die Eves Blick gefolgt war. »Ich mag seine Melancholie. Es ist eines der ersten aus der Serie. Danach habe ich Alan überredet, seine Kunst in meiner Galerie auszustellen.«

Sie öffnete eine Glastür, die auf eine überdachte Terrasse führte. Zwischen den Stützpfosten bauschten sich Gazevorhänge.

»Sie haben es schön hier«, sagte Eve.

»Danke.« Katherina deutete auf einen Stuhl. »Machen Sie es sich bequem.«

»Felipe behauptet, dass Sie *die* Expertin für vorderasiatische Kunst seien.«

Die Galeristin lächelte. »Er übertreibt. Kann ich Ihnen etwas zu trinken anbieten?«

Eve erwiderte das Lächeln. Ihr Unbehagen war verflogen. Katherinas Charme wirkte natürlich, ihrer Höflichkeit haftete nichts Künstliches an.

»Ich recherchiere für eine Story«, sagte sie, als Katherina mit zwei Flaschen Wasser zurückkehrte. Sie öffnete den Umschlag mit den Fotoausdrucken und legte sie auf den Tisch. »Ich glaube, es geht um Kunsthehlerei.«

Die Galeristin hob eine Augenbraue. »Sie glauben?«

»Mir fehlen noch ein paar Details.« Eve reichte ihr den Stoß Ausdrucke. »Und ich hatte gehofft, Sie könnten mir dabei helfen. Diese Statue, können Sie mir dazu etwas sagen?«

Katherina schob die Bilder auseinander und betrachtete sie eine Zeit lang. »Altbabylonisch oder assyrisch«, sagte sie schließlich. »Sehen Sie die feinen Ornamente? So etwas finden Sie oft auf assyrischen Reliefs.« Sie neigte den Kopf. »Haben Sie zusätzliche Anhaltspunkte?«

»Ich vermute, dass sich das Ding in Russland befindet.«

»Russland?« Katherina runzelte die Stirn. »Sind Sie sicher, dass es sich um ein Objekt aus dem Altertum handelt?«

»Warum?«

Die Galeristin erwiderte ihren Blick. »Es ist zu gut.«

»Zu gut?«

»Schauen Sie sich das Gesicht an.« Sie tippte auf das Papier. »Es ist sehr kunstvoll gearbeitet. Die Züge wirken so lebensecht, wie man es eigentlich erst zweitausend Jahre später findet. Außerdem habe ich noch nie eine Statue aus dieser Epoche gesehen, die so gut erhalten ist. Das Material verwittert über die Jahrtausende. Die Konturen verlieren an Schärfe, die Oberfläche wird porös.«

»Sie glauben, dass es eine Fälschung ist?«

»Das habe ich nicht gesagt. Ich sage nur, dass etwas Misstrauen angebracht wäre. Man müsste einige Tests zur Datierung durchführen.«

Eve nickte. Das war nicht das, was sie hatte hören wollen. Andererseits, wenn es sich um die besterhaltene Statue des Altertums handelte, würde das dann nicht die hohe Verkaufssumme rechtfertigen? »Nehmen wir mal an, das Objekt ist keine Fälschung«, sagte sie. »Wie viel wäre es wert?«

»Schwer zu sagen.« Katherinas Augen verengten sich. »Wenn ich es für eine Auktion ausschreiben sollte, würde ich das Startgebot auf zwanzigtausend Dollar setzen und hoffen, dass sie vielleicht für hundertfünfzig weggeht.«

»Hundertfünfzigtausend Dollar?«

»Sie klingen enttäuscht?«

Eve starrte auf die Bilder. Hundertfünfzigtausend? Lächerlich! Das bedeutete, dass der Ring 24 Millionen wert wäre. Genauer gesagt, 24 Millionen und achthundertfünfzigtausend Dollar. War zufällig der Kohinoor in die Fassung eingesetzt, und sie hatte das übersehen?

»Was für eine Statue müsste es denn sein«, fragte sie, »wenn sie mehrere Millionen Dollar erzielen sollte?«

»Falsche Epoche, Schätzchen.« Katherina lachte. »Griechische Antike ist Hochpreisterritorium. Oder Ägypten, aber das ist natürlich ein ganz anderes Thema.«

Sie blätterte erneut durch die Seiten. Und erstarrte plötzlich. Jegliche Freundlichkeit auf ihrem Gesicht gefror zu einer frostig starren Maske. Als sie aufblickte, flackerte etwas Fremdes in ihren Augen, das eine elementare Furcht in Eve hervorrief.

»Ja richtig«, murmelte Eve. Schweiß bildete sich auf ihren Handflächen. »Da wäre auch noch dieser Ring.«

Mit einem Mal war sie froh, nur Fotos bei sich zu tragen und nicht das Schmuckstück selbst. 24 Millionen. Ob Katherina erkannte, was sie vor sich hatte? Kein Wunder, dass Eve der Ring sofort wieder gestohlen worden war, kaum dass sie ihn an sich genommen hatte. Dann fragte sie sich, wie die Diebe überhaupt davon erfahren hatten. Niemand wusste, dass sie in Andrej Icoupovs Tod involviert gewesen war und dass sie ihm den Ring vom Finger gezogen hatte. Niemand mit Ausnahme von Alan. Die Welt um sie schwankte.

»Wo haben Sie die her?«, fragte Katherina. Ihre Stimme nahm einen bedrohlichen Tonfall an.

»Was meinen Sie?«

»Die Fotos.«

»Sie stammen aus der gleichen Quelle wie die Statue.«

Die Luft schien ein paar Grad abzukühlen. Eve atmete, regte sich aber nicht. Sie war nicht fähig, sich aus diesem unbarmherzigen Blick zu lösen, der lähmen oder verbrennen konnte und der durch ihren Geist schnitt bis auf den Grund ihrer Seele.

Einen Herzschlag später rutschte die Realität in ihre Angeln zurück. Katherina gewann ihre Fassung wieder. Es war eine bizarre Transformation. Ihre Augen wurden im Bruchteil einer Sekunde zu spiegelglatten Seen. Das Lächeln kehrte zurück. Es war, als hätte Eve sich die letzten Minuten nur eingebildet. Nervös fuhr sie sich durch die Locken. Etwas entging ihr hier.

»Was ist mit diesem Ring?«, fragte sie. »Gehört der zufällig zu den britischen Kronjuwelen?«

»Nein, das nicht.« Die Stimme der Galeristin hatte zurückgefunden zu ihrem weichen, singenden Ton. Ihr Lachen, so liebenswürdig wie zuvor, verstärkte Eves Irritation. »Er ist Teil eines alten Königsschatzes und befindet sich im Kreml-Museum in Moskau. Undenkbar, wenn er gestohlen würde!«

Sie log.

»Es interessiert mich wirklich, wie Sie an die Fotos gekommen sind.« Katherina lehnte sich vor. »Möglicherweise gäbe dies einen Anhaltspunkt für die Herkunft dieser Statue.«

Eve starrte sie an. Sie durfte dieser Frau nicht trauen, die ihre Masken so virtuos beherrschte. Andererseits, ein wenig Poker konnte nicht schaden. Vielleicht ließ sich die Galeristin aus der Reserve locken.

»Der Name des Käufers ist Mordechai«, sagte Eve.

Etwas verrutschte in Katherinas Blick, wie ein Sprung in einer Linse.

»Sagt Ihnen der Name etwas? Ist er bekannt in Sammlerkreisen?«

Katherina schüttelte den Kopf. »Ich habe nie von ihm gehört.«

Eve sah ihr in die Augen und wusste, dass auch das eine Lüge war.

Auf dem Weg zurück zum Auto presste sie ihre Handflächen gegen die glühenden Wangen, um sie abzukühlen. Ihr Inneres war in Aufruhr. Seltsam, dass die Berührung von Katherinas Hand zum Abschied sie an den Killer erinnert hatte, der seine Natur hinter dem Antlitz eines Engels verbarg. Das Puzzle gewann an Komplexität, und Katherina spielte darin eine undurchsichtige Rolle. Sie war mehr als ein Interviewpartner für Recherchen über Kunst im Altertum.

Die Galeristin hatte sie hart bedrängt, die Quelle der Bilder preiszugeben. Eve fühlte sich ausgelaugt wie nach einem Verhör.

Auf der Straße rollte ein Wagen vorbei, ein staubiger Dodge Magnum mit dunklen Scheiben. Eve nahm die Hände vom Gesicht und betrachtete ihre Finger, die leicht zitterten. Für einen Moment hatte sie Furcht verspürt, sogar echte Angst. Katherina hatte sich gebärdet wie einer dieser rüden Detectives, der einen Koksdealer festnagelt, einen kleinen Fisch, dem man mit Einschüchterung beikommen kann.

War sie ein kleiner Fisch, der sich in Haigewässer verirrt hatte? Ein beunruhigender Gedanke, den sie nicht weiterverfolgen wollte.

Sie beobachtete den Dodge, der bremste und ein Stück die Straße herunter am Bordstein hielt. Ein Mann stieg aus, weit genug entfernt, dass Eve sein Gesicht nicht sehen konnte. Doch seine Bewegungen wirkten vertraut, sodass ihr Blick noch etwas länger auf ihm verweilte. Sie kannte diesen Umriss. Kannte ihn so gut, dass sie mitten im Schritt erstarrte und stehen blieb. Und dann geistesgegenwärtig zur Seite wich, auf den Rasen, hinter eine Gruppe von Sträuchern, die sie gegen die Straße abschirmten. Niemand wusste, dass sie Andrej den Ring abgenommen hatte. Niemand bis auf einen einzigen Mann.

Alan.

Und nun war er hier. Das konnte kein Zufall sein.

Das Gewicht des Dolches fühlte sich vertraut an. Alan blieb stehen und legte den Kopf zurück.

Er starrte hoch zum Haus, das sich halb hinter den Bäumen verbarg. Die vordergründige Harmonie dieses Ortes bestärkte seinen Groll. Mit lang ausgreifenden Schritten folgte er dem Kiesweg, bog schließlich ab und überquerte den Rasen. Zwischen Azaleen und Fliedersträuchern hindurch bahnte er sich einen Weg zur Rückseite des Gebäudes. Die Vorhänge der Terrasse bauschten sich im Wind, die Schiebetüren standen offen.

Alan tastete nach der Pistole, die neben dem Dolch in seinem Hosenbund steckte. Abrupt blieb er stehen, als ihm bewusst wurde, was er tat. Es traf ihn wie ein eisiger Guss. Nie zuvor hatte er dieses Haus als Feind betreten.

Seine Finger glitten über das kalte Metall. Er schüttelte den Kopf, wie um seine Zweifel zu vertreiben. Katherina hatte versucht, ihn aufs Kreuz zu legen, ihn zu missbrauchen für einen Krieg, der nicht seiner war. Die Erkenntnis, dass er nichts weiter für sie war als ein Bauer auf einem Schachbrett, brannte wie Salz in einer Wunde.

»Wohl eher ein Turm«, klang melodiös ihre Stimme hinter ihm. »Mach dich nicht kleiner, als du bist.«

Alan bezwang den Impuls, herumzufahren und sie sofort anzugreifen. Er hielt einen Herzschlag inne, dann drehte er sich um und sah ihr ins Gesicht. Katherina zuckte mit den Schultern.

»Du denkst zu laut. Du hast nicht versucht, dich abzuschirmen.«

»Dann weißt du, warum ich hier bin.«

Sie hob eine Braue. »Können wir darüber reden?«

Er nahm die Hand nicht von der Pistole. Sie spielte mit ihm. Wie sie es immer tat.

»Nein«, sagte Katherina. »Du täuschst dich. Wir stehen alle auf diesem Brett. Du genauso wie ich. Sogar dein Vater.« Ihr Blick verschleierte sich. »Wir tun, was wir glauben, tun zu müssen. Ich habe dich stets respektiert, Alan Schattenherz.«

Mit einem Hauch Überraschung realisierte er, dass es ihn nicht in Rage versetzte wie sonst, wenn sie ihn so nannte. Er machte einen Schritt auf sie zu, sodass er nahe genug stand, um die Hand auszustrecken. Beide Hände, um sie ihr um den Hals zu legen, an diese unnatürlich weiße Haut, die nicht alterte und die kein Makel befleckte. Doch er führte die Bewegung nicht zu Ende. Stattdessen tastete er nach dem Geflecht von Narben an seiner Kehle, die einander überlagerten wie Stränge von altem und neuem Gestrüpp.

»Du hast die beiden Killer geschickt«, sagte er. Er glaubte ein Zittern hinter ihrer Maske auszumachen, eine feine Unstetigkeit, doch sie erwiderte nichts. »Dachtest du wirklich, du kannst mich so leicht in die Irre führen?« Katherinas reglose Miene frustrierte ihn, obwohl er nicht zu sagen vermochte, was genau er erwartete. »Was, wenn ich dabei draufgegangen wäre?«

Ein melancholisches Lächeln spielte um ihre Lippen, bevor sie antwortete. »Mordechai hätte die Icoupov-Brüder eigenhändig erschlagen, wenn er erfahren hätte, dass sie seinen Sohn auf dem Gewissen haben.«

Alan nickte. »Du hast an alles gedacht, nicht wahr?«

Ihr Lächeln verschwand. »Ich dachte, dass du eine gute Chance hättest, die Attacke zu überleben.«

»Ja«, knurrte er, »und hier bin ich.«

»Und was willst du jetzt tun?«

Er betrachtete den tropfenförmigen Saphir, der in ihrer Halsgrube lag. »Ich habe mich gefragt, ob ich nicht eine reale Chance hätte, dir die Kehle aufzuschlitzen, bevor du mich an die Wand nagelst.«

»Wahrscheinlich hättest du die.« Bedauern trat in ihren Blick und ein Anflug von Trauer.

Eve versuchte, Alan und Katherina nicht direkt anzustarren. Sie wusste nicht, ob es stimmte, dass ein Mensch den Blick eines anderen spürte. Sie bildete sich ein, dass sie einen sechsten Sinn dafür besaß, wenn jemand sie beobachtete. Aber eigentlich wollte sie gar nicht herausfinden, ob das auch auf andere zutraf.

So hockte sie steif zwischen den Ästen einer Hecke mit winzigen weißen Blüten. Nadeln stachen ihr in den Rücken. In ihrem Nacken trocknete Schweiß, ihre Haut brannte. Ein paar Worte der Unterhaltung zwischen Alan und Katherina konnte sie auffangen, zusammenhanglose Phrasen, die wenig Sinn ergaben.

Als die Galeristin sich unvermittelt in Richtung Hecke bewegte, blieb Eve beinahe das Herz stehen. Sie atmete flach, während sie sich fragte, ob ihre blauen Jeans und das graue Shirt geeignet waren, um mit einem Busch zu verschmelzen. Wie sollte sie reagieren, wenn die beiden sie entdeckten?

Ach kümmert euch nicht um mich, ich lausche nur zufällig? Oder drohte sie besser gleich damit, dass sie beste Verbindungen zum LAPD unterhielt? Die, auch wenn sie gelegentlich mit anderen Frauen schliefen, bestimmt Himmel und Hölle in Bewegung setzen würden, um ihren Tod zu rächen?

»Es gibt etwas, das du wissen musst«, sagte Katherina.

Sie waren nun so nah, dass Eve jedes Wort hörte. Alan blieb mit dem Rücken zu ihr stehen. Gegen ihren Willen spähte Eve zu der Stelle, wo sich seine Lederjacke etwas ausbeulte. Er trug eine Pistole. Ihr brach der Schweiß aus. »Dein Vater …«

»Hör auf mit meinem Vater!«, unterbrach er sie. »Euer Zwist ist mir egal. Ich werde mich nicht einmischen, hörst du?«

»Dein Vater mit seiner verrückten Passion wird uns alle vernichten!«

»Die Morde haben aufgehört«, sagte Alan. »Die Bullen laufen ins Leere. Die Spur ist jetzt kalt, verstehst du? Es wird keine weiteren Vorfälle geben. Kein Grund, deinen Feldzug fortzusetzen.«

Kein Wort darüber, dass er Andrej Icoupov getötet hatte. Das Gefühl, etwas Verbotenes zu belauschen, wurde stärker.

»Es geht nicht mehr um die beiden Junkies. Mordechai hat etwas gefunden.« Katherinas Stimme senkte sich. »Einen Ahnen.«

Der Name schnitt wie eine Klinge in Eves Bewusstsein. Mordechai. Ihr wurde schlecht, als zwei Puzzlestücke ineinanderrutschten. Der Ring. Alan war in die Sache verwickelt. Es gab keine andere Erklärung. Denn dieser Mann, der 25 Millionen Dollar für eine Statue und einen Ring bezahlen wollte, war sein Vater.

Sie versuchte sich zu erinnern, ob sie den Namen ihm gegenüber erwähnt hatte. Für einen Moment hatte sie das Gefühl, keine Luft mehr zu bekommen. Alan spielte mit ihr. Und sie hatte gedacht, sie würden etwas teilen, etwas Einzigartiges. Für ein paar Stunden hatte sie tatsächlich geglaubt, dass er das Gleiche fühlte wie sie.

Aber im echten Leben gab es keine Märchen. Ihr passierte so etwas nicht. Ihr Leben war hart und voller Kanten, und so war sie selbst hart und kantig geworden. Ihr Fehler, den Panzer abzulegen.

Alan erwiderte etwas, eine scharfe Frage, die Eve nicht bewusst hörte. Sie nahm auch Katherinas Antwort nicht wahr. Sie atmete weiter, einfach weiter, und wartete darauf, dass die Lähmung verging. Mechanisch blätterte sie durch die Bilder in ihrem Kopf, suchte nach einer Erklärung. Nach einem Beweis, dass sie sich nicht in eine Illusion verliebt hatte. Warum hatte er Andrej Icoupov getötet, wenn der Russe für seinen Vater arbeitete? Warum hatte er sie nicht einfach sterben lassen? Eine Rivalität, eine andere Facette im Puzzle, die ihr zufällig das Leben gerettet hatte?

»Einen Engel!« Katherinas Stimme schwappte in ihre Wahrnehmung. »Ist dir klar, was das bedeutet?«

»Legenden.« Alan stieß einen abfälligen Laut aus. »Mein Vater ist verrückt danach, aber das heißt nicht, dass sie mehr sind als die Fantasien alter Männer.«

»Die Legenden ranken um einen wahren Kern.«

»Woher willst du das wissen?«

»Ich lebe schon lange in dieser Welt«, sagte sie kalt. »Ich weiß, wo sich Mythos und Wahrheit trennen. Ich habe eine Erweckung gesehen …«

»Davon hast du nie erzählt«, unterbrach Alan.

»Du hast nicht gefragt.«

»Was ist passiert?«

»Er war schön wie ein Gott und ebenso mächtig, aber er war

auch vollkommen wahnsinnig. Er war kaum mehr als ein Tier. Sie hatten ein Monster erschaffen.«

Die Feuchtigkeit aus dem Boden sickerte in Eves Knie. Ihre Muskeln kribbelten.

»Was habt ihr mit ihm gemacht?«

»Ich habe gar nichts getan«, sagte Katherina. »Ich war nur zufällig am Ort seiner Erweckung. Die anderen …« Sie zögerte. »Sie haben ihn getötet.«

»Einfach so?«

»Nicht einfach so. Er floh. Er schlug eine Schneise der Vernichtung durchs Land. Trotz seines Wahnsinns war er gerissen.«

»Warum ist er überhaupt wahnsinnig geworden?«

»Wer weiß?« Katherina legte Alan eine Hand auf die Schulter. Die schlanken Finger kneteten den Stoff. Eve schluckte einen Schwall Eifersucht hinunter.

»Er war nicht wirklich tot«, fuhr die Galeristin fort. »Sie hatten ihm die Seele aus dem Leib gerissen und ihn in ein Gefängnis gesperrt. Tausend Jahre in Dunkelheit.« Sie seufzte. »Er war ein Engel! Kein Wunder, dass er den Verstand verlor.« Langsam wanderte sie zurück zur Terrasse.

»Selbst wenn alles wahr wäre«, Alan folgte ihr etwas langsamer. »Woher willst du wissen, dass Mordechai …«

Eve fluchte innerlich. Er hatte sich nun so weit von ihrem Lauschposten entfernt, dass sie nicht mehr hören konnte, was er sagte.

Kurz darauf verschwanden sie im Haus. Ihr Herzschlag hämmerte so laut in ihren Schläfen, dass sie glaubte, ihr Kopf müsste explodieren. Mit Gewalt versuchte sie, die Panik zurückzudrängen, die ihr zuflüsterte, dass Alan sie benutzt und verraten hatte. Mordechai war sein Vater. Das musste nichts bedeuten. Eine zufällige Namensgleichheit, nicht mehr. Und was war Befremdliches daran, dass Alan seine Galeristin besuchte? Die beiden arbeiteten seit Jahren miteinander, waren gute Freunde.

Eve richtete sich auf. Ein Zweig brach unter ihrem Fuß, sie zuckte zusammen. Ein paar Sekunden stand sie reglos, dann schob sie sich rückwärts aus dem Gebüsch.

»Nicht.« Alan stieß Katherinas Hand beiseite.

»Was ist?« Spott glitzerte in ihren Augen. »Hast du entschieden, dein Strafmaß zu erhöhen und von jetzt an auch noch im Zölibat zu leben?«

Alan wandte sich ab. Er betrachtete ein Gemälde, ein weiteres seiner Bilder, in denen Katherina etwas sah, das er nicht verstand.

»Oder hast du dich verliebt?« Katherina sprach weiter, obwohl er ihr den Rücken zuwandte. »Du bist so sentimental. Das war schon immer deine Schwäche. Du verletzt dich selbst.«

Er ging nicht darauf ein, sondern lenkte das Gespräch in eine andere Richtung. »Woher weißt du, dass Mordechai in der Lage ist, einen Engel zu erwecken? Er jagt dieser Verrücktheit nach, seit ich mich erinnern kann. Bislang ist nichts weiter dabei herausgekommen als eine Bibliothek mit alten Schriften.«

»Dieses Mal ist es mehr.«

»Woraus schließt du das?«

»Es gibt Gerüchte. Schon länger.« Katherina zögerte. »Ich hatte gehofft, dass meine Quellen sich irren. Aber jetzt habe ich es gesehen.« Sie lachte auf. »Durch einen Zufall. Die Welt ist so klein. Einfach eine Verkettung von Umständen.« Schärfe trat plötzlich in ihre Stimme. »Sieh mich an!«

Alan spürte, dass sie sich näherte. Ihr Atem berührte seinen Nacken. Er kämpfte mit sich. Er hasste sich für seine Zerrissenheit. Warum war er hierhergekommen? Um sie zur Rechenschaft zu ziehen? Sie zu verletzen? Einen Ausgleich zu schaffen für die

Wunden, die sie ihm geschlagen hatte? Was für eine Verschwendung von Kraft und Vertrauen. Sie tat, was sie glaubte, tun zu müssen. Er konnte sogar verstehen, wie sie dachte. Katherina bezog ihre Motive aus einem verdrehten ethischen Ideal, einer selbst auferlegten Berufung zur Wahrung des Gleichgewichts. Dieser Zweck heiligte ihr die Mittel.

»Es tut mir leid«, sagte sie.

»Du klingst nicht reuig.«

»Ich bereue auch nicht. Ich würde wieder so entscheiden. Es tut mir nur leid, dass du mich für kalt hältst. Das bin ich nicht.«

Ein Lachen löste sich in ihm, tief unten, ohne Fröhlichkeit. Er stieß sich von der Wand ab und drehte sich zu ihr um. »Katherina, du bist das kälteste Geschöpf, das ich kenne. Du würdest eine Kirche voller Kinder verbrennen, wenn es deinen Zielen dient.«

Die meisten der Fenster waren geöffnet. Sonne, durch die Baumkronen gefiltert, sprenkelte die Zimmer in Grün und Gold.

Eve spähte in einen kleinen Raum. Sie glaubte Stimmen zu hören. Eine dünne Schicht aus Blättern schirmte sie gegen Blicke ab, ein fragiler Schild, der einer misstrauischen Untersuchung nicht standhalten konnte.

Sie zog sich ein Stück zurück auf die andere Seite der Büsche und tastete sich zum nächsten Fenster vor. Die Stimmen wurden lauter. Eve schob die Äste eines Goldflieders auseinander und drängte sich ins Unterholz. Ein Regen gelber Blüten ging auf sie nieder. Sie kroch tiefer ins Dickicht, bis sie die Mauer vor sich fand, und bewegte sich seitlich zum offenen Fenster. Ein Vorhang verwehrte ihr den Blick nach innen, doch sie verstand nun, was gesprochen wurde. Und als sie ihren Namen hörte, wurde sie mehr als hellhörig.

Alan versuchte, in Katherinas Miene zu lesen, doch sie hielt ihre Emotionen unter Kontrolle.

»Diese Journalistin ist darüber gestolpert«, sagte sie. »Eve Hess. Hat sie dich übrigens angerufen?«

Ein Schauer rann über seinen Körper. Der beiläufige Ton ihrer Frage weckte sein Misstrauen. Ihm gefiel nicht, wie sie Eves Namen aussprach. »Was meinst du?«

»Sie ist hinter einer Story her. Sie glaubt, es geht um Kunstschmuggel.« Katherina presste die Fingerspitzen gegeneinander. »Um Gottes willen, Kunstschmuggel! Ein gemeinsamer Freund hat sie zu mir geschickt. Um meinen Rat als Gutachterin einzuholen.«

»Sie war bei dir?«

Argwohn blitzte in ihren Augen auf. Alan wurde bewusst, dass er seine Bindung zu Eve unter allen Umständen vor Katherina verbergen musste. Es war zu kostbar. Zu empfindlich, um von den Schatten befleckt zu werden, die Katherina zweifellos darauf projizieren würde.

»Sie hat mir Fotos gezeigt. Eine Statue und einen Ring, die jemand an Mordechai verkauft hat. Sie hält es für babylonische Raubkunst.« Die Stimme der Galeristin klirrte. »Alan, er hat nicht nur einen Körper gefunden, sondern auch ein Seelengefäß. Wenn er beides zusammenfügt …«

»Wie fügt man einen Körper und eine Seele zusammen?«, unterbrach er sie.

»Wie war es überhaupt möglich, sie voneinander zu trennen?« Katherina zuckte mit den Schultern. »Wenn jemand es weiß, dann dein Vater.«

»Und was erwartest du jetzt von mir?«

»Liegt das nicht auf der Hand?«, schnappte sie. »Wir müssen herausfinden, wo sich die Objekte befinden. Wir müssen sie abfangen, bevor sie an Mordechai übergeben werden. Und ich schwöre, diese Reporterin weiß etwas. Sie wollte mir nicht verraten, wie sie an die Fotos gekommen ist, aber das hole ich aus ihr heraus. Und wenn ich ihr dafür die Haut in Streifen schneiden muss.«

Alan hielt Katherinas Blick stand, während er sich darauf konzentrierte, seinen Geist gegen sie abzuschirmen. Er wollte nicht, dass sie in seinem Bewusstsein wühlte. Nicht jetzt. »Ich kümmere mich darum«, sagte er. »Ich bin mit ihr zum Essen verabredet.«

Katherinas Augen verengten sich.

»Morgen Abend«, fügte er hinzu.

Sie schürzte die Lippen. »Morgen Abend ist es vielleicht zu spät.«

»Vielleicht ist es jetzt schon zu spät.«

»Dann solltest du besser herausfinden, ob Mordechai die Artefakte bereits in Händen hält.«

»Du willst, dass ich sie an mich bringe.« Er maß sie mit einem langen Blick. Röte überzog ihre Wangen, ein Riss in der Maske. Sie glaubte an diese Gefahr. Sie lebte die alten Legenden. Alan schluckte einen bissigen Kommentar hinunter. Ironisch, dass er Eve erst vor wenigen Stunden einen Schöpfungsmythos erzählt hatte, den er selbst für ein Märchen hielt. »Ich kümmere mich um Eve Hess«, sagte er. »Keine Sorge.«

Auf dem Rückweg fuhr Eve unkonzentriert. Sie übersah einen Pick-up, der zum Überholen ansetzte, und rammte ihn beinahe, als sie die Spur wechseln wollte. Laut beschimpfte sie den Fahrer, obwohl ihre Wut sich eigentlich gegen Alan richtete. Und mehr noch gegen sich selbst, gegen ihre eigene Naivität. Wie blind war sie ihm in die Falle getappt, hatte sich in romantischer Schwärmerei verloren. Während Alan innerlich gelächelt haben musste, wie leicht sie zu blenden war.

Das Handy in ihrer Hosentasche begann zu summen. Eve tastete danach. Wenigstens hatten die Cops es ihr zurückgegeben. Bis auf einen Riss im Display war es unversehrt. Sie warf einen Blick auf die LAPD-Nummer und nahm ab.

»Hey, Andrew«, brachte sie hervor. Ihre Kraft reichte nicht aus, Freundlichkeit zu heucheln.

»Du schuldest mir jetzt ein Essen bei Flemming's«, verkündete der kleine Ire aufgeräumt. »Drei Gänge, mit Wein.«

Eve fragte sich, ob er eigentlich immer abwartete, dass Mark das Büro verließ, bevor er bei ihr anrief. »Was hast du für mich?«

»Die Telefonnummer.«

Sie stutzte für einen Moment. Dann fiel es ihr wieder ein. Der Anruf, der auf Andrej Icoupovs iPhone eingegangen war, nachdem sie es an sich genommen hatte.

»Die Nummer gehört zu einer Firma in Long Beach«, fuhr Andrew fort. »Carnegies Export-Import. Das ist ein Frachtunternehmen. Der Besitzer, Mordechai Carnegie, hat eine dicke Akte bei uns. Willst du Details?«

Mordechai Carnegie. Eve starrte schweigend auf die Fahrbahn. Warum musste das alles so gut zusammenpassen?

»Wir ermitteln gegen ihn wegen illegalen Waffenhandels«, fügte Andrew hinzu. »Und noch ein paar anderen Sachen. Drogen stehen auch auf der Liste. Wir können ihm nur nichts nachweisen.«

Sie antwortete nicht gleich.

»Freust du dich nicht?« Enttäuschung klang aus Andrews Stimme.

»Doch«, sagte sie schwach. »Du bist toll.«

Sie fühlte sich ausgelaugt und zu Tode erschöpft, später, als sie in Felipes Apartment saß und zusah, wie er eine Orange schälte. Sie hockte ihm gegenüber, in seinem Lieblingssessel, den er ganz ohne Protest für sie geräumt hatte, und rieb sich die wunden Augen. »Die Welt ist schlecht«, konstatierte sie. »Von mir aus kann sie untergehen.«

»Das dachte sich Gott auch, als er die Sintflut schickte.«

Eve runzelte die Stirn. »Wie kommst du jetzt darauf?«

»Was?«

»Das mit der Sintflut.«

Befremdet erwiderte er ihren Blick. »Keine Ahnung. Ich wollte einen Witz machen.«

Sie stieß nur den Atem aus.

»Wenn du mir sagen würdest, was eigentlich passiert ist, könnte ich dir vielleicht helfen.«

Eve bezweifelte das. Die ganze Geschichte war zu verworren.

»Heute Morgen warst du noch glücklich.«

»War ich das?«

Felipe verzog einen Mundwinkel. »Ich war fast ein bisschen neidisch.«

Nachdenklich sah sie ihn an. »Hör mal«, fragte sie, »glaubst du, ich bin irgendwie verrückt? Du weißt schon, geisteskrank, verwirrt?«

»Nicht mehr als üblich.«

Sie schlug nach ihm.

»Du hast gefragt.«

»Nein, ich meine, glaubst du an übernatürliche Phänomene?«

»So wie Geister oder Gläserrücken?«

»Nicht diesen Partykram. Ich meine Magie, Vampire, solche Sachen.«

»Vampire?« Felipe schob sich einen Orangenschnitz in den Mund. »Ich liebe Vampire.« Geziert entblößte er die Zähne. »Ich hoffe, dass mich eines Tages einer beißt, ein großer, gut aussehender Vampir.« Er kicherte.

»Nein, nicht so«, unterbrach Eve. Himmel, es war so hoffnungslos! Sie griff nach ihrem Kaffeebecher, erstarrte aber auf halbem Wege, als sie ein Geräusch vom Korridor vernahm. Ein Klicken, dann fiel eine Tür ins Schloss. Ihre Wohnungstür.

Ihr wurde heiß. »Das war bei mir drüben«, wisperte sie. Wie in Zeitlupe ließ sie die Hand sinken. »Jemand ist in meiner Wohnung.«

»Wir können nachsehen.« Felipe wollte aufstehen, doch Eve schüttelte hastig den Kopf. »Soll ich die Polizei rufen?«, fragte er. Wenigstens dämpfte er seine Stimme.

»Nein«, flüsterte sie. Das Gefühl von Gefahr war so erdrückend, dass es ihr fast den Atem nahm. Schweiß brach ihr aus allen Poren.

»Wer …?«

Eve legte einen Finger an die Lippen. Eine Ewigkeit hockten sie so da, starr und angespannt. Dann klapperte das Schloss erneut. Eve klang es in den Ohren wie ein Pistolenschuss.

Sie stellte sich vor, wie der Eindringling noch einen Moment im Korridor stand. Wie sein Blick über die Klinke zu Felipes Apartment glitt. Vielleicht fragte er sich, ob er nicht die Türen verwechselt hatte. Etwas knirschte. Sehr leise, fast unhörbar. Lautlos formte sie eine Frage. »Hast du eine Waffe?«

Felipe schüttelte den Kopf. Die Luft gerann, sie starrten zur Tür. Und warteten.

»Die Puschkin legt morgen Nacht im Long Beach Harbour an«, sagte Naveen. Er setzte ein Tablett mit einer Silberkanne und einem Teegeschirr auf dem Schreibtisch ab.

Mordechai richtete sich in seinem Stuhl auf und sah den Inder an. Er fühlte sich körperlich erschöpft, eine Empfindung, die er seit vielen Jahren nicht mehr verspürt hatte. Seltsam. Er benötigte keinen Schlaf. Sein Körper hatte sich daran gewöhnt, lange Perioden wach zu sein. Dennoch zehrten die Nachtwachen an seiner Substanz. Es mochte an der Aufregung liegen, die ihn erfüllte, eine Ekstase, die mit jedem Tag stärker wurde. Asâêls Ankunft war nahe.

»Gibt es Neuigkeiten von Kain?«

»Sie haben richtig kalkuliert.« Ein Muskel zuckte in Naveens Gesicht. »Er ist beschäftigt. Er hat keinen weiteren von unseren Leuten umgebracht.«

Unwillig schüttelte Mordechai den Kopf. »Was ist mit der Frau und dem Ring?«

»Wir haben ihn noch nicht.«

»Wie schwer kann es sein, diese Frau zu töten?«

»Wir wissen nicht, was sie ist.« Naveens Blick verdüsterte sich. »Möglicherweise braucht er mehr Zeit.«

»Zeit?«, fuhr Mordechai auf. »Wir haben keine Zeit!« Er erhob sich zornig, sodass der Stuhl hinter ihm umstürzte. Naveen wich einen Schritt zurück. »Wir haben keine Zeit«, wiederholte er. »Das hast du diesem Broker klargemacht?« Er trat noch dichter an seinen Sekretär heran. »Du hast es ihm klargemacht, oder nicht?«

»Ich habe es ihm erklärt«, sagte Naveen.

Ein Teil von Mordechai fragte sich, wie es dem Inder gelang, seine Fassung zu bewahren. Wo ihn doch Furcht einhüllte wie ein Nebelschleier.

»Ich habe so lange gewartet! Ich will nicht noch länger warten!« Mit einer Armbewegung fegte er das Teegeschirr vom Tisch. Klirrend zersprang das Porzellan auf den Marmorplatten. »Glaubst du, ich verlange zu viel?« Er starrte auf den kleinen Mann hinab, der reglos dastand wie eine Statue aus Stein. »Verlange ich zu viel?«, brüllte er ihn an. »Habe ich zu wenig Geduld?«

»Nein, Sir«, wisperte Naveen. »Sie verlangen nicht zu viel.«

Mit einem Ruck wandte Mordechai sich ab. »Sag dem Broker, seine Zeit läuft ab. Bis morgen will ich diesen Ring.«

Stimmen von draußen zerrissen die Stille, ein Lachen, ein Hund bellte. Nachbarn von der anderen Seite des Korridors. Eve betrachtete ihre Hände. Die Finger zitterten.

»Wer immer dort war«, brach Felipe das Schweigen, »ist jetzt fort.«

Eve stieß den Atem aus.

»Sollen wir nachsehen?«, fragte er. »Ob er Sprengfallen gelegt hat?« Er stand auf und streckte einen Arm aus. »Komm.«

Der Flur war leer, als sie die Tür öffneten. Eve schob ihren Schlüssel ins Schloss und hielt überrascht inne. »Funktioniert noch.«

Angespannt trat sie über die Schwelle und sah sich um. Auf den ersten Blick wirkte ihr Apartment unberührt. Alles lag so, wie sie es verlassen hatte. Doch Erleichterung wollte sich nicht einstellen. Rasch kontrollierte sie die Schubladen an ihrem Schreibtisch, warf einen Blick ins Schlafzimmer. Die Tür zum Bad war halb offen, obwohl sie sicher war, sie geschlossen zu haben. Das einzig sichtbare Zeichen, dass ein Fremder ihr Apartment betreten hatte.

»Es fehlt nichts«, sagte sie.

»Was ist mit dem Ring?«

Sie lachte verdrossen. »Ach, das weißt du ja noch gar nicht. Der war heute Morgen schon verschwunden.«

»Der Einbruch?« Jetzt war es Felipe, der um Fassung rang. »Hast du es der Polizei gesagt?«

»Nein.« Sie schaltete ihren Laptop ein.

»Ich dachte, du hättest dich heute mit Katherina getroffen, um ihr den Ring zu zeigen?«

»Ich habe ihr Fotos mitgebracht. Sie weiß übrigens nichts. Oder gibt vor, nichts zu wissen.« Eve fuhr sich durchs Haar. »Nein, der Ring ist weg. Wie gewonnen so zerronnen.«

Felipe blätterte in den losen Seiten mit den E-Mail-Ausdrucken, die Eve am Morgen auf den Küchentresen geräumt hatte. »Wie hast du das gemeint?«, fragte er. »Vorhin, mit den übernatürlichen Dingen?«

»War nicht so wichtig«, gab sie zurück. »Vergiss es.«

»Denkst du, es ist etwas mit dem Ring?«

»Es spielt keine Rolle. Er ist sowieso nicht mehr da.« Sie registrierte, wie Felipes Gesicht versteinerte. Schuldgefühle schossen in ihr hoch, als ihr bewusst wurde, wie heftig sie ihn angefahren hatte. Felipe konnte nichts dafür, dass sie sich in ein Arschloch verliebt hatte. Sie versuchte ein verlegenes Lachen. »Tut mir leid.« Plötzlich fiel ihr noch etwas ein. »Habt ihr nicht Aufzeichnungen von den Kameras?«

»Die haben die Bullen mitgenommen.«

Sie zuckte zusammen. »Und das hast du mir nicht gesagt?«

»Du hast nicht gefragt.«

»Aber von gerade eben«, beharrte sie. »Wir könnten doch jetzt runtergehen und nachsehen, wer in meinem Apartment war.«

Sie setzten sich an einen der Computer im Büro hinter dem Concierge-Bereich. Felipe öffnete die Software, die die Überwachungskameras steuerte. Er schob einen Balken unter einem Kamerabild vor und zurück. Eve sah sich selbst, wie sie den Korridor hinunterlief, auf halber Höhe stehen blieb und sich bückte, um etwas an ihrem Schuh zu richten. Rückwärts verschwand sie wieder hinter der Ecke.

»Das sind die Aufzeichnungen von heute.« Felipe sah zu ihr auf. »Alles andere ist auf Band, und die Bänder liegen bei deinem Freund Mark.«

»Er ist nicht mein Freund. Schaust du jetzt bitte nach, wer in mein Apartment eingebrochen ist?«

Er verschob den Regler ein Stück. Etwas flackerte im Bild auf. »Da!«

Felipe ging zurück und spielte den Mitschnitt in Normalgeschwindigkeit ab. Ein Mann trat in den Blickwinkel der Kamera. Eve konnte sein Gesicht nicht sehen, nur seinen Hinterkopf und weißblonde Locken. Der Mann brauchte nicht länger als ein paar Sekunden, um das Schloss zu öffnen.

»Das ging schnell«, hauchte Felipe.

Träge fiel die Tür hinter dem Eindringling zu. Dann geschah minutenlang nichts. Scharf sog sie den Atem ein, als die Tür wieder aufschwang. Sie sah zuerst nur seinen Rücken, dann drehte er sich um. Eve blieb beinahe das Herz stehen, als sie ihm ins Gesicht blickte, in diese blassen, ebenmäßigen Züge. Die Augen, hell und durchscheinend wie Wasser, streiften die Kamera. Für einen Moment hatte sie den Eindruck, er starrte ihr direkt ins Gesicht. Diese Züge hatten sich ihr eingebrannt, dieser Blick.

Sie spürte Felipes Hand auf ihrem Arm. »Alles okay?«

Seine Stimme drang wie von weit her an ihr Ohr. Mechanisch schüttelte sie den Kopf. Sie hatte dem Tod ins Antlitz gesehen. Und er wusste, wo sie wohnte. Er würde wiederkommen. Die Luft atmete sich plötzlich wie flüssiges Blei.

»Nein«, flüsterte sie. »Nichts ist okay.«

16

Eve konnte beinahe selbst nicht glauben, dass sie Mark angerufen hatte, um ihn um Hilfe zu bitten. Aber ja, sie hatte ihren Stolz beiseitegeschoben und Mark Johnson gefragt, ob er sich mit ihr zum Abendessen treffen und sich ihre Probleme anhören wolle. Was eine Menge über das Maß ihrer Verzweiflung aussagte. Ebenso wie die Tatsache, dass sie sich ein Taxi bestellt hatte, um die hundert Meter zum Zucca, einem überteuerten Italiener in der Figueroa, zu fahren.

Ihre Welt hatte sich in ein Spiegellabyrinth verwandelt. Ein irrer Killer brach in ihre Wohnung ein, eine Informationsquelle entpuppte sich unvermittelt als Bedrohung, und Alan spielte ein doppeltes Spiel mit ihr. Das schmerzte. Es schmerzte so sehr, dass sie sorgfältig vermied, darüber nachzudenken. Nicht zu vergessen, der gottverdammte, millionenschwere Ring, um den sich alles zu drehen schien. Der ihr wie durch ein Wunder in die Hände gefallen und ebenso schnell wieder verschwunden war. Katherina brachte ihn mit wirren Thesen über einen Engel in Verbindung. Eve schwirrte der Kopf, wenn sie versuchte, den Dialog zu rekapitulieren. Sie hatte kaum jedes dritte Wort verstanden, und das, was sie sich daraus zusammenreimte, machte keinen Sinn.

Sie gab dem Fahrer ein großzügiges Trinkgeld und stieg aus. Wieder verspürte sie dieses warnende Kribbeln im Nacken. Sie suchte die Umgebung und die Straße ab, doch da war nichts. Nur das Taxi, das im dichten Abendverkehr verschwand.

Im Restaurant entdeckte sie Mark in einer Nische am Fenster.

Er lächelte, als ihre Blicke sich trafen, und stand sogar auf, um sie zu umarmen. Die Geste fühlte sich tröstlich an, und Eve verweigerte sich nicht. Plötzlich war sie froh, ihn angerufen zu haben. Arschloch oder nicht, solange ihre Beziehung angedauert hatte, war er ihr nie in den Rücken gefallen.

»Hey!« Er strich ihr eine Locke aus der Stirn. »Ich freue mich, dich zu sehen.«

»Tut mir leid, dass ich heute Morgen so kurz angebunden war.« Sie setzte sich und blätterte die Karte auf. »Der Tag fing einfach nicht gut für mich an.«

Marks Lächeln verblasste. »Weil jemand in deine Wohnung eingebrochen ist und dir die Pistole geklaut hat? Ich habe mich immer gefragt, warum du das Ding überhaupt in deinem Nachttisch liegen hast.«

Sie verbiss sich eine Antwort auf seine Stichelei. »Jemand hat es auf mich abgesehen«, sagte sie stattdessen.

»Was hast du angestellt?«

Eve zögerte. Die Situation war grotesk. Sollte sie ihm im Ernst erzählen, dass Dämonen sie angegriffen hatten, die ihre Sucht nach menschlichem Blut nicht im Griff hatten?

»Es ist kompliziert.«

»Okay, fangen wir anders an. Was willst du? Was glaubst du, kann ich für dich tun?«

»Mir helfen, am Leben zu bleiben.« Sie schüttelte den Kopf. »Keine Ahnung. Ich habe für eine Story recherchiert, und jetzt ist ein Verrückter hinter mir her, der versucht, mich umzubringen.«

»Ist das dein Ernst?«

»Es war mir nie ernster.« Sie musterte ihr Wasserglas. »Ich habe da etwas ausgelassen bei unserem Telefonat. Gestern Nacht wollte mich jemand töten. Frag nicht nach Details, ich habe es überlebt. Und heute Nachmittag war er in meinem Apartment.«

Mark starrte sie an.

»Zum Glück war ich nicht da«, fügte sie hinzu. »Aber er wird wiederkommen.«

»Eve …«

»Nein«, unterbrach sie. »Du musst mir jetzt nicht vorhalten, dass ich verdammt noch mal vorsichtiger sein soll, wenn ich unbedingt Porzellan zerschlagen muss. Ich habe mich selbst schon ausreichend gegeißelt.«

Er lehnte sich zurück. »Wenn du willst, dass wir diesen Killer schnappen, dann musst du mir ein bisschen mehr erzählen.«

Kain musterte den Mann, der ihr gegenübersaß. Es war nicht der Schattenläufer von letzter Nacht, dessen Aura sich so verstörend vertraut anfühlte. Ihr Begleiter war nur ein gewöhnlicher Mensch.

Kain zog seine Kapuze tiefer in die Stirn und lehnte sich gegen die Wand. Passanten würden ihn für einen der zahlreichen Obdachlosen halten, die sich in den Straßen von Downtown herumdrückten.

In seinem Körper zirkulierte frisches Blut. Eine Hure, die niemand vermissen würde. Nachdem der erste Rausch verflogen war, befeuerte die Droge seine Sinne, ohne ihn in diesem Zustand traumseliger Euphorie zu binden. Er spürte den Flügelschlag eines Nachtfalters an seiner Wange. Die Stadt war voll von ihnen.

Nachdenklich betrachtete er Eves Silhouette am Fenster. Heute Nacht musste er es zu Ende bringen. Der Kunde war ungeduldig. Dabei wusste Kain tief in seiner Seele bereits, dass er es nicht tun würde. Er hatte es in dem Moment gewusst, als Eve auf die Straße getreten und in das Taxi gestiegen war. Im Grunde hatte er es bereits gewusst, als er in ihrem Apartment gestanden und ihren Duft eingeatmet hatte, der an jedem Gegenstand haftete, an jedem Möbelstück. Etwas war geschehen, als er von ihr getrunken hatte. Etwas, das ihm nie zuvor widerfahren war.

Weil er nie zuvor ein Opfer am Leben gelassen hatte. Seither brannte eine unerklärliche Begierde in ihm, nicht nach ihrem Blut, sondern nach ihrer Seele. Es fühlte sich an wie eine heftige Verliebtheit. Er hatte geglaubt, immun gegen solche Empfindungen zu sein. Dennoch sehnte er sich so machtvoll nach ihr, dass es ihm physische Schmerzen bereitete.

Die Vorstellung, ihr ein Leid zuzufügen, schürte nun Abscheu in ihm. Gegen sich selbst, gegen Vitali, gegen den Unbekannten, der ihren Tod in Auftrag gegeben hatte.

So stand er im Dunkeln und betrachtete sie. Ihre Gesten entzückten ihn. Die Art, wie sie ihre Hände beim Sprechen hob, wie sie ihre Finger gegeneinanderlegte. Das faszinierte ihn und schürte einen Hunger, der jenseits jeglichen körperlichen Bedürfnisses wurzelte.

Wieder tastete er nach dem Ring. Der Opal fühlte sich warm an. Seine Fingerspitzen glitten die Fassung entlang, drückten sich in das Geflecht feiner Fäden, die den Stein einkerkerten. Was bedeutete das Schmuckstück für sie? Betrauerte sie seinen Verlust? Er ließ den Ring los und zog das Handy aus der Tasche. Vitalis letzte Nachricht stand noch auf dem Display. Kains Verstand fühlte sich scharf und klar an, während er die Nummer des Brokers wählte. So klar wie seit langer Zeit nicht mehr.

»Ja?«, meldete sich eine weiche Stimme.

Erstaunlich. Vitali gehörte zu den Menschen, die niemals zu schlafen schienen.

»Ich gebe den Job zurück«, sagte er.

»Wie bitte?«

»Eve Hess. Ich töte sie nicht.«

Eine Zeit lang hing Schweigen in der Leitung. Kain wusste, dass Vitali darüber nachdachte. Dass er sich fragte, welche Gründe Kain zu dieser ungewöhnlichen Entscheidung bewogen hatten.

»Der Kunde wird nicht glücklich sein«, sagte der Anwalt.
»Das ist mir bewusst.«
Auf der anderen Seite der Straße drängte eine Traube von Menschen ins Zucca. Kain beobachtete, wie Eve den Kopf schräg legte. Die Kellner servierten das Essen.
»Also gut«, sagte Vitali.
Er fragte nicht nach dem Ring.

Alan fixierte die dunklen Fenster ihres Apartments in der Fassade des 717. Eve war nicht zu Hause. Er hatte sie auf ihrem Handy angerufen, doch nur ihre Mailbox erreicht. Dann war ihm eingefallen, dass das Gerät wohl noch irgendwo auf der Straße lag, dort wo sie es am Vorabend verloren hatte.
Trotzdem sprach er ihr auf den Anrufbeantworter. Er musste mit ihr reden, bevor Katherina es tat. Falls Katherina sich überhaupt mit Reden aufhielt. Er traute der Galeristin nicht. Er war sogar hinüber ins 717 gegangen und hatte eine Nachricht für Eve am Empfang hinterlassen. Sein Magen zog sich zusammen, wenn er daran dachte, was Eve dort draußen auflauern mochte. Katherina und ihre Garde waren Fanatiker.
Hinzu kam der weiß gelockte Bluttrinker namens Kain. Wenn er überlebte, war es möglich, dass er zurückkehrte, um zu Ende zu bringen, was er begonnen hatte. Alan wusste nicht, ob er sich das nur einbildete, doch er glaubte immer noch, die Aura des anderen zu spüren.
Er trat an den Tisch. Seine Malutensilien hatte er beiseitegeschoben, um Platz zu schaffen für die Pistole und die beiden Klingen. Daneben, mattgrau und mit Resten von Blut, lag das deformierte Projektil, das er aus seinem Fleisch geschnitten hatte.

Mark glaubte ihr nicht. Eve konnte es in seinen Augen lesen. Er sah sie an, als hätte sie den Verstand verloren.

»Hey, vergiss das«, sagte sie hastig. »Vergiss das mit den magischen Kräften!«

»Warum tust du das?«, fragte er.

Seine Stimme klang zu ruhig. Das lief falsch. Ganz falsch. Sie hätte das nicht sagen dürfen. Sie hätte sich auf den rationalen Teil der Geschichte beschränken sollen. Gangster, die Geschäfte mit anderen Gangstern machten, damit konnte Mark etwas anfangen.

»Tut mir leid«, fügte sie hinzu. »Ich bin einfach ein bisschen fertig mit den Nerven. Also vergiss die Magie. Bleiben wir bei den Fakten.«

»Weißt du, was ich glaube?«

»Was?«

»Du willst Polizeischutz? Du willst, dass wir diesen Kerl hochnehmen, von dem du denkst, dass er ein bezahlter Killer ist?« Er redete immer lauter. »Ich glaube, du verschweigst mir die Hälfte der Geschichte. Du hältst dich für schlauer als alle anderen. Du denkst, du kannst die ganze Welt manipulieren.« Er beugte sich nach vorn, sodass ihr Gesicht dicht an seinem war. »Aber damit liegst du falsch. Du kannst mit Menschen nicht umgehen wie mit Marionetten.«

»Das tue ich nicht.«

»Natürlich tust du das!«

Voller Unbehagen registrierte Eve die verstohlenen Blicke von den Nachbartischen.

»Mordechai macht uns eine Menge Ärger, aber er schafft es stets, eine saubere Weste zu präsentieren. Denkst du, nur weil du mit den Fingern schnippst, können wir in sein Haus spazieren und ihn verhaften?«

»Du kennst den Kerl?«

»Willst du mich auf den Arm nehmen? Natürlich kennen wir ihn. Die DEA hängt ihm am Arsch. Wir wissen, dass er Drogen verschiebt. Wir schaffen es nur nicht, ihn mit dem Stoff zu erwischen. Ihm gehört ein Logistikunternehmen, ein riesiger Laden. Sie transportieren Container. Und da drin sind neben Spielzeug aus China auch Drogen, Waffen, das volle Programm. Wir können es nur nicht beweisen.«

»Sieh es mal so«, sagte sie sanft. »Vielleicht kann ich euch ja helfen, ihn endlich hochzunehmen.«

»Mit deiner verrückten Kunstschmuggelgeschichte?«

»Real genug, um dafür zu morden.«

»Wie bist du überhaupt an diesen Ring gekommen?«

»Zufall.« Sie machte eine wegwerfende Handbewegung. »Das ist wieder eine ganz andere Geschichte.«

»Eve, wenn du mir nichts erzählst, dann kann ich dir nicht helfen.«

Mark Johnson, der unbedingt immer alles kontrollieren musste. Eve sah ihm ins Gesicht. Er warf ihr vor, andere zu manipulieren? Er ließ ihr ja keine Wahl! Die Wärme, die sie zuvor verspürt hatte, verflog. Selbst wenn sie gewollt hätte, sie konnte es ihm nicht sagen. Es war unmöglich. Er würde sie zum Psychiater schicken, wenn sie mit der Wahrheit herausrückte. Das hatte ihr der kleine Vorstoß gezeigt, den sie gemacht hatte, als sie übernatürliche Kräfte auch nur erwähnt hatte. Es war zum Verzweifeln.

»Warum kannst du mir nicht einfach vertrauen?«, fragte sie.

»Das würde ich gern«, gab er zurück. »Aber du machst es mir nicht leicht.«

»Also siehst du eine Chance für Polizeischutz?«

»Ganz ehrlich?« Er legte sein Besteck beiseite. »Der Richter lacht mich aus, wenn ich mit so einer Story komme. Das ist zu dünn. Gib mir etwas in die Hand! Einen Beweis.«

»Jemand ist in mein Apartment eingebrochen. Zweimal. Reicht das nicht als Beweis?«

Er stieß geräuschvoll den Atem aus. »Hier wird ständig eingebrochen. Deshalb stellt man niemanden unter Polizeischutz. Ich könnte dir Schutzhaft anbieten.«

»Verarsch mich nicht!«

Sie verlor die Lust an dieser Diskussion. Mehr noch, sie musste den Impuls unterdrücken, ihn anzuschreien. Für einen Moment erwägte sie, ihm zu erzählen, dass ein Teil des Blutes, das sie in der Figueroa gefunden hatten, von ihr stammte. Dass sie gern ins Labor kommen und eine Blutprobe abgeben würde, um ihre Aussage zu untermauern. Aber dann sah sie die Konsequenzen vor ihrem inneren Auge. Die Fragen. Die Ermittlungen, in die sie plötzlich verstrickt wäre. Man würde sie festhalten, und alles würde damit enden, dass ein übereifriger Richter sie in eine geschlossene Anstalt einwies, wenn sie ihnen erzählte, was wirklich geschehen war. Oder sie würde selbst unter Verdacht geraten, weil sie eben nichts preisgeben konnte. Zwei Möglichkeiten, und keine davon sehr einladend.

»Ein Schiff legt in Long Beach an«, sagte sie. »Die Puschkin, ein russischer Frachter, Heimathafen St. Petersburg. Ich weiß nicht genau, wann, aber es wird in den nächsten Tagen passieren. Auf diesem Schiff befindet sich ein Container mit Raubkunst.« Das war nun wiederum reine Spekulation, aber Mark brauchte das nicht zu wissen. »Der Verkäufer ist ein Russe, Aleksandr Demidhin. Der Käufer ist Mordechai. Seht euch den Container an! Vielleicht findet ihr etwas, mit dem ihr Mordechai aus dem Verkehr ziehen könnt.«

Mark nickte langsam. »Warum erzählst du mir das?«

»Weil ich hoffe, dass ihr ihn kriegt, bevor er mich kriegt.«

Alan tastete nach dem Projektil in seiner Jackentasche, während er mit dem Aufzug hinab in die Garage fuhr. Eine innere Unruhe trieb ihn an, seit er vergeblich versucht hatte, Eve zu erreichen.

Er schloss den Dodge auf, warf seine Pistole in den Fußraum unter dem Beifahrersitz und ließ den Motor an.

Langsam rollte er an den Parkbuchten entlang, die Rampe hinunter in die Ausfahrt. Es fiel ihm immer noch schwer zu glauben, dass René tot sein sollte. Er hatte Katherina nicht danach gefragt, um sich eine fanatische Rede gegen Mordechai zu ersparen. Kaliber 50 Action Express, hatte Pascal gesagt, verschossen aus einer Desert Eagle. Die Desert Eagle war keine weitverbreitete Handfeuerwaffe. Bedingt durch die großkalibrige Munition war sie schwer und unhandlich und produzierte einen heftigen Rückstoß. Nicht die erste Wahl für den Gangster von der Straße. Kains Verbindung mit Renés Tod konnte aus der Luft gegriffen sein, aber Alan wollte es zumindest überprüfen.

In der Figueroa staute sich der Verkehr. Ein dichter Strom von Fußgängern bevölkerte die Gehwege. Eine Frau in Lumpen bahnte sich ihren Weg durchs Gedränge. Sie schob einen Einkaufswagen vor sich her, hoch beladen mit Plastiksäcken. Ein anderer Bettler hockte an der Wand, den Kopf gesenkt, und döste im Dunkel.

Jemand hupte. Alan blickte in den Rückspiegel, erfasste das Chaos aus Scheinwerfern und dicht gedrängten Fahrzeugen, die zwischen den Spuren wechselten. Unrast glühte in ihm wie ein Fieber. Er spürte wieder die Präsenz des anderen.

Kain.

Eine sachte Brandung war es, die an seinem Geist leckte. Salzwasser, schwarze Schlieren. Sirenen heulten auf, nicht weit entfernt. Alan nahm den Fuß von der Bremse, als vor ihm der Verkehr wieder anrollte, und tastete erneut nach dem Handy in seiner Hosentasche.

Ein paar Passanten starrten ihn verwirrt an, als Kain vom Boden aufsprang und seinen Bettlerhabitus abschüttelte wie eine gebrauchte Haut. Seine Reflexe arbeiteten auf Hochtouren. Den anderen Schattenläufer hatte er nicht gleich bemerkt, weil er sich auf Eve konzentriert hatte.

Er registrierte nur die aufflammende Präsenz, die eine Saite in ihm zum Schwingen brachte. Dann entdeckte er den Dodge mit den heruntergelassenen Scheiben, zwischen all den anderen Fahrzeugen, die sich vor der Ampel stauten. Er sah das Profil des Fahrers, und Adrenalin schoss ihm ins Blut. Kain wusste plötzlich, dass sich hier eine Chance bot, eine zweite Gelegenheit, die er sich nicht entgehen lassen durfte. Er hatte getrunken, war auf dem Zenit seiner Kraft. Der andere war keine leichte Beute, doch wann war der Zeitpunkt besser als jetzt, da seine Muskeln, seine Sinne vor Energie summten?

Kain ließ den Wagen nicht aus den Augen. Die Autos krochen nur schleppend voran, aber wenn sie die Baustelle weiter vorn passiert hatten, würde sich das ändern. Er brauchte ein Fahrzeug. Ohne Rücksicht stieß er Passanten beiseite, während er den Bürgersteig hinunterrannte, dicht im Schatten der Fassaden.

An der nächsten Kreuzung hatte er den Dodge bereits überholt. Er bog in eine Querstraße und hielt auf einen alten Toyota Camry zu, der am Bordstein geparkt war. Mit dem Ellbogen zertrümmerte er die Seitenscheibe, langte hinein und entriegelte die Tür. Er stieg ein und riss die Plastikverkleidung unter dem Lenkrad ab. Mit einer Hand tastete er nach den Kabeln, mit der anderen zog er die Tür zu. Eine Sekunde später lief der Motor. Euphorie breitete sich in ihm aus. Das Jagdfieber überwältigte ihn. Die Aura des anderen fühlte sich so vertraut an, dass es schmerzte. So vertraut, dass es nur eine einzige Erklärung gab. Verwandtes Blut.

Der andere hatte das Gleiche gespürt, Kain war sich dessen sicher. Er hatte es in seinen Augen gelesen, gestern Nacht.

In diesen Adern floss Mordechais Blut. Ein Bruder, schoss es durch seinen Geist. Halbbruder, korrigierte er dann. Kein Grund für Gefühlsduselei. Doch wenn dies ein Sohn von Mordechai war, konnte er Kain vielleicht geben, was niemand sonst ihm geben wollte. Zugang zu seinem Vater. Dieser Mann war ein Schlüssel.

Kain gab Gas, schoss in eine aufklaffende Lücke. Ein paar Meter weiter fand er den Dodge wieder.

Er zog die Desert Eagle unter der Jacke hervor und legte sie auf den Beifahrersitz. Als der Dodge in die Zweite Straße abbog und ihr Richtung Osten folgte, hinaus aus Downtown und tiefer in die Industriegebiete an der Peripherie der Stadt, ließ er sich etwas zurückfallen. Der Verkehr wurde weniger, je weiter sie sich vom Stadtzentrum entfernten. Kain wollte nicht riskieren, entdeckt zu werden, bevor er sich selbst zum Angriff entschied. Sie unterquerten eine graffitiverschmierte Brücke, dann leuchteten die Bremslichter des Dodge auf, und er bog in eine Einfahrt.

Kain blickte zur Ziegelfassade, als er daran vorbeirollte und zu der Skulptur eines überdimensionalen Pferdes aus Stahl und Lichterketten. Er unterquerte eine weitere Brücke und bog in den Parkplatz einer koreanischen Wäscherei ein. Rasch stieg er aus, schob die Pistole hinter seinen Gürtel und lief zu Fuß zurück.

Sand knirschte unter seinen Sohlen, als er die Einfahrt betrat, in der der Dodge verschwunden war. Es war so dunkel, dass ein gewöhnlicher Mensch kaum die Hand vor Augen hätte sehen können.

Kain passierte einen Korridor zwischen zwei Gebäuden und trat in einen weitläufigen Hof. Er brauchte ein paar Sekunden, um seine Augen auf die Dunkelheit einzustellen. Langsam schälten sich Umrisse aus dem Hintergrund, Mülltonnen und Container, eine Reihe von Autos, die vor einem lang gestreckten Lagerhaus parkten. In den umliegenden Fassaden waren einzelne Fenster erleuchtet.

Wieder überlegte er, was Eve mit diesem Schattenläufer verband. Nicht, dass es eine Rolle spielte, denn er hatte nicht die Absicht, seinen Halbbruder länger am Leben zu lassen als nötig. Er brauchte ihn nur, damit er ihn zu Mordechai führte.

Der Gedanke wurde unterbrochen, weil neue, fremdartige Präsenzen seinen Geist berührten. Rasch schirmte er sich ab. Hier lebten noch andere vom Blut. Kain wollte ihre Aufmerksamkeit nicht auf sich ziehen. Schnell verwarf er seinen Plan, den Schattenläufer gleich hier auf dem Gelände zu überwältigen. Die anderen würden die Erschütterung spüren und sich möglicherweise einmischen. Er drang tiefer in den Hof vor, fand den Dodge aber nicht.

Nach weiteren zwanzig Metern stieß er auf eine Mauer. Das Gelände war groß, der Mann konnte sonst wo geparkt haben. Kain musste nur sicherstellen, dass er sein Opfer später nicht verlor. Er kehrte zu dem gestohlenen Camry zurück und fuhr ihn mit ausgeschalteten Scheinwerfern auf den Hof. Dort parkte er ein paar Meter von der Ausfahrt entfernt, zwischen anderen Wagen, mit denen er zu einer homogenen schwarzen Masse verschmolz.

»René ist nicht das einzige Opfer«, sagte Pascal.

Er hielt Alans Projektil zwischen Daumen und Zeigefinger ins Licht. Sie standen in seiner Werkstatt. Alan lehnte an einer Holzbank und wartete darauf, dass Pascal fortfuhr. Mit zusammengekniffenen Augen betrachtete der Schmied das deformierte Stück Metall.

»In den letzten vier Tagen wurden fünf vom Blut getötet.« Er ließ den Arm sinken und blickte Alan an. »Jemand da draußen erschlägt unsere Spezies.«

»Wer noch?«, fragte Alan. »Wer ist unter den Toten?«

»Außer René?« Pascal holte geräuschvoll Atem. Kalte Luft

strömte durch das offene Fenster und kühlte Alans Gesicht. »Drei gehörten zu Mordechais Pack. Damit dürfte wohl klar sein, dass der Killer weder für die Garde noch für deinen Vater arbeitet. Interessant, findest du nicht?«

Alan dachte an Kain und den Blick des Killers, die kristallstarren Augen, so unnatürlich hell. Und er dachte an das Blut, das Kain über Kinn und Zähne troff und die engelsgleiche Maske Lügen strafte. Plötzlich fiel ihm auf, dass die Präsenz vollständig verschwunden war.

»Alle Opfer wurden mit der gleichen Waffe niedergeschossen. Kaliber 50 Action Express.« Pascal legte das Projektil auf die Werkbank neben sich. »Weißt du, was ich denke? Er überrascht sie, setzt sie mit ein paar Kugeln außer Gefecht. Das große Kaliber ist ein Mannstopper. Es gibt ihm Zeit, sich ihnen zu nähern, und während sie noch versuchen, wieder auf die Beine zu kommen, ist er schon bei ihnen und schneidet ihnen die Kehle durch. Oder was auch immer. Ein cleverer Killer.« Er seufzte. »Ich rufe meinen Freund beim LAPD an. Vielleicht kann ich dir bis morgen sagen, ob deine Kugel aus der gleichen Waffe stammt.«

»Danke.« Alan griff nach seiner Jacke.

»Wo hast du sie eigentlich her?«

»Aus meiner rechten Schulter.«

Pascal runzelte die Stirn.

»Ich weiß nicht, wer der Kerl ist«, kam Alan seiner Frage zuvor. »Aber er hätte mich beinahe getötet. Er ist stark.«

Für einen Sekundenbruchteil hielt er inne, weil er nun doch etwas spürte. Ein Impuls schlug aus, wie ein Schatten im Augenwinkel. Ein Nachhall schwappte gegen seinen Geist. Er konzentrierte sich, suchte danach. Vergeblich, die Nacht blieb still. Da war nichts. Nur Pascals schwere Aura, die sich warm und vertraut anfühlte. Irritiert schüttelte er den Kopf.

»Was ist?«, fragte Pascal.

»Nichts«, murmelte Alan. »Ich habe mir was eingebildet.«

Kain lauschte den Tönen, die sich aneinanderreihten wie funkelnde Perlen auf einer Schnur. Eine Klaviersonate, Frédéric Chopin, so rauschend und schwerelos. Ihm kam ein Bild in den Sinn, ein Spinnennetz voller Tautropfen. Das Radio des alten Camry knisterte und knackte und perforierte die Harmonien.

Kain starrte hinaus in die Dunkelheit. Mit dem Daumen strich er über das glatte Metall der Desert Eagle. Der Geruch von Waffenöl stieg ihm in die Nase. Die Töne verdichteten sich zu einem Crescendo und zerstoben im Wind. Tautropfen.

Und dann sah er die Bewegung im Schatten.

Auf dem Weg zurück zu seinem Wagen versuchte Alan erneut, Eve anzurufen. Als die Mailbox ansprang, legte er nicht sofort auf, sondern lauschte ihrer Ansage bis zum Ende. Ihre Stimme riss Sehnsucht in ihm auf und steigerte sein Bedürfnis, sie zu sehen, zu einem nagenden Hunger. Er schob das Telefon zurück in seine Jackentasche und tastete nach dem Dolch am Rücken. So wie er es tausendmal zuvor getan hatte. Früher, bevor die Schuld so erdrückend geworden war, dass die bloße Berührung der Waffe Übelkeit in ihm auslöste.

Ein Reflex war es, wiedererwacht in dem Moment, als er die Klinge in der Hand gewogen und sich erinnert hatte, wie gut sie ausbalanciert war. Fünfzehn Jahre.

Nun da seine Finger über den Griff strichen, war er noch immer unsicher, ob er den Krieger in seiner Seele willkommen heißen oder verfluchen sollte, weil er so mühelos aus seiner Verbannung zurückfand.

Der Wind frischte auf. Die Stille um ihn war so dicht, dass selbst das Rauschen vom Freeway gedämpft klang, wie durch schweren Nebel. Er schloss den Dodge auf und stieg ein. Eine Zeit lang saß er dort und blickte hinaus ins Dunkel. Dann startete er den Motor, schaltete die Scheinwerfer ein und rollte aus der Lücke zwischen zwei Schuttcontainern.

Kain ließ den Dodge passieren, bevor er die Zündkabel aufeinanderlegte. Die Chopin-Sonate knisterte und setzte für einen Moment aus, als der Motor ansprang.

Mit einigem Abstand bog er hinter dem Wagen aus der Einfahrt. Die Straße lag verlassen im gelblichen Schein der Laternen. Kain beschleunigte und ließ das Beifahrerfenster herunter. Die Distanz zum Dodge schmolz. Auf der Nachbarspur trat er das Gaspedal bis zum Boden durch, der Motor heulte auf und übertönte Chopins Harmonien.

Alan bemerkte den Camry erst, als der Wagen sich neben ihn schob. Wie aus dem Nichts war er aufgetaucht, sodass er sich fragte, wieso er ihn im Rückspiegel nicht registriert hatte.

Einen Herzschlag später explodierte das Glas seiner Seitenscheibe und ein Regen feiner Splitter ging auf ihn nieder. Ein heftiger Schlag gegen die Schulter löste seinen Griff um das Lenkrad. Eine Kugel hatte ihn getroffen.

Instinktiv gab er Gas, während er darum kämpfte, nicht die Kontrolle über das Fahrzeug zu verlieren. Er konnte den Camry nicht abhängen, die Automatik beschleunigte viel zu träge. Alan erhaschte einen Blick auf den Fahrer des fremden Wagens und prallte im gleichen Augenblick in die Aura des Mannes.

Kain.

Mehr Schüsse krachten, er warf sich zur Seite. Der Zusammenstoß in der letzten Nacht war nur ein Vorgeschmack gewesen.

Das Gesicht gegen die Polster des Beifahrersitzes gepresst, spürte er, wie der Dodge zu schlingern begann. Hastig tastete er nach der Pistole im Fußraum. Kugeln zerfetzten die Instrumentenkonsole, bohrten sich in die Türverkleidung auf der anderen Seite. Eine streifte ihn am Hals wie ein brennender Peitschenhieb.

Seine Finger fanden endlich die Glock und schlossen sich um den Griff. Sekunden später erschütterte ein heftiger Ruck den Wagen und schleuderte Alan zur Seite. Kain rammte ihn. Der Dodge drehte sich. Alan suchte wieder nach der Waffe, die er beim Aufprall verloren hatte. Der verdammte Gurt klemmte ihn ein, sein linker Arm fühlte sich taub an, Blut tränkte seinen Ärmel, tropfte ihm von den Fingern. Blech knirschte unter einem zweiten Aufprall.

Seine Welt kippte. Etwas traf ihn im Nacken.

Der Wagen verlor die Bodenhaftung und überschlug sich.

Ein paar Meter vor der Stelle, an der der Dodge liegen geblieben war, hielt Kain an.

Er stieg aus und rammte einen neuen Ladestreifen in den Griff seiner Pistole. Mit weit ausgreifenden Schritten näherte er sich dem Wagen. Er wollte dem anderen keine Zeit geben, sich zu erholen. Dennoch blieb er wachsam. Er wusste nicht, ob sein Halbbruder bewaffnet war. In seinen Ohren, seinen Gliedern sang das Blut. Die Kraft floss durch seine Adern, die Zuversicht.

Ein Schlüssel.

Er musste nur die Hand ausstrecken. Musste nur danach greifen, ihn sich gefügig machen.

Stöhnend vor Schmerz streckte Alan seinen verletzten Arm aus. Seine Fingerspitzen, taub und glitschig vom Blut, drückten das Gurtschloss auf. Er wälzte sich herum und trat nach oben gegen die Beifahrertür, um sich zu befreien.

Der Dodge lag auf der Seite, die Scheiben zersplittert. Alan spürte Kains Nähe. Ihm blieben nur mehr Sekunden. Keine Zeit, nach der Pistole zu suchen.

Die Tür löste sich mit dem zweiten Tritt. Schwerfällig kam er hoch und zog sich durch die Öffnung ins Freie.

Nicht einen Moment zu früh. Er sah Kains Gestalt, das leuchtend weiße Haar und ahnte die Bewegung mehr, als dass er sie sah. Der Arm mit der Waffe, ein kurzes Innehalten, bevor der erste Schuss krachte.

Alan warf sich zur Seite. Er rollte weiter, mehr Schüsse fielen, er stieß mit der Schulter gegen einen Widerstand. Kleine Eruptionen aus Splittern und Staub spritzten um ihn hoch. Schwer atmend richtete er sich auf. Kain war nur noch ein paar Meter entfernt.

Alan wusste, dass er sterben würde, wenn er nicht schnell genug war. Wenn er den anderen nicht um seinen Vorteil brachte. Und so ignorierte er die Pistole und tat etwas Unerwartetes. Er griff ihn an.

Mit zwei Sätzen überbrückte er die Distanz und zog zugleich den Dolch aus der Scheide. Er sprang und umklammerte Kain um die Körpermitte, riss ihn von den Füßen. Ein Schuss ging ins Leere.

Überraschung weitete Kains Augen, dann verdunkelte sich sein Blick.

Ineinander verkrallt rollten sie über den Boden. Alan zog den Dolch hoch und stieß nach Kains Kehle. Der weißhaarige Killer lenkte den Streich ab, brach aber nicht gänzlich die Wucht. Die Klinge riss ihm die Wange auf. Alan roch das Blut und erschrak auf einer tieferen Ebene seines Bewusstseins, wie sehr es ihn erregte. Einen Herzschlag später zertrümmerte ihm Kains Faust die Nase und machte ihn für einen Moment benommen. Er spürte, wie sich Kains Knie in seinen Unterleib bohrten. Dann schossen die Füße des Killers hoch und schleuderten ihn zurück. Er landete auf der Seite und rang nach Luft.

Mit einer Hand wischte er sich das Blut aus den Augen, die andere hielt noch immer den Dolch umklammert. Wie durch einen Schleier registrierte er, dass Kain sich nach der Pistole bückte und dann wieder aufrichtete.

Alan erkannte, dass er ihn nicht mehr erreichen konnte. Nicht rechtzeitig, um den Schuss zu verhindern. Für einen Augenblick wog er den Dolch in der Hand, dann schleuderte er die Waffe.

Er hatte Glück.

Funkelnd schnitt die Klinge durch die Luft und grub sich in Kains Kehle. Der Killer erstarrte mitten in der Bewegung, stolperte zurück. Seine Hand zuckte hoch zur Wunde, doch Alan war bereits bei ihm und landete einen wuchtigen Schlag gegen Kains Solarplexus.

Kain klappte vornüber, und Alan rammte ihm die Faust gegen die Kehle, trieb ihm die Klinge tiefer ins Fleisch. Der Killer stürzte. Seine Lippen teilten sich, entließen ein gurgelndes Geräusch. Mit der Fußspitze stieß Alan ihm die Pistole aus der Hand. Dann trat er auf ihn ein, wieder und wieder, gegen die Nieren, den Kopf, bis die Pupillen den Fokus verloren. Schließlich ließ er sich auf ihm nieder und klemmte Kains Arme mit den Knien ein. Mit einem Ruck zog er den Dolch aus der Wunde. Blut sprudelte aus dem Schnitt. Kain wand sich unter ihm, doch Alan beachtete es kaum. Er holte zu einem zweiten Hieb aus, um es zu Ende zu bringen.

Ein Funkeln in der Halsgrube lenkte ihn ab, dämpfte den Blutrausch und ließ ihn zögern. Er senkte die Waffe und griff nach dem glänzenden Ding, das an einer Kette um Kains Hals hing. Ein Ring.

Alan starrte hinab auf den Wasseropal in seiner altertümlichen Fassung. Das Blut verbarg nicht, was es war.

Icoupovs Ring. Der Ring, den Eve dem Russen abgenommen hatte, zusammen mit seinem iPhone. Und nun trug Kain ihn um den Hals wie eine blutverschmierte Trophäe. Das Bild raubte Alan fast den Verstand.

»Eve!«, brüllte er. Er packte den Killer an den Haaren und riss ihn hoch, bis der schwache Atem ihm gegen die Wange schlug. »Was hast du mit ihr gemacht?«

Kain öffnete die Augen einen Spalt. Ein Röcheln ging ihm über die Lippen.

»Was hast du getan?«

Er realisierte nicht, dass Kain ihm nicht antworten konnte. Wut und Verzweiflung verschmolzen miteinander, bis sich eines vom anderen nicht mehr unterscheiden ließ. Alan spürte kaum den Schmerz in seinen Fäusten, während er immer wieder auf Kain einschlug, bis Haut aufriss, Knochen brachen und Blut von seinen Knöchel triefte. Sein eigenes Blut mischte sich mit dem des anderen.

»Eve!«, schrie er. Die Nacht verschlang das Echo seiner Stimme. »Was hast du mit ihr gemacht?«

Erst das Aufheulen einer Polizeisirene, so dicht hinter ihm, dass es ihm in den Ohren schrillte, durchbrach seine Raserei.

Eve blieb vor den Glastüren des 717 stehen und schlang die Arme um ihren Körper. Sie fröstelte. Einen Moment blickte sie Marks Wagen nach, bis die Rücklichter sich hinter einer Kreuzung verloren. Dann setzte sie sich in Bewegung und betrat das Haus.

Sie nickte der Blondine am Concierge-Tresen zu und war froh, dass die Frau nicht versuchte, sie in ein Gespräch zu verwickeln.

Mark würde ihr nicht helfen. So einfach war das. Er wollte die Sache mit dem Frachter verfolgen, aber das brachte sie nicht weiter. Nicht morgen, nicht heute Nacht. Die Zeit lief ihr davon. Ein Killer machte Jagd auf sie, vielleicht sogar in diesem

Moment. Was, wenn er zurückkehrte und sie im Schlaf überfiel? Sie hatte auf Polizeischutz gehofft, auf eine Streife, die ihre Wohnung bewachte. Sie hätte wissen müssen, dass Mark ihrer Bitte nicht stattgeben würde, ohne Bedingungen zu stellen. Und die konnte sie im Moment nicht erfüllen.

Vor ihrem Apartment kontrollierte sie die beiden Haare, die sie im Türspalt eingeklemmt hatte. Erleichtert stellte sie fest, dass niemand sich daran zu schaffen gemacht hatte. Sie betrat die Wohnung und ging zum Fenster, ohne das Licht einzuschalten. Das Atelier auf der anderen Straßenseite lag im Dunkeln. Alan war nicht zu Hause.

Sie klappte ihr Handy auf und betrachtete die Liste verpasster Anrufe. Er hatte ein paarmal versucht, sie zu erreichen, aber sie wollte nicht mit ihm sprechen. Ihr Magen schmerzte, wenn sie an ihn dachte.

Ohne rechte Energie schaltete sie ihren Laptop ein und rief ihre E-Mails ab. Greg wollte wissen, ob sie bis Mitte nächster Woche einen weiteren Artikel schreiben konnte. Den Leuten bei der *Times* gefiel es, wie die Story sich entwickelte. Sie würden das Tempo anziehen, ihr einen Platz auf der Titelseite einräumen. Was automatisch höhere Tantiemen bedeutete. Zu einem anderen Zeitpunkt hätte diese Nachricht sie in Euphorie versetzt. Das war es doch, worauf sie hingearbeitet hatte. Der Lohn für ihre Mühen. Aber in ihrem Kopf kreiste nur die Frage, ob es das wert war. Ob Mark nicht recht hatte, wenn er ihr Verbissenheit vorwarf und Fanatismus in ihrer Jagd nach Fakten.

Ihr Blick wanderte wieder zum Fenster auf der anderen Seite. Wie war es möglich, dass sie sich so hatte irren können? Es hatte sich richtig angefühlt. Katherina musste sich ins Fäustchen gelacht haben, als Eve bei ihr aufgetaucht war und ihr die Fotos gezeigt hatte.

Und alles kreiste um diesen verfluchten Ring. Warum hatte

Alan überhaupt so lange gewartet? Warum hatte er den Ring nicht gleich von Andrejs Hand gezogen, nachdem er den Russen getötet hatte? Nichts ergab einen Sinn. Eve schüttelte den Kopf. Etwas fehlte im Bild. Die Konstruktion war zu verwickelt. Warum hätte Alan sich ihr Vertrauen erschleichen sollen, wenn er sich den Ring einfach hätte nehmen können?

Er brauchte sie nicht. Nicht einmal als Informationsquelle. Was konnte sie ihm sagen, was er nicht bereits wusste?

Eve überflog die Nachricht des Laboranten, der ihr bestätigte, dass Andrejs Haarsträhne mit den Proben übereinstimmte, die die Polizei bei zwei Leichen gefunden hatte. Vor ein paar Tagen hätte sie viel Geld für dieses Wissen bezahlt. Jetzt war es wertlos, von der Wirklichkeit überholt, und spielte keine Rolle mehr. In gewisser Weise stand diese Erkenntnis sinnbildlich für ihr ganzes Leben.

Sie lehnte sich zurück. Ihr Blick stahl sich zu Alans Fenster und glitt enttäuscht zur Seite. Ihre Kehle verengte sich, als sie an seinen Duft dachte und daran, wie sicher sie sich in seiner Nähe gefühlt hatte. Sie biss sich auf die Lippe, bis es schmerzte. Verdammt! Er war es nicht wert, dass sie sich an ihn verlor. Sie hatte das Bett mit einem Verräter geteilt. Die ganze Magie war nur Illusion. Es gab keinen Verlust, den sie betrauern musste. Denn wie konnte man etwas verlieren, das es nicht gab?

»Stopp!« Die Stimme des Officers überschlug sich beinahe. »Zurück und Hände hinter den Kopf!«

Alans Blick sprang von der Pistole in der Faust des Mannes zurück zu Kain. Blut lief in Strömen über das blasse Gesicht. Der Killer hatte das Bewusstsein verloren.

Die beiden Polizisten kamen näher, die Waffen vor sich ausgestreckt. Ein Stich fuhr durch Alans verletzte Schulter, als er sich erhob.

In den Augen des Officers glitzerte Nervosität. »Lassen Sie die Waffe fallen und Hände hinter den Kopf!«

Alan lockerte die Finger um seinen Dolch. Er musste entscheiden, ob er Kain gegen das Leben der Polizisten aufwiegen wollte. Wenn er floh, würde der Killer entkommen. Kain würde sich erholen. Er würde erneut gegen ihn kämpfen müssen. Und Eve ... Mein Gott.

Er schloss seine Faust noch fester um den Ring. Wenn er jedoch bleiben wollte, es zu Ende bringen, musste er die Streife ausschalten. Jetzt, wo der rote Schleier um seinen Verstand sich löste, wurde ihm die ganze Tragweite dieser Wahl bewusst. Ihm widerstrebte es, die beiden Männer zu töten. Es war diese hauchfeine Linie, die ihn von einem Wesen wie Kain unterschied. Wenn er sie überschritt, stand nichts mehr zwischen ihnen. Dann würde er sein wie dieser Killer, und das ertrug er nicht.

»Waffe runter!«, brüllte der Cop. »Sofort!«

Vier Schritte, vielleicht drei. Der Geruch von Kains Blut benebelte ihn. Er schätzte die Entfernung für einen Sprung ab. Einen Herzschlag später tauchten zwei weitere Streifenwagen aus der Unterführung auf. Einer der Officers musste Verstärkung gerufen haben. Alan wusste, dass er diese Übermacht niemals aus dem Weg räumen konnte. Nicht ohne jemanden zu töten. Bedauernd traf er seine Wahl.

Er bückte sich, den Dolch abwärts gerichtet, und rammte ihn Kain erneut in die Kehle. Die Klinge stieß durch Muskeln und Sehnen, verbreiterte die Wunde. Der erste der beiden Polizisten feuerte seine Waffe ab. Kugeln schlugen in den Asphalt, verfehlten jedoch ihr Ziel. Ein Polizeiwagen kam mit quietschenden Reifen zum Stehen. Mehr Schüsse krachten. Wagentüren flogen auf, farbiges Licht flackerte auf der Straße.

Ein Projektil traf Alan in die Seite und brachte ihn ins Taumeln. Er schaffte es, den Dolch nicht fallen zu lassen, und hoffte, dass der Schnitt tief genug war, um Kain verbluten zu lassen, bevor er das Bewusstsein wiedererlangte.

Dann explodierte ein Schmerz in seinem Körper, als eine andere Kugel ihm Knochen und Muskeln durchschlug. Sein rechtes Bein knickte unter ihm weg, halb stürzte er auf ein Knie. Der dritte Wagen hielt schleudernd am Straßenrand. Alan zwang sich hoch und begann zu laufen. Er war langsam. Er zog das verletzte Bein nach. Doch er erreichte die Böschung, ohne von weiteren Kugeln getroffen zu werden. Alan warf sich hinter das Wrack des Dodge und rutschte über sandigen Grund. Der Boden brach unter ihm weg, er stürzte. Hinter ihm verhallten die Rufe der Cops im Dunkel.

Mordechai strich mit einer Hand über die Rosenknospen. Nachtwind raschelte im Laub. Das Ende seiner Einsamkeit war nahe. So nahe, dass es ihm die Kehle zuschnürte. Es rief die Erinnerung an Empfindungen wach, die er seit vielen hundert Jahren nicht mehr verspürt hatte. So lange hatte er gesucht. Äonen.

»Asâêl«, flüsterte er.

Im Klang des Namens schwang all die Süße, die über die Jahrtausende aus Mordechais Leben gewichen war. Nichts war geblieben. Nichts als Kälte, Bitterkeit und flüchtige Leidenschaften. Nur sein Glaube hatte ihn vor dem Wahnsinn gerettet. Sein Glaube, dass es etwas Höheres geben musste, einen Grund für seine Existenz. Danach sehnte er sich. Er verzehrte sich nach einem Zeichen, einem Funken Göttlichkeit. Und bekam nun so viel mehr.

Einen Gefährten. Einen Mentor. Wie dankbar würde Asâêl sein, wenn seine Ketten abfielen und Sonnenstrahlen seine Lider küssten.

So dankbar.

Mordechai verspürte Unwillen, als er Naveens leise Schritte

hörte. Er drehte sich um und las in den Augen des Inders, dass etwas vorgefallen war.

»Es tut mir leid.« Naveen senkte den Kopf. Aus seiner Haltung sprach Unbehagen. »Ich wollte Sie nicht stören, aber ich fürchte, es ist wichtig.«

»Unser marodierender russischer Freund?«

»Nicht ganz.« Die Augen des Inders flackerten unstet. »Der Broker hat angerufen. Es geht um die Frau.«

Eine Welle von Erregung stieg in Mordechai auf. »Hat er den Ring?«

»Nein.« Naveen zögerte. Die Worte gingen ihm sichtlich schwer über die Lippen. »Kain hat den Auftrag zurückgegeben. Der Broker übermittelt sein Bedauern. Er hat die Anzahlung zurücktransferiert.«

Mordechai starrte ihn an. Zuerst verstand er nicht, was Naveen da sagte. Er witterte die Angst des Sekretärs, spürte seinen flatternden Puls. Die Worte sickerten in seinen Geist, doch er verstand sie nicht. Wie war es möglich, dass sein Sohn erneut versagte? Dass er seine Erwartungen enttäuschte, wo Mordechai beinahe stolz auf ihn gewesen war?

Wie konnte es sein, dass seine Brut so missraten war? Wieder und wieder brüskierten sie ihn. Der eine, der seine Herkunft verleugnete und alles, was er war. Und der andere, der sich Mordechais Willen entzog. Dabei verlangte er nicht viel. Nicht mehr, als jeder Vater von seinen Söhnen erwarten sollte.

Er richtete seine Aufmerksamkeit zurück auf Naveen, der steif vor ihm stand wie ein Delinquent vor dem Scharfrichter. Es hätte ihn zum Lachen gereizt, wäre die Enttäuschung nicht so erdrückend gewesen. So schwer, dass sie ihn schier überwältigte und keinen Raum ließ für andere Emotionen.

»Er hat den Auftrag zurückgegeben.« Mordechai sprach wie zu sich selbst. »Warum?«

»Ich weiß es nicht, Sir.« Naveen musterte nun den Boden. »Der Broker wollte es nicht sagen.«

»Also hat die Frau noch immer den Ring.« Mordechai stand auf. Er presste die Fingernägel in seine Handflächen. »Sie ist am Leben und hat den Ring.«

»Möchten Sie, dass ich mit Ravin spreche?«

»Ravin«, sagte er. »Hol mir Ravin.«

17

Alan schleppte sich durch das Gebüsch am Fuß des Hügels. In der Schulter hatte er jedes Gefühl verloren. Taubheit breitete sich von der Wunde über seinen gesamten Körper aus, lähmte ihm die Seite und einen Teil der Brust. Immer wieder brach das linke Bein unter ihm weg.

Sein Fuß verfing sich in Dornengestrüpp, er stürzte und riss sich die Handflächen auf. Keuchend zog er sich hoch. Er musste von hier verschwinden. Die Cops würden mehr Unterstützung anfordern. Einen Helikopter vielleicht. Er brauchte einen Ort, an dem er sich verkriechen konnte, die Transformation überstehen. Sie zerrte bereits an ihm, ließ das Blut in seinen Schläfen pochen.

Ein Zaun ragte vor ihm auf, dahinter ein unbeleuchteter Sandplatz und tiefer im Dunkel eine Industriehalle. Alan benutzte seinen Dolch, um ein Loch in den Draht zu schneiden. Der Geruch von Kains Blut stieg ihm in die Nase, es glänzte auf der Klinge.

Mit dem Handrücken wischte er sich den Schweiß aus den Augen. Seine Sinne spielten sofort verrückt, als er mehr von dem metallischen Aroma einatmete. Erregung flammte in ihm auf, eine unmenschliche Gier. Was war das im Blut dieses Mannes? Er widerstand dem Bedürfnis, davon zu kosten.

Grob drängte er sich durch die Lücke im Zaun, riss seine Jacke los, wo sie am Draht hängen blieb. Weit entfernt blinkten die Lichter eines Zuges. Vor einer Blechtür stoppte er. Ein primitives Vorhängeschloss sicherte den Riegel. Alan zögerte. Wenn sie ihn verfolgten, würden sie das Loch im Zaun finden. Er war nicht einmal sicher, ob er nicht eine Blutspur hinter sich herzog.

Unschlüssig blickte er sich um. Die Straße oben auf der Böschung war von hier nicht zu sehen, ebenso wenig wie die Lichter der Streifenwagen. Die Nacht wirkte friedlich und still. Und wie einladend die Dunkelheit hinter den Fenstern lag.

Sein Magen rebellierte. Er stützte sich an der Wand ab und würgte heftig. Die Transformation ließ sich nicht mehr lange zurückhalten. Knirschend brach der Bügel aus seiner Halterung, als er die blutige Klinge ins Schloss rammte.

Dann zog er die Tür auf und glitt ins Innere. Er verharrte einen Moment, um seine Augen auf die Finsternis einzustellen. Langsam erkannte er Strukturen im Dunkel. Regale. Er war in ein Lagerhaus eingedrungen. Ein durchdringender Geruch nach Chemikalien stieg ihm in die Nase.

Er taumelte einen Gang zwischen zwei Regalreihen hinunter. Die erste Welle stieg in ihm hoch. Dieses Gefühl, als würde das Blut in seinen Adern zu kochen beginnen.

Er biss die Zähne so fest aufeinander, dass sein Kiefer schmerzte. Ein Lichtstrahl huschte durch die Halle und erlosch wieder. Alan warf einen Blick zur Decke und suchte nach Oberlichtern, doch der Moment war vorüber. Das Licht konnte nur bedeuten, dass der Hubschrauber bereits im Einsatz war. Sie überflogen das Gebiet mit Suchscheinwerfern.

Schmerz überrollte ihn wie eine Schockwelle. Er ließ den Dolch fallen und sank auf die Knie. Erneut erhellte ein kurzer Lichtstrahl die Halle, und dieses Mal sah er die Reihe schmaler Fenster wie Schießscharten. Dann wurde ihm schwarz vor Augen. Kaum spürte er noch, wie er auf dem Boden aufschlug.

Zuerst nahm Kain den scharfen Geruch von Desinfektionsmittel wahr. Er brauchte einige Sekunden, bis seine Sicht sich klärte.

Dann erkannte er, dass er in einem Ambulanzwagen lag. Gurte spannten sich über Brust und Beine und fixierten ihn auf einer Liege.

»Oh mein Gott«, rief eine Frau, »er ist wach!« Sie beugte sich in sein Gesichtsfeld. Sie war jung und hatte kinnlanges blondes Haar. Ihre Stimme klang wie durch eine Glasscheibe, verzerrt und voller Echos. »Bewegen Sie sich bitte nicht. Sie haben viel Blut verloren.«

Kain wollte etwas sagen, konnte aber nicht. Alles, was er hervorbrachte, war ein tonloses Krächzen. Allmählich fiel ihm wieder ein, was geschehen war. Er erinnerte sich an eine geschwärzte Klinge. Den Moment instinktiven Entsetzens, als ihm klar wurde, dass der andere seine Abwehr durchbrochen hatte. Kurz fragte er sich, warum er keinen Schmerz verspürte.

»Wir haben Ihnen ein Beruhigungsmittel gegeben«, sagte die Ärztin, als hätte er die Frage laut ausgesprochen. »Sie müssen jetzt still liegen.«

Seine Kehle. Der Bastard hatte ihm die Kehle zerfetzt. Er fragte sich, wie lange er weg gewesen war. Und wie viel Blut er verloren hatte. Wie viel von seiner Kraft.

Die Transformation hatte noch nicht eingesetzt. Für einen Moment überwältigte ihn Entsetzen, weil das bedeuten konnte, dass er zu schwach geworden war. Dass mit all dem Blut auch die Fähigkeit zur Regeneration aus seinem Körper geschwemmt worden war. Vielleicht lag er hier, um zu sterben, einfach fortzudämmern in einem Rausch aus Schmerzmitteln und Narkotika. Eine seltsam tröstliche Vorstellung.

Doch dann zog sich etwas in ihm zusammen, ein dünner Schmerz, ein Aufbäumen. Er war am Leben. Das allein zählte. Es konnte nicht viel Zeit vergangen sein seit dem Moment auf der Straße, in dem er das Bewusstsein verloren hatte. Nicht genug Zeit, um die Transformation zu initiieren. Sie lag noch vor ihm. Während er in seinen Körper lauschte, glaubte er zu spüren, wie sein Blut sich erhitzte zu diesem leisen Fieber, das jeder Heilung vorausging. Er stemmte sich in die Gurte, die leicht nachgaben. Voller Erleichterung stellte er fest, dass er seine Glieder kontrollieren konnte.

Doch ihm lief die Zeit davon. Er schloss die Augen, um seine verbliebene Kraft zu bündeln. Mit einem heftigen Ruck schnellte er hoch. Der Gurt über seiner Brust riss aus der Verankerung und schnellte zur Seite. Jemand schrie eine Warnung.

Dann flogen Wortfetzen durcheinander, ein Gerät begann hektisch zu piepsen. Die blonde Ärztin beugte sich über ihn und versuchte ihn zurück auf die Pritsche zu drücken. Kain schleuderte sie beiseite und befreite seine Beine. Er rutschte vom Lager und verlor den Halt. Erschrocken stellte er fest, dass seine Muskeln ihm den Dienst verweigerten. Mit der Schulter voran stürzte er in ein Regal. Flaschen und Geräte zerbarsten unter dem Aufprall. Adrenalin schoss durch seine Adern.

Die Ärztin schrie. Er bekam ihre Haare zu fassen. Mit der freien Hand tastete er nach einer Schere auf der Ablage neben der Pritsche und riss ihr die Arterie an der Seite des Halses auf.

Blut strömte aus der Wunde. Kain presste seinen Mund gegen den Blutstrom und würgte hinunter, so viel er konnte. Wie durch einen dicken Vorhang hörte er die Schreie der anderen. Ein stumpfer Gegenstand traf ihn am Hinterkopf.

Kain ließ von der Ärztin ab und fuhr herum. Der Mann vor ihm hielt eine schwere Glasflasche umklammert. Seine Augen waren weit aufgerissen, todesmutig und voller Entsetzen. Das Blut der Frau begann zu wirken, er spürte, wie es seinen Stoffwechsel befeuerte. Ohne Mühe rammte er dem Mann die Schere in die Kehle und stieß ihn von sich. Dann fuhr er herum und sprengte mit einem Tritt die Verriegelung der Türen.

Die Flügel schwangen auf, kalte Luft strömte in den Wagen.

Unter der Ladekante verwischte die nächtliche Straße. Das Blut rebellierte in Kains Adern, seine Sicht war verzerrt. Es war fast so weit.

Mit einem Sprung stürzte er hinaus. Hart schlug er auf dem Asphalt auf, rollte weiter und schrie seine Wut in die Nacht.

Stiefelschritte waren das Erste, was Alan hörte, nachdem seine Sinne zurück in ihre Angeln gerutscht waren. Seine Lider flatterten, er schmeckte Galle im Mund. Stöhnend setzte er sich auf.

Lichter huschten über die Regale. Sie waren hier und suchten nach ihm.

Keuchend erhob er sich auf die Knie. Feuchtigkeit drang durch den Stoff seiner Jeans. Blut, begriff er in der gleichen Sekunde.

Sie konnten ihn jeden Moment entdecken. Gott, sein Körper brannte wie Feuer! Seine Hand tastete über den Boden und stieß gegen den Dolch. Fest schloss er die Finger ums Heft. Seine Muskeln arbeiteten wieder, doch er war geschwächt von der Transformation. Er zitterte so heftig, dass es ihm kaum gelang, sich aufzurichten. Alles drehte sich. Jetzt hörte er auch Stimmen. Jemand lachte. Ein nervöses Lachen, in dem unterschwellige Panik mitschwang.

Alan zog sich am Regal hoch und stolperte ein paar Schritte weiter bis zu einem offenen Bereich, in dem Kisten aufgestapelt waren. Er drückte sich in eine Nische, als die Taschenlampen erneut aufflammten, nicht weit entfernt von der Stelle, an der er zuvor zusammengebrochen war. Die Stimmen näherten sich. Hinter den Lichtkegeln ahnte er Bewegungen, dann konnte er sie sehen. Drei Cops in Straßenuniform. Einer hielt die Waffe vor sich.

»Scheiße!«, rief eine Frau.

Ein kurzer Disput flammte auf und erlosch wieder. Sie hatten die Blutlache entdeckt. Einer der Cops ging zurück und leuchtete den Boden ab. Die Blutspur vom Eingang. Jetzt fragten sie sich, warum die Fährte hier endete.

Wenn es ihm gelang, die freie Fläche zwischen den Containern unbemerkt zu überqueren, konnte er in einen der Lagergänge weiter hinten schlüpfen und die Gruppe umgehen.

Ein Funkgerät knackste, ein Schwall unverständlicher Worte. Der Strahl der Taschenlampe schwenkte hoch, tanzte über Metallstreben, schnitt tiefer ins Dunkel. Alan erstarrte, als der Lichtkegel an ihm vorbeistrich, für einen Moment auf der Containerwand verharrte und zurückkehrte zur Blutlache auf dem Boden. Er tastete nach dem Ring in seiner Hosentasche. Das Netz über dem Stein fühlte sich klebrig an.

Ein Riss klaffte in ihm auf, als er an sie dachte.

Eve.

Der Name formte sich wie von selbst auf seinen Lippen. Er musste herausfinden, was geschehen war. Musste zurück in die Stadt und sich Gewissheit verschaffen.

Alan löste sich aus der Nische und lief los. Er durchquerte die Finsternis, darauf bedacht, kein Geräusch zu machen.

Plötzlich, mit einem dumpfen Laut, flammten die Lampen auf. Licht flutete die Halle. Das war es, was die Stimme im Funkgerät bestätigt hatte. Dass sie den Hauptschalter gefunden hatten. Die jähe Helligkeit blendete Alan und die Polizisten gleichermaßen, denn sie standen für einen Augenblick wie erstarrt.

Dann brach die Hölle los.

Die Tasten unter Eves Fingern fühlten sich kalt und klebrig an. Die Buchstaben schienen auf dem Bildschirm zu verschwimmen. Oder vielleicht lag es daran, dass ihre Augen so furchtbar brannten. Sie griff nach dem Wasserglas neben dem Laptop und stürzte den Inhalt hinunter. Die Uhr stand auf kurz vor Mitternacht. Alans Fenster blieb dunkel.

Eve lehnte sich zurück und überflog den Absatz, den sie getippt hatte.

Der Redaktion liegt eine Haarprobe des russischen Geschäftsmannes Andrej Icoupov vor, die mit den Spuren, die bei zweien der Opfer gefunden wurden, identisch ist.

Sie würde einen Namen nennen. Und das LAPD würde der *Times* eine Menge Druck machen, wenn sie das brachten. Aber sie hatte die Untersuchungsergebnisse aus dem Labor und die andere Hälfte der Probe. Ihre Behauptung stand auf einem wasserdichten Fundament. Und niemand konnte die Presse zwingen, ihre Quellen preiszugeben, auch nicht das LAPD.

Eve dachte kurz nach und fügte einen weiteren Satz hinzu.

Icoupov wickelt Geschäfte für den Großindustriellen Mordechai Carnegie ab, auf dessen Einladung er in den Vereinigten Staaten weilt.

Das war ein Frontalangriff. Aber was sollte sie sonst tun? Jemand machte Jagd auf sie, seit sie Icoupovs Leiche geplündert hatte. Schlimmer konnte es kaum kommen. Vielleicht erreichte sie sogar, dass wer immer den Killer geschickt hatte, seine Aufmerksamkeit auf andere Dinge richtete, wenn solche delikaten Details in den Blick der Öffentlichkeit gerieten.

Als die Türklingel schrillte, erschrak sie so sehr, dass sie beinahe das Glas umwarf. Wie erstarrt blieb sie auf ihrem Stuhl sitzen. Kälte kroch ihre Arme hinauf.

Es klingelte erneut.

»Jetzt mach schon auf, Baby! Ich bin es.«

Steifbeinig trat sie an die Tür und schob den Riegel zur Seite. Sie musterte Felipe, in glänzenden schwarzen Hosen und einem Seidenhemd. Eine Locke hing ihm in die Stirn, die aussah, als habe er sie dort hingezupft.

»Du siehst zum Anbeißen aus«, sagte sie, noch immer halb paralysiert.

Er hob eine Tüte hoch. »Hast du Hunger?«

»Weißt du, wie spät es ist?«

»Ein halbes Hühnchen«, erwiderte er, ohne auf ihre Frage einzugehen. In seinen Augen blitzte gute Laune. »Cheesecake Factory. Sehr lecker.«

»Du hattest ein Date«, stellte sie fest.

»Er heißt Anatoli.«

Sie stöhnte.

»Was ist?«

»Ich habe zurzeit ein gespaltenes Verhältnis zu Russen.« Eve machte einen Schritt zur Seite. Ihr wurde bewusst, wie dankbar sie für Felipes Gesellschaft war. Das Geplänkel mit ihm legte einen tröstlichen Schleier von Normalität über ihre Nerven. »Jetzt komm schon rein.«

Sie rechneten nicht ernsthaft damit, dass er kampflos aufgab. Das las Alan in ihren Gesichtern. Und sie lasen es in seinem.

Binnen zweier Sekunden war die Halle erfüllt von Schüssen und Schreien. Während er sich in Deckung warf, zurück hinter die Kisten, schmolz jeder Skrupel in ihm zur Bedeutungslosigkeit. Er hatte keine Zeit zu verlieren. Er musste herausfinden, ob Eve noch am Leben war. Und er konnte es sich nicht leisten, erneut verwundet zu werden.

Kugeln schlugen in den Beton, rissen Splitter aus der Holzverschalung. Ein Funkgerät krächzte. Jemand forderte Verstärkung an. Alan wusste, was das bedeutete. Für ihn und für die anderen. Sie brüllten ihm zu, sich zu ergeben. Die Waffe wegzuwerfen und seine Wunden versorgen zu lassen.

Das war es also. Eine anonyme Halle voller Stahlregale in einem Industriegebiet in East L. A. Wenn dies der Platz war, wo er seine Ideale aufgab, dann sollte es eben so sein.

Er warf einen Blick über die Schulter zu der Glaswand, die

eine Reihe von Büros abteilte. Davor stand ein Abfallcontainer auf Rollen. Die Schüsse rissen ab. Sie zögerten noch. Sie wagten nicht, sein Versteck zu stürmen, weil sie nicht sicher waren, ob er nicht eine Schusswaffe bei sich trug. Mit zwei langen Sätzen überbrückte Alan die Entfernung zum Container. Eine Kugel prallte an der Blechhülle ab, so nah, dass er den Lufthauch an seiner Wange zu spüren glaubte. Schnell war er auf der anderen Seite und außer Sicht für die Schützen. Er stieß das Messer zurück in die Scheide und stemmte beide Hände gegen den Container. Quietschend setzten die Räder sich in Bewegung.

Alan konnte nicht sehen, was sich vor ihm befand, während er seinen Schild vor sich herschob, doch Rufe erklangen und weitere Schüsse. Der Container gewann zunehmend an Fahrt. Als Alan die Regalreihen erreichte, tauchte seitlich von ihm ein Cop auf. Alan löste seinen Griff und stürzte sich auf den Mann. Sein Körper prallte gegen den anderen, bevor der ein weiteres Mal schießen konnte. Alan entriss dem Mann die Pistole. Mit der zweiten Hand versetzte er ihm einen Hieb gegen die Kehle, der ihn außer Gefecht setzte. Der Müllcontainer krachte in die Stahlregale und kam zum Stehen.

Einen Moment später stürmten die anderen beiden Cops in Alans Blickfeld. Er ließ sich fallen und feuerte aus dem Sturz heraus. Die Frau brach ohne einen Laut zusammen. Der Mann taumelte seitlich ins Regal, blieb aber auf den Beinen. Eine Kugel grub sich in den Boden, unmittelbar neben Alans Kopf. Er spürte, wie Steinbrocken gegen seine Wange spritzten, und zog den Abzug durch. Zwei-, dreimal, der Rückstoß prallte gegen die kaum verheilte Schulter. Er sah den anderen stürzen, endlich, die Waffe schlug dumpf auf den Beton.

Lähmende Stille breitete sich aus.

Schließlich gingen sie hinüber in Felipes Apartment, um die Reste seiner Mahlzeit zu verzehren.

»Ich mache mir Sorgen um dich, weißt du?« Felipe wischte sich die Finger an einer Papierserviette ab. »Das klingt alles ziemlich paranoid.«

»Wie würdest du reagieren, wenn jemand in deine Wohnung eingebrochen ist?«

»Ich habe Kellie Bescheid gesagt, dass sie ein Auge darauf haben soll.«

»Kellie?«

»Du weißt schon. Kellie von der Abendschicht.«

»Die kleine Blonde?«

Er nickte.

»Und sie hat ein Auge darauf, dass dieser Typ nicht wieder auftaucht?«

»Sie wird ihn einfach nicht in den Aufzug lassen.«

Eve starrte ihn an. Dann begann sie zu lachen. Es war ein böses, bitteres Lachen. »Felipe, du glaubst nicht im Ernst, dass Kellie diesen Mann aufhalten kann, oder?«

Seine Augen wurden schmal, seine Wangenmuskeln arbeiteten. »Ich kann nur das berücksichtigen«, sagte er, »was ich weiß.«

»Was meinst du damit?« Dabei wusste sie genau, was er meinte. Sie konnte seinem Blick nicht standhalten.

»Du kennst den Kerl.« Er warf die Serviette auf den Tisch. »Irgendwas ist zwischen euch vorgefallen. Ich dachte, du erzählst es mir von selbst, aber wie es aussieht, hast du wohl entschieden, dass ich nicht vertrauenswürdig bin.«

»Felipe …«, begann sie, kam jedoch nicht weiter, weil er ihr das Wort abschnitt.

»Du hast dir fast in die Hose gemacht vor Angst, als du ihn heute Nachmittag auf dem Band gesehen hast. Das war kein gewöhnlicher Einbruch. Und es hat was zu tun mit der letzten

Nacht, die du angeblich mit deinem Maler verbracht hast. Weißt du, was ich denke?«

Eve spürte, wie sich eine eisige Klammer um ihren Magen schloss. Felipe entglitt ihr. Sie war dabei, etwas zu zerstören, das sie nie mehr würde reparieren können.

»Ich denke, du lügst. Genauso, wie du die Bullen angelogen hast. Nur im Gegensatz zu denen bin ich dein Freund.« Er beugte sich vor. »Ich mache mir Sorgen um dich und will dir helfen. Aber du ziehst dich zurück, verschließt dich und versuchst das alles allein zu lösen. Ich finde das verletzend, verstehst du?«

Sie nickte nur. In ihrem Kopf herrschte Leere. Dann formten die Worte sich wie von selbst auf ihren Lippen. Plötzlich war es ganz leicht. »Ich kenne den Mann«, sagte sie. »Der Typ ist ein Killer. Er hätte mich beinahe erwischt letzte Nacht. Und jetzt weiß er, wo ich wohne.«

Alan stahl einen der beiden Polizeiwagen, die vor der Halle parkten. Ein paar Blocks entfernt ließ er das Fahrzeug stehen und brach einen alten Nissan Pick-up auf.

Er legte die Pistole des Polizisten auf den Beifahrersitz und schloss die Zündung kurz. Erst ein paar Straßen weiter, vor der Auffahrt auf den Pasadena Freeway, schaltete er die Scheinwerfer ein.

Während er im dünnen Verkehr zurückfuhr nach Downtown L. A., dachte er, dass er die drei Cops, die er getötet hatte, nicht einmal kannte. Er unterdrückte das aufwallende Schuldgefühl und presste es zu einem Klumpen Bitterkeit zusammen. Kein Krieg ohne Opfer, pflegte Mordechai zu sagen. Was war das für ein verdammter Krieg, bei dem er nicht einmal wusste, wer gegen wen kämpfte?

Alan suchte nach seinem Telefon und stellte fest, dass er es verloren hatte. Vielleicht bei seinem Sturz die Böschung hinunter oder vorher, bei seinem Kampf mit Kain. Er konnte Eve nicht anrufen. Seine Hand krampfte sich fester um den Ring.

Kain.

Wer zur Hölle war dieser Mann? Und warum hatte er ihm aufgelauert? Alan zog den Dolch aus der Scheide. Eine Hand am Lenkrad, betrachtete er die Klinge im Halbdunkel. Blut bedeckte den Stahl. Kains Blut. Der Geruch hatte an Intensität verloren, weil das Blut geronnen war. Dennoch vibrierten Alans Sinne. Was war es, das sie miteinander verband? *Spürst du es auch?*, hatte Kain ihn gefragt. *Wie nah wir uns sind?*

Einem Impuls folgend legte Alan die Klinge an die Lippen und kostete davon. Auf den Schock, der auf die Berührung folgte, war er nicht gefasst. Eine Explosion schoss durch seine Nerven, ein Feuerball an Eindrücken. Der Dolch entglitt seinen Fingern. Fast verlor er die Kontrolle über das Lenkrad. Der Wagen schlingerte über zwei Spuren, ein Hupkonzert brach aus. Wie ein Ertrinkender schnappte er nach Luft.

In diesem Moment verstand er alles. Er verstand, was diejenigen trieb, die zuließen, dass der Blutdurst ihr Leben kontrollierte. Er verstand, was es hieß, die Seele eines Opfers zu schmecken.

Schließlich fing er sich. Er keuchte, sein Puls raste wie nach einem schnellen Lauf. Es waren keine Bilder, keine klar umrissenen Gedanken. Aber die Essenz hatte er gefühlt, ein Konzentrat aus Begierden, Ängsten, Sehnsucht und Schmerz. Vor allem Schmerz, ein vernarbter Panzer.

Er verstand nun, was Kain gemeint hatte. Ein Blick in den Spiegel war es gewesen, ein schwarzes, verzerrtes Bild. Es brannte sich in sein Bewusstsein, ein Wissen, vor dem ihm graute. Verwandtes Blut. Langsam sank es tiefer. Und sog die Farben aus seiner Welt.

»Willst du heute Nacht bei mir schlafen?«, fragte Felipe.

Eve blickte vom Laptop auf. Sie hatte den Computer in Felipes Apartment geholt, zusammen mit ein paar Unterlagen, einer Decke und dem schnurlosen Telefon, das erstaunlicherweise auch durch die Wand noch funktionierte.

»Das wäre toll. Tut mir leid, dass ich deine Wohnung okkupiere.«

Er zog eine Grimasse. »Wir akzeptieren Mastercard, Visa und Ballettkarten.«

Sie lächelte. Ihr Blick glitt zurück zu der E-Mail an Greg, die sie gerade tippte. »Ich habe den Artikel fertig.«

»Enthüllst du die Namen der Mörder?«

»Ja.« Sie biss sich auf die Unterlippe. »Und den ihres großzügigen Gastgebers. Ich habe die Bestätigung von Homeland Security. Mordechai Carnegie hat die Einladung unterschrieben.«

»Und da wunderst du dich, dass er dir einen Killer auf den Hals schickt?« Eve sah, dass er einen Witz hatte machen wollen, doch die Fröhlichkeit erstarb in der gleichen Sekunde. »Und Mark wollte dir nicht helfen?«

Eve schnaubte. »Er hat mir Schutzhaft angeboten.«

Felipe legte seine Zeitung beiseite und stand auf. Er wühlte in einer Schublade, hob schließlich einen Schlüsselbund hoch.

»Wenn du für ein paar Tage untertauchen willst, also so richtig …« Er zögerte. »Ich habe ein Strandhaus in Ventura.«

»Du hast *was*?«

Verlegen zuckte er mit den Schultern.

Sie starrte ihn ungläubig an. »Ich habe den falschen Job.«

»Mein Vater hat es mir vermacht.«

»Und du hast mir nie davon erzählt?«

»Es war mir peinlich.«

»Es ist dir peinlich, ein Strandhaus in Ventura zu besitzen? Da wüsste ich andere Dinge.«

Misstrauisch legte er den Kopf zur Seite. »Was denn?«

Sie winkte ab. »Vergiss es.«

»Nein«, beharrte er. »Sag es mir ruhig! Rieche ich aus dem Mund?«

Eve musste lachen.

»Du findest meine Frisur lächerlich?«

»Nein, im Ernst«, sagte sie, »du bist toll. Ich würde dich sofort heiraten, wenn du, du weißt schon, verfügbar wärst.«

»Das sagst du nur, um mich zu beruhigen.«

»Klar.« Sie streckte einen Arm nach ihm aus. »Fühlst du dich besser?«

»Es liegt direkt am Meer. Bei Flut reichen die Wellen fast bis an die Terrasse.«

»Hört sich wundervoll an.«

»Ich bin sowieso kaum da.« Felipe ließ sich wieder in den Sessel fallen und warf den Schlüsselbund auf den Tisch. »Heute Nacht schläfst du bei mir auf der Couch, morgen gehen wir frühstücken und danach fährst du los. Wie klingt das?«

»Du bist der Beste.«

Er beugte sich vor und zerzauste ihre Locken. »Wenn du ein Mann wärst, würde ich dich sofort heiraten.«

Der Knoten in ihrer Kehle löste sich. »Ich liebe dich, weißt du das?«

»Ich dich auch, Baby.«

Eve packte seine Hand und umschloss sie fest. Der Trost in dieser Berührung war überwältigend.

Als kurz darauf ihr Telefon klingelte, schrak sie nicht einmal zusammen. Es war die Blondine vom Empfang. Eve lauschte stirnrunzelnd Kellies Stimme am Apparat.

»Bitte, wer will mich sprechen?«

»Ein Anthony Glen«, wiederholte Kellie. »LAPD. Sie haben Ausweise.«

Felipe sah sie fragend an.

Kellie, formte Eve lautlos mit den Lippen. Laut fragte sie: »Wer noch außer diesem Anthony?«

»Anthony Glen und drei andere Herren von der Polizei.«

»Moment.« Eve hielt den Hörer zu. Ihre Gedanken rasten. Es war weit nach Mitternacht. Was zur Hölle wollten die Cops von ihr, vor allem um diese Zeit?

»Wer ist das?«, fragte Felipe.

»Vier Typen vom LAPD.«

»Mark?«

Sie zuckte mit den Schultern.

»Ruf ihn an und frag ihn.«

»Um diese Zeit?« Sie zögerte, dann nahm sie die Hand von der Muschel. »Können Sie denen ausrichten, ich ziehe mir was über und komme runter?«

Kellie wechselte ein paar Worte mit den Cops, die Eve nicht verstehen konnte. »Sie sagen, es sei dringend. Sie fahren hoch.«

»Nein!«, fuhr Eve auf. »Ich bin nackt, okay? Sagen Sie ihnen, fünf Minuten.« Sie legte auf.

»Vielleicht haben die noch Fragen wegen des Einbruchs«, bot Felipe an.

»Und das hat nicht Zeit bis morgen früh?«

Sie rief Mark an. Nach dem fünften oder sechsten Klingeln sprang der Anrufbeantworter an. Sie legte auf und drückte die Wahlwiederholung. Endlich klickte es in der Leitung.

»Ja?« Mark klang verschlafen.

»Ich bin es. Eve.«

»Was?«

»Eve«, wiederholte sie.

»Ja, schon klar.« Sein Tonfall verriet Verärgerung. »Was willst du? Es ist mitten in der Nacht.«

»Hast du mir eine Streife geschickt?«

»Wovon redest du?«

»Unten in der Lobby warten vier Cops und wollen mich sprechen. Einer heißt Anthony Glen.«

»Was hast du angestellt?«

»Kommen die jetzt von dir oder nicht?«

»Ich weiß von nichts.«

Felipe gestikulierte und legte den Finger an die Lippen. Eve nahm das Telefon herunter. »Was?«, fragte sie.

Dann hörte auch sie das Geräusch schwerer Schritte im Korridor. Gedämpfte Stimmen, direkt vor der Tür.

»Sie sind hier«, flüsterte sie ins Telefon.

»Frag sie doch, worum es geht.«

Eve legte auf und ließ die Hand mit dem Handy sinken.

Felipe packte das schnurlose Telefon und tippte eine Nummer.

»Ich rufe in der Lobby an«, sagte er. Nach einigen Sekunden hob er den Kopf. »Kellie nimmt nicht ab.«

Einen Moment später erschütterte ein dumpfes Krachen die Luft. Wer immer es war, er brach die Tür zu Eves Apartment auf.

»Oh Gott«, murmelte Eve. »Das ist nicht die Polizei.«

Felipes Gesicht hatte alle Farbe verloren.

»Ich muss hier weg«, stieß sie hervor. »Die werden gleich merken, dass ich nicht zu Hause bin.«

Sie griff nach Felipes Schlüsselbund. Das Blut rauschte in ihren Ohren. Die Situation fühlte sich unwirklich an. Als wäre es nicht sie, die agierte, sondern eine Fremde, durch deren Augen sie blickte. Sie hörte eine gedämpfte Explosion und stürzte zurück in die Realität. Mit zwei Schritten war sie an der Balkontür.

»Ruf 911 an«, wisperte sie. »Und Mark.« Sie trat hinaus ins Freie. Die kalte Luft ließ sie frösteln.

»Bist du verrückt?« Felipe setzte ihr nach. »Du brichst dir den Hals.«

»Das ist besser, als wenn sie uns beide erschießen.«

Sie schlüpfte in die Jacke und zog den Reißverschluss der Tasche zu, in die sie Telefon und Schlüssel gestopft hatte. Mit steifen Fingern umklammerte sie die Balkonbrüstung.

Gott, ging das tief runter! Doch die Abstände zwischen den Fassadenplatten waren groß genug, um Halt zu bieten. Wie ein Kletterparcours, versicherte sie sich, nicht einmal besonders schwierig. Nur ohne Sicherung. Sie setzte sich auf die Brüstung und tastete nach der ersten Fuge, als es an Felipes Wohnungstür klingelte.

Sie wusste nicht, was über ihrem Kopf vorging. Sie versuchte, nicht darüber nachzudenken, und konzentrierte sich auf den nächsten Schritt. Mit den Fingern klammerte sie sich in einer Fuge fest und tastete mit dem Fuß nach einem weiteren Halt. Ihr Pulsschlag hämmerte in ihren Adern. Die Vorstellung, sie könnten Felipe etwas antun, verursachte ihr ein Brennen im Magen.

Aber das würden sie schon nicht. Er war doch nur der Nachbar. Kannte sie flüchtig. Eve Hess? Keine Ahnung, die habe ich heute Nachmittag im Fahrstuhl getroffen. Ihm würde etwas einfallen, nicht wahr?

Eve schluckte die Galle in ihrem Mund hinunter. Sie wusste nicht, ob es so einfach war. Sie hoffte es.

Etwas löste sich unter ihrem Fuß, sie rutschte. Schweiß brach ihr aus. Dann fand sie Widerstand, eine richtige Auflage, die Brüstung des nächsten Balkons ein Stockwerk tiefer. Sie ließ sich hinuntergleiten, stand einen angstvollen Augenblick frei und sprang schließlich auf den gepflasterten Boden. Die Wohnung hinter der Balkonverglasung lag im Dunkeln, die Schiebetür war verschlossen. Eve klopfte gegen die Scheibe, ohne Erfolg. Sie wollte schreien vor Frustration.

Dann hörte sie ein Klirren aus Felipes Apartment, wie Porzellan, das auf Steinen zerbricht. Wortfetzen, einen erstickten

Schrei. Oder hatte sie sich das eingebildet? Mit der Faust schlug sie gegen das Glas, ein Ausdruck ihrer Hilflosigkeit. Aber was konnte sie tun? Die waren hinter ihr her, nicht hinter Felipe, und wenn sie sie erwischten, würden sie sie töten. Besser, ihre Beziehung zu Felipe blieb rein nachbarschaftlich, als würden sie sich kaum kennen.

Eve spähte die Wand entlang. Im letzten Fenster der Reihe brannte Licht. Die Geräusche über ihrem Kopf waren verstummt, und sie hoffte, dass das bedeutete, dass die Eindringlinge von Felipe abgelassen hatten. Sie erwog, sich in eine Ecke zu kauern, 911 anzurufen und zu warten, dass die echten Cops auftauchten.

Dann durchschnitt eine Stimme die Stille. »Hier ist ein Balkon!«, rief ein Mann.

Sie schob sich die Wand entlang zurück zur Brüstung und grub ihre Finger in den Spalt zwischen zwei Platten. Fetzen eines Wortwechsels wehten hinunter. Sie stieg über das Geländer. Ihr Gesicht flach am Beton, löste sie den zweiten Fuß und verließ den sicheren Stand auf der Balustrade.

Sie kletterte, konzentrierte sich. Die Steinkante unter ihren Zehen vibrierte. Ihre Gedanken schweiften zu der Frage ab, ob die Fassadenverkleidung auf solche Belastungen ausgelegt war. Was, wenn eine Verankerung brach?

Über ihr platzte Putz von der Wand ab und traf sie an der Stirn. Sie blinzelte, dann lösten sich weitere Steinchen in einer zweiten Eruption dicht neben ihrem Gesicht. Der Staub reizte sie zum Husten. Sie starrte auf den Krater, handtellergroß und mit schartigen Rändern.

Erst verzögert begriff sie, dass jemand auf sie schoss. Jemand, der eine Waffe mit Schalldämpfer benutzte. Hitze überflutete ihre Glieder. Weiterklettern. Nicht nachdenken.

Sie biss die Zähne aufeinander und kämpfte gegen die aufsteigende Panik an.

Weiter. Methodisch, nicht zu hastig.

Sie streckte einen Arm aus und tastete nach dem nächsten Halt. Zog ein Bein nach, dann den ganzen Oberkörper. Steinbrocken spritzten zur Seite, wo zuvor ihre Hand gewesen war. Sie zuckte zusammen, strauchelte aber nicht. Eine Serie von Einschlägen perforierte die Wand. Gespenstisch, flüsterleise. Ein Riss sprang in der Platte auf, etwas traf sie an der Wange.

Ihre Finger zitterten nun so heftig, dass sie sie kaum aus der Fuge zu lösen vermochte. Sie berührte Metall, das Balkongeländer. Wie eine Ertrinkende umklammerte sie die Brüstung, zog ein Bein nach, rutschte. Für einen Moment balancierte sie auf dem Handlauf, dann sprang sie hinunter aufs Pflaster. Ihr Fuß knickte um, sie stürzte auf ein Knie.

So verharrte sie, schwer atmend, und wischte sich über die Wange. Sekundenlang starrte sie auf das Blut auf ihrem Handrücken. Nur ein Kratzer. Ein Steinchen, das sie getroffen hatte.

Nach einer gefühlten Ewigkeit raffte sie sich auf und klopfte an die Scheibe. Das Wohnzimmer auf der anderen Seite lag in gedämpftem Licht. Eve erspähte eine junge Koreanerin in einem Sessel, die ein Buch las. Sie ballte ihre Hand zur Faust und hämmerte fest gegen das Glas.

»Machen Sie auf!« Ihre eigene Stimme klang schrill in ihren Ohren. »Bitte, machen Sie auf!«

Ihr Hämmern hinterließ rötliche Schlieren. Die Frau auf der anderen Seite schrak hoch. Sie zögerte, während Eve nicht aufhörte, gegen die Scheibe zu schlagen. Als sie endlich aufstand, spiegelte ihr Gesicht eine Reihe von Emotionen. Irritation, Angst, Fassungslosigkeit. Schließlich siegte die Neugier, vielleicht, weil sie Eve kannte. Sie trafen sich gelegentlich im Aufzug, auch wenn sie nie mehr als ein paar höfliche Worte wechselten.

Die Tür öffnete sich einen winzigen Spalt. Eve legte beide Hände dagegen und drückte sie nach innen.

»Danke!«, presste sie hervor.

»Sie!« Die Augen der Frau verengten sich zu einem misstrauischen Blick. »Was tun Sie hier?«

»Das ist eine lange Geschichte.«

»Sie bluten ja.« Die Koreanerin legte den Kopf schräg. »Sind Sie etwa geklettert?«

Eve drängte sich an ihr vorbei in die Diele. »Ich erkläre es Ihnen später«, rief sie der Frau zu, dann floh sie hinaus auf den Korridor. Mit einem satten Knall fiel die Wohnungstür hinter ihr ins Schloss.

Durch die benachbarte Tür schlüpfte sie ins Treppenhaus. Sie rannte, zwei Stufen auf einmal nehmend. Die Stahlbleche hallten unter ihren Schritten. Ihr Knöchel schmerzte, in ihren Adern pulsierte Entsetzen. Die Typen, die sich als Polizisten ausgaben, würden sich kaum damit abfinden, dass sie verschwunden war. Sie würden das Haus nach ihr absuchen, würden jemanden im Foyer postieren, um ihr den Weg abzuschneiden.

Ihr Magen zog sich schmerzhaft zusammen, als sie an Felipe dachte. Sie stoppte mitten im Lauf und wühlte in ihrer Tasche nach dem Handy. Mit zitternden Fingern wählte sie 911.

»717 West Olympic Boulevard«, sagte sie auf die Frage nach ihrer Adresse. »Hier sind vier Killer. Sie haben Schusswaffen. Sie schießen auf uns.«

»Wie ist Ihr Name?«, fragte der Mann.

»Eve.«

Eine Tür fiel ins Schloss, irgendwo unter ihr. Schritte dröhnten auf den Blechstufen. Das war kein Bewohner, ganz sicher nicht. Niemand in diesem Haus benutzte die Treppen.

»Eve Hess.« Ihre Stimme sank herab zu einem Flüstern. »Schicken Sie jemanden. Schnell!«

Sie versuchte, kein Geräusch zu machen, als sie wieder hochschlich zum nächsten Ausgang. Gott sei Dank, sie hatte bereits die Garagenebenen erreicht. Lautlos zog sie die Tür auf und schob sich hinaus.

Wieder rannte sie los, die Rampen hinunter. Sie legte das Telefon erneut ans Ohr, doch der Ton signalisierte, dass der Mann von der Notrufzentrale aufgelegt hatte. Eve hoffte, dass er sie nicht für eine Verrückte hielt, sondern wenigstens eine Streife schickte, die nach dem Rechten sah.

Atemlos erreichte sie den dritten Stock der Garage und hastete zu ihrem Wagen. Erleichterung durchflutete sie, als ihr bewusst wurde, dass sie es geschafft hatte.

Im Laufen drückte sie die Wahlwiederholung für Marks Nummer und ließ es klingeln. Etwas zupfte an ihrem Ellbogen, ein leichtes Brennen. Und dann sah sie den Krater, den die Kugel vor ihr in den Betonpfeiler geschlagen hatte.

Oh Gott.

Im Augenwinkel erfasste sie eine Gestalt, doch sie nahm sich nicht die Zeit, sich umzusehen. Die letzten Meter zu ihrem Auto rannte sie gebückt, um dem Schützen ein kleineres Ziel zu bieten. Sie entriegelte den Lexus von Weitem, riss die Tür auf und hechtete hinein. Ihr eigener Herzschlag dröhnte ihr in den Ohren. Hektisch rammte sie den Schlüssel ins Schloss, startete den Motor und setzte mit einem Ruck aus der Parklücke. In ihrem Rücken splitterte Glas. Das Heck des Wagens schleuderte herum, streifte einen Pfeiler. Blech knirschte. Eve schob die Automatik auf D und gab Gas.

Ein Stück vor ihr tauchte ein zweiter Mann auf, blieb stehen und hob die Pistole. Zwei Löcher erblühten auf ihrer Scheibe, ein Netz von tausend Rissen. Sie hörte sich selbst schreien. Ihr Fuß senkte sich auf das Gaspedal, der Motor heulte auf. Ein schwerer Ruck ging durch den Wagen, als sie den Schützen rammte. Er wurde hochgeschleudert, krachte auf die Motorhaube und stürzte seitlich aus ihrem Blickfeld.

Eve prallte mit der Front gegen die Wand und schrammte ein paar Meter die Betonrampe entlang, bevor sie zurückfand in die Spur. Dann schoss sie durch die Garagenunterführung auf die Straße.

Sie konnte im Vorbeifahren nicht erkennen, ob ihr in der Lobby jemand auflauerte oder nicht. Sie starrte nach vorn, durch die halb blinde Scheibe, beschleunigte und überquerte die Kreuzung, während die Ampel auf Rot schaltete.

Minuten später fuhr sie auf den Freeway.

Die Straße im Rückspiegel blieb leer.

Kälte breitete sich in Alans Magen aus, als er die Blutlache im Eingangsbereich zum 717 entdeckte.

In der Lobby hing gespenstische Stille. Alan suchte nach einer mentalen Signatur, nach einer Aura, die ihm verriet, ob sich jemand vom Blut in der Nähe aufhielt. Er erfasste einen Herzschlag, einen Hauch von Entsetzen. Doch das kam von einem Menschen, nicht von seinesgleichen. Als er sich im Raum umsah, entdeckte er die Leiche eines Mannes, der Uniform nach einer der Angestellten vom Parkservice.

Ein Geräusch ließ ihn herumfahren. Ein Rascheln, ein schwacher Laut. Er umrundete den Empfangstresen und fand eine Frau, die blonden Haare voller Blut. Alan ging neben ihr in die Knie. »Was ist passiert?«

»Die Cops …« Ihre Augen konnten den Fokus nicht halten.

»Hat es mit Eve Hess zu tun?« Das war die einzige Frage, die in seinem Kopf kreiste. Die Pupillen der Frau weiteten sich.

»Eve Hess?«, wiederholte er.

Sie nickte. »Die Cops waren keine Cops.«

»Welches Apartment?«

»1701 …« Ihre Stimme verlor sich im Nichts.

Alan sprang auf. Er nahm den Schlüsselbund an sich, der

neben der Tastatur auf dem Schreibtisch lag, und stürzte zu den Aufzügen.

Die Tür am Ende des Korridors im siebzehnten Stock war halb aus den Angeln gerissen.

Es roch nach Kordit und verbranntem Eisen.

Das Apartment selbst bot ein Bild der Verwüstung. Alan überfiel sekundenlanger Schwindel. Schubladen waren aus den Schränken gezogen, die Polster der Sessel aufgeschlitzt. Jemand hatte etwas gesucht und sich nicht die Zeit genommen, die Spuren zu verwischen.

Schließlich verließ er das Apartment und betrat die Nachbarwohnung, deren Tür weit offen stand. Ein Windstoß trug ihm kalte Nachtluft entgegen, vermischt mit dem Geruch von Blut. Ein Schauer überlief seinen Körper, seine Hand glitt zum Dolch. Im Halbdunkel bahnte er sich seinen Weg durch Scherben und zerbrochenes Mobiliar.

Unter einem umgestürzten Tisch im Wohnzimmer entdeckte er einen Körper. Alan wuchtete das Hindernis beiseite und schaltete das Licht an. Ein Mann lag zusammengekrümmt auf der Seite, ein Latino mit schwarzen Locken und einer zersplitterten Brille. Das Gesicht des Mannes war bis zur Unkenntlichkeit zerschlagen, sein T-Shirt blutbespritzt. Doch er lebte noch. Seine Brust hob und senkte sich in flachen Atemzügen.

»Wer ist da?«, flüsterte er.

Alans Blick streifte seine blutverkrusteten Lider. »Mein Name ist Alan.«

»Polizei?« Jedes Wort bereitete dem Mann Qualen.

»Nein.« Alan hockte sich neben ihn auf den Boden. »Wer hat das getan?«

»Keine Ahnung.« Der Latino hustete. Ein Zittern überlief seine Glieder.

»Waren die hinter Eve her?«

»Sind Sie Alan?«, fragte der Mann, ohne die Frage zu beantworten. »Alan, der Maler?«

»Ja.« Er erspürte, was in der Stimme des anderen mitschwang: Entsetzen, Sorge, Zärtlichkeit. »Sie kennen Eve? Sie sind Freunde, nicht wahr?«

»Helfen Sie ihr?«

»Ich würde alles für sie tun.« Er hatte nicht über seine Antwort nachgedacht, doch nun, da er es ausgesprochen hatte, wusste er, dass es die Wahrheit war.

»Sie behauptet, jemand will sie umbringen.« Die letzten Worte waren nur mehr ein Flüstern. »Ich dachte, sie übertreibt. Die kamen zu viert.«

»Wo kann ich sie finden?«

Die Lippen des Mannes zuckten. »Schwören Sie, dass Sie ihr helfen?«

»Deshalb bin ich hier.«

»Schwören Sie!«, beharrte der Mann.

18

Eve hörte Stimmen.

Sie driftete durch einen unruhigen Halbschlaf, nah am Erwachen. Jemand schrie, eine Frau oder ein Kind. Dann schrak sie auf und starrte an die Wand eines Zimmers, das sie nicht kannte. Ihre Zunge war pelzig, ihre Kehle schmerzte.

Es dauerte Minuten, bis sie erkannte, dass die Schreie in Quietschen und Gelächter mündeten, herumtollende Kinder draußen vor dem Fenster. Durch die Jalousie waren Konturen von Bäumen zu sehen, ein Hügel, ein Weg zwischen den Sträuchern. Stöhnend sank sie zurück in die Kissen. Sie erinnerte sich. Sie wusste wieder, wie sie hierhergekommen war, mitten in der Nacht, in ihrem Auto mit der zertrümmerten Frontscheibe. Felipes Strandhaus. Wenn sie sich konzentrierte, hörte sie das Rauschen der Brandung.

Fröstelnd stand sie auf und trat ans Fenster. Die Jalousie quietschte, als sie sie hochzog. Sonnenstrahlen fingen sich in den Baumkronen.

Wie spät war es? Eve wühlte nach dem Telefon in ihrer Jackentasche und stellte fest, dass der Akku leer war. Sie musste Felipe anrufen und sich davon überzeugen, dass es ihm gut ging. Und Mark, um noch einmal mit ihm über Polizeischutz zu diskutieren.

Nackt tappte sie in die Küche. Sie fand Kaffee und Zucker in einem der Schränke und schaltete die Kaffeemaschine ein. Während heißes Wasser durchlief, schlüpfte sie in ihre Kleider.

Die Morgenroutine fühlte sich seltsam unwirklich an nach den

Ereignissen der Nacht. Schaudernd dachte sie an den Moment, als der Mann auf ihre Motorhaube gestürzt war, den Aufprall, der ihm die Knochen gebrochen haben musste. Hoffentlich hatte die Polizei dem Spuk ein schnelles Ende bereitet. Selbst wenn man ihren Notruf nicht ernst genommen hatte, gab es doch andere Bewohner im Haus, die die Eindringlinge bemerkt haben mussten.

Im Bad betrachtete sie den Kratzer auf ihrer Wange, eine gerötete Stelle, an der sich Schorf zu bilden begann. Sie öffnete den Hahn und ließ kaltes Wasser über ihre Hände laufen. Das Klopfen nahm sie zuerst kaum wahr. Es klang wie ein Geräusch von der Straße. Dann schabte Holz auf Holz. Eve hob den Kopf und lauschte.

Doch erst als scheppernd eine Tür ins Schloss fiel, begriff sie, dass jemand ins Haus eingedrungen war.

»Hey«, rief Alan halblaut, »jemand zu Hause?«

Ein muffiger Dunst hing in der Diele, so als wäre lange nicht gelüftet worden. Dahinter erspürte er einen anderen Duft, sehr schwach und sehr vertraut.

»Eve, bist du da?« Er betrat eine kleine Küche. Sonnenstrahlen fielen durch die Fenster, es roch nach frisch gebrühtem Kaffee. Ein Wohnraum schloss sich an, dahinter ein Schlafzimmer. Auf dem Fußboden lag eine zusammengeknüllte Jacke.

»Eve?«

Die Tür zum Bad war geschlossen. Er bückte sich nach dem Kleidungsstück und fand Blut am Ärmel. In der Tasche steckte Eves Handy, ausgeschaltet, das Display gesprungen. Alan ließ die Jacke zurück auf den Boden fallen und klopfte leicht an die Badtür. »Eve? Bist du da drin?«

Nun glaubte er etwas zu hören. Ein leises Schaben.

»Ich bin's«, fügte er hinzu. »Alan. Alles in Ordnung?«

Die Sorge verdrängte sein Taktgefühl. Er drückte die Klinke herunter und fand die Tür verschlossen. Ein Bild flackerte in seinem Kopf auf. Eve, blutend, ohne Bewusstsein. Was, wenn das Blut auf ihrer Jacke von einer Kopfverletzung stammte, vielleicht einer Schusswunde?

Mit aller Wucht warf er sich gegen die Tür. Das Schloss brach unter dem Aufprall, die Tür schwang nach innen, hinein in die Dunkelheit. Alan ahnte die Bewegung mehr, als dass er sie sah. Ein Gegenstand traf ihn an der Schläfe. Reflexartig riss er den Dolch hoch und schlug in Richtung des Angreifers. Der andere stürzte, Glas splitterte.

Alan wich zurück und schaltete das Licht ein. Der Schock durchfuhr ihn wie eine eisige Klinge, als er Eves Körper erkannte, die Arme schützend über den Kopf gehoben. Ein Trugbild überlagerte die Szene, die Augen geweitet, das Gesicht voller Blut.

Marty, nicht Eve.

Der Dolch landete klirrend auf den Fliesen.

»Es tut mir leid.« Er kniete vor ihr, fasste nach ihrer Hand. »Eve«, flüsterte er. »Es tut mir leid.«

Ihr Atem streifte seinen Arm.

»Bist du verletzt?«

Ihre Stimme war ein feines Wispern. »Was willst du?«

»Ich habe nach dir gesucht.«

Ihre Schultern bebten. Zuerst glaubte er, dass sie weinte, doch dann, als sie die Arme sinken ließ, sah er, dass sie lachte. Es war ein böses Lachen, voller Sarkasmus. »Du hast mich gefunden. Was wirst du jetzt tun?«

Er verstand ihre Frage nicht.

»Bringst du mich um? Oder bist du hier, um mit mir über meine Quellen zu sprechen? Das hast du der Petrowska doch versprochen? Dass du dich um mich kümmerst.«

Sein Magen krampfte sich zusammen. Oh nein, dachte er, bitte nicht. Der Ausdruck in ihren Augen schnitt ihm in die Seele. »Du verstehst nicht …«

»Ich verstehe nicht?« Sie rutschte fort von ihm, bis an die Wand. »Dann erkläre mir, warum du ein Messer brauchst, wenn du kommst, um mir Gutes zu tun.«

Der Kaffee schmeckte bitter, aber vielleicht lag es auch daran, dass ihr Hals so schmerzte. Eve hockte auf dem Sofa, die Beine nah an ihren Körper gezogen. Sie fühlte sich ausgelaugt und zerschlagen. Und vage erleichtert, dass Alan nicht gekommen war, um ihr die Kehle durchzuschneiden.

Er stand am Fenster und sah sie an. »Du hast meine Unterhaltung mit Katherina belauscht.« Seine Stimme klang nüchtern. Kein Vorwurf lag darin, aber auch kein schlechtes Gewissen.

»Ja.«

Mit beiden Händen fuhr er sich durchs Haar. Er sah müde aus. Unrasiert, zu Tode erschöpft. Tiefe Schatten lagen unter seinen Augen. Eve sehnte sich danach, den Arm auszustrecken und ihn zu berühren. Ein verrückter Impuls nach allem, was geschehen war.

»Willst du es mir erklären?«, fragte sie.

»Ich musste Katherina davon abhalten, dir ihre Leute auf den Hals zu hetzen.«

Sie schnaubte. »Waren das die Typen, die mich heute Nacht kaltmachen wollten?«

»Ich weiß nicht.« Er stieß geräuschvoll den Atem aus. »Ich glaube nicht. Katherina will nur Informationen. Sie will dich nicht ausschalten.«

»Und was ist mir dir?«

»Mit mir?«

»Was willst du?« Eve beugte sich vor. »Mich zum Schweigen

bringen, damit ich deinen Vater nicht diskreditieren kann? Zu spät, Baby!« Sie merkte, wie sie sich in Rage redete. Sie wusste, sie sollte ihn nicht reizen. Trotzdem konnte sie sich nicht beherrschen. Ein Teil von ihr wollte es ihm ins Gesicht schreien, egal um welchen Preis. »Der Artikel ist raus. Mordechai Carnegie ist der Gastgeber des Russen, dessen DNA bei zwei Opfern gefunden wurde. Wieso trägst du übrigens einen anderen Nachnamen als dein Vater? Willst du nicht, dass man dich mit ihm in Verbindung bringt?«

Seine Augen verdunkelten sich. Ein paar Sekunden lang starrte er sie an. Seine Wangenmuskeln arbeiteten. Und Eve verspürte plötzlich ein flaues Gefühl im Magen. Vielleicht war sie zu weit gegangen.

»Ich mische mich nicht in die Angelegenheiten meines Vaters ein«, sagte er endlich. Seine Stimme klang hohl.

»Tut mir leid.« Sie wollte ihm glauben. Sie wollte es wirklich. »Ich dachte …« Sie hielt inne. »Ich weiß einfach nicht, was ich denken soll. Wie hast du mich überhaupt aufgestöbert?«

»Dein Nachbar hat es mir gesagt.«

Es versetzte ihr einen Stich. »Felipe? Ist er okay?«

»Er war halb tot, als ich ihn gefunden habe. Ich habe mich um ihn gekümmert.« Er zögerte. »Hast du erkennen können, wer diese Leute waren?«

»Vier Männer. Sie haben sich als Cops ausgegeben. Ich habe ihre Gesichter nicht gesehen. Was heißt das, du hast dich um ihn gekümmert?«

»Er wird nicht sterben.«

»Du hast ihm dein Blut gegeben?«

»Er wird sich nicht daran erinnern, wenn er im Krankenhaus aufwacht.«

Die Schuld war eine schwere Decke, die ihr den Atem nahm. Sie war es gewesen, die Felipe da mit hineingezogen hatte. Diese

Männer hatten ihr nachgestellt. Felipe hatte nur dafür bezahlt, mit ihr befreundet zu sein.

»Oh Gott!« Sie stützte den Kopf in die Handflächen. »Wie soll es jetzt weitergehen?«

Alan trat dicht an sie heran. So dicht, dass sie seinen Duft atmen konnte. Orangen und Leder. Sie regte sich nicht.

Er legte seine Arme um sie. Sie wusste, dass sie ihn abschütteln sollte, nach allem, was geschehen war. Aber sie konnte nicht. Seine Berührung war tröstlich und warm und schürte die verrückte Hoffnung in ihr, dass er alles erklären konnte. Dass sie ein Puzzlestück übersehen hatte, das die Geschehnisse in ein anderes Bild rückte. Sie fühlte seinen Herzschlag an ihrem Körper und seinen Atem, als er sein Gesicht in ihrem Haar vergrub. Seine Finger glitten über ihren Nacken wie Schmetterlingsflügel und vertieften den Zwiespalt in ihr.

Sie folgten einem Pfad aus Holzstufen hinunter zum Strand. Eine Gruppe Teenager spielte Volleyball, eine Frau joggte mit ihrem Hund an der Wasserlinie entlang. Davon abgesehen lag die Bucht verlassen. Obwohl die Sonne schien, war es kühl und windig.

»Katherina Petrowska ist so wie du, nicht wahr?« Der Wind riss Eve die Worte von den Lippen.

»Was meinst du damit?«

»Diese Unsterblichkeitsgeschichte.«

»Wir sind nicht unsterblich.« Alan lächelte. »Katherina ist nicht so wie ich. Aber sie ist vom Blut. Und sie ist mächtiger als ich. Sie lebt seit Jahrtausenden auf dieser Welt.«

Er verspürte den Wunsch, nach ihrer Hand zu greifen, unterdrückte den Impuls jedoch. Ein zerbrechlicher Friede bestand zwischen ihnen, und er wagte es nicht, das Gleichgewicht zu stören. Mit der Fußspitze stieß er einen Stein beiseite. Möwen kreisten über den Wellen.

Abrupt blieb Eve stehen. Sie verschränkte ihre Arme vor der Brust. »Woher weiß ich, dass du mich nicht aufs Kreuz legst?« Der Wind trieb ihr widerspenstige kleine Locken in die Stirn. »Seit ein paar Tagen versuchen alle möglichen Leute, mich umzubringen. Zuerst Andrej Icoupov, dann dieser …«, sie schnaubte, »Erzengel Gabriel, der gestern in meine Wohnung eingebrochen ist.«

»Kain.« Ein Frösteln überlief ihn, das nichts mit der kalten Luft zu tun hatte. »Sein Name ist Kain.«

»Und dann nicht zu vergessen der verdammte Ring.«

»Der Ring, den du Icoupov abgenommen hast.«

Sie zuckte mit den Schultern. »Ich habe ihn ohnehin nicht mehr. Jemand ist in mein Apartment eingestiegen und hat ihn gestohlen. Als ich Katherina gestern die Fotos gezeigt habe, ist sie ausgetickt. Dann tauchst du auf, und ich kriege zufällig mit, dass der schwerreiche Mordechai Carnegie, der mit Icoupov Geschäfte gemacht hat, dein Vater ist. Du versprichst ihr, dass du alles aus mir herausprügelst, was sie wissen will.«

Alan wollte sie unterbrechen, doch mit einer Geste gebot sie ihm zu schweigen.

»Und dann, ein paar Stunden später, kommt ein Killertrupp in mein Haus, gibt sich als LAPD aus und versucht, mich umzubringen. Wie klingt das alles für dich?«

»Es ist kompliziert.«

»Kompliziert?« Ihre Stimme vibrierte. »Ich weiß nicht, wie du da drinhängst, aber ich schwöre, dein Vertrauensvorschuss ist erschöpft.«

Sie lächelte nicht. Sie stand da, die Lippen zu einem blassen Strich aufeinandergepresst, und wartete auf seine Rechtfertigung. Und Alan konnte nur daran denken, wie viel Licht sie in sein Dasein brachte. Wie lebendig er sich fühlte, wenn sie bei ihm war. Sie war nicht einfach ein Schmetterling, der ihm ein paar Stunden Freude schenkte, wieder wegflatterte und den er schnell vergaß. Sie war ein Geschenk. Eine Chance, ein Glücksfall, der einem nur ein- oder zweimal im Leben begegnet. Er spürte es mit jeder Faser. Und nun stand sie dort, eine Armlänge entfernt, und drohte ihm zu entgleiten. Undenkbar, dass er das zulassen konnte. Seine Faust schloss sich um den Ring in seiner Jackentasche.

»Ich werde dir alles erklären«, sagte er. »Alles, was es zu wissen gibt. Wenn du mir etwas versprichst.«

Eve legte den Kopf schräg und wartete.

»Versprich mir, dass du nicht deine Reputation als Journalistin riskierst und eine Story über Schattenläufer und gefallene Engel schreibst! Auch wenn es dir kein Mensch abkaufen würde, ich will nicht, dass Leute wie Katherina zu dem Schluss kommen, du wärst eine Bedrohung für unsere Art.«

Er sah den Unwillen in ihren Augen aufflackern. Sie wollte etwas sagen, aber dieses Mal war er es, der weitersprach, bevor sie etwas erwidern konnte.

»Denn wenn das passiert«, sagte er, »müsste ich sie bekämpfen, und das wäre ein Krieg, den wir beide nicht wollen.«

Sie hob ihr Kinn. »Ich brauche keinen edlen Ritter, der meine Ehre verteidigt.«

Alan ignorierte ihren Einwurf. »Versprichst du mir das?«

Sie schwieg eine Zeit lang. Der Wind verwirbelte ihr Haar und zerrte am Kragen ihrer Jacke. »Ich schreibe über eine Mordserie«, sagte sie endlich. »Schattenläufer und gefallene Engel kommen in der Geschichte nicht vor.« Ein winziges Lächeln fing sich in ihren Mundwinkeln, so kurz, dass Alan nicht sicher war, ob er es sich nur eingebildet hatte.

Impulsiv streckte er seine Hand nach ihr aus. Eve zuckte nicht zurück. Sie erwiderte die Berührung nicht, doch sie ließ zu, dass er seinen Arm um ihre Schultern legte.

»Katherina führt die Garde.« Alan wich vor einer Welle zurück, die den Sand unter seinen Schuhen fortschwemmte. »Sie und Mordechai sind nie Freunde gewesen.«

»Aber du bist ihr Freund?« In Eves Stimme lag kein Angriff, nur sachliches Interesse.

»Ich bin ihr gefolgt. Eine Zeit lang.« Er strich sich eine Haarsträhne aus der Stirn. »Ich habe in der Garde gekämpft.«

»Aber jetzt nicht mehr?«

Alan schüttelte den Kopf. »Das waren andere Zeiten.«

Zeiten, in denen er sein Schwert an jeden verkauft hatte, der bereit war, seinen Preis zu zahlen. Auch gegen den Willen seines Vaters. Vor allem gegen den Willen seines Vaters.

»Mordechai hat eine exzessive Leidenschaft für Ahnenforschung. Er ist davon überzeugt, dass die alten Legenden auf einem wahren Kern gründen. Die Abstammung von gefallenen Engeln.«

»Oh«, murmelte Eve, »diese Geschichte.«

Ihren Körper so dicht neben seinem zu fühlen, hüllte ihn in einen Mantel aus Wohlbehagen.

»Mein Vater ist der Obsession verfallen, den Leib eines Engels zu finden und ihn ins Leben zurückzurufen. Er erhofft sich …« Alan stockte, dann schüttelte er den Kopf. »Ich weiß nicht, was er erwartet. Vielleicht eine Form von spiritueller Erleuchtung. Er ist müde von der Welt. All die Jahrhunderte, die kommen und gehen. Offenbar hat er endlich die Hülle eines Vorfahren ausfindig gemacht. Katherina glaubt, dass sich der Engel entweder bereits in seinem Besitz befindet oder auf dem Weg zu ihm ist.« Er machte eine Pause. »Sie erwähnte, dass du ihr Bilder gezeigt hast von einer Statue.«

»Die ich auf Icoupovs iPhone gefunden habe. Die Statue und den Ring«, sagte Eve.

»Katherina glaubt, dass es der Körper ist. Keine Statue, sondern ein Relikt.«

»Du meinst, wie eine Mumie?«

»Wie ein Körper in einem Eisschrank, der viertausend Jahre überdauert.«

»Und dein Vater will ihn wiederbeleben?« Sie runzelte die Stirn. »Ist das so eine Art Voodoozauber?«

»Soweit ich weiß, muss man keinen weißen Hahn opfern.«

»Ich hoffe, auch keine Jungfrau oder so was.«

Sie lachten beide, doch die Fröhlichkeit war nicht mehr als ein Flackern.

»Glaubst du daran?«, fragte Eve.

Alan zuckte mit den Schultern. »Ich weiß nicht, was ich glauben soll. Katherina nimmt das alles sehr ernst. Sie sagt, es sei schon einmal gelungen, ein solches Geschöpf zu erwecken. Der Engel hat Verwüstungen von biblischem Ausmaß angerichtet. Sie brauchten eine Armee, um ihn wieder einzufangen.«

»Ich habe es gehört.« Eve wandte ihm den Kopf zu. »Was hat das mit den Morden zu tun? Und mit dem Typen, der mich jagt? Und diesen Männern letzte Nacht im 717? Ich weiß erst seit gestern von diesem verdammten Engel, und niemand außer dir weiß, dass ich es weiß.«

Alan bückte sich, hob eine Muschel auf. »Die Icoupov-Brüder sind Unterhändler des Mannes, der meinem Vater den Körper verkauft. Aber das weißt du selbst. Du hast sie ja aufgestöbert.« Er fuhr mit dem Daumen über die geriffelte Oberfläche. »Ich glaube nicht, dass Andrej dich aus einem bestimmten Grund zur Strecke bringen wollte.«

»Du meinst, ich war zufällig greifbar, als ihn der Blutdurst übermannte. Also nichts Persönliches, nicht, dass ich da was missverstehe.«

Ihr säuerlicher Tonfall entlockte Alan ein Lächeln. »Zweifellos war er entzückt von dir.«

Sie schnaubte.

»Ich vermute, dass du dann, nachdem du ihm diesen Ring abgenommen hast, die Aufmerksamkeit anderer Spieler auf dich gelenkt hast.«

»Wie die von Erzengel Gabriel? Wer ist der Kerl?«

»Wie ich schon sagte, sein Name ist Kain.« Alan ließ die Muschel fallen. »Er war hinter dem Ring her.« Mit einer raschen Bewegung griff er in die Jackentasche. Er blieb stehen und zog das Schmuckstück heraus. Der Opal schimmerte in seiner Handfläche wie eine glasige Träne.

Überraschung glitt über Eves Gesicht und gefror zu einer argwöhnischen Miene. Sie musterte den Ring wie ein giftiges Insekt.

»Woher hast du ihn?«

»Ich habe ihn Kain abgenommen.« Plötzlich schlug alles über ihm zusammen. Die Sorge um Eve, der Hass auf den blond gelockten Killer, die Erschütterungen der vergangenen Nacht. »Für ein paar Stunden dachte ich, ich würde zu spät kommen.« Seine Kehle verengte sich. »Ich dachte, er hätte dich erwischt.«

Das Misstrauen schwand nicht aus ihrem Blick. »Hast du ihn …« Sie stockte. »Ich meine, ist er tot?«

»Ich weiß es nicht.« Tatsächlich bezweifelte er es. Kain war stark. Vielleicht hatte er ihn geschwächt, vielleicht eine Zeit lang außer Gefecht gesetzt. Doch Kain würde zurückkehren, und wenn nicht für Eve, dann um seiner selbst willen. In der letzten Nacht war *er* das Ziel gewesen, nicht Eve.

»Ich weiß nicht einmal, was er eigentlich will. Er ist neu in der Stadt. Niemand kennt ihn.«

Alan dachte an den elektrisierenden Geschmack von Kains Blut und an die Wahrheit, die sich dahinter verbarg. Seine Finger schlossen sich um den Ring.

»Was ist damit?«, fragte Eve. »Gehört er zu den britischen Kronjuwelen?«

»Katherina glaubt, dass man ihn braucht, um den Engel wiederzuerwecken. Genau wie seine Brüder war er unsterblich. Er konnte nicht getötet werden. Also rissen seine Jäger ihm die Seele aus dem Körper und kerkerten sie ein. Ohne Seele blieb der Leib als leblose Hülle zurück.« Er zuckte mit den Schultern.

»Und dieser Ring …«

»Ist ein Seelengefäß.«

Eve runzelte die Stirn. »Du meinst, die Seele ist da drin? In diesem Stein?«

»Hast du dich nicht gefragt, warum der Stein in einem Käfig steckt?«

Ein seltsamer Ausdruck trat in ihre Augen, eine Mischung aus Abscheu und Faszination. »Kann ich ihn noch einmal sehen?«

Alan ließ das Schmuckstück in ihre Handfläche fallen. Wie zufällig berührte er die Innenseite ihrer Finger. Eve hob den Ring ins Licht.

»Unheimlich, findest du nicht? Was würde passieren, wenn der Opal zerbricht?«

»Ich bezweifle, dass man ihn ohne Weiteres zerbrechen kann.«

Sie blieben vor einer Passage stehen, wo der Abhang so dicht ans Wasser reichte, dass man über einen Pfad schlüpfriger Steine balancieren musste, um auf die andere Seite zu gelangen. Eve gab ihm den Ring zurück.

»Was soll ich jetzt tun?«, fragte sie. »Zur Polizei gehen?«

Alan sah sie an. Er betrachtete ihre Lippen, ihre Nase, den Kranz dunkler Wimpern, die einen scharfen Kontrast zum Hellgrau ihrer Augen bildeten. In ihrem Augenwinkel verlief die Wimperntusche ein wenig, eine Unvollkommenheit, die er faszinierend fand.

»Du könntest mich küssen«, sagte er, »um Abbitte zu leisten für die bösen Absichten, die du mir unterstellt hast.«

Sie verschränkte ihre Arme vor der Brust. Ihre Miene gab nichts preis. »Woher weiß ich, dass du die Wahrheit sagst?«

»Du bist noch am Leben, oder?«

Sie zuckte mit den Schultern.

»Und was den Ring betrifft, nimm ihn ruhig.« Er hielt ihn ihr hin. »Ich habe kein Interesse daran. Oder wirf ihn ins Meer. Vergrab ihn irgendwo hier im Sand. Eine Menge Leute sind hinter dem Ding her. Du wärst besser dran ohne ihn.« Unwillkürlich lächelte er, als sie sich nicht regte. »Du dachtest, es geht mir um den Stein?«

»Vielleicht? 25 Millionen sind ein stolzer Preis. Und als Katherina sagte, die Statue würde nicht mehr als hunderttausend bringen …« Sie wandte den Blick ab. »Vergiss es!«

»Ist das ein Schuldeingeständnis?«

Ihre Lippen zitterten ein wenig. Mit einem raschen Schritt war er bei ihr. Er zog sie an sich, seine Finger glitten ihren Nacken hinauf und gruben sich in ihre Locken. Für einen Augenblick standen sie einfach da, die Gesichter so nah beieinander, dass er ihren Atem auf seiner Wange spürte. Ihre Hände glitten über seine Schultern und zerwühlten sein Haar, verbanden sich mit dem Wind. Sie zog ihn zu sich hinunter, bis ihre Lippen sich trafen.

Es war ein hungriger Kuss. Verlangen schwang darin, Verzweiflung und ein heftiges Ringen um Zärtlichkeit.

Als sie ins Haus zurückkehrten, hing noch immer Kaffeeduft in der Küche.

»Hast du Hunger?«, fragte Eve.

»Ich habe Bagels mitgebracht«, erwiderte Alan. »Und Gebäck, wenn du willst.«

Überraschung trat in ihren Blick.

Er hob die Tüte hoch. »Ich konnte es dir vorhin nicht sagen.

Du warst so beschäftigt damit, mir im Bad aufzulauern und mich niederzuschlagen.«

»Ich dachte, du bist ein Einbrecher.«

Alan öffnete der Reihe nach die Küchenschränke, fand Erdnussbutter und Honig. Er tauchte einen Finger in den dickflüssigen goldenen Sirup und hielt ihn ihr entgegen.

»Ist der noch gut?«

»Honig wird nicht schlecht.«

Lächelnd hielt er ihren Blick fest. »Probier trotzdem.«

Die Sonne brachte ihre Haut zum Leuchten. Mit ihren vom Wind zerzausten Locken, der Windjacke und den schmutzigen Jeans war sie die schönste Frau, die er jemals getroffen hatte. Sie konnte sich nicht mit der kalten Perfektion von Katherina messen, doch das war es gerade, was ihn verführte. Sie war spontan, nicht berechnend, zerbrechlich und warm.

Eve gab das Lächeln zurück. Sie strich sich eine Haarsträhne aus der Stirn und trat näher an ihn heran. Alan hob den Arm und malte eine glänzende Spur Honig auf ihre Lippen.

Die Leichtigkeit verglühte in plötzlicher Hitze. Eve fing sein Handgelenk ein und leckte seinen Finger ab. Ihre Zähne fuhren sacht an der Haut entlang, ihre Zunge fühlte sich an wie Samt. Plötzlich konnte er nur noch daran denken, dass es mehr Stellen gab, auf die er den Honig gern verteilt hätte. Er wollte ihr das sagen, doch die Worte blieben ihm in der Kehle stecken, als sie seine Hüften umfasste und mit dem Daumen unter seinen Gürtel fuhr.

»Der ist noch gut.« Ihre Stimme verlor sich.

»Was?«

»Der Honig.«

Sie lachte leise an seinem Ohr. Ihre Finger tasteten tiefer, fanden seine Erektion, legten sich um die pulsierende Haut. Ihre Berührung schickte eine Schockwelle durch seinen Körper.

Sein Puls raste, doch er zwang sich, reglos zu stehen und sie gewähren zu lassen. Mit aller Macht widerstand er der Gier, ihr die Kleider vom Leib zu reißen und sich in ihr zu verlieren, in einem flüchtigen Rausch. Stattdessen wollte er die Zeit anhalten, wollte, dass es nicht endete, dass sie nie mehr aufhörte mit dem, was sie tat.

Eve hob den Kopf und öffnete ein wenig die Lippen. Zitternd vor Erregung nahm Alan die Einladung an. Er küsste den Honig von ihrem Mund, während er zugleich seine Arme um ihre Hüften legte. Sehr sacht, denn er wollte sie nicht ablenken, wollte den Tanz ihrer Finger nicht unterbrechen. Die Haut unter ihrem T-Shirt schmiegte sich warm an seine Handflächen. Er genoss das Gefühl der kleinen Härchen, die sich unter seiner Berührung aufrichteten. Seine Hände glitten über ihren Rücken, die Finger ausgestreckt, damit er jeden Quadratzentimeter von ihr erfühlen konnte. Er tastete sich unter den Saum ihrer Jeans, fand ein schmales Band Spitze und folgte ihr, umfing eine Wölbung, glitt tiefer. Seine Fingerspitzen tauchten in ihre Wärme. Ein Schauder überlief ihren Körper.

Die Sonne vergoldete ihre Wimpern und ließ sie blinzeln.

»Ich würde dir so gern vertrauen«, flüsterte sie.

»Versuch es.« Er küsste ihren Mundwinkel. »Was hast du zu verlieren?«

»Vertraust du mir?«

»Ja.« Es überraschte ihn selbst, wie leicht ihm die Antwort über die Lippen ging. Und dass es keine Lüge war.

»Weil du nichts zu verlieren hast?«

Ein Lachen stieg aus seiner Kehle. »Nein. Weil ich nicht anders kann.«

Sie hatte jegliches Zeitgefühl verloren.

Eve stützte sich auf die Ellbogen und warf einen Blick zum

Fenster. Die Sonne war herumgewandert, das Zimmer lag im Schatten. Sie drehte sich zurück zu Alan, der ausgestreckt auf den Laken ruhte, den Kopf in den Kissen vergraben. Er schlief.

Nachdenklich betrachtete sie seinen Körper, die Muskeln unter der vernarbten Haut, eine Schönheit, die sie einschüchternd fand. Sie streckte eine Hand nach ihm aus. Doch dann zögerte sie, ihn zu berühren, weil sie ihn nicht wecken wollte. So sank sie zurück und lauschte seinen Atemzügen und lauschte in sich selbst hinein, in dieses Gefühl irrationaler Verliebtheit, das alles andere verdrängte. Ihre Zweifel, ihre Ängste. Wie war das möglich, wo sie sich kaum kannten, wenig mehr waren als zwei Fremde, die einander Trost spendeten in einer flüchtigen Nacht?

Seine Hand glitt zur Seite und strich ihren Arm hinab. Eve rollte sich zu ihm herum und gab endlich dem Drang nach, ihre Finger in seinem Haar zu vergraben. In einer fließenden Bewegung packte Alan sie an der Schulter und zog sie an sich. Sein Blick war verhangen und schwer vom Schlaf.

Eve ließ sich auf ihn sinken, ertrank fast in dem Gefühl von Nähe, ihr Körper auf seinem, Haut an Haut. Seine Hände legten sich um ihre Hüften, hoben sie etwas an. Im nächsten Augenblick schlug Zartheit um zu reiner Leidenschaft. Seine Augen verdunkelten sich, und mit einer leichten Drehung seiner Hüften glitt er in sie. Eve atmete tief ein. Ein Schauder überlief sie, eine weiche Glut, die sie berauschte. Alan hielt sie fest umfangen. Sie liebten sich genussvoll und ohne Hast.

Später lagen sie nebeneinander, streichelten sich träge. Eve lauschte Alans Atem mit geschlossenen Lidern. Sie trieb durch Wellen von Wohlbehagen.

Als sie endlich die Augen öffnete, sah sie, dass er sich auf einen Ellbogen gestützt hatte und auf sie heruntersah. Sein Haar fiel in dichten Strähnen nach vorn und verdunkelte sein Gesicht.

»Was ist?«, fragte sie.

Er malte eine Linie über ihre Brüste. »Ich lasse nicht zu, dass dir etwas zustößt.«

Die Realität kehrte zurück und riss ein Loch in den Schleier. Eve fröstelte. Plötzlich fiel ihr auf, wie kalt die Luft im Raum war. Der Himmel hinter den Jalousien leuchtete rotgrau.

»Sollen wir zur Polizei gehen?« Sie dachte an ihre Unterhaltung mit Mark. »Ich könnte Schutzhaft bekommen, bis sie die Killer erwischt haben.«

»Ich wäre lieber in deiner Nähe.« Alans Hand wanderte hinab zu ihrem Bauch. »Und ich weiß, wie wir sie loswerden. Sie jagen dich wegen dem Ring.«

»Du meinst, wenn sie wüssten, dass ich den Ring nicht mehr habe, würden sie mich in Ruhe lassen?« Woher hatten ihre Verfolger überhaupt wissen können, dass sie Icoupov den Ring abgenommen hatte? Ihr Argwohn kehrte zurück. »Was ist mit deinem Vater? Vielleicht hat der eine rachsüchtige Ader?«

Alan schüttelte den Kopf. »Darum kümmere ich mich.«

Aus dem Augenwinkel registrierte sie eine Bewegung am Fenster. Sie richtete sich halb auf und entdeckte einen großen Nachtfalter, der vor der Scheibe flatterte. »Was ist also der Plan?«

»Ich kann den Ring entweder Katherina oder Mordechai zuspielen. Ich sorge dafür, dass der andere weiß, dass sein Rivale das Ding in seiner Gewalt hat. Wer immer sonst noch hinter dem Ring her ist, wird es schnell genug erfahren.« Er schwieg einen Moment. »Hast du irgendwelche Verpflichtungen für die kommenden Wochen?«

Sie streifte sein Haar. »Ich muss den nächsten Artikel schreiben, aber das kann ich überall tun.«

»Dann lass uns ein paar Tage verreisen. Sie werden damit beschäftigt sein, gegeneinander Krieg zu führen, und dich darüber vergessen.«

Verreisen, ja. Das klang wie ein Ausweg und wie ein Versprechen. Sie könnten nach Mexiko fahren, der Küste folgen. Sich in kleinen Fischerdörfern verstecken, in Hotelzimmern mit einem brummenden Kühlschrank und Moskitonetzen und einem altmodischen Bad.

»Klingt toll. Was ist mit dir und deinem Vater?«

»Du meinst, wie loyal ich bin?« Alan zuckte mit den Schultern. »Mordechai führt seine Kriege seit dreitausend Jahren. Er braucht mich nicht dafür.«

19

Unmerklich war es Nacht geworden. Der Mond stand klar und voll am Himmel, als Alan ins Dunkel hinaustrat. An der Außenseite der Türscheibe klebten Dutzende von Nachtfaltern.

Er blieb auf der Türschwelle stehen und blickte zurück zu Eve, die in der Diele stand, eine Decke um die Schultern geschlungen.

»Geh endlich«, sagte sie mit einem halben Lächeln. »Und bring Sandwiches mit, wenn du zurückkommst.«

Sie hatten alle Möglichkeiten durchgesprochen und waren zu dem Schluss gekommen, dass es das Beste war, wenn sie hier zurückblieb und auf ihn wartete. Besser, als in ein Hotel zu gehen oder ziellos durch die Stadt zu fahren mit einem Wagen, dessen Windschutzscheibe von Kugeln zerschmettert war. Besser, als ihn in Mordechais Höhle zu begleiten.

Er stieß die Tür hinter sich zu. Die Motten stoben auseinander. Die Nacht war kalt und still. Baumkronen raschelten im Wind.

Als ihn ein schwerer Schlag am Hinterkopf traf, war es zuerst Überraschung, die er empfand. Beim zweiten Hieb spürte er nicht einmal mehr Schmerz. Der Boden drehte sich ihm entgegen. Und dann war da gar nichts mehr.

Kain ließ das Bleirohr sinken. Er hatte es von einer Baustelle gestohlen, zwei Blocks entfernt. Eine handliche Waffe war es, so lang wie sein Arm und am Ende gebogen.

Befriedigung glättete die Wut, die tief in ihm brannte. Noch immer zitterte er tief drinnen. Das Haus zu belauern, so viele

Stunden, zu wissen, dass sie dort war, zusammen mit diesem Mann. Es hatte ihn zerfressen wie Säure. Und dennoch hatte er ausgeharrt, hatte sich Zurückhaltung aufgezwungen. Er wollte kein Risiko eingehen. Nicht, nachdem der letzte Zusammenstoß ihn beinahe das Leben gekostet hatte.

Kain musterte den reglosen Körper. Er ließ das Rohr fallen und bückte sich, um ihm Hände und Füße mit Tape zu fesseln. Sein Blick wanderte hoch zur Tür, als er Schritte hörte. Und dennoch war er nicht vorbereitet auf den Schock, der ihn traf, als Eve die Tür aufriss.

Er hatte ihr nachgespürt, sie von Weitem beobachtet. Doch nun, wo sie so dicht vor ihm stand, konnte er sie riechen, ihre Angst, ihren Duft, die Süße ihrer Haut. Er fing Details auf, zerwühlte Locken, die Farbe von dunklem Karamell. Ihre Augen weiteten sich.

Dann war er bei ihr und hielt sie fest, bevor sie schreien konnte. Er drückte sie mit seinem Körper gegen die Mauer und presste ihr eine Hand auf den Mund. Schuldgefühle überschwemmten ihn, mischten sich in explodierende Lust, als sie sich unter ihm wand. In ihren Pupillen glitzerte Panik. Kain realisierte, dass er kurz davorstand, die Kontrolle zu verlieren. Es traf ihn wie ein eisiger Wasserguss, was er im Begriff war zu tun.

»Dir geschieht nichts«, stieß er hervor. Ihre Schönheit nahm ihm den Atem. Reue ballte sich in seiner Kehle zusammen. Er würde es wiedergutmachen. Er würde ihr zeigen, dass er nicht das Monster war, für das sie ihn hielt.

Er versuchte, ihr nicht wehzutun, was nicht leicht war, da sie sich wie eine Besessene wehrte.

Kain knebelte sie und fesselte ihre Hand- und Fußgelenke. Schließlich fixierte er ihren Körper an einem der Verandapfosten. Abscheu überwältigte ihn, als ihr Blick ihn traf, Abscheu vor dem, was er tat. Was er war. So hatte er es sich nicht vorgestellt. Das war es nicht, was er hatte tun wollen.

Er wandte sich ab und wälzte den Leib des Schattenläufers mit dem Fuß herum. Der Mann war noch bewusstlos, seine Lider flackerten. Kain packte ihn an den Armen und schleifte ihn fort vom Haus. Er zog ihn ein Stück über den Rasen, hinauf zur Hügelkuppe, zu einem Sandfeld mit Volleyballnetzen, das verlassen im Halbdunkel lag. Unter einem rostigen Eisenrahmen ließ er ihn zu Boden sinken.

Er durchsuchte seine Taschen, förderte eine Brieftasche zutage und einen Dolch mit einer Tantoklinge. Unwillkürlich tastete er nach den zwei wulstigen Narben an seiner Kehle. Zorn flammte wieder auf und lenkte ihn ab vom Unbehagen, das er empfand, wenn er hinüberblickte zu dem Haus und sich Eves Furcht vorstellte und das Entsetzen, das er in ihr auslöste.

Noch immer verstand er nicht vollständig, was mit ihm geschehen war. Nur, dass sie in seinem Blut brannte, dass er an nichts anderes mehr denken konnte, dass sie durch seine Träume streifte und Emotionen in ihm wachrief, die zu empfinden er sich für unfähig gehalten hatte.

Kain wuchtete den Körper des Schattenläufers über seine Schulter und drückte ihn gegen den Rahmen, sodass er seine Hände an den Querbalken fesseln konnte.

Er machte sich nicht länger die Mühe, seine Aura abzuschirmen. Es hatte ihn Kraft gekostet, seinen Geist für so viele Stunden zu verschließen. Er ging leicht in die Knie, hob die Brieftasche vom Sand auf und blätterte durch die Karten.

»Alan«, stellte er fest. Er ließ sie fallen und griff nach dem Dolch. Anerkennend bleckte er die Zähne. Die Klinge war meisterlich geschliffen. Ein wenig Blut trat aus, als er seinen Daumen gegen die Schneide drückte. Kain richtete sich auf und lächelte ihn an. »Alan, kannst du mich hören?«

Der Mann hob quälend langsam den Kopf.

»Alan, mein Bruder. Freust du dich, mich zu sehen?«

Der Dolch in seiner Hand fühlte sich gut an. Schwer und geschmeidig, wie gemacht für die Jagd. »Nun sag schon, dass du dich freust!«

Er trat dicht an Alan heran. Das Leder des Griffs schmiegte sich weich in seine Finger. Sein Arm mit der Waffe umschlang den Körper des anderen. Leicht drehte er sein Handgelenk, sodass die Klinge gegen Alans Rippen drückte. Er verstärkte den Druck, bis er spürte, wie Alans Muskeln sich versteiften unter dem plötzlichen Schock. Der köstliche Duft von Blut stieg zu ihm auf. Er verharrte in der Umarmung und lauschte dem Herzschlag seines Halbbruders, erspürte das Zittern, das den Körper überlief.

»Alan, du weißt es, nicht wahr?«

Die Klinge traf auf Widerstand, glitt an einer Rippe ab. Kain hielt sie noch einen Augenblick fest. Mit einem Ruck zog er sie aus der Wunde und trat einen Schritt zurück. Er las Erkennen in den blutunterlaufenen Augen.

»Du weißt es«, sagte er. Eine merkwürdige Vorfreude stieg in ihm auf. »Du spürst es auch, nicht wahr? Wir sind uns so nah, mein Freund.«

Alan hatte Mühe, seinen Blick auf Kain zu fokussieren. Er war benommen, sein Körper schmerzte. Sein Herzschlag hallte ihm in den Ohren. Bevor er das Gesicht des Mannes sehen konnte, hatte er bereits die Aura gespürt, scharf und schneidend wie ein arktischer Wind.

Galle brannte in seiner Kehle. Er hatte sich von Kain überrumpeln lassen.

»Ich weiß, was du denkst, Alan.« Kain lächelte. »Du fragst dich, wie ich dich finden konnte.«

Blut lief aus Alans Wunde an seinem Hinterkopf und sickerte seinen Rücken hinunter. Es war ein dünner Strom, warm und stetig, der sein T-Shirt tränkte. Alan zog an seinen Fesseln.

»Versuch's erst gar nicht!« Kain drehte den Dolch in der Hand. »Weißt du übrigens, wie es sich anfühlt, am eigenen Blut zu ersticken?« Die Klinge strich über Alans Kehle, doch der Schmerz blieb aus. Kain lachte auf. »Aber ja, natürlich weißt du das. Touché!«

Alan betrachtete die Lagen metallisch glänzenden Klebebands, die seine Handgelenke an die Stange fixierten. »Was willst du?«, fragte er.

»Mordechai ist dein Vater, nicht wahr?« Kain ließ sich vor ihm in den Sand sinken. Er stützte seine Arme auf die Knie und hörte nicht auf, mit dem Dolch zu spielen. »Liebst du ihn?«

Alan starrte nur auf ihn herab.

»Wahrscheinlich nicht«, antwortete Kain sich selbst. »Er würde das auch nicht wollen. Er hält Liebe für eine Schwäche, aber das weißt du sicher.«

»Wer bist du?«

»Ich?« Kain hob eine Handvoll Sand auf und ließ sie durch die Finger rinnen. »Nur ein missratener Sohn.« Er lächelte fast verträumt. »Meine Mutter hatte wunderbares Haar. Wie gesponnenes Gold aus dem Märchen. Im Gegensatz zu Mordechai habe *ich* sie geliebt.«

»Wer hätte das gedacht«, murmelte Alan. Seine Gedanken verschwammen in der Unwirklichkeit des Moments. »Ich habe einen Bruder.« Das Gefühl, in einen Zerrspiegel zu blicken, wurde stärker. Ironisch, dass der Mann vor ihm aussah wie ein Engel auf einem Gemälde. Schatten hinter einer Maske aus Licht.

»Halbbruder«, korrigierte Kain. »Kein Grund, sentimental zu werden.«

Alan erwiderte nichts.

Das Lächeln in Kains Augen verblasste. »Du wirst mir helfen«, sagte er. »Mit Mordechai. Du wirst mir einen Weg zeigen, wie ich an ihn herankomme.«

»Soll ich dir seine Telefonnummer geben?«

Kain lachte auf. »Ach, die habe ich längst. Aber er nimmt nicht ab.« Er verzog einen Mundwinkel. »Ich will, dass du mich in seine Festung bringst. Ich will mich privat mit ihm treffen. Ganz ungestört über alte Zeiten plaudern. Über die Liebe zwischen Vätern und Söhnen.« Obwohl er leichthin sprach, klang Erbitterung aus den Worten. Schroffe Feindseligkeit.

»Du suchst Vergeltung.«

Kain starrte einen Moment zu Boden. Dann schleuderte er den Sand beiseite und stand auf.

»Wie komme ich an ihn heran?«

Sein Blick verriet Dinge, die seine Worte nicht preisgaben. Alan wusste nicht, wie lange die Jagd bereits andauerte. Doch Fanatismus lag in diesem Blick, eine stille Begierde, die über Jahrzehnte, vielleicht Jahrhunderte genährt worden war. Hass war ein fester Bestandteil von Kains Leben. Nichts mehr würde von Bedeutung sein, wenn Mordechai vor ihm stand. Nichts außer der versprochenen Erlösung. Ob Kain bewusst war, wie trügerisch ein Versprechen war, das in der Vergeltung lag? Er selbst hatte nie den Seelenfrieden gefunden, der jenseits der Rache lockte. Vor allem aber konnte er ihm nicht geben, wonach sein Halbbruder verlangte. Doch wie sollte er ihm das sagen?

»Wie lange bist du schon hinter ihm her?«

Kain umkreiste ihn, entschwand aus seinem Blickfeld. Alan hörte seine Schritte im Sand und seine Stimme hinter sich. »Ich wurde 1953 geboren. Mordechai glaubte, er könnte sie behandeln wie Dreck, weil sie eine Hure war.« Für einen Moment lag Stille in den Schatten. »Oder vielleicht war sie nur zu schwach für ihn. Ich weiß nicht, sag du es mir. Hat er deine Mutter auch wie Dreck behandelt?«

Die Luft war ein Netz vibrierender Fäden, aufgeladen mit Elektrizität. Ein Windhauch genügte, um alles zur Explosion zu bringen. Alan konnte ihn nicht sehen, doch er spürte, dass sein Halbbruder vor Wut zitterte. Der Hass in ihm war längst nicht so kalt, wie Alan geglaubt hatte.

»Oder war sie auch eine Hure?«

Der Gleichmut in Kains Stimme klang gestellt. Er forderte Alan heraus. Was seltsam war, da er ihn doch bereits in seiner Gewalt wusste. Oder vielleicht ging es um etwas anderes. Eine subtile Kraftprobe.

»Ich weiß nicht«, sagte Alan. »Ich kannte sie kaum.«

Der Atem des Killers streifte seinen Nacken. Noch immer sickerte Blut aus seiner Wunde im Rücken. Kains Hand glitt über seine Schulterblätter. Er versteifte sich in Erwartung eines neuerlichen Schmerzes. Doch Kain blieb reglos stehen.

»Wie komme ich in sein Refugium?«

»Um ihn zu töten?«

»Willst du ihn retten?«

Alan schnaubte. »Wenn du dich mit ihm schlagen willst, nur zu!« Er drehte seine Handgelenke in den Fesseln. Dann traf ihn ein Hieb in die Kniekehlen, und er verlor den Boden unter den Füßen. Schmerz schoss in seine Schultergelenke.

»Du wolltest mir einen Weg in sein Haus beschreiben«, sagte Kain an seinem Ohr.

Alan keuchte. »Du kennst seine Festung in Long Beach?«

»Es gibt keinen offensichtlichen Weg hinein.«

»Und das ist die Wahrheit«, knurrte Alan. »Wenn du mit Gewalt zu ihm vordringen willst, musst du zuerst zwei Dutzend Wachen töten, die Hälfte von ihnen vom Blut. Was erwartest du von mir? Den Schlüssel zu einem geheimen Fluchttunnel?« Seine Stimme hob sich. »Ich würde ihn dir geben, wenn ich ihn hätte. Nur um zu sehen, wie die Begegnung zwischen euch ausgeht.«

»Niemand ist unbesiegbar«, sagte Kain.

Alan glaubte, Bewegungen wahrzunehmen, unten am Haus. Etwas schnitt durch den schwachen Lichtschein, der aus den Fenstern nach draußen fiel. Eve, flackerte es durch seinen Verstand. Er durfte dieses Spiel nicht verlieren.

»Ich könnte dich hineinbringen.« Das war eine Lüge, doch eine, die Kain zu gern glauben wollte. Alan fühlte es. Er fühlte den inneren Zwist. Kain trat zurück in sein Blickfeld.

»Wie?«

Alan sah, wie sein Blut auf den Fingern des Killers glänzte. Er wusste plötzlich, dass alles von dieser Antwort abhing. Davon, wie glaubwürdig sie war. Wenn er Kain nicht überzeugen konnte, dass er ihn brauchte, würde sein Halbbruder ihn töten – hier auf diesem Hügel, im Hinterland von Ventura.

»Er vertraut mir. Die Wachen kennen mich. Sie lassen mich passieren.«

»Und du darfst deine Freunde mitbringen?« Ein spöttischer Ton schwang in der Frage mit. Spott, der nicht über Kains Anspannung hinwegtäuschte.

»Sie werden keinen Ärger machen, wenn ich für dich bürge.«

Kain näherte sich ihm. Die Klinge durchbrach Alans Haut unterhalb der Rippen. Er zuckte zusammen unter der plötzlichen Kälte des Stahls, doch es schmerzte nicht sehr. Ein Nervenspiel, nichts weiter. Kain kokettierte gern mit dem Tod. Alan zwang sich, die Nerven zu behalten. Solange er etwas von Wert anbieten konnte, würde der Killer seine Drohungen nicht in die Tat umsetzen.

»Woher weiß ich, dass du nicht lügst?«

»Was hast du schon zu verlieren?«

Die Klinge schnitt tief in sein Fleisch. Unwillkürlich verlagerte

Alan sein Gewicht zurück auf die Arme und riss seine Beine hoch, ein Reflex, den er zuvor unterdrückt hatte, weil er Kain nicht hatte reizen wollen. Seine Knie trafen den Killer in den Unterleib und schleuderten ihn rücklings in den Sand.

»Mir liegt nichts daran, ihn zu schützen«, knurrte er.

In einer kalkulierten Anstrengung öffnete er seinen Geist. Er konzentrierte sich auf Marty, grub in verschütteten Bildern. Er krümmte sich innerlich bei der Erinnerung an diesen Moment, als er sich dem Wagen näherte, einem zertrümmerten Wrack. Die Fahrertür ließ sich nicht öffnen, er hatte die Scheibe einschlagen müssen. Martys blutüberströmtes Gesicht, kein Leben mehr in den Augen. Ein Nachhall des Schocks ließ ihn schaudern. Zugleich hielt er Kains Blick fest, der nichts preisgab. Nicht, ob er verstand. Oder ihm glaubte.

Langsam richtete der Killer sich auf, klopfte den Sand von den Knien. Er tat es bedächtig, ohne Hast. Dann blieb er stehen, reglos, sein Blick auf Alan gerichtet. Bis ein Schrei die Stille durchtrennte, ein Hilferuf. Einen Moment erstarrten sie beide. Dann fuhr Kain herum und begann zu rennen.

Kain entsicherte die Desert Eagle, während er den Hügel hinunterstürzte. Details formten sich aus der Dunkelheit. Sie waren zu viert, zumindest die, die er sehen konnte. Und alle waren vom Blut.

Sie wichen ein wenig zurück, als er aus den Schatten auftauchte. Er öffnete seinen Geist. Ließ sie sehen, wonach sie verlangten. Sein Blick streifte einen rotblonden Mann, der Eve festhielt und sie am Schreien hinderte. Ein Blutfaden rann ihre Wange hinunter.

Kain wog seine Chancen ab, sie alle vier zu erledigen, und wusste, dass sie das Gleiche taten. Dass sie versuchten, ihn einzuschätzen.

»Was wollt ihr?«

Sorgfältig verbarg er seine Wut. Ein schwer gebauter Glatzkopf, offenbar ihr Anführer, machte eine Kopfbewegung zu Eve.

»Sie hat etwas, das uns gehört.«

»Und was ist das?«

»Ein Ring.« Er bleckte die Zähne zu einer Geste, die ein Lächeln sein konnte oder eine Drohung. »Weißt du davon?«

Natürlich. Nachdem er den Job abgelehnt hatte, war nun jemand anders auf das Kopfgeld aus. Kain dachte an seinen Kampf mit Alan, als der ihm den Ring vom Hals gerissen hatte. Wahrscheinlich befand sich der Klunker noch immer in Alans Besitz.

»Wenn ich euch den Ring besorge, was braucht ihr dann noch die Frau?«

»Unser Boss ist rachsüchtig.«

Der Glatzkopf schob seine Hand unter die Jacke. Kain stieß einen scharfen Laut aus und hob die Pistole, sodass sie direkt auf die Stirn des Mannes zielte.

»Willst du sterben?«

Der andere zögerte. Selbst wenn seine Leute Kain am Ende überwältigten, hatte er eine Kugel im Schädel, bevor er die eigene Waffe ziehen konnte. Und ein Kopfschuss war eine der wenigen Verletzungen, die einem Schattenläufer ernsthaft gefährlich werden konnten. Kain las in seinem Blick, dass der Glatzkopf es wusste.

»Sie hat ihn bestohlen«, sagte der Mann. »Das tut man nicht ungestraft.«

Jemand kicherte nervös. Eve wand sich in der Umklammerung des Rotblonden.

»Wenn ihr sie umbringt, werdet ihr den Ring nicht bekommen.« Kain wusste, dass er seine Worte sorgfältig wählen musste. Er durfte keinen Raum für Zweifel lassen, weder an der Glaubwürdigkeit dessen, was er sagte, noch an seiner Entschlossenheit. »Sie hat den Ring nicht mehr. Interesse an einem Deal?«

Er musterte sie, einen nach dem anderen. Der Glatzkopf forderte ihn mit einer Kopfbewegung auf weiterzusprechen.

»Ich werde jetzt diesen Hügel hinaufgehen. Wenn ich zurückkomme, bringe ich dir den Ring. Und du gibst mir die Frau.« Er entblößte seine Zähne. »Sie gehört mir. Du kannst deinem Boss sagen, ich kümmere mich um sie.«

Wie Hyänen standen sie da, wie lauernde Hunde. Sie gierten danach, ihn anzufallen. Doch sie wagten es nicht loszuschlagen. Sie wollten den Blutzoll nicht zahlen. Abschaum.

Der Glatzkopf grinste plötzlich. »Warum solltest du uns trauen?«, fragte er.

»Warum solltet ihr mir trauen?«, gab Kain zurück. »Ich sage es euch. Weil keiner von uns heute Nacht sterben will.«

Er machte einen Schritt rückwärts und hielt die Waffe auf die Meute gerichtet, alle Sinne angespannt. Der glatzköpfige Anführer hörte nicht auf zu grinsen. Eve trat um sich, bis der Rotblonde ihr einen Hieb gegen die Schläfe versetzte. Mordlust flammte in Kain auf. Die würde er später befriedigen. Wenn Eve nicht länger in der Schusslinie stand. Die Vorstellung, dass sie getötet werden könnte, riss eine so gewaltige Qual in ihm auf, dass sein Atem stockte.

Seine Gedanken überschlugen sich, während er Meter um Meter zwischen sich und die Bluthunde brachte. Sie hatten nicht die Absicht, ihm Eve zu überlassen. So wenig, wie er vorhatte, sie mit dem Ring ziehen zu lassen.

Er wusste nicht, wie gut sie waren. Hätten sie nicht Eve in ihrer Gewalt, er hätte es darauf ankommen lassen. Doch er wollte nicht riskieren, dass ihr ein Leid geschah. Und er fühlte nicht die Selbstsicherheit, die er nach außen hin demonstriert hatte. Es lag mehr als vierundzwanzig Stunden zurück, dass er zuletzt getrunken hatte. Die stärkende Wirkung des Blutes klang bereits ab.

Langsam setzten sie sich in Bewegung, als er weit genug entfernt war, dass sie seine Waffen nicht mehr sehen konnten. Ebenso wie er selbst zögerten sie die Konfrontation heraus. Sie bauten darauf, dass sich noch ein Vorteil ergab, eine Verschiebung des Gleichgewichts.

Mit weit ausgreifenden Schritten erklomm Kain den Hügel. Der Duft von Alans Blut stieg ihm in die Nase.

Und verlieh einer Idee Konturen.

Kain warf einen Blick zurück und lächelte. Die Bluthunde hielten Abstand. Sie näherten sich mit Vorsicht, fürchteten wohl, in eine Falle zu laufen. Zu Recht.

Wie beiläufig zog er den Dolch aus Alans Seite. Der andere keuchte, als die Klinge sich aus seinem Fleisch löste. Kain betrachtete die Narbe, die den Hals seines Halbbruders verstümmelte. Instinktiv tastete er über die Schnitte auf seiner eigenen Kehle. Fast widerwillig empfand er Respekt.

Er trotzte dem Impuls, das Blut zu kosten, das auf dem geschwärzten Stahl glänzte. Seine linke Hand schloss sich um Alans Kinn und bog dessen Kopf zurück. Sein Blick fing sich in den Augen des anderen.

»Sie bedeutet dir etwas, nicht wahr?« Kain entblößte die Zähne. »Dann hilf mir, sie zu retten.«

Alan stürzte nach vorn auf die Knie, als Kain ihm die Fesseln durchtrennte. Schmerzhaft schoss das Blut zurück in seine Hände. Der Killer ließ den Dolch vor ihm in den Sand fallen. Die Pistole landete daneben.

»Steh auf«, hörte er Kains Stimme, »sie werden gleich hier sein.«

Mit gefühllosen Fingern tastete er nach seinen Waffen.

»Hoch mit dir!«, knurrte Kain, während er ihn am Arm packte und auf die Füße zerrte. »Reiß dich zusammen und kämpfe, wenn du willst, dass sie lebt!«

Alan blinzelte, um seine Sicht zu klären. Sein Kopf fühlte sich zu leicht an, er taumelte. Eine Folge des Blutverlusts. Sein Blick streifte Kain, glitt an ihm ab und heftete sich auf die Gestalten, die sich schwarz vor dem schwachen Lichtschein aus dem Haus abhoben. Drei bildeten eine Vorhut, ein Vierter fiel zurück. Erst verzögert erkannte Alan, dass der Mann Eve mit sich schleppte.

»Du kümmerst dich um die Frau.« Kains Stimme duldete keinen Widerspruch. »Ich kümmere mich um die anderen.«

Alan versuchte in der Miene des Killers zu lesen, den Bruchteil einer Sekunde lang, bevor Kain sich abwandte. Er verstand nicht, was sich geändert hatte. In Kains Augen lag eine Dringlichkeit, die Alan sich nicht erklären konnte.

Wortlos entsicherte er die Pistole und glitt zur Seite, tiefer ins Dunkel, um die Männer auf der Hügelflanke zu umgehen. Er bewegte sich mechanisch, fast ohne zu denken. Sein Verstand fühlte sich wie betäubt an.

Wie war es möglich, das Kain sich plötzlich um Eves Sicherheit sorgte? Zuerst hatte er versucht, sie zu töten, und nun verhielt er sich, als wäre sie sein eigen Fleisch und Blut? Alan hatte das Brennen in Kains Augen gesehen. Es war die gleiche Flamme, die ihn selbst versengte. Der Killer war verzweifelt. So sehr, dass er Alans Fesseln gelöst hatte, ungeachtet des eigenen Risikos.

Alan passierte die drei Männer in sicherem Abstand. Jenseits des schwach beleuchteten Sandplatzes lag so tiefe Dunkelheit, dass er selbst mit seiner geschärften Sicht nur Konturen erfasste. Den anderen würde es kaum besser ergehen. Gras flüsterte unter seinen Sohlen, seine Hände schmerzten. Bei dem Versuch, sich zu befreien, hatte er sich die Haut an den Handgelenken aufgerissen. Das Blut pochte in seinen Schläfen, doch er hatte noch Zeit. Seine Verletzungen waren nicht sehr schwer, und so konnte er die Transformation zurückdrängen, zumindest für einige Zeit.

In einem Bogen näherte er sich wieder dem Pfad, der vom Haus den Hügel hinaufführte. Der vierte Jäger erschien in der Dunkelheit vor ihm. Über seiner Schulter lag Eve. Sie mussten sie bewusstlos geschlagen haben.

So viel zu seinem Versprechen, ihr würde nichts zustoßen. Wahrscheinlich war er selbst es gewesen, der sie alle auf ihre Spur geführt hatte. Kain ebenso wie diese Männer.

Er warf einen raschen Blick die Anhöhe hinauf. Die drei Schattenläufer verlangsamten ihren Aufstieg. Sie zögerten. Vielleicht wurde ihnen bewusst, wie gut sich dieser Ort für einen Hinterhalt eignete. Von Kain noch keine Spur. Der Killer würde warten, bis Alan Eves Wächter erledigt hatte, um sie nicht in Gefahr zu bringen.

Alan schob die Beretta hinter seinen Hosenbund. Wenn er den Mann lautlos töten konnte, umso besser. Er veränderte seinen Griff um den Dolch, sodass er einen Stoß von oben führen konnte. Beim Näherkommen erfasste er Details – eine schmal geschnittene Lederjacke, eine Zigarette, kurz geschorenes rotblondes Haar. Eves Gewicht auf seiner Schulter schien dem Mann nichts auszumachen. Er war stehen geblieben und rauchte.

Alan näherte sich so weit, dass er den Rotblonden mit einem ausgestreckten Arm berühren konnte. Noch ein Schritt. Ein Windhauch kühlte seinen Nacken. Zigarettenrauch stieg ihm in die Nase, Vanille und Nikotin. Alle Zweifel fielen von ihm ab. Er konzentrierte sich auf den Mann. In einer glatten Bewegung hob er den Dolch. Dann fuhr die Klinge abwärts durch Muskeln und Knochen und durchtrennte das Rückgrat seines Opfers. Der Mann sackte zusammen wie eine Marionette, der jemand die Fäden zerschnitten hat. Eves Körper schlug dumpf ins Gras.

Alan wälzte den Rotblonden herum. Der Mann öffnete den Mund, doch kein Laut kam heraus. Mit dem Dolch zog Alan ihm einen Schnitt über die Kehle. Es war leicht. Beinahe zu einfach. Der Mann kämpfte nicht mehr. Er starrte nur hoch, die Pupillen geweitet, und schien nicht zu verstehen, was mit ihm geschah. Alan beobachtete, wie seine Augen trüb wurden, die Lider aufhörten zu zucken. Blut tränkte das Gras.

Er rammte den Dolch in den Boden und tastete nach Eves Puls. Erleichterung erfüllte ihn, als er einen schwachen Herzschlag fand. Für den Augenblick war sie sicher. Mit steifen Gliedern richtete er sich auf.

Kurz danach hallten Schüsse durch die Nacht und lenkten seine Aufmerksamkeit hoch zur Hügelkuppe.

Kain.

Im Laufen zerrte Alan die Beretta aus dem Hosenbund und entsicherte die Waffe. Nach ein paar Metern erfasste er die Silhouetten der Kämpfer.

Weitere Schüsse fielen. Einer der Jäger ging in die Knie. Kain hatte sich in einen Nahkampf mit einem bulligen Kahlkopf verstrickt. Ein Mann in einer auffällig gemusterten Motorradjacke krümmte sich am Boden.

Der dritte, ein schlanker Blondschopf, wandte Alan den Rücken zu. Er hielt eine Pistole auf Kain gerichtet und schwenkte sie hin und her, auf der Suche nach einem freien Schussfeld. Alans Finger schmiegte sich um den Abzug der Beretta. Er feuerte den ersten Schuss ab, fing den Rückstoß. Die Kugel traf den Mann zwischen die Schulterblätter. Alan drückte noch einmal ab und dann ein drittes Mal. Blut spritzte vom Nacken des Blondhaarigen. Der Mann stürzte. Mit ein paar Schritten war Alan über ihm, grub ihm den Dolch in die Kehle, sein Knie lastete schwer auf der Brust seines Opfers. Der Wind trug salzige Luft vom Meer heran, verwirbelte den Korditgeruch.

Alan riss die Klinge frei. Ein breiter Strom Blut schoss aus der Wunde.

Ein Schrei ließ ihn auffahren, ein Knurren, das kaum noch menschlich klang. Kain rang noch immer mit seinem Gegner. Alan wusste nicht zu sagen, wer wen zu Fall gebracht hatte. Eng umklammert wälzten sie sich auf dem Boden. Der Kahlkopf richtete sich halb auf und landete eine Serie von Schlägen in Kains Gesicht. Dann beugte er sich hinab zu Kains Kehle. Ein Bluttrinker.

Für einen Moment trieb Alan zwischen widerstreitenden Impulsen. Er lauschte der Stimme in seinem Innern, die dem weißlockigen Killer das Schicksal gönnte, das er selbst so vielen beschert hatte. Leicht hob er die Hand mit der Beretta, bis sie auf den Schädel des Bluttrinkers zielte. Er musste nur den Abzug drücken.

Und trotzdem zögerte er. Er konnte sie beide erledigen. Musste nur warten, bis der Kahlkopf genug von Kains Blut getrunken hatte, und ihn dann niederschießen.

Der Körper unter seinen Knien erschlaffte. Ein Stück entfernt richtete sich der Mann in der Motorradjacke wieder auf. Alan ahnte die Pistole in seiner Hand mehr, als dass er sie sah. Reflexartig feuerte er. Die Projektile schleuderten den Mann zurück. Der Kahlkopf fuhr auf und starrte ihn an. Sekundenlang hielt Alan seinen Blick fest. Ein tiefer Kratzer verstümmelte das Gesicht des Jägers, Blut troff ihm von Kinn und Wangen. Etwas Vertrautes lag in den hageren Zügen. Dann verflog der Moment, und Alan drückte ab.

Die erste Kugel grub sich in die Stirn des Mannes, die zweite in seine Brust. Der Kahlkopf schwankte. In der gleichen Sekunde fuhr Kain hoch und schüttelte die Umklammerung ab. Blut troff aus seinem Haar. Mit einem Knurren stürzte er sich auf seinen Peiniger.

Alan wandte sich ab und stand auf. Ohne Eile ging er die wenigen Meter zu der Stelle, an der der Mann in der Motorradjacke liegen geblieben war. Fast mechanisch beugte er sich hinab, um es zu Ende zu bringen. Nicht, dass noch viel fehlte. Der Atem des Mannes schlug kaum spürbar gegen Alans Handrücken, als er ihm die Arterie durchtrennte.

Seine Hände waren voller Blut.

Alan wusste nicht, wie viel davon sein eigenes war. Eve lag noch immer dort, wo er den Rotblonden zu Fall gebracht hatte. Er umfasste ihr Kinn, seine Finger tasteten nach ihrem Puls. Sie lebte, atmete. Ein Muskel in ihrem Gesicht zuckte, ihre Lider flatterten.

Er hob sie hoch und trug sie zum Haus. Die Tür stand weit offen. Sein Blick fiel auf einen Nachtfalter, der zertreten auf den Holzdielen lag.

Bleierne Leere füllte ihn aus, eine Mischung aus Schuld, Groll und Widerwillen. Er musste ein Rätsel lösen und eine Entscheidung treffen, und beides war miteinander verknüpft. Doch sein Verstand weigerte sich, die Fäden zu entwirren. Selbst das Gefühl von Zärtlichkeit, das Eve in ihm auslöste, schien hinter einer Glasscheibe zu schweben, künstlich getrennt von der Realität.

Er bahnte sich einen Weg durch umgestürzte Möbel und herausgerissene Schubladen zum Schlafzimmer. Vorsichtig ließ er sie auf die Matratze sinken.

Mit langsamen, methodischen Handgriffen überprüfte er das Magazin der Beretta. Vier Schuss verblieben ihm, um Kain aufzuhalten. Kain, den er hätte töten können. Sein Halbbruder würde seine Kräfte rasch zurückgewinnen, wenn er das Blut des Kahlköpfigen trank. Und dass er es tat, genau in diesem Augenblick, daran zweifelte Alan nicht. Die Waffe in seiner Hand war nur eine Farce, das wurde ihm bewusst, als er das Magazin zurück in den Griff rammte. Er wollte Kain gar nicht töten. Gerade hatte er seine beste Chance verstreichen lassen.

Kain hatte eine Tür aufgestoßen. Dunkelheit quoll nun aus dem Spalt und mit ihr das Versprechen auf Antworten, zu denen Alan nicht einmal die Fragen kannte.

Er konnte Kain nicht töten. Noch nicht. Er brauchte ihn lebend, aus dem gleichen verzweifelten Grund, aus dem sein Halbbruder ihn seinerseits nicht getötet hatte. Unter diesem Mantel aus Hass und Verzweiflung verbarg sich Wissen, ein Bruchstück seiner Seele, das er aufgegeben hatte. Ein dunkler Splitter. Doch wer wandelte schon stets im Licht?

Verächtlich presste Alan die Lippen zusammen. Er wischte die Klinge seines Dolches am Hosenbein sauber, Schicht um Schicht geronnenes Blut, und trat hinaus vor die Tür, um Kains Ankunft zu erwarten.

Zuerst stieg ihr der Blutgeruch in die Nase, Kupfer mit einem Hauch von Verfall. Benommen setzte Eve sich auf. Um sie herum herrschte Chaos. Herausgerissene Schubladen, eine Vase, die zerschmettert am Boden lag. Jemand hatte die Bilder von den Wänden gefegt und die Rahmen aufgebrochen.

Übelkeit stieg in ihr hoch. Sie hockte minutenlang auf der Bettkante, den Oberkörper vornübergebeugt, und würgte. Ihre Arme, ihre Kleider waren voller Blut. Panisch begann sie, ihren Körper abzusuchen. Doch sie fand nichts außer einer Schramme an der Schläfe, die schmerzte, als sie dagegendrückte. Oh Gott. Sie erinnerte sich kaum, was geschehen war. Da war der Schock gewesen, als sie sich dem weißlockigen Killer gegenübersah. Sie versuchte, sich seinen Namen ins Gedächtnis zu rufen. Kain. Er hatte sie gefesselt. Kurz darauf waren die vier Fremden aufgetaucht, vermutlich die gleichen Männer, die bereits im 717 versucht hatten, sie zu töten. Es ging um den Ring, natürlich. Deshalb hatten sie das Haus durchwühlt. Und sie hätten ihr vermutlich die Haut vom Leib geschnitten, wäre der blonde Killer nicht eingeschritten. Einer der Männer hatte sie geschlagen, danach setzte ihre Erinnerung aus. Sie hatte keine Ahnung, wie sie hierher gelangt war.

Taumelnd richtete sie sich auf. Unter ihren Füßen knirschten Glasscherben, als sie in den Korridor ging. Von der Terrasse drangen die Stimmen zweier Männer herüber.

Eine neue Welle der Panik schoss in ihr hoch. Doch sie zwang sich zur Vernunft. Hätte man sie töten wollen, dann wäre sie längst nicht mehr am Leben.

Die Haustür stand halb offen. Sie entspannte sich ein wenig, als sie Alans Silhouette erkannte. Zu ihrem Entsetzen war der zweite Mann Kain. Er sah furchtbar aus. Etwas in ihr krümmte sich, als ihr klar wurde, dass es Blut war, das seine Locken dunkel färbte. Sie bemerkte die Pistole in Alans Hand und den Dolch in der anderen, eine dunkle, abgeschrägte Klinge. Kains Hals, sein Kinn, sein gesamtes Gesicht war eine einzige blutende Wunde. Eve wusste nicht, was zwischen den beiden Männern vorgefallen war. Die Luft war aufgeladen mit Aggression, doch Alan hielt die Waffe nicht auf den anderen gerichtet.

»Du hast nicht mehr viel Zeit«, sagte er.

Kain lachte, ein trockener Laut. »Wegen der Transformation?« Seine Hand glitt hoch zu seiner Kehle. »Ich habe getrunken.« Als erklärte das alles. »Was ist mit der Frau?«

»Sie ist nicht verletzt.«

»Wo ist sie?«

Alan machte eine Kopfbewegung zur Haustür. »Warum hast du das getan?«

Kain verzog das Gesicht zu einer Grimasse. »Niemand jagt meine Beute.«

»Nein.« Alan schüttelte den Kopf. »Du lügst.«

»Und wenn es so wäre?«

»Müsste ich dich töten.«

Dieses Mal lag echte Belustigung in Kains Lachen. »Warum glaubst du, dass du das könntest?«

Alan hob die Pistole ein wenig. »Willst du es darauf ankommen lassen?«

Eve sog scharf die Luft ein, als Kain einen Schritt zur Terrasse machte. Zugleich hob er die Handflächen in einer beschwichtigenden Geste.

»Es ist mir egal, ob du lebst oder stirbst.«

»Nein, dir geht es um Mordechai.«

Der Killer nickte. »Hilfst du mir?«

»Weil du so höflich darum gebeten hast?«

Er zuckte mit den Schultern. »Du bist noch am Leben, nicht wahr? Du verstehst, was ich will. Denn du willst es auch.«

»Ich habe meinen Frieden mit ihm gemacht.« Alans Stimme klang defensiv. Etwas ging zwischen den beiden Männern vor, das Eve nicht verstand. »Aber ich halte dich nicht auf.«

»Nein, du versteckst dich.«

Die Pistole in Alans Hand zitterte. »Was willst du tun, wenn du vor ihm stehst? Glaubst du, du kannst ihm auch nur einen Kratzer zufügen?«

Kains Stimme hob sich. »Niemand ist unsterblich.«

»Nein.« Alan wandte sich um und streckte eine Hand nach der Tür aus.

Eve fuhr zurück, tiefer ins Dunkel. Dann polterten Kains Schritte auf den Holzdielen, er packte Alan an der Schulter und riss ihn herum. Für einen Moment sah Eve ihre Gesichter, ganz dicht voreinander im Licht. Sie erschrak, wie ähnlich sie sich waren. Ihre Profile glichen einander wie Reflexionen in einem Spiegel.

Eve wollte nicht verstehen, was das bedeutete. Wie betäubt starrte sie die beiden an. Sie ließen voneinander ab, fast gleichzeitig, als hätten sie sich aneinander verbrannt.

»Was ist zwischen euch?«, knurrte Alan.

Kains Antwort blieb unverständliches Gemurmel. Alan hieb eine Faust gegen die Wand, dann begann er zu lachen. Hohn schwang darin, Verzweiflung, schließlich Hilflosigkeit. Er wich vor Kain zurück.

»Blutsbande, nicht wahr? Ihr Blut fließt jetzt in deinen Adern.« Sein Lachen riss ab. »Hast du das vorher gewusst? Du hast dich mit ihr verbunden. Liebe oder Tod, so heißt es doch in den Legenden.«

»Du wirst mir nicht im Weg stehen«, knurrte Kain.

Eve stieß gegen ein Hindernis. Etwas stürzte scheppernd zu Boden. Das Geräusch stieß wie eine Nadel in die Atmosphäre drohender Gewalt, die zwischen den Schattenläufern hing. Beide erstarrten.

»Eve?« Alans Stimme klang heiser.

Sie löste sich aus den Schatten. Als sie hinaustrat in das gelbliche Licht der Terrasse, fühlte sie sich entblößt. Wie jemand, der seine Rüstung abstreift im Angesicht seiner Feinde.

»Hat Mordechai diese Typen geschickt?« Es war das Erste, was ihr einfiel. Sie wollte nur das Schweigen brechen, die schreckliche Stille, die zwischen ihnen hing.

»Nein.« Ihre Stimmen überschnitten sich. Sie verstummten beide, doch nur für einen Moment.

»Das glaube ich nicht«, sagte Kain.

»Warum nicht?«, fragte Eve.

»Weil«, er formulierte seine Worte deutlich und langsam, »das bis gestern Nacht mein Auftrag war. Wenn Mordechai ihren Tod wollte«, nun sprach er zu Alan, »würde er nicht ausgerechnet mich damit beauftragen.«

»Was heißt das, bis gestern Nacht?« Sie verspürte Ärger, weil Kain den zweiten Teil seiner Antwort an Alan gerichtet hatte. Als wäre sie ein Gegenstand, ein Objekt ohne Willen.

»Ich habe den Job zurückgegeben.« Nun sah er sie direkt an. Seine Augen, von einem hellen Grau, wirkten beinahe durchsichtig. Und schneidend, so schmerzhaft, dass sie sich zwingen musste, seinem Blick nicht auszuweichen. »Was ist das für ein Ring?«, fragte er.

»Ein Relikt«, erwiderte Alan, bevor Eve etwas sagen konnte. »Ein verrückter Traum.«

»Und Mordechai will ihn haben?«

»Viele wollen ihn.«

Kain machte eine Kopfbewegung zum Hügel. »Dann werden das nicht die Letzten gewesen sein, wenn dieser Traum so begehrt ist.«

»Nein.« Alan schob die Pistole in seinen Gürtel. »Wir müssen hier weg.« Er streckte eine Hand nach Eve aus und berührte ihre Wange. »Bist du okay?«

Sie zuckte zusammen, überrascht von der Banalität seiner Frage. »Klar«, sagte sie dann. »Mir geht es bestens.«

Alan sah sie lange an. Sein Blick wanderte zurück zu Kain. Seine Wangenmuskeln arbeiteten. Sie wünschte sich in diesem Moment, seine Gedanken lesen zu können. Doch sein Gesicht verriet nichts. Kains blutige Lippen verzogen sich zu einem Lächeln. Sie war nicht sicher, ob es Triumph war, den sie darin las.

20

Zweifel zerrten an Alan, als er darauf wartete, dass der Wachmann das Gittertor öffnete. Jemand hatte die Graffitis vom Firmenschild entfernt. Weiße Lettern leuchteten wieder auf schwarzem Grund: Carnegies Export-Import. Er fühlte sich nicht wohl bei dem Gedanken, Eve in Kains Obhut zurückgelassen zu haben. Doch die Entscheidung hatte er nun einmal getroffen, gestützt auf seine Instinkte und auf die Annahme, dass aus Gegnern Verbündete werden konnten, wenn ein gemeinsamer Feind sie einte. Oder ein gemeinsames Ziel. Und es gab keine Alternative. Nur viele Unwägbarkeiten.

Was, wenn es doch Mordechai gewesen war, der die Jäger geschickt hatte? Alan wollte das nicht wahrhaben. Aber das bedeutete nicht, dass es unmöglich war. Was, wenn Kain ihm eine Lüge aufgetischt hatte? Was, wenn er Eve in den Klauen eines Monsters zurückgelassen hatte? Kain war ein Monster, ohne Zweifel. Aber seine Motive und seine blutgeborene Leidenschaft machten ihn zum besten Leibwächter für Eve, den man sich wünschen konnte.

Trotz der späten Stunde herrschte hektischer Betrieb auf dem Gelände von Carnegies Export-Import. Der Hof war voller Menschen. Vor dem Lagerhaus auf der anderen Seite standen zwei Lkws mit heruntergefahrenen Laderampen.

»Was ist los?«, fragte Alan den Wachmann.

»Keine Ahnung. Uns sagen sie nichts.« Der Mann hielt den Telefonhörer zwischen Ohr und Schulter eingeklemmt und wartete auf die Freigabe. »Ich schätze, es gibt mal wieder Ärger.«

»Polizei?«

»Was weiß ich.« Er lauschte auf die Stimme am anderen Ende, dann legte er auf. »Fahr rein und sprich mit Aaron. Viel Spaß!«

Alan winkte dem Wächter einen Dank zu. Er ließ einen Gabelstapler passieren und rollte langsam in den Hof, zwischen Arbeitern und uniformierten Wachleuten hindurch. Jemand brüllte Anweisungen. Alan parkte seinen Wagen neben der Sicherheitsschleuse und betrat die kleine Baracke.

Aaron machte sich nicht einmal die Mühe, ihn zu begrüßen. Die Abneigung stand ihm unverhohlen ins Gesicht geschrieben. Seine Lippen zu einem blutleeren Strich gepresst, sah er ihm entgegen.

»Ruf Mordechai an«, sagte Alan. Die Zeit lief ihm davon. Er brachte nicht die Geduld auf, sich mit diesem blassgesichtigen Wachhund zu streiten, der jedes Mal seine Wichtigkeit beweisen musste.

»Er ist beschäftigt.« Aaron schoss ihm einen lauernden Blick zu. »Bist du angemeldet?«

»Ruf ihn an!«

Zwei andere Männer, die Alan nicht kannte, blickten von ihren Schreibtischen auf. Unbehagen glitt über ihre Gesichter.

»Was willst du tun, wenn nicht?«

Die dünne Schicht Selbstbeherrschung in Alan riss entzwei. Er zog Aaron an den Schultern hoch und schleuderte ihn gegen die Wand. Mit einer Hand packte er ihn an der Kehle, mit der anderen zerrte er ihm die Pistole aus dem Halfter. Hinter ihm stürzten Stühle zu Boden. In einer glatten Bewegung entsicherte er die Waffe und rammte sie Aaron gegen die Stirn.

»Bist du sicher«, knurrte er, »dass deine Kraft reicht, einen zertrümmerten Schädel zu heilen?« Er warf den beiden anderen Männern, die ihre Waffen gezogen hatten, einen kurzen Blick zu. Aaron erstarrte in seinem Griff.

Hastig durchsuchte Alan die Taschen des Wachmannes nach dem Chipschlüssel, der den Fahrstuhl aktivierte. Er fand, was er suchte, dann zerrte er Aaron herum und stieß ihn in die Arme seiner beiden Untergebenen.

Er schlug auf den Knopf in der Konsole unter Aarons Schreibtisch, um die Tür zum inneren Hof zu öffnen, und hatte sich bereits hindurchgezwängt, bevor Aaron wieder auf die Beine kam. Mit weit ausgreifenden Schritten hielt er auf das schwarz verglaste Hochhaus zu.

Er drängte sich zwischen Arbeitern und noch mehr bewaffneten Männern hindurch und fragte sich wieder, was der Grund für diese ungewohnte Betriebsamkeit war. Es fühlte sich an wie der Vorabend einer Schlacht. Oder wie Vorbereitungen für eine Evakuierung des Geländes. Als er den Eingang zum Haus beinahe erreicht hatte, flogen die Glastüren auf. Ein halbes Dutzend Männer stürmte heraus. Alan erkannte Ravin an der Spitze der Gruppe. Das Gesicht des Hünen war eine Maske aus Stein.

»Hast du den Verstand verloren?«, brüllte Ravin ihm entgegen. »Wir haben im Moment genug Probleme, auch ohne dass du Amok läufst und die Wachen am Tor in Panik versetzt.«

Alan blieb stehen. Kurz warf er einen Blick zurück zu Aaron und seinen Leuten, die nun rasch zu ihm aufschlossen.

»Ich sage das nur einmal.« Es kostete ihn Mühe, seine Stimme ruhig zu halten. »Ich muss mit meinem Vater sprechen. Es ist wichtig und kann nicht warten. Wer sich mir in den Weg stellen möchte …«, er machte eine Bewegung mit der Pistole, »nur zu!«

Eine Reihe widersprüchlicher Empfindungen glitt über Ravins Gesicht. Seine Wangen zuckten. »Also gut«, sagte er. Er hob eine Hand und brüllte den Wachmännern einen Befehl zu, der sie augenblicklich stoppen ließ.

»Danke!«, sagte Alan.

Ravin deutete auf die Beretta in Alans Hand. »Bist du hier, um mit uns zu kämpfen, Alan Schattenherz?«

Eine verrückte Hoffnung schwang in der Art mit, wie er diesen Namen aussprach, eine Vorfreude, die Alan das Herz brechen wollte.

»Was geht hier vor?«, fragte er, anstatt Ravins Frage zu beantworten.

»Wir sind im Krieg.«

Alan musterte die Gesichter der Männer hinter Ravin. Sie alle waren vom Blut. Keine Heißsporne, sondern erfahrene Kämpfer, die genügend Schlachten für Mordechai geschlagen hatten.

»Im Krieg«, wiederholte er. »Im Krieg mit wem?«

Ravin spuckte aus. »Mit der Garde.«

Gemeinsam betraten sie das weitläufige Foyer. Ein Angestellter schob einen Container mit Akten aus dem Aufzug. Viele Kisten standen in der Halle, Zeichen eines überhasteten Aufbruchs.

»Wir treffen Vorkehrungen«, sagte der Hüne.

»Was ist geschehen?«

»Sie planen einen Angriff.«

Alan schüttelte den Kopf. »Was soll das heißen, sie planen einen Angriff? Wir leben im 21. Jahrhundert. Da rekrutiert man nicht einfach eine Armee und brennt die Burg seines Nachbarn nieder.«

»Wir haben den Krieg nicht angefangen.« Geräuschlos glitten die Aufzugtüren auseinander. Ravin machte eine einladende Handbewegung und trat hinter Alan in die Kabine. Erst dann folgten die anderen.

»Warum?«

»Politik. Widerstreitende Interessen.« Ravin zuckte mit den Schultern. »Dieser Konflikt ist älter als ich.«

Eine Lüge. Hier ging es nicht um Politik. Es ging um einen Engel. Um Besessenheit. Um Legenden, die nicht ruhen wollten. Er musterte die durchlaufenden Ziffern über den Türen. Mit einem Ruck kam der Aufzug zum Stehen.

»Aber das weißt du längst.« Ravins Stimme klang sanft. »Deswegen bist du ja hier.«

Alan starrte ihn an. »In diesem Konflikt vertrete ich keine Partei.«

»Früher hast du es getan.«

»Die Zeiten ändern sich.«

»Ich glaube nicht.« Ein seltsamer Ausdruck trat in die Augen des Hünen, den Alan nicht zu deuten wusste. Die Türen schoben sich auf. »Komm!«

Ein Funkgerät krächzte.

»Was ist?«, fragte Ravin in die Sprechmuschel.

»Sie kommen.«

Ravins Blick blieb auf Alan gerichtet, seine Stimme sehr ruhig. »Blockiert das Tor«, wies er den Mann auf der anderen Seite an. »Die Lkws raus, und postiert Martins Leute dahinter. Sie sollen auf alles feuern, was sich bewegt.« Er ließ das Gerät sinken.

»Bald ist es so weit.« Seine Augen verengten sich. »Ich hoffe, du weißt, auf welcher Seite du stehst.«

Ravins Begleiter blieben im achten Stock zurück, während Ravin und Alan in den zweiten Aufzug wechselten, der Zugang zu den höheren Ebenen gewährte.

»Ich will, dass du etwas weißt«, sagte der Hüne. »Ich liebe dich wie einen Sohn. Aber ich diene deinem Vater. Mein Schwert gehört ihm seit vielen hundert Jahren. Ich werde ihn niemals verraten.«

Alans Kehle schnürte sich zu. Er wollte etwas erwidern, doch dann stoppte der Aufzug, und Ravin wandte sich ab, und der Moment verstrich. Die Türen öffneten sich und gaben den Blick frei in die nächtliche Eleganz des Atriums mit seinen raumhohen Glasflächen und den Orchideen in Marmorvasen.

Einen Lidschlag später erschütterte eine dumpfe Explosion die Luft, eine Vibration in den Wänden. Ravin murmelte einen Fluch. Alan warf einen Blick aus dem Fenster. Alle Lampen im Hof waren erloschen. Nur die Scheinwerfer der Lkws vor dem Haupttor durchschnitten die Nacht. Rauch wogte um die Barrikaden.

Ungläubig starrte er auf die Szene hinab. Er konnte einfach nicht glauben, dass Katherina einen Frontalangriff auf die Festung seines Vaters ausführte. Auch wenn das hier eine Industriegegend war, jemand würde den Lärm hören und die Cops rufen.

»Die Bullen lassen sich hier nicht blicken«, sagte Ravin, als hätte er Alans Gedanken gelesen. »Wir zahlen ihnen eine Menge Geld dafür, dass sie sich nicht um uns kümmern. Selbst wenn der ganze Laden in die Luft fliegt, tauchen die frühestens in ein paar Stunden auf.«

Alan drehte sich zu dem Hünen um. »Dann seid ihr hoffentlich gut vorbereitet.«

»Das ist nicht die erste Belagerung, und es wird nicht die letzte sein.« Ravin wandte sich zum Gehen. »Naveen wird sich gleich um dich kümmern.«

Alan musterte das Wasserbecken in der Mitte des Atriums. Das Licht der Halogenspots brach sich in den Wellen und malte Leuchtspuren in den schwarz polierten Marmor.

Die Dinge gerieten offenbar außer Kontrolle. Höchste Zeit, dass er den verdammten Ring auf das Spielfeld warf. Sie würden sich darauf stürzen wie Löwen auf frische Beute und sich nicht länger mit Nebenakteuren beschäftigen, die nur zufällig mit dem Relikt in Berührung gekommen waren.

»Wohin fahren wir?«

Eves Stimme, leise in der gleichförmigen Stille, schnitt wie ein Messer in Kains Konzentration. Er warf einen Blick auf die Tankanzeige.

»Ich weiß nicht.«

Lichter flogen vorbei. Die Scheinwerfer der Autos auf der Gegenspur, Leuchtreklamen am Straßenrand. Der Freeway war dicht befahren, trotz der späten Stunde. Kain musterte ein Schild.

»Wir sind gleich in Santa Ana.«

»Wir können die 55 nehmen«, schlug sie vor, »zurück nach Long Beach.«

Die Festung seines Vaters im Zentrum ihrer Kreise. Kain fühlte sich seltsam beklommen. Es lag an ihr. Eve, die ihm so nahe war. Er musste nur die Hand ausstrecken, um sie zu berühren. Dann konnte er ihre Haut spüren, ihre karamellfarbenen Locken und auch die Furcht, die sie einhüllte wie ein schwerer Mantel. Die Furcht, die sie zu verbergen suchte. Nur ihren Abscheu, den zeigte sie offen.

»Kennst du dich hier aus?«, fragte er.

Sie zuckte mit den Schultern.

Erinnerungen spülten an die Oberfläche, verschüttete Echos an eine Zeit, in der er diese anderen Empfindungen gekannt hatte. Das war, bevor er sie sich aus der Seele gebrannt hatte, wie alles, was ihn verletzlich machte. Und nun fielen sie ihn an wie wilde Hunde. Unfähig, ihnen einfach die Kehle darzubieten, rang er mit sich selbst. Was, wenn sie ihm Wunden zufügten, von denen er sich niemals erholen konnte?

Aus dem Augenwinkel betrachtete er Eves Gesicht. Ihre Nase, die Stirn, die sanft geschwungenen Wangenknochen. Eine Locke fiel ihr über die Schläfe, als sie den Kopf senkte.

»Oder wir fahren bis Dana Point«, sagte sie, »und nehmen dann den Pacific Coast Highway zurück über Newport.«

Seine Hände am Lenkrad fühlten sich steif an. Sein Körper

schmerzte von der gewalttätigen Transformation, trotz des Blutes, das er getrunken hatte. Eve hielt ihn für ein Monster, eine Kreatur aus einem Albtraum. Und hatte sie nicht recht damit?

»Darf ich dich was fragen?«

Ihr Ton machte ihn beklommen.

»Hat dich wirklich jemand beauftragt, mich umzulegen?«

»Ja«, sagte er.

»Warum?«

»Das geht mich nichts an.«

Er hörte, wie sie scharf die Luft einsog.

»Es interessiert mich auch nicht«, fügte er hinzu.

»Aber es ging um den Ring?«

Kain nickte. »Das war Bestandteil des Jobs. Jemand will ihn zurück.«

»Jemand?«

Jetzt wandte sie ihm ihr Gesicht zu. Er stellte sich vor, wie es wäre, ihre Lippen zu berühren. Nicht gewalttätig wie beim letzten Mal. So vieles hatte sich geändert.

»Ich kenne den Namen des Auftraggebers nicht.«

»Was?« Aus ihrer Frage klang Ratlosigkeit. »Du meinst, du bringst Leute um und weißt nicht mal, in wessen Auftrag? Interessiert es dich nicht, warum sie sterben müssen?«

Er zuckte mit den Schultern. »Es ist ein Geschäft.«

»Und ich stehe nicht länger auf der Liste?«

Kain lächelte.

Ihre Stimme wurde leiser. »Warum lässt du mich gehen?«

Warum? Alan hatte die Wahrheit getroffen. Diese Erkenntnis war erniedrigend. Es quälte ihn zu wissen, dass etwas, das sich wie Liebe anfühlte, nichts weiter war als ein triebhafter Zwang, eine Besessenheit, eine chemische Reaktion.

»Was sind diese Blutsbande?«, bohrte sie nach.

»Eine Legende.«

So viele Jahre hatte er den Blutdurst als Gabe betrachtet, mehr Segen als Fluch, wenn man ihn zu kontrollieren vermochte. Und nun hatte die Gabe ihn betrogen und hilflos gemacht.

Alan bemerkte eine Bewegung im Augenwinkel und sah auf. Mit Befremden erkannte er, dass es nicht Naveen war, sondern sein Vater, der sich vom Korridor her näherte. Das war ein unerwarteter Bruch des Protokolls. Mordechai blieb dicht vor ihm stehen.

»Was ist das für ein Gestank an dir?«

Alan hob eine Braue. »Ich freue mich auch, dich zu sehen, Vater.« Er machte eine Kopfbewegung zum Fenster. »Was geht dort vor?«

»Ich dachte, du weißt das besser als ich.«

Das Gesicht seines Vaters war eine reglose Maske. Seine Brillengläser funkelten im Licht. Alan suchte vergeblich nach Groll in seinem Innern, nach einem verbliebenen Funken Wut. Mordechai unterstellte ihm, mit seinen Gegnern zu paktieren, und legte ihm Neutralität als Feindschaft aus. Das sollte er ihm übel nehmen. Doch er konnte nicht. Er verspürte nur Bedauern um das, was sie nicht mehr verband.

»Ravin sagt, dass du dich jetzt im Krieg mit der Garde befindest.« Alan trat zurück ans Fenster. Wenn dort unten Schüsse fielen, konnte er es nicht hören. Die Scheiben filterten alle Geräusche. »Es geht um den Engel, nicht wahr?«

»Willst du dich mir in den Weg stellen?«

»Von mir aus kannst du eine ganze Legion von Gefallenen erwecken.« Er lachte auf. »Das interessiert mich nicht. Ebenso wenig wie Katherinas Schauermärchen. Mag sein, dass ein Nephilim allein eine Armee vernichten konnte, doch das war vor zweitausend Jahren.« Eine neue Explosion erschütterte den Boden unter seinen Füßen. »Die Zeiten haben sich geändert.«

»Es interessiert dich nicht«, wiederholte Mordechai. Seine Stimme klang heiser. »Warum bist du dann hier?«

Der Kampf zwischen Kain und dem kahlköpfigen Bluttrinker flammte vor Alans geistigem Auge auf und dann der Blick des Mannes, dieses Gefühl, ihn schon einmal gesehen zu haben. Kälte kroch seinen Nacken hoch.

»Eve Hess«, sagte er. »Kennst du sie?«

Scharf fixierte er das Gesicht seines Vaters. Mit plötzlicher Klarheit erinnerte er sich an den Überwachungsraum im achten Stock, als Mordechai ihn gefragt hatte, ob er die Russen auf den Monitoren erkannte. Er wusste wieder, wo er den Kahlkopf gesehen hatte. Der Mann hatte an der Konsole unter den Monitoren gesessen. Er war einer von Mordechais Leuten. So wie wohl auch der Rest der Bande, die er gemeinsam mit Kain ausgelöscht hatte.

»Ja«, beantwortete er sich selbst die Frage, »natürlich kennst du sie.«

Mordechai blinzelte hinter den Brillengläsern. Oder vielleicht täuschte das Licht.

»Du hast ihr deine Leute nachgeschickt.«

»Diese Reporterin?« Die Maske schmolz. Alan war nur nicht sicher, ob es Wut war, die Mordechais Stimme vibrieren ließ, oder etwas anderes. »Sie hat mir etwas gestohlen.«

»Ich kann dir geben, was du suchst. Im Gegenzug lässt du sie in Ruhe.«

»Du kommst hierher und wagst es, Forderungen zu stellen?«

Die Worte hingen zwischen ihnen wie verdrehte Klingen und drohten die Balance zu verschieben. Die Luft selbst schien plötzlich den Atem anzuhalten. Alan unterdrückte den Reflex, nach seinen Waffen zu greifen. Er war nicht hergekommen, um einen Kampf anzuzetteln. Obwohl, flüsterte eine Stimme in seinem Hinterkopf, das vielleicht die beste Lösung war. Die Antwort auf all die Fragen, die sein Leben vergifteten. Was war das, Loyalität? Die Schuld der Söhne vor ihren Vätern? Blinder Gehorsam bis in den Tod? Was, wenn er Mordechai tötete, hier und jetzt, und damit die Ketten durchschlug, die ihn noch banden? Wenn er nicht bitten müsste, sondern einfach entschied, die Bedrohung für Eves Leben auszuschalten?

»Ich weiß, was du denkst.« Mordechai drehte seine Handflächen nach oben. »Du überlegst, ob du mich verraten sollst, mein unschlüssiger Sohn.« Er lächelte milde. »Das ist deine schrecklichste Schwäche. Du willst dich nicht entscheiden. Du beharrst auf deiner Neutralität, dabei belügst du dich selbst.« Seine Stimme hob sich. »Ein halber Verrat ist wie ein ganzer Verrat. Du fragst dich, ob du mich schlagen kannst. Eine interessante Frage. Sollen wir es herausfinden?«

Alan spürte, wie die Schichten der Realität um ihn herum verrutschten. Er starrte Mordechai ins Gesicht, suchte seinen Blick hinter den spiegelnden Gläsern. Zugleich musste er immer mehr Kraft aufbringen, um seine Stimme zu zähmen und seine Hand, die sich nach der Schwere des Dolches sehnte. Wenn er sich jetzt nicht bezwang, stürzte er in einen Abgrund ohne Wiederkehr. Und wer wusste, was ihn am Grund dieser Schlucht erwartete!

»Ich will mich nicht mit dir schlagen«, stieß er hervor.

»Dann entscheide dich!«

»Willst du den Ring? Ich habe ihn.«

Ein Ruck ging durch Mordechais Körper. Für einen Moment verlor er seine Selbstbeherrschung. Die Gier in seinem Blick ließ Alan schaudern. Doch er fing sich sofort wieder.

»Bist du hier, um zu handeln?«

»Den Ring kannst du haben. Ich will nur dein Wort wegen der Frau.«

Das Schweigen zog sich in die Länge. Die scharfen Falten in Mordechais Gesicht glätteten sich. Dann lächelte sein Vater, doch dieses Mal ohne Ironie. Etwas Friedvolles trat in seine Miene. Alan spürte, wie eine schmerzhafte Sehnsucht an ihm zog. Es fühlte sich beinahe so an, als wäre noch etwas übrig von dem Vertrauen, das ihn einst an seinen Vater gebunden hatte. Ihre Blicke trafen sich, und als Mordechai endlich antwortete, war die Härte aus seiner Stimme verschwunden.

»Dir liegt etwas an ihr?«

Alan nickte. Er wusste, er machte sich verletzlich, doch er verschloss sich nicht. Ein Teil in ihm wollte Mordechai zeigen, dass nicht alles zwischen ihnen zerbrochen war.

»Und ist sie es wert?«

»Ja.«

Mordechai senkte den Kopf. »Dann gib mir den Ring.«

Mit einem Ruck löste Alan die Kette und ließ den Ring in seine ausgestreckte Handfläche fallen. Der Opal schimmerte in den Farben des Regenbogens. Mordechai griff danach. Nicht hastig, sondern mit Bedacht, wie ein Juwelenschleifer, dem ein kostbarer Diamant enthüllt wurde. Seine trockenen Fingerspitzen berührten Alans Haut. Er hob den Ring ins Licht.

»Du weißt, was das ist?«, fragte er.

»Ein Seelengefäß.«

»Mit einer lebendigen Seele. Kannst du sie spüren? Wie sie sich windet?«

Mordechais Gesicht nahm einen entrückten Ausdruck an. In diesem Moment erkannte Alan die ganze Macht dieser Obsession. Mordechai ging darin auf. Das war seine Verheißung, sein persönlicher Olymp. Nichts und niemand würde ihn davon abbringen. Nicht Katherina und auch sonst niemand auf der Welt.

Eine gewaltige Explosion zerriss den Moment. Der Boden bebte erneut unter Alans Füßen. Dieses Mal war es kein Echo aus der Ferne. Die großen Glasscheiben rissen mit einem hässlichen Knirschen. Der Sprengsatz musste ganz in der Nähe hochgegangen sein.

In der darauffolgenden Stille erklang ein melodischer Ton. Die Aufzugtüren glitten auf, und eine Gruppe von Männern trat heraus. Alan erkannte Ravins stämmige Gestalt und Aaron, den schmallippigen Wachmann, gemeinsam mit zwei anderen Schattenläufern.

»Wir müssen hier raus«, rief Ravin. »Sofort! Sie sind dicht hinter uns.« Seine Stimme nahm einen beschwörenden Tonfall an. »Es sind viele.«

Alan spürte ihre Blicke, Aarons Feindseligkeit, Ravins Trauer, die ihn schaudern ließ, weil er sie nicht zu deuten wusste, den Gleichmut der übrigen Männer. Und Mordechais marmorschwarze Augen, hart und kalt wie zuvor. Jeder Anflug von Nähe war verschwunden, so als hätte Alan sich die letzten Minuten nur eingebildet.

Plötzlich verstand er.

Ihn übermannte das rasende Bedürfnis, auf seinen Vater einzuschlagen. Ihn zu verletzen, um ihm eine Emotion zu entringen – wenn schon nicht Liebe, dann wenigstens Hass.

Schließlich dachte er an Kain. Ob Mordechai von ihm wusste? In diesem Moment begriff er, wie Kain zu dem geworden war, der er war.

Eves Schultern schmerzten. Sie unterdrückte den Impuls, ihre verkrampften Muskeln zu massieren. Sie wollte Kains Aufmerksamkeit nicht auf sich lenken.

In Momenten wie diesem, wenn er reglos auf die Fahrbahn starrte, die Hände am Lenkrad wie Klammern aus Stahl, gelang es ihr, sich einzureden, dass all dies vorbeigehen würde. Dass sie aus dieser Sache heil herauskommen konnte, irgendwie. Alan hatte sie mit einem Ungeheuer zusammengekettet, zu einer brüchigen Zweckallianz. Sie mussten in Bewegung bleiben, hatte Alan gesagt, so lange bis er sicherstellen konnte, dass Eve nicht länger das Ziel bluttrinkender Kopfgeldjäger war.

Sie verstand noch immer kaum die Wandlung, die in Kain vorgegangen war. Doch etwas war geschehen, nachdem er ihr Blut getrunken hatte. Eine seltsame Magie hatte seine Mordlust ins Gegenteil verkehrt. Jetzt trieb ihn das Bedürfnis, ihr Leben zu schützen. Und unverhohlene Lust.

Eve las es in seinen Augen. In der Art, wie er sie ansah, wenn er glaubte, sie würde es nicht bemerken. Und zu ihrem eigenen Befremden faszinierte er sie sogar, wie ein Raubtier auf der anderen Seite des Käfiggitters. Verstohlen musterte sie sein Profil, das Alans so sehr glich, dass sie Brüder hätten sein können.

Vor ihrem Aufbruch hatte Kain sich das Blut abgewaschen. Er war so schön wie Alan, doch sein helles Haar und die rauchgrauen Augen verliehen ihm ein ätherisches Aussehen, das im Widerspruch zu seinem Wesen stand und so noch verstörender wirkte. Eine Bestie mit dem Gesicht eines Engels.

Sie stieß den Gedanken fort. Eine Zeit lang starrte sie aus dem Fenster, betrachtete die Lichter der Hafenanlagen vor dem nachtschwarzen Himmel. Sie hatten Newport hinter sich gelassen und durchquerten nun die Randbezirke von Long Beach.

»Warum ruft er nicht an?« Ihre Sorge um Alan unterhöhlte allmählich ihre Furcht vor dem Killer. »Er hätte sich längst melden müssen.«

»Er weiß, was er tut«, erwiderte Kain.

»Wie lange ist er jetzt fort?« Sie starrte auf die Uhr in der Mittelkonsole. »Zwei Stunden.«

»Von Ventura bis hier sind es anderthalb Stunden Fahrt.«

»Was, wenn ihm etwas zugestoßen ist?« Was, wenn er in Streit mit seinem Vater geraten war? Mordechai war kein Kleinkrimineller, mit dem man sich leichtfertig anlegen konnte. So wie sie es getan hatte, als sie seinen Namen in ihrem Artikel erwähnte. Oder Mordechai überzeugte Alan, die Seiten zu wechseln. Immerhin war er sein Vater. Nein, unmöglich! Sie wollte das nicht denken. Sie wollte ihm vertrauen. Dann bemerkte sie, dass Kains Blick auf ihr ruhte.

»Wir müssen ihn anrufen«, sagte sie. Sie tastete nach dem Telefon in ihrer Jackentasche, dann fiel ihr wieder ein, dass es leer war.

»Vielleicht trifft er sich genau in diesem Moment mit Mordechai«, gab der Killer zurück.

Ihr Unbehagen verdichtete sich. »Ruf ihn an. Bitte!«

Kain stieß einen Laut aus, halb Knurren, halb Schnauben. Doch er zog sein Handy heraus.

Eve nestelte den Zettel aus ihrer Tasche, auf den Alan eine neue Telefonnummer geschrieben hatte, und diktierte sie ihm. Angespannt beobachtete sie, wie er das Telefon ans Ohr legte. Mit einer Hand lenkte er den Wagen auf die Ausfahrt, die vom Pacific Coast Highway fort auf die 405 führte. Enttäuschung überrollte sie, als er seinen Arm sinken ließ und den Kopf schüttelte.

»Keine Antwort.«

»Was?«

»Es klingelt ins Leere.«

»Probier es noch mal!«

Schulterzuckend gab er nach. Doch Alan nahm den Anruf nicht an. Nicht beim zweiten und nicht beim dritten Versuch. Eve schluckte. Das Unbehagen wurde stärker. Etwas sagte ihr, dass er in Schwierigkeiten steckte. Dass etwas schrecklich schiefgelaufen war.

»Wir müssen etwas tun«, drängte sie.

Ihm direkt in die Höhle des Löwen zu folgen war jedoch Wahnsinn, das war selbst ihr klar. Sie würden nicht weit kommen, wenn sie einfach am Eingangstor klopften.

Eve schauderte, als sie Kains Hand auf ihrer Schulter spürte. Sie wagte nicht, ihn abzuschütteln. Sie ließ zu, dass er über ihre Haut tastete bis hoch zu ihrem Haar.

»Wir müssen etwas tun«, wiederholte sie. Ihre Stimme vibrierte. Sie fuhren unter einer Brücke mit Schildern hindurch, die die Ausfahrt auf den Harbour Freeway ankündigten. Plötzlich kam ihr eine Idee. Es war verrückt und riskant, doch eine Möglichkeit.

»Kain«, sagte sie, und ihr wurde bewusst, dass sie ihn zum ersten Mal mit Namen ansprach, »ich weiß, was wir tun können.«

Weitere Explosionen erschütterten die Mauern. Putz löste sich von der Decke und stürzte ins Wasserbecken.

»Diese Frau«, sagte Mordechai, »ich werde sie jagen. Ich werde sie töten, verstehst du mich? Und vorher werde ich sie bestrafen.«

»Was ist mit deinem Wort?«, fragte Alan.

Mordechai wollte ihn provozieren. Er verstand nur nicht, aus welchem Grund. Vielleicht, um eine Reaktion zu erzwingen, aus dem gleichen Impuls heraus, wegen dem er selbst zuvor fast die Kontrolle verloren hätte? Nur dass sein Vater kein Maß kannte. Die Ausführung seiner Drohung war Teil der Provokation.

»Du hättest mich verraten, ohne mit der Wimper zu zucken«, gab Mordechai zurück. »Du hättest den Ring meinen Feinden überlassen, wenn es deinen Zielen genützt hätte.«

»Du unterschätzt mich.« Der Disput drohte außer Kontrolle zu geraten. Plötzlich war Alan froh, dass er Eve in Kains Obhut gegeben hatte. Kain würde über sie wachen. Er hatte sich mit Blut an sie gebunden. Das bedeutete, dass jeder, der versuchte, ihr etwas anzutun, es zuerst mit einer rasenden Bestie aufnehmen musste.

Irgendwo fielen Schüsse, gedämpft durch die Mauern. Dann

erschütterte ein dumpfes Krachen das Schweigen. Jemand versuchte eine Tür einzuschlagen. Alan witterte Rauch.

»Los!«, brüllte Ravin.

Er sah, dass der Hüne einen Blick mit Mordechai wechselte, ein unmerkliches Nicken. Aaron ließ ein Bündel auf den Boden fallen. Metall klirrte. Mit dem Fuß stieß er es in Alans Richtung.

»Du bist ein Judas.« Mordechai zog sich zurück. »Du hast keine Ehre.«

Alan warf einen Blick zur Treppenhaustür, die unter wuchtigen Schlägen vibrierte.

»Aber wenigstens wirst du unseren Rückzug decken.«

Gemeinsam mit den anderen wich er in den Korridor zurück, der vom Atrium aus in den Garten und die restlichen Räume des Stockwerks führte. Alan wollte ihnen folgen, blieb jedoch abrupt stehen, als eine Gewehrsalve den Boden vor seinen Füßen perforierte.

»Entscheide dich«, rief Mordechai ihm zu. »Kämpfe oder stirb!«

Ravin hob die Maschinenpistole ein wenig an. Die Drohung war unmissverständlich. In einer gewaltigen Explosion barst die Tür nach innen. Alan bückte sich nach dem Bündel zu seinen Füßen. Seine Kehle brannte vor Enttäuschung. In seiner Brust ballte sich ein Eisklumpen zusammen, als ihm klar wurde, wie wenig Mordechai auf sein Leben gab. Er opferte ihn. Einfach so, wie man eine Motte zertrat.

In einer Wolke aus Staub und Schutt tauchten mehrere Gestalten auf, ein hochgewachsener Mann mit einer Maschinenpistole in der einen Hand, in der anderen ein Schwert mit kurzer Klinge. Schüsse fielen. Alan warf sich zur Seite, um nicht von den Kugeln getroffen zu werden.

»Stopp!«, brüllte er. »Ich bin ein Freund!«

Sein Ruf verhallte in den Explosionen.

Mehr Gardisten drängten in den Raum. Eine Klinge funkelte auf.

Alan duckte sich unter dem Hieb hinweg. Er packte das Bündel und stürzte zurück in den schmalen Korridor, um den nachdrängenden Angreifern den Vorteil ihrer Übermacht zu nehmen. Ein Schwert kam zwischen den Stofflagen zum Vorschein, ein lederumwickeltes Heft, geschwärzter Stahl. Sein eigenes Schwert, das Aaron aus dem Wagen gestohlen hatte.

Ein Gefühl tiefer Vertrautheit durchströmte ihn, als er die Finger um den Griff legte. Der Handschutz schmiegte sich kühl an seine Haut. Das Gewicht der Waffe verschmolz mit seinem Arm, die Muskeln erinnerten sich. In einer fließenden Bewegung zog er die Klinge blank. Dann krachte Stahl auf Stahl.

Er lenkte den Hieb seines Gegners ab, stieß ihn zurück und schwang das Schwert in einem weiten Bogen, der den Mann enthauptete. Ein anderer nahm seine Stelle ein, mehr Feinde drängten nach.

Alan wich noch weiter zurück, wehrte ihre Attacken ab, schlug zurück. Sie waren im Blutrausch, sie hörten ihn nicht. Und selbst wenn sie es hörten, machte es keinen Unterschied. Wut schwoll in ihm an, als ihm bewusst wurde, welche Wahl er hier treffen sollte. Wut, die seine Kehle verengte und seine Brust schmerzen ließ und die sich in wuchtigen Schlägen entlud, mit denen er seine Gegner das Fürchten lehrte. Seine Klinge fetzte durch Muskeln und Sehnen, der Geruch von Blut überwältigte ihn.

Ein Schuss traf ihn an der Wange. Dann sang nur noch Stahl auf Stahl. Der Schütze hatte wohl aufgegeben, mehr Kugeln zwischen die Kämpfer zu feuern und zu riskieren, dass er seine eigenen Leute erwischte.

Wie eine Sturmwoge fielen sie über ihn her. Es gelang ihm nicht, den Kampf zu stoppen. Er konnte die Waffen nicht niederlegen. Nicht in diesem Chaos. Sie würden ihn niedermachen, bevor sie überhaupt begriffen, dass er nicht länger kämpfen wollte.

Sein Verhältnis zu Mordechai war stets ambivalent gewesen, eine empfindliche Mischung aus Liebe und Hass, Pflichtgefühl und Gleichgültigkeit. Doch in diesem Moment verschob sich die Balance. Der Hass ließ das Gleichgewicht kippen. Es stürzte ohne Wiederkehr und riss die Liebe mit sich – und das Pflichtgefühl.

Ein Schlag gegen die Schulter brachte ihn ins Taumeln. Er zog die Beretta hoch und feuerte blindlings in die Menge seiner Gegner.

Kain fragte sich, ob die Frau wusste, dass er einen ihrer Gardisten getötet hatte. Ihre Aura fühlte sich so fremd an, dass er im ersten Moment vor ihr zurückzuckte. Sie besaß Macht, und sie demonstrierte sie offen.

»Hallo, Katherina«, sagte Eve neben ihm.

Sie standen im Foyer einer eleganten Villa im Hinterland von Malibu. Zuvor hatten sie sich ihren Weg durch zwei Dutzend schwer bewaffneter Schattenläufer bahnen müssen, die vor dem Haus warteten. Eine Atmosphäre nervöser Gereiztheit hing in der Luft. Und Katherina, die berühmte Anführerin der Garde in Los Angeles, stand in ihrem Atrium wie im Auge des Sturms.

»Hallo, Eve.« Ihr russischer Akzent sättigte die Silben. »Was für eine erfreuliche Überraschung!« Ihre Lippen zuckten, als ihre Augen sich auf Kain richteten, verzogen sich zu einem halben Lächeln. »Und Sie sind …?«

»Sein Name ist Kain.«

Er hielt dem Blick der Russin stand. Sie besäße eine gut gehende Galerie, hatte Eve gesagt. Katherina Petrowska, die einzig lebende Frau, die das Blut in sich trug. Eine kunstsinnige Kriegerin. Zu einem anderen Zeitpunkt hätte sie ihn fasziniert.

»Also, was kann ich für Sie tun?«

Sie ging mit keinem Wort auf die ungewöhnliche Zeit ihres Besuchs ein, noch auf die kleine Armee, die sich in ihrem Vorhof versammelt hatte. Irgendwo heulte ein Motor auf.

»Es geht um den Engel«, sagte Eve.

Kain bemerkte, wie sich ein Muskel in der Wange der Galeristin spannte.

»Alan ist bei Mordechai«, fügte Eve hinzu. »Ich glaube, dass er in Gefahr ist. Und er hat den Ring.«

Dieses Mal zuckte Katherina sichtlich zusammen. Ihre kühle Fassade bröckelte.

»Er hat den Ring? Was weißt du darüber?« Mit einem Mal ließ sie jede Förmlichkeit fallen. »Und was hat er damit zu tun?« Sie deutete mit einer Kopfbewegung auf Kain.

»Der Ring interessiert mich nicht«, sagte Kain, bevor Eve für ihn antworten konnte. »genauso wenig wie dieser Engel. Ich will nur Mordechai.«

Sie sah ihn an. Ihre Augen waren von durchdringendem Grün. Plötzlich fürchtete er sich vor dem, was sie sehen konnte. Reflexartig spannte er sich an. Er duldete nicht, dass jemand ihm Furcht einjagte. Katherina streckte eine Hand aus und berührte seine Wange. Ihre Fingerspitzen fühlten sich kalt und zugleich glühend an, als würden sie die Energie aus seinem Körper saugen. Eine absurde Vorstellung, das wusste er. Dennoch kostete es ihn Überwindung, ihre Hand nicht einfach fortzustoßen.

»Mein Gott«, stieß sie endlich hervor, »ihr seid vom gleichen Blut!«

Kain war gefangen zwischen Faszination und Grauen. »Ich werde Mordechai töten«, sagte er.

»Du hasst deinen Vater.« Als würde sie in ihm lesen wie in einem offenen Buch. Und vielleicht tat sie genau das. »Du suchst nach Rache.«

Wenn sie wusste, dass er ihren Leutnant gefoltert und erschlagen hatte, ließ sie es ihn nicht spüren. Sie schwieg einen Moment. Und richtete ihre Aufmerksamkeit wieder auf Eve.

»Du weißt, was wir sind?«, fragte sie.

»Ja.«

»Und fürchtest dich nicht?«

»Fürchten?« Eve lachte nervös. »Ich stehe am Rand eines Nervenzusammenbruchs.« Sie straffte ihre Schultern. »Aber ich will nicht, dass Alan etwas zustößt. Er ist wegen mir gegangen. Er will Mordechai den Ring anbieten, damit der mich in Ruhe lässt.«

Katherinas Augen verengten sich zu schmalen Schlitzen. »Dann ist er ein Narr.« Ihre Stimme war nur mehr ein Zischen. »Und du verstehst nicht, worauf du dich einlässt.« Sie deutete mit dem Kopf zur Tür. »Ich werde gleich mit diesen Männern aufbrechen, um eine Ladung am Hafen in Empfang zu nehmen. Meine Leute stürmen in diesem Moment Mordechais Festung. Niemand wird uns aufhalten.«

Ihre Worte schnitten wie Messer in Kains Bewusstsein. Kurz flackerte Euphorie in ihm auf, doch sie erstarb gleich wieder, als ihm klar wurde, dass die Garde Mordechai töten würde, wenn sie seiner habhaft wurde. Dass er vielleicht genau in diesem Moment um seine Rache betrogen wurde. Er spürte Katherinas Blick. Sie wusste, was in ihm vorging. Sie wusste es und beobachtete ihn mit neugierigem Interesse wie ein Insekt auf dem Seziertisch.

»Was heißt das?«, stieß Eve hervor.

»Dass ich hoffe, dass Alan weiß, auf welcher Seite er steht.«

Obwohl sich nichts an ihrem Äußeren änderte, schien in diesem Moment alle Menschlichkeit von Katherina abzufallen. Darunter schimmerte etwas anderes, Älteres. Kain fröstelte.

»Trägt er den Ring bei sich?«, fragte sie.

Eve nickte. »Ihm ist gleichgültig, wer ihn bekommt«, fügte sie hinzu.

»Wir finden ihn.« Die Galeristin lächelte wie eine Wölfin, die geduldig ihre Beute belauerte. »Erik wird euch begleiten. Unsere Leute kennen ihn. Sie werden euch nicht angreifen, wenn er bei euch ist.«

Alan taumelte.

Sein Hinterkopf krachte gegen die Wand – ein Vorhang aus Stahllamellen, der den Aufprall kaum dämpfte. Sein Schwert schien Tonnen zu wiegen. Er ließ die Pistole fallen, die ihm leer nichts mehr nutzte, und packte das Heft mit beiden Händen. Gerade rechtzeitig riss er die Klinge hoch, Stahl prallte auf Stahl, die Schneide des anderen glitt daran ab.

Er blinzelte. Blut lief ihm in die Augen.

In seinem Rücken erhob sich die Wand, er konnte nicht weiter zurückweichen. Seine Konzentration bekam Risse, weil er schwächer wurde. Er hatte viel zu viel Blut verloren.

Ein neuer Gegner bedrängte ihn von der Seite. Alan gelang es nicht, den Hieb zu blocken. Die Klinge riss ihm den Arm auf. Wütend konterte er mit einem Tritt, der den Mann zurücktaumeln ließ. Doch es verschaffte ihm keine Atempause. Für jeden geschlagenen Feind schienen drei neue aufzutauchen. Sein einziger Vorteil war die Enge des Korridors.

Der Gedanke driftete durch seinen betäubten Geist und wurde zerfetzt von einer Reihe von Explosionen. Schüsse. Eine Kugel traf ihn in die Brust wie ein Faustschlag, der ihm den Atem nahm und seinen Blick verschwimmen ließ. Aus seinen Fingern wich jedes Gefühl. Er versuchte, sich auf das Gesicht des nächsten Gegners zu konzentrieren, das Schwert ein glänzender Bogen in der Luft. Er wusste, dass er seine eigene Waffe hochziehen, dass er diesen Hieb abwehren musste, weil er ihn sonst enthauptete. Doch er konnte nicht. Die stählernen Torscharniere drückten in seinen Rücken. Ein weiterer Schlag riss ihn aus dem Gleichgewicht, ein Hieb gegen die Schulter, noch ein Schuss. Die gegnerische Klinge prallte auf den Stahl, wo eben noch sein Kopf war. Er stürzte.

Das prachtvolle Atrium mit seinen schwarzen Marmorwänden glich einem Schlachthaus. Die Luft war dick von Rauch und Blut. Eve musste würgen, als sie aus dem Aufzug trat. Die Welt um sie herum drehte sich. Für einen Moment hörte sie nur Gebrüll und Stimmen, dann einen scharfen Ruf, der sich aus der Kakophonie löste. Schüsse ließen ihre Ohren klingeln.

Sie sah ein Wasserbecken, schwarz von Blut, Leiber am Boden, leere Augen. Vier oder fünf Tote.

»Stopp!«

Das war Eriks Stimme mit seinem singenden skandinavischen Akzent. Erik, Katherinas Leutnant, der Mann, der sie hier hochgebracht hatte, durch ein Chaos aus Tod und Verwüstung und Kriegern im Blutrausch, die alles vernichteten, das ihren Weg kreuzte.

»Dough, nimm das verdammte Schwert runter!«

Eve drängte sich zwischen ein paar Gardisten hindurch, die keinen Versuch machten, sie aufzuhalten. Auf einer Blutlache glitt sie fast aus, fing sich wieder. Ein Mann krümmte sich vor ihr am Boden. Diejenigen, die noch aufrecht standen, trugen Schwerter, ein seltsamer Anachronismus. Eves Fuß stieß gegen eine Maschinenpistole, die klappernd über den Marmor rutschte.

Am Ende des Korridors, wo die Schatten so dicht waren, dass sie zuerst nur Umrisse ausmachen konnte, fand sie Kain und Erik wieder. Der Leutnant diskutierte mit zwei Männern. Er hatte die Stimme gesenkt, sodass Eve die Worte nicht verstand, doch die

Mienen und die Körpersprache der Männer machten deutlich, dass sie Eriks Meinung nicht teilten.

Kain stand etwas abseits. Sein Körper versperrte die Sicht auf einen letzten Mann, der auf den Knien kauerte. Metall klirrte auf Stein, als er sein Schwert auf den Boden rammte, um sich daran aufzurichten. Ihr blieb beinahe das Herz stehen, als sie ihn erkannte.

»Alan«, flüsterte sie. Ihre Stimme versagte. »Alan.«

Er glich einer Kreatur aus einem Albtraum. Überall war Blut, auf seinem Gesicht, seinen Armen, es troff ihm aus den Haaren, von den Fingern, tränkte seine Kleider und bildete Lachen um seine Füße. Seine Augen hatten den Fokus verloren.

Sie war nicht sicher, ob er sie erkannte. Sie las nur Leere in seinem Blick, einen Rest Mordlust und überwältigende Müdigkeit. So gern hätte sie die Hand nach ihm ausgestreckt, doch sie wagte es nicht. Ihre Furcht vor ihm war stärker als das Vertrauen, das sie ihm versprochen hatte, und das beschämte sie.

In die Gruppe kam Bewegung. Die Gardisten zogen sich zurück in den Eingangsbereich.

Nur Erik blieb. Langsam drehte er sich zu Alan um. »Du kämpfst wieder, Alan Schattenherz«, sagte er. In seinem Tonfall lag Resignation. »Warum nicht auf unserer Seite?«

Alan machte einen Schritt rückwärts und ließ sich gegen die Wand sinken. Das Schwert in seiner Hand zitterte. Als er endlich antwortete, klang seine Stimme heiser und abgehackt. »Sie haben mich angegriffen. Sie wollten nicht hören.«

Erik nickte. »Hast du den Ring?«

»Deshalb bist du hier?« Alans Lachen verlor sich in einem Husten. Er tastete über seine Brust, dann betrachtete er seine Handfläche. »Mordechai hat den Ring.«

»Wo finden wir ihn?«

»Auf der anderen Seite.« Ein neuer Hustenanfall schüttelte

ihn. In seinem Mundwinkel sammelte sich Blut. »Auf der anderen Seite dieser Tür.«

»Und du hast seinen Rückzug gedeckt?«

Etwas zuckte über Alans Gesicht, das Eve zuerst für Schmerz hielt. Dann las sie den Hass in seinen Augen, ein tiefes Brennen, das sie erschütterte. Es war die gleiche Manifestation zerstörerischer Wut, die sie in Kain gesehen hatte. Das Schwert entglitt seinen Fingern und stürzte zu Boden. Erik packte Alan an den Schultern und zog ihn ein Stück fort von der Tür.

»Du siehst nicht gut aus«, sagte er.

»Ich brauche nur ein bisschen Ruhe.«

Ein trockenes Lachen. »Ich weiß.« Der Leutnant ließ ihn zu Boden sinken und half ihm, den Oberkörper an der Wand abzustützen. »Dir steht eine höllische Nacht bevor.«

Eve sank vor Alan in die Knie, nachdem Erik zurückgewichen war. Sie berührte seine Wange und zog ihre Hand sofort zurück, als er zusammenzuckte.

»Tut mir leid«, murmelte sie.

Er musterte sie unter halb geschlossenen Lidern. »Eve«, brachte er hervor. »Du solltest nicht hier sein.«

Sie spürte eine Bewegung hinter sich und brauchte nicht aufzublicken, um zu wissen, dass es Kain war.

»Alan Schattenherz, ja?« In der Stimme des Killers schwang widerwillige Bewunderung mit. »Das ist ein großer Name.«

Erik kehrte mit zwei anderen Gardisten zurück zur Tür. »Verschwindet hier!«, rief er Eve zu. »Wir sprengen gleich.«

Sie umklammerte Alans Arm und zog ihn auf die Füße. Seine Knie gaben bei jedem Schritt nach, doch sie wollte Kain nicht bitten, ihr zu helfen. Aus den Blicken der restlichen Gardisten sprachen Feindseligkeit und unverhohlener Blutdurst, und sie wusste, dass nur Erik zwischen ihnen und Alan stand.

21

Wasser gluckerte unter den Holzplanken. Die eleganten Häuser am Hafenbecken von Newport lagen in tiefem Dunkel. Noch war es Nacht, doch am Horizont zeigte sich bereits ein roter Schimmer.

»Der Hafen in Long Beach ist abgeriegelt«, sagte Ravin. Er nahm das Handy vom Ohr. »Unser Mann sagt, die Polizei ist da und liefert sich eine Schlacht mit der Garde.«

Mordechai lächelte. »Dann ist es gut, dass wir den Plan geändert haben, nicht wahr?«

Der hölzerne Steg knarrte unter seinen Füßen. Er blickte hinüber zu der großen Jacht, die ein Stück entfernt andockte. Etwas Friedfertiges lag in diesem Moment, eine stille Erhabenheit, die ihn berührte.

Asâêl.

So nah.

Der Ring schmiegte sich um seinen Finger, als wäre er für ihn gemacht worden. Und vielleicht war er das, wenn man an Vorbestimmung glaubte.

Wasser schwappte über den Steg, eine sanfte Welle. Gedämpfte Rufe hallten durch die Dunkelheit. Zwei von Ravins Männern fingen die Taue auf, die von der Reling geworfen wurden, und zurrten sie an den Pollern fest. Mordechais Herzschlag beschleunigte sich. Reine Freude breitete sich in ihm aus. Aaron, der junge Emporkömmling, trat auf ihn zu.

»Wir können jetzt an Bord gehen«, sagte er.

Mordechai wechselte einen Blick mit Ravin und nickte. Sein

Hauptmann gab sich wortkarg, seit sie den Tower in Long Beach verlassen hatten.

Auf dem Oberdeck des Schiffes empfing sie ein hagerer Mann mit strähnigem grauem Haar.

»Ich bin Jurij Grishuk.« Er streckte Mordechai die Hand entgegen. »Wir haben alles vorbereitet.«

»Wo ist er?«

»Kommen Sie!« Grishuk führte ihn eine schmale Treppe hinunter. Er stieß eine Metalltür auf und schaltete das Licht ein. Die Wände eines lang gezogenen Raums wurden sichtbar. In der Mitte stand ein Gegenstand von der Größe und Form eines Sarkophags, verhüllt mit einer schwarzen Decke.

»Bitte.« Grishuk machte eine Handbewegung zur Kiste.

Mordechai befeuchtete seine Lippen. Er sah sich um zu seinen Männern, die ihm dichtauf gefolgt waren.

»Wir warten oben«, sagte Ravin.

Mit einem leisen Klappern fiel die Tür hinter ihnen ins Schloss. Mordechai lauschte den Schritten, wie sie auf der Treppe verhallten. Dann näherte er sich der Kiste. Seine Finger glitten über die weichen Falten. Mit einem Ruck zog er den Stoff beiseite. Darunter kam etwas zum Vorschein, das tatsächlich an einen modernen Sarkophag erinnerte.

Die Kiste war mit Blech beschlagen, wohl um zu verhindern, dass Feuchtigkeit eindrang. Im Deckel war ein Fenster aus Plexiglas eingelassen, dahinter Dunkelheit. Ein Nachtfalter glitt vorüber und ließ sich auf den Boden sinken. Seine Flügel schimmerten wie Samt im Licht der Lampe. Lautlos löste Mordechai die Riegel und schob den Deckel zurück. Ein Antlitz trat aus dem Dunkel hervor, marmorweiß, die Lider geschlossen. Ein Hals, die Schultern, eine glänzende Brust.

Mordechai streckte eine Hand aus. Seine Finger schwebten dicht über der Wange, doch sie fanden keine Wärme. Zögernd berührte er die glatte Fläche. Der Körper fühlte sich an wie Stein. Das überraschte ihn, obwohl er es erwartet hatte. Aleksandr Demidhin, Feingeist und Kunstsammler, hatte sich täuschen lassen. Der Russe wusste wohl, dass der Ring etwas Besonderes war, doch die Natur der Gestalt in diesem Sarkophag hatte er verkannt. Mit wachsender Entschlossenheit ließ Mordechai seinen Handrücken über die Züge gleiten. Er ertastete eine Narbe unterhalb des Kinns, dann stieß er gegen das breite Collier, das um den Hals der Statue lag, Plättchen aus Malachit und Türkisen. Er hob die Hand mit dem Ring und betrachtete den Stein. Es schien, als ob nun ein Nebel im Innern des Opals pulsierte, so als hätte die Nähe zum Körper eine Sehnsucht geweckt.

»Asâêl.«

Er blickte hinab auf das androgyne Antlitz, die Perfektion der Gesichtszüge. Eine zeitlose Schönheit lag in der Architektur des Gesichts. Sein ganzes Leben hatte Mordechai auf der Suche nach Göttlichkeit verbracht. Und nun musste er nur die Hand ausstrecken, um sie zu berühren.

»Asâêl.« Der Name schmeckte wie Honigwein. »Kannst du mich hören?« Er schloss die Augen und genoss das Glücksgefühl, das seinen Körper durchströmte. Zum ersten Mal seit vielen Jahrhunderten fühlte er sich wieder vollständig.

Als sie den stählernen Sarkophag von der Jacht herunterließen und ihn in einen Lieferwagen mit abgedunkelten Scheiben verluden, dämmerte der Morgen in Purpur und Blau. Die Sonne stieg höher und vertrieb alle Schatten. Mordechai beobachtete, wie die Kiste im Innern des Laderaums verschwand. Ravin trat zu ihm und berührte ihn am Arm.

»Ist es das?« Eine schwer greifbare Traurigkeit lag in der Stimme des Hünen, die Mordechai nicht zuordnen konnte. »Der große Preis, für den wir kämpfen?«

Eine Spur Ärger mischte sich in Mordechais Gelassenheit. Auch wenn Ravin ihn seit so vielen Jahren begleitete, es gab ihm nicht das Recht, über seine Motive zu richten.

»Diese Frau«, sagte er, ohne Ravins Frage zu beantworten, »diese Reporterin. Ich will, dass du sie findest.«

»Ich hatte vier Männer auf sie angesetzt. Sie sind alle tot.«

»Dann kümmere dich selbst darum!«

»Aber wir haben den Ring«, wandte der Hüne ein.

»Ich will, dass du sie findest.« Mordechai kniff die Augen zusammen, als die Sonne über die Hausdächer auf der anderen Seite des Hafenbeckens stieg und ihn blendete. »Ich will, dass du sie zu mir bringst. Ich muss wissen, was das für eine Frau ist, die meinem Sohn etwas abringen konnte, das er mir verweigert hat.«

22

Eve hörte Stoff hinter sich rascheln, dann seine Schritte auf dem Holzboden. Sie drehte sich nicht um, sondern blieb still am Fenster stehen und beobachtete weiter die Straße, die Masten der Boote auf der anderen Seite, die Stege und dahinter das Wasser, das träge in der Nachmittagssonne glänzte. Unwillkürlich spannte sie sich an, als sie seinen Atem an ihrem Ohr spürte. Dann seine Finger, die ihren Nacken entlangstrichen. Ihr Herzschlag beschleunigte sich.

»Du bist wach«, wisperte sie.

»Wo sind wir?«, fragte Alan. Seine Stimme klang beinahe wieder normal.

»Du erinnerst dich nicht?«

»Kaum.«

Nun drehte sie sich doch herum und sah ihm ins Gesicht, in die blutunterlaufenen Augen. Das Shirt hatte sie ihm in der Nacht ausgezogen. Aber er trug noch immer die Jeans, die nun steif und dunkel war von getrocknetem Blut und über dem Oberschenkel zerrissen, wo eine Kugel ihn getroffen hatte.

»Ich dachte, du würdest sterben.« Erschöpfung überwältigte sie, die zurückliegenden Schrecken, das ganze Entsetzen der vergangenen Nacht. Sie konnte das Zittern nicht unterdrücken. Seine Hände glitten an ihren Schultern entlang, die Seiten herunter, schmiegten sich flach an ihren Bauch.

»Wenn du nicht mit Erik aufgetaucht wärst …« Er führte den Satz nicht zu Ende.

Sie dachte daran, wie sie ihn hierhergebracht hatte, in dieses

Motel irgendwo an der Küste kurz vor Dana Point. Nach der Transformation, diesem beängstigenden Vorgang, der die Heilung seiner Spezies initiierte, war er halb bewusstlos gewesen und kaum in der Lage, sich aus eigener Kraft zu bewegen. Und dann hatte er dagelegen wie tot, und sie hatte seinem Atem gelauscht, Stunde um Stunde.

»Wo ist Kain?«, fragte er.

»Ich weiß nicht.« Sie zuckte mit den Schultern. »Er war so begierig, seinen Vater zu suchen. Er hasst ihn, nicht wahr?«

»Das tut er.«

»Warum?«

»Weil Mordechai leichtfertig die Leben anderer zertritt.« Sie spürte seinen Groll unter der Oberfläche. »Vielleicht stünde ich jetzt an seiner Stelle, wenn die Würfel anders gefallen wären.«

»Du bist nicht wie Kain.« Sie wusste nicht, warum sie das sagte. Sie wollte die Bitterkeit von ihm nehmen, diesen Anflug von Selbsthass, der in seiner Stimme mitschwang. Dabei wusste sie nicht einmal, ob sie selbst ihre Worte glaubte. All die Stunden hatte sie versucht, nicht an das Blutbad zu denken, das er in dem eleganten Foyer auf dem Dach des Carnegie-Hochhauses angerichtet hatte. Als sie ihn dort sah, vom Blut seiner Opfer bedeckt wie ein Gott des Krieges, Furcht einflößend sogar im Moment seines Sturzes, wusste sie nicht, ob das noch der Mann war, den sie kannte. Und sie war sich auch jetzt nicht sicher.

Das Schweigen zwischen ihnen zog sich in die Länge. Seine Finger strichen unruhig über ihren Rücken.

»Glaubst du, dass es vorbei ist?«, fragte sie, um die Stille zu brechen.

»Mordechai hat, was er wollte.« Alan stieß den Atem aus. »Und Katherina hat ihm den Krieg erklärt. Sie werden eine Zeit lang miteinander beschäftigt sein. Er kann die vergangene Nacht nicht auf sich beruhen lassen.«

»Ich habe den Cops einen Tipp gegeben. Den Namen des russischen Frachters.«

»Das hast du getan?«

Sie nickte.

»Haben sie etwas gefunden?«

»Keine Ahnung. Wenn das Schiff gestern Nacht eingelaufen ist, haben sie mich jedenfalls noch nicht angerufen.«

Abrupt gab Alan sie frei. Er durchquerte den Raum und schaltete den Fernseher ein, wechselte durch die Kanäle und stoppte schließlich bei CNN.

»Wenn sie etwas gefunden haben, ist es vielleicht in den Nachrichten.«

Eve sah ihn an. »Oder die Presse stürzt sich auf die Schlacht auf dem Carnegie-Gelände. Da geht so eine kleine Meldung einfach unter.« Sie seufzte. »Und ich habe nicht einmal Fotos gemacht.«

Sein Lächeln wirkte künstlich, seltsam blass und desinteressiert. Eine Distanz klaffte zwischen ihnen auf, die sie zuvor nicht wahrgenommen hatte. Als hätte er sich zurückgezogen an einen Ort, an den sie ihm nicht folgen konnte. Und sie war sich nicht einmal sicher, ob es nicht an ihr lag. Das Bild, wie er an der Wand lehnte, die Klinge in seiner Hand, ganz schwarz von Blut, hatte sich in ihren Kopf eingebrannt. Wie auch der Schock, als sie begonnen hatte, die Toten zu zählen.

Ein dünner Schmerz flackerte in ihr auf. Die Furcht vor einem Verlust, der unerträglich wäre und nie mehr wiedergutzumachen.

Sie trat auf ihn zu und streckte eine Hand nach ihm aus, entschlossen, die Kälte zu überbrücken. Ihre Fingerspitzen strichen über seinen Arm, die kräftigen Schultern. Sie sog die Wärme seiner Haut auf, ertastete die Narben. Sie konzentrierte sich ganz auf diese Berührung, und als er sie endlich an sich zog, durchflutete sie Erleichterung.

Ich liebe dich, wollte sie sagen. Doch sie konnte nicht. Immer noch nicht.

Stattdessen legte sie den Kopf in den Nacken, um ihn zu küssen. Er kam ihr entgegen, erwiderte den Kuss. Seine Zunge stieß gegen ihre Lippen, drängte tiefer in einem aggressiven Fieber, das sie in seinen Bann zog und aus dem Gleichgewicht brachte. Die Leidenschaft sprang auf sie über, seine Finger fest in ihrem Nacken. Er drängte sie gegen eine Wand, und sie spürte, dass er mit ihr schlafen wollte. Ein Rest Unsicherheit pochte in ihren Schläfen, doch sie schob sie beiseite. Später.

Wenn sie büßen musste, dann später. Nicht jetzt.

Diesmal war er nicht zärtlich. Nicht wie die anderen Male. Etwas Abgründiges haftete ihm an, das sie nicht zu deuten wusste und das ihren Drang, die Kluft zwischen ihnen zu schließen, nur noch verstärkte. Er zerrte ihr T-Shirt hoch, so hastig, dass der Stoff zerriss. Dann presste er seinen Körper erneut gegen ihren, und das Gefühl, in ihm zu ertrinken, spülte alles andere fort. Sein Kuss war fast brutal. Verzweiflung lag in der Gewalttätigkeit seiner Liebkosungen und schürte ihre eigene Erregung. Er wollte sie, und sie wollte ihn, so sehr, dass es schmerzte. Sie packte sein Haar, vergrub ihre Finger in den dichten Strähnen und schob ihn rücklings zum Bett. Er knöpfte ihre Jeans auf und zerrte sie ihr von den Beinen. Halb stürzten, halb taumelten sie auf die Matratze. Dann kniete er über ihr und hielt abrupt inne. Sie konnte seinen Blick nicht deuten.

»Ich bin keine Bestie«, sagte er.

»Nein.« Eve wagte kaum zu atmen.

»Fürchtest du dich vor mir?«

Sie zögerte. Sie wollte ihn nicht verletzen. Sie fürchtete seine Reaktion, ganz gleich, welche Antwort sie gab.

Ein sarkastisches kleines Lächeln glitt ihm über die Lippen. »Er ist mein Bruder, weißt du?«

»Ich weiß«, gab sie flüsternd zurück. Wie konnte sie ihm deutlich machen, dass es keine Rolle für sie spielte? Dass Kain nicht zwischen ihnen stand?

»Und er hat recht. Wir sind uns sehr ähnlich.«

Eve spürte, wie die Kluft noch tiefer riss. Das Gefühl von Verlust wurde übermächtig. Sie öffnete die Lippen, zögerte.

»Ich liebe dich«, flüsterte sie. Nun, da sie ausgesprochen waren, hingen die Worte zwischen ihnen wie ein feiner Schleier. »Und wie könnte ich eine Bestie lieben?«

Seine Hand berührte ihren Unterarm und zog eine kleine unsichtbare Spur hoch zu ihrer Achsel.

»Bist du sicher?«

»Ja.«

»Warum?«

»Warum?« Sie musste lachen. »Weil ich mir fast die Zunge abgebissen hätte bei dem Versuch, dir das zu sagen.«

Etwas von der Kälte begann zu schmelzen. Sie tastete nach ihrem Mundwinkel und schmeckte Blut.

»Tut mir leid.« Er war ihrer Bewegung mit den Augen gefolgt.

Eve schüttelte leicht den Kopf. »Komm her.«

Wortlos ließ er sich neben ihr auf die Matratze sinken. Er rollte sich auf die Seite, schob seinen Arm unter ihren Körper und zog sie an sich, ihr Rücken warm an seiner Brust. Sein Atem kitzelte ihren Nacken. Seine Hand glitt ihren Bauch hinab und jagte eine Serie kleiner Schauer über ihre Haut, die die Furcht aus ihrer Kehle vertrieben.

Eve langte hinter sich, knöpfte seine Jeans auf und schob ihre Finger unter den Stoff. Er keuchte, als sie seine Erektion umfasste, die straff gespannte seidige Haut. Das Verlangen zwischen ihnen schlug wieder hoch, doch dieses Mal ohne das zerstörerische Fieber, das Eve zuvor in ihm gespürt hatte. Sie drehte sich um und half ihm, die Jeans abzustreifen. Alan richtete sich halb auf und zog sie auf seinen Schoß, bis ihre Brüste fest an seinem Körper lagen. Seine Erektion zwischen ihren Schenkeln und seine Hände an ihren Hinterbacken brachte sie fast um den Verstand.

Weggefegt waren die Zweifel, zu Asche verbrannt. Alan senkte den Kopf und küsste sie, ein heftiger, besitzergreifender Kuss. Seine Zähne streiften ihre Lippen, seine Zunge forderte sie heraus, spielte mit ihr. Als er in sie glitt, sie ausfüllte, sich schließlich in ihr zu bewegen begann, wagte sie kaum zu atmen. Wärme rollte ihren Körper hinauf, Licht und Farben, eine gewaltige Welle, die sich höher auftürmte, immer höher. Sein Atem glühte an ihrer Kehle. Er legte beide Arme um ihre Hüften und zog sie noch fester an sich, bis sie dachte, dass sie sich nie mehr von ihm lösen wollte.

Das Fieber klang ab zu vertraulicher Wärme. Ohne sich voneinander zu lösen, ließen sie sich zurücksinken.

»Willst du immer noch mit mir verreisen?«, murmelte Alan in ihr Haar. »Auch wenn ich ein Monster bin?«

»Du bist, was du bist«, gab Eve zurück.

»Wir sind, was die Welt aus uns macht?« Seine Brust bebte unter einem leisen Lachen. »Ein tröstlicher Gedanke, nicht wahr?«

Sie hatte nie zuvor bemerkt, wie viel Bitterkeit in ihm steckte. Bitterkeit, die sich lange aufgestaut hatte, um sich schließlich in einer Auseinandersetzung mit seinem Vater zu entladen, kurz vor dem Kampf in diesem Foyer. Er war zu Mordechai gefahren, um ihm den Ring zu geben. Und dann waren die Dinge nicht so gelaufen, wie er es geplant hatte. Ihre Kehle zog sich zusammen. Er trug eine Wunde irgendwo tief in sich, wo sie sie nicht sehen konnte. Und sie wünschte sich so sehr, ihm helfen zu können.

Kain hieß den kalten Wind willkommen. Gischtspritzer trafen seine Arme und sein Gesicht, wenn die Wellen sich an den Holzbohlen brachen. Die Sonne blendete ihn.

Reglos stand er an der Spitze des Stegs und blickte hinaus aufs Meer. So nah war er seinem Ziel gewesen. Doch Mordechai war entwischt.

Kain hatte die Räume seines Vaters durchwühlt und ein paar Aufzeichnungen gefunden. Wirre Thesen, die darauf hinwiesen, dass Mordechai endgültig den Verstand verlor. Kain hatte den Tag damit verbracht, durch die Bücher zu blättern. Und was er gefunden hatte, frustrierte ihn nur noch mehr. Mein Gott, einen gefallenen Engel wiedererwecken! Schon als Kind hatte er die esoterische Besessenheit seines Vaters für lächerlich gehalten.

Dass Mordechai nach so vielen Jahren noch immer daran festhielt, hatte er zuerst kaum glauben wollen. Dass es andere gab, wie die Garde, die diesen Unsinn glaubten, ihn sogar zum Anlass nahmen, einen Krieg vom Zaun zu brechen, verblüffte ihn noch mehr.

Mordechai hatte also den Körper eines Engels gefunden. Das Erweckungsritual würde er schnellstmöglich vollziehen wollen, vor allem nun, da die Garde ihn jagte. Und wahrscheinlich suchten auch alle verfügbaren Cops die Stadt nach ihm ab, nach den Ereignissen der vergangenen Nacht. Kain hatte gehofft, einen Hinweis auf den Ort zu finden, den Mordechai für das Ritual auserkoren hatte.

Doch die Aufzeichnungen blieben vage. Eine geweihte Stätte, hoch gelegen. Sonst nichts. Zur Hölle, davon gab es Dutzende! Kain kannte sich in diesem Landstrich nicht aus. Er konnte Nachforschungen anstellen, aber ihm lief die Zeit davon.

Frustriert zog er das iPhone aus der Tasche und starrte auf den leuchtenden grünen Punkt, der reglos über der Karte schwebte.

Eve hatte den winzigen Peilsender nicht bemerkt, den er in ihre Jackentasche hatte fallen lassen. Sie hatte sich im Ocean Inn einquartiert, einem Motel oben in den Hügeln. Zugegeben, er hatte mit dem Gedanken gespielt, Alan zu töten, solange er schwach war. Die Vorstellung, dass Eve Liebe für seinen Halbbruder empfand, eine Liebe, die sie ihm vorenthielt, schürte seine Aggression. Doch zugleich wusste er, dass er das nicht tun würde. Noch nicht. Möglicherweise würde er Alan noch brauchen, solange Mordechai am Leben war.

Er ließ das iPhone zurück in die Tasche fallen und wanderte zurück zur Strandpromenade. Holzbretter knarrten unter seinen Füßen. Zwei junge Frauen in dünnen Kleidern schlenderten die Straße hinunter. Kain folgte ihnen mit etwas Abstand. Er überlegte, dass er einer von ihnen das Genick brechen könnte und von der anderen trinken, doch dann verwarf er die Idee. Er war noch satt von seinem letzten Opfer, und für den Genuss fehlte ihm die Muße.

So ließ er sie ziehen und tauchte ein in die Geschäftigkeit des Jachthafens. Unwillkürlich blickte er hoch zum Ocean Inn, auf die spiegelnden Fenster. Vielleicht schlief sie. Schliefen sie beide? Er widerstand der Versuchung, seinen Geist zu öffnen und nach Alans Aura zu tasten. Besser, der andere bemerkte ihn nicht. Noch nicht. Im Augenblick gab es nichts weiter zu tun, als zu warten. Also wartete er, formte seinen Hass und die Wut und schliff sie beide zu neuer Schärfe.

Eve lauschte dem Klingeln im Hörer des Münztelefons. Die Geräusche und Geschäftigkeit des kleinen Jachthafens hüllten sie in einen angenehmen Mantel von Normalität. Alan schlief noch, doch sie hatte es nicht länger im Bett ausgehalten. Und der Spaziergang vom Motel bis hier herunter hatte ihre Lebensgeister wieder geweckt.

»Nimm schon ab«, flüsterte sie. Dabei war sie nicht einmal sicher, dass Felipe überhaupt Zugriff auf sein Handy hatte. Vermutlich lag er noch im Krankenhaus. Sie brach ab und wählte erneut. Es klickte ein paarmal, dann hörte sie plötzlich seine

Stimme. Vor Erleichterung stiegen ihr beinahe die Tränen in die Augen.

»Hey«, sagte sie.

»Eve?« Sie hörte eine Unstetigkeit in seiner Stimme, ein ungläubiges Zittern. »Eve, bist du das? Bist du okay?«

»Ja, mir geht's gut.« Sie stieß den Atem aus. »Ich bin froh, dich zu hören.«

»Wo steckst du? Ich dachte …« Er verstummte einen Moment. »Geht es dir wirklich gut?«

»Ich schwöre es.« Sie schluckte das schlechte Gewissen hinunter. »Hör mal, was ist mit dir? Alles in Ordnung?«

»Zu meiner Überraschung, ja.« Ein Anflug seines alten Humors schimmerte durch. »Ich weiß nicht genau, wie ich ins Krankenhaus gekommen bin, aber die Ärzte sagen, ich erfreue mich bester Gesundheit.« Seine Stimme senkte sich ein wenig. »Ich denke darüber nach, religiös zu werden.«

»Was?«

Sein Ton wurde noch leiser. »Ich muss nur noch herausfinden, welcher Religion ich mich zuwenden werde.«

»Du machst Witze.«

»Ich habe Narben«, wisperte er. »Die Ärzte sagen, ich war voller Blut, als sie mich eingeliefert haben. Aber sie konnten keine Verletzungen finden.«

Eve seufzte innerlich. Sie würde ihm das eines Tages erklären müssen.

»Weißt du übrigens, dass die Polizei die Revolvermänner gefunden hat?«, fuhr Felipe fort. »Ich musste sie identifizieren.« Er stieß einen angewiderten Laut aus. »Jemand hat sie abgeschlachtet.«

»Ja«, sagte Eve. »Was für ein Glück!«

Ob er wusste, in welchem Zustand sie sein Strandhaus zurückgelassen hatte? Wahrscheinlich hatten die Bullen ihm nicht einmal erzählt, dass die Leichen ganz in der Nähe des Hauses gefunden worden waren.

»Mark stellt alles auf den Kopf auf der Suche nach dir.«

»Sagst du ihm bitte nicht, dass ich angerufen habe?«

Er schnaubte nur. »Hat dich dein Maler gefunden?«

»Ja.« So viel hatte sich verändert. Aber das konnte sie ihm nicht am Telefon erzählen. Oder vielleicht konnte sie es ihm überhaupt nicht erzählen. Sie brauchte Zeit.

»Und?«

»Wir lieben uns.« Sie hatte plötzlich das überwältigende Bedürfnis, Felipe ein gutes Gefühl zu geben. Er sollte sich keine Sorgen um sie machen. »Ich bin vielleicht ein paar Tage weg«, sagte sie. »Wir verreisen zusammen. Es ist sehr romantisch.«

Felipe fehlten die Worte. Und sie dachte, dass sie für diese Lüge Abbitte leisten musste. Eines Tages. Vielleicht mit einer Geschichte über heilendes Blut und gefallene Engel.

Kain spürte die Männer, bevor sie in sein Blickfeld traten, wie einen Schatten, der plötzlich die Sonne verdunkelte. Sie waren zu viert, alle vom Blut, und Kain erkannte einen von ihnen.

Ravin, Mordechais loderndes Schwert. Diese Züge hatten sich in sein Gedächtnis gebrannt, und die Jahre hatten nichts daran geändert. Kain hatte Ravins Motive nie verstanden. Ravin war ein blinder Loyalist, der, obgleich er viele von Mordechais Entscheidungen nicht billigte, ihm dennoch die Treue hielt. Und das, obwohl seine Kraft der von Mordechai ebenbürtig sein musste. Kain hatte sich oft gefragt, warum Ravin sich mit der Rolle des ewigen Gefolgsmannes abfand, wo er doch König sein konnte. Dass Ravin hier auftauchte, verhieß nichts Gutes.

Er folgte ihnen ein Stück durch das Gedränge des Boulevards. Dabei fragte er sich, ob sie hinter Alan her waren oder hinter Eve. Die Frage erübrigte sich, als er einen Augenblick später Eve entdeckte. Sie stand an einem Münztelefon und schien so sehr in ihr Gespräch vertieft, dass sie nicht wahrnahm, was um sie herum vorging. Kain wurde bewusst, welche Wahl er treffen musste, als er im Kielwasser der Schattenläufer auf sie zuhielt. Sein Magen zog sich schmerzhaft zusammen bei dieser Erkenntnis.

Eve drehte den Kopf, gerade als er die Straße überquerte, dicht hinter Mordechais Leuten. Eine Gruppe Teenager verdeckte die Männer, Surfer mit sonnengebräunten Armen und Mädchen in hochhackigen Riemchensandalen. Kain legte die Hand um den Griff der Desert Eagle unter seiner Jacke, zog sie aber noch nicht.

Was wollten sie jetzt noch von Eve, nun, wo sich der Ring in Mordechais Besitz befand? Rache? Sie zum Schweigen bringen?

Er prallte beinahe in ein Auto und stoppte abrupt in der Mitte der Straße. Jemand hupte. Ravin drehte sich um. Ihre Blicke verhakten sich ineinander. Für einen kurzen Moment schien die Zeit stillzustehen. Kain nahm alle Details mit übernatürlicher Schärfe wahr. Ravins Gesicht, das keine Überraschung zeigte, fast als hätte er diese Begegnung erwartet. In seinen Augen stand Erkennen. Er wusste genau, wen er vor sich hatte.

Kain ging weiter, der Wind frischte auf, von irgendwo flog ein Ruf durch die Menge. Er dachte an sein iPhone mit dem grünen Punkt, der Eves Position markierte. Hier bot sich ihm die Chance, auf die er gewartet hatte. Alles, was ihn antrieb, zitterte vor Erwartung. Das Tier in ihm fletschte die Zähne.

Ravin wandte sich ab, der Moment ging vorbei. Instinkt und Begierden griffen ineinander, und Kain traf seine Entscheidung. Er löste die Hand vom Griff der Waffe. Während Eves Kopf herumflog, sie endlich verstand, blieb er stehen. Er drängte sich nicht durch den Strom der Fußgänger, sondern beobachtete reglos, wie sie sie überwältigten, so leicht, so ohne Mühe. Sie traten an sie heran, umringten sie. Vielleicht spritzten sie ihr ein betäubendes Medikament. Einen Wirkstoff, der sich sofort im Blut verteilte und ihren Widerstand in Sekundenschnelle brach. Kain konnte es nicht genau erkennen. Aber es spielte auch keine Rolle. Sie zogen sie einfach mit sich fort, wie eine Puppe. Keiner der Passanten bemerkte etwas. Ravin blickte nicht mehr zurück. Er schien nicht zu erwarten, dass Kain sich einmischte.

Kain starrte auf den Telefonhörer, der vor- und zurückpendelte, Minuten nachdem er Eves Hand entglitten war. Lange stand er so und lauschte auf die Leere in seinem Innern. Er hatte seine Wahl getroffen. Seine Finger schlossen sich um das iPhone. Er zog es aus der Tasche und betrachtete den grünen Punkt, der sich zuerst langsam bewegte und dann schneller. Erschöpft stieß er den Atem aus. Die Chance erforderte ein Opfer. Er hatte sich entschieden. Und Eve würde nichts zustoßen, versicherte er sich selbst. Nicht, wenn er schnell genug war.

23

Mit einem Keuchen fuhr Alan hoch. Jeder Instinkt warnte ihn vor Gefahr, bevor er überhaupt verstand, was ihn geweckt hatte. Seine Hand schoss zum Dolch. Blindlings stieß er mit der Waffe ins Dunkel. Die Klinge traf auf Widerstand. Die andere Hand zur Faust geballt, holte Alan zu einem Schlag aus.

»Nicht!«, keuchte jemand.

Finger wie Stahlklammern packten sein Handgelenk und rissen ihn aus dem Gleichgewicht. Gemeinsam mit dem Angreifer ging er zu Boden. Der Geruch von Blut traf seine Sinne, scharf und schwer wie der Hieb einer Klinge. Eine Signatur, die er zu jeder Zeit erkannt hätte.

»Kain!«, knurrte er.

»Warte«, stieß der andere hervor, »das ist kein Überfall!«

Alan beherrschte sich nur mühsam. Adrenalin schoss durch seine Adern. Alles in ihm schrie nach Gewalt. Und noch eine andere Gier vernebelte seine Sinne. Er stellte sich vor, seine Zähne in der Kehle des anderen zu versenken.

Er zuckte vor sich selbst zurück. Als er endlich den Dolch senkte, löste auch Kain seinen Griff. Alan richtete sich auf und schaltete das Licht ein. Kain taumelte zwei Schritte zurück. Ein tiefer Schnitt zog sich quer über seine Wange, wo die Klinge ihn erwischt hatte.

»Was willst du?«

»Wenn dir etwas an Eves Leben liegt, dann hilf mir, Mordechai zu finden.«

Für einen Moment erstarrte Alan. Er presste die Zähne aufeinander vor Anstrengung, seine Beherrschung nicht zu verlieren. Der Drang, sich auf seinen Halbbruder zu stürzen und ihm die Seele aus dem Leib zu prügeln, war überwältigend. Doch der Ausdruck in Kains Augen sprach von unverhohlener Verzweiflung und überzeugte ihn schließlich, dass Kain kein Spiel mit ihm spielte.

»Was heißt das?«, fragte er.

Kain wischte sich mit dem Handrücken das Blut vom Gesicht. Die kalten Augen waren nicht länger unnahbar. Sie brannten in realer Sorge, in Furcht um einen Menschen, der ihm plötzlich wichtiger geworden war als alles andere. Alan verstand ihn.

»Mordechais Leute haben Eve«, sagte der Killer.

Alan blinzelte. Das Licht schien plötzlich zu flimmern.

»Was?«

»Ich habe sie gesehen. Sie haben sie außer Gefecht gesetzt und mitgenommen.«

»Aber wie ist das möglich?« Alan starrte an Kain vorbei zur Tür. Kalte Finger griffen nach seinem Nacken. Gerade noch hatte sie neben ihm gelegen, die Kissen waren warm von ihrem Körper.

»Sie haben sie auf der Straße abgefangen.« Kain zog ein iPhone aus der Tasche. »Falls du dich fragst, wie ich euch gefunden habe, in Eves Jacke steckt ein Peilsender.«

»Ein Peilsender«, wiederholte Alan mechanisch. »Klar.«

Kain verzog einen Mundwinkel. »Die Segnungen der modernen Technik. Aber ich habe ihr Signal verloren.« Er hielt Alan das iPhone entgegen. Noch immer sickerte Blut aus dem Schnitt in seinem Gesicht. »Sie müssen den Sender gefunden haben. Die letzte Position ist auf der 110 kurz vor L. A. Downtown.«

»Mordechai«, sinnierte Alan. »Woher weißt du, dass es Mordechai ist?«

»Ravin war bei ihnen.«

»Aber ich verstehe nicht …« Alan brach ab. Er griff nach seiner Jeans und dem Shirt und begann sich anzukleiden. Das Gefühl der Unwirklichkeit wurde stärker. »Warum? Sie haben den Ring.«

»Sie werden sie nicht töten«, sagte Kain. »Nicht sofort. Mordechai macht sich nicht die Mühe, sie zu kidnappen, nur damit sie einer seiner Fußsoldaten dann in einem Kellerloch erschießt.«

»Du glaubst, für ihn ist es ein Spiel?«

Alan streckte seine schmerzenden Muskeln. Er nahm die Pistole vom Nachttisch und lud sie durch. Dann bückte er sich nach dem Schwert unter dem Bett. Wie in aller Welt hatte Eve es geschafft, ihn mitsamt den Waffen in dieses Zimmer zu transportieren, ohne größeres Aufsehen zu erregen? Ihr Duft hing im Raum, als wäre sie nur kurz aufgestanden und ins Bad gegangen und würde jeden Moment wieder auftauchen, mit zerwühlten Locken und warm vom Schlaf. Er schlug mit der Faust gegen die Wand. Es war seine Schuld. Die Erkenntnis schmeckte bitter. Zuerst hatte er sie in diesen Krieg gezogen und war dann nicht in der Lage gewesen, sie zu beschützen. Er hätte in dieser Nacht sterben sollen, statt von ihr gerettet zu werden. Ohne ihn wäre sie nicht hierhergefahren, an einen Ort, an dem sie niemanden kannte. Sie hätte Schutz suchen können bei der Polizei, bei Freunden.

Kain hinter ihm verharrte regungslos. »Ja«, sinnierte er, »er wird mit ihr spielen. Sie hat sein Interesse geweckt. Er spielt mit ihr, dann bricht er sie und dann …« Er ließ den Satz in der Luft hängen.

»Ich weiß!« Alan drehte sich um und blickte Kain in die Augen. »Wenn du mich aufs Kreuz legst, werde ich dich jagen.«

In Kains Lächeln lag Sarkasmus. »Du weißt, dass ich die Wahrheit sage. Du kannst es spüren.«

Und das war das Schlimme daran. Alan griff nach der Türklinke. Er wusste, dass Kain nicht log.

»Ich habe seine Unterlagen durchsucht«, sagte Kain, als sie im Wagen saßen.

Alan beobachtete die Hände seines Halbbruders auf dem Lenkrad. Es ging auf Mitternacht zu, der Highway war leer.

»In seinen Aufzeichnungen steht, dass die Erweckung an einem hoch gelegenen Ort stattfinden muss, der eine Weihesignatur trägt. Also eine Kapelle auf der Spitze eines Berges.«

»Falsches Land«, gab Alan zurück. »Hier gibt es keine Bergkapellen.«

»Auch nicht aus der Zeit der Spanier?«

»Nicht in den Bergen.« Sie bremsten hinter einem zerschrammten Truck, der mit Matratzen und Möbeln beladen war, und wechselten auf die Nachbarspur. »Aber ich kenne jemanden, der vielleicht weiß, wonach wir suchen.« Alan streckte die Hand aus. »Gib mir dein Telefon.«

Kain reichte ihm das iPhone. Alan tippte die Nummer aus dem Gedächtnis.

»Hallo, Pascal«, sagte er, als der Mann am anderen Ende sich meldete.

»Alan?« Sorge schwang in der Stimme des Schmieds. »Bist du okay?«

»Ich lebe«, gab Alan zurück.

»Gestern Nacht …«

»Ich weiß«, unterbrach Alan. »Ich war dort. Und jetzt habe ich ein Problem, bei dem ich deine Hilfe brauche.«

»Worum geht es?«

»Ich suche einen hoch gelegenen Ort im Umland von Los Angeles, der christlich geweiht ist. Also eine Kirche oder Kapelle.«

»Wo genau?«

»Nicht an der Küste. Downtown L. A. oder nördlich.«

Pascal schwieg einen Moment. Alan hörte nur seine Atemzüge in der Leitung.

»Du meinst, ein Ort, der geeignet wäre, um einen gefallenen Engel zu erwecken?«

»Du weißt davon?«

»Wirst du Mordechai aufhalten?«, fragte Pascal.

»Er hat mir etwas genommen.«

»Und das duldest du nicht.« Pascal senkte seine Stimme. »Ich habe dich nie gefragt, wie du entscheiden würdest, wenn so etwas wie gestern Nacht geschieht. Deine Beziehung zu deinem Vater ist deine Privatsache. Aber jetzt …«

»Er ist nicht mehr mein Vater.«

In der Leitung herrschte Stille.

»Ich muss ihn finden«, fügte Alan hinzu und ließ offen, was er dann tun würde.

»Downtown, ja?« Alan hörte Papier rascheln, dann wieder Pascals Stimme. »Und keine öffentliche Kirche, nehme ich an?«

»Er wird ungestört bleiben wollen.«

»Maryans Cathedral.«

»Was?«

»Ein historisches Hochhaus im Fashion District. Gebaut in den Dreißigern als Industrielager mit Büros, dann war es ein paar Jahre lang ein Theater. Der Eigentümer hat eine gotische Kapelle aus Europa hertransportiert und Stein für Stein wieder aufgebaut, auf dem Dach des Hauses. Der Bau steht seit den Achtzigern leer.«

»Maryans Cathedral«, wiederholte Alan. »Und die Kapelle ist geweiht?«

»Von einem Bischof der anglikanischen Kirche.«

»Gibt es noch andere Möglichkeiten?«

»Das ist mein bester Schuss.«

»Danke«, sagte Alan. Er warf Kain einen Blick zu.

»Wir fahren in den Fashion District.«

Die einst prächtige Fassade von Maryans Cathedral wirkte verwahrlost im nächtlichen Zwielicht. Bretter versperrten das Eingangsportal mit der geschnitzten Kuppel. Es stank nach Urin. Alan warf einen Blick zu den Neonbuchstaben, die aus der Zeit des Theaters stammten und nun blind ihr Dasein fristeten. Tauben hockten in den Vertiefungen.

»Ich kann sie spüren«, sagte Kain. »Sie sind hier irgendwo.«

Alan nickte. Sie schirmten ihre Auren ab, doch es blieb ein schwaches Zittern, wie Wetterleuchten am Horizont. »Sehen wir uns das Gelände an.«

Sie hatten den Wagen ein Stück entfernt abgestellt. Alan trug das Schwert über der Schulter, Pistole und Dolch im Gürtel. Er machte sich kaum Sorgen, dass eine Polizeistreife sie anhalten könnte. Diese Gegend von Downtown mieden die Cops nach Einbruch der Dunkelheit. Und denen, die hier lebten, war das nur recht.

Ein Truck schoss um die Ecke, blendete sie für einen Moment und verlor sich hinter der nächsten Ampel.

»Hier entlang«, sagte Alan.

Sie schlüpften durch eine Lücke zwischen der Hauswand und einem hohen Zaun, der den Platz auf der Rückseite des Gebäudes absperrte. Eine Rampe zog sich über die gesamte Länge der Mauer.

»Dort«, flüsterte Kain.

Alan folgte seinem Wink und sah die beiden Männer, die vor einem der großen Tore Stellung bezogen hatten, fast unsichtbar in der Dunkelheit.

»Du den rechten, ich den linken«, fügte er hinzu. »Und keinen Laut.«

Alan hob eine Braue, antwortete aber nicht. Er legte sein Schwert auf den Boden und zog den Dolch. Im Schatten der Rampe schlichen sie näher. Beinahe gleichzeitig überwältigten sie ihre Gegner. Alan packte seinen Mann von hinten, presste ihm die Hand auf den Mund und schnitt ihm die Kehle durch. Ein kurzes Handgemenge, und er zwang ihn zu Boden. Der Mann trommelte mit den Füßen auf den Asphalt, brachte aber keinen Laut hervor. Alan fügte ihm eine zweite, noch tiefere Wunde zu und hielt ihn fest, bis sein Widerstand erlahmte. Aus dem Augenwinkel sah er, wie Kain sich über sein Opfer beugte und das Blut aus der Kehle des Mannes trank. Alan hinderte ihn nicht. Kain war, was er war. Wenn das Blut einen besseren Kämpfer aus seinem Halbbruder machte, sollte es ihm nur recht sein.

Er wischte die Dolchklinge an der Jacke des Toten ab und rollte den Körper unter die Rampe, dann ging er zurück und holte sein Schwert. Locker schlang er den Gurt über seinen Rücken. Sein Blick richtete sich auf das Tor, das die Männer bewacht hatten, und glitt weiter zu den Feuertreppen.

»Da drinnen sind noch mehr«, sagte er, als Kain sich endlich aufrichtete.

»Wenn sie nicht mehr zu bieten haben als die da! Das war leicht.«

»Weil es Kinder waren.« Alan schnaubte. »Nicht kampferprobt. Und weil wir sie überrascht haben. Glaub mir, das waren die schwächsten Glieder der Kette.«

Kain kicherte leise. Alan spürte das Fieber in ihm. Er genoss die Jagd. Das Blut begann seine Wirkung zu entfalten. Wer immer ihm nun gegenübertrat, er würde gegen einen Berserker kämpfen. »Wir nehmen die Feuertreppe«, sagte Alan.

Kain nickte. Mit einem federnden Sprung erklomm er die Rampe. Alan folgte ihm. Rost bröckelte unter seinen Fingern, als er das Geländer der alten Treppe umfasste. Die ersten zwei Stockwerke kletterten sie schweigend, Kain stieg vor. Dann rieselte Staub von oben in Alans Nacken, und Kains Fluch mischte sich mit dumpfem Poltern.

»Vorsicht!«, stieß Alan mit unterdrückter Stimme hervor.

»Das Ding ist vollkommen verrottet«, klang Kains Stimme herab. »Pass auf, wo du hintrittst, die Stufen sind locker.«

Mit dem Unterarm wischte sich Alan den Rost vom Gesicht und kletterte weiter. Er drehte den Kopf und blickte hinunter in die Nacht. Der Hof lag in völligem Dunkel, nur die Ränder erhellt von Straßenlampen. Er fragte sich, wo Mordechais Leute ihre Autos abgestellt hatten. Vielleicht hatte das Gebäude eine unterirdische Garage. Kain fluchte erneut.

»Was jetzt?«, fragte Alan.

»Es geht nicht weiter. Es fehlt ein Stück von der Treppe.« Alan hörte, wie Stahl gegen Stahl schrammte. »Warte«, wisperte Kain. »Hier ist eine Tür.«

Das Geräusch von splitterndem Glas durchschnitt die Nacht. So viel zu dem Versuch, unbemerkt ins Gebäude einzudringen. Blieb nur zu hoffen, dass Mordechai nicht genug Leute hatte, um Wachen auf allen Stockwerken aufzustellen. Kain fluchte abermals. Ein feines Klicken verriet Alan, dass sein Halbbruder seine Pistole entsichert hatte. Er erklomm die restlichen Stufen bis zur Plattform, während Kain ins Innere glitt.

Das Blut schärfte Kains Sinne so weit, dass er Konturen in der stockdunklen Halle ausmachen konnte. Ein muffiger Geruch schlug ihm entgegen, Taubenkot und alter Staub. Die Desert Eagle in der einen, einen Dolch in der anderen Hand, machte er ein paar Schritte in den Raum. Betonpfeiler stützten die hohe Decke. Linker Hand befand sich ein ummauerter Block mitten im Raum, wahrscheinlich der Aufzugsschacht. Kisten und Metallteile stapelten sich an den Wänden.

»Ich wusste, du würdest kommen.«

Die Stimme klang seltsam vertraut. Einen Augenblick später formte sich eine Silhouette aus dem Dunkel. Mehrere Silhouetten. Schritte hallten auf dem Beton. Kain machte sich bereit. Er versuchte zu erfassen, wie viele es waren. Vier, sechs – mindestens sechs Männer. Eine Magnesiumfackel rollte über den Boden und blieb vor Kains Füßen liegen. Flackernder Schein leckte über den Boden, die Säulen, die Körper der anderen.

»Ravin«, sagte Kain mit einer Ruhe, die er nicht fühlte. Das war es also, was Mordechais Hauptmann sich erhofft hatte. Dass Kain ihnen folgen würde. Und hier hatte er die Falle aufgestellt.

»Du hast lange gebraucht.«

Sie waren mit Maschinenpistolen bewaffnet. Zwei oder drei trugen Schwerter mit Tantoklingen, nicht länger als ein Unterarm. Kain musterte ihre Gesichter. Sechs Gegner und einer von ihnen Ravin. Das würde ein harter Kampf werden, selbst mit Alan an seiner Seite. Doch er verspürte keine Furcht. Die Blutlust brannte in seinen Adern. Heute Nacht würde er es zu Ende bringen. Der Gedanke berauschte ihn. Heute Nacht würde er den Preis ernten, nach all den Jahren des Wartens. Und niemand würde ihn daran hindern, auch nicht Ravin. Vor allem nicht Ravin.

»Was willst du?«, fragte er.

»Es ist lange her«, sagte Ravin. »So viele Jahre.« Er machte einen Schritt auf ihn zu. »Weißt du, dass dein Vater immer noch glaubt, du würdest zu ihm zurückfinden?«

Kain entblößte die Zähne. »Und was glaubst du?«

»Ich glaube, du bist eine Bedrohung.« Ravins Stimme klang ruhig. »Eine Bedrohung, die beseitigt werden muss. Du warst schon damals nicht mehr als ein Tier. Ein Wolf, der sich nicht ins Rudel fügt.«

»Ein Rudel, das von einem verrückten Despoten geführt wird.« Kain schnaubte. »Ich habe mich immer gefragt, was dich bei ihm hält. Du könntest den König jederzeit stürzen.« Er machte eine Handbewegung zu den anderen Männern. »Sie folgen nicht ihm, sondern dir.«

»Warum bist du zurückgekehrt?«, fragte Ravin, ohne darauf einzugehen. »Willst du Rache?«

»Vielleicht.« Kain zuckte mit den Schultern. »Vielleicht auch nicht. Vielleicht übermannt mich die Liebe zu meinem Vater, wenn ich vor ihm stehe?«

»Das wird sich zeigen, nicht wahr? Lass die Waffen fallen!«

Aus dem Augenwinkel beobachtete Kain die beiden Männer, die sich aus der Gruppe gelöst hatten und ihn umkreisen wollten. Er machte ein paar Schritte zurück, bis er die Kälte der Wand in seinem Rücken fühlte. Alan musste direkt hinter ihm sein. Ein groß gewachsener Typ mit Rastazöpfen und tätowierten Armen hob die Maschinenpistole.

»Das würde ich an deiner Stelle nicht tun.«

Erleichterung überflutete Kain, als er Alans spöttische Stimme hinter sich hörte.

»Diesen Kerlen kannst du einfach nicht trauen.«

Alan trat neben Kain ins Licht der Fackel. Überraschung gefror in den Gesichtern der Männer, Zaudern. Unsicherheit. Der Mann mit den Rastazöpfen starrte ihn an wie einen Geist.

»Habe ich nicht recht, Ravin?«

Ravins Augen verengten sich. Er hatte sich besser im Griff als die anderen, die geglaubt hatten, dass Alan gestorben war, im Marmorfoyer auf dem Dach des Carnegie-Gebäudes.

»Alan«, sagte der Hüne endlich.

»Du freust dich nicht, mich zu sehen?« Alan streifte den Schwertgurt vom Rücken. Er betrachtete die Metallscheide in seinen Händen, hob den Blick zurück zu Ravin. »Ich habe euren Rückzug gedeckt. Ich würde doch meinen, da wäre etwas mehr Herzlichkeit angebracht.«

Kain neben ihm stand reglos, doch Alan war sich sicher, dass er bereit war loszuschlagen. Eine gereizte Spannung hing in der

Luft, die sich jeden Moment in Gewalt entladen konnte. Die Männer waren nervös, und Alan ertappte sich dabei, wie er den Moment auskostete, ihn in die Länge zog.

Sie wussten, wem sie gegenüberstanden. Sie wussten, es würde Tote geben, wenn es zum Kampf kam. Und selbst wenn es ihnen gelänge, ihn und Kain zu überwältigen, der Blutzoll würde hoch ausfallen. Das wussten sie, und es erschütterte ihre Zuversicht und ihren Kampfeswillen. Und Ravin wusste es auch und konnte nichts daran ändern.

»Wo ist Eve?«, fragte Alan.

Er wollte nicht verhandeln. Er wollte kämpfen, er wollte die Männer bluten sehen. Doch zugleich war da ein Rest Vernunft, der gegen diesen zerstörerischen Impuls ankämpfte. Niemand musste sterben, wenn er sie überzeugen konnte, Eve auszuliefern.

»Ich habe gestern viele Leben ausgelöscht«, sagte er. »Um eure zu schützen. Im Gegenzug verlange ich ein einziges zurück. Ist das zu viel?«

Aus dem Augenwinkel beobachtete er Kain. Er regte sich nicht.

»Das ist nicht so einfach.« Ravin runzelte die Stirn. »Mordechai erhebt Anspruch auf die Frau.«

»Er wird eine andere finden.«

Alan sah, dass Ravin nachdachte. Dass er es ernsthaft in Erwägung zog.

Ein metallischer Laut durchschnitt die Stille und lenkte Alans Blick auf die Handgranate, die über den Boden rollte. Im gleichen Moment stieß Kain ihn um. Die Explosion erschütterte den Boden und füllte die Luft mit Staub. Ein Splitter traf Alan im Nacken. Er brauchte einen Moment, um die Benommenheit abzuschütteln und sich wieder auf die Beine zu kämpfen. Jetzt zählte Schnelligkeit. In einer glatten Bewegung zog er das Schwert aus der Scheide und stürmte vorwärts in den Raum. Ein

Mann tauchte vor ihm auf, den Alan mit einem beidhändigen Schlag enthauptete.

Im Rückschwung erwischte er den Mann mit den Rastazöpfen, der hinter ihm aus Staub und Dunkelheit auftauchte. Alan fügte ihm eine klaffende Brustwunde zu, machte einen Ausfallschritt und brachte ihn mit einem Hieb in die Kniekehlen zu Fall. Ein Schuss krachte. Im Augenwinkel erfasste er Kain, die Locken rötlich im Licht der Fackel. Der Geruch verbrannten Fleisches stieg ihm in die Nase.

Einen Sekundenbruchteil später traf ihn ein Schlag in die Seite. Mehr Schüsse fielen. Ein Projektil prallte gegen die Klinge und schlug ihm das Schwert aus der Hand. Er ließ sich zu Boden fallen und zog die Pistole aus seinem Gürtel. Um ihn herum explodierten Glassplitter und Beton. Blind feuerte er in die Richtung des Schützen, bis die Salve abrupt versiegte. Alan rollte herum und kam auf die Beine, doch ein Schlag in die Kniekehlen brachte ihn sofort wieder aus dem Gleichgewicht. Im Sturz drehte er sich und erfasste eine Gestalt hinter sich. Das stroboskopische Flackern der Magnesiumfackel enthüllte ein schmales Gesicht mit eng stehenden Augen.

Aaron. Bastard!

Tiefer im Raum entstand Bewegung – Rufe und Schreie und noch mehr Schüsse. Die Maschinenpistole in Aarons Hand senkte sich, sein Finger krümmte sich um den Abzug. Binnen eines Atemzugs hob Alan die eigene Pistole hoch und war eine Winzigkeit schneller. Sein Schuss traf den anderen in den Arm, sodass er die Waffe verriss. Kugeln gruben sich in die Decke und prallten als Querschläger von den Lüftungsgittern ab.

Alan feuerte weiter, während er sich aufrichtete, schoss aus nächster Distanz auf den Mann, bis Aaron endlich zu Boden ging. Er hakte seinen Fuß in den Gurt von Aarons Maschinenpistole und zog sie zu sich heran. Mit der freien Hand hob er sie auf und richtete sie auf ihren Besitzer. Aarons Augen weiteten sich im Schein der verglimmenden Fackel.

»Sie gehört mir«, zischte Alan. Eine heftige Bitterkeit wallte in ihm auf, als er die Panik im Blick des anderen las. »Ihr solltet sie in Ruhe lassen. Was ist daran so schwer zu verstehen?«

Er wartete Aarons Antwort nicht ab, sondern zog den Abzug durch. Die Waffe war auf Dauerfeuer gestellt. Eine lange Salve zerfetzte den Körper bis zur Unkenntlichkeit.

Alan stieß die Beretta zurück in seinen Gürtel, zog seinen Dolch und durchtrennte Aarons Kehle. Auch wenn es überflüssig war, es verschaffte ihm eine schale Befriedigung.

Das Zischen der Fackel spritzte überlaut in die plötzliche Stille. Alan blickte sich um und entdeckte einen weiteren Leichnam, ein Stück entfernt. Eine dumpfe Explosion erschütterte den Boden. Rufe brachen sich an den Wänden, doch sie kamen von weiter weg. Seine Beine zitterten, als er sich in Bewegung setzte. Er suchte nach seinem Schwert und fand es zwischen Schutt und Zeitungsfetzen. Ächzend bückte er sich, um es aufzuheben. Sein Körper hatte die Verletzungen der zurückliegenden Nacht noch immer nicht vollständig heilen können.

In dem Moment, da seine Finger über den lederumwickelten Griff tasteten, spürte er jemanden hinter sich. Jemanden, der sich vollkommen lautlos bewegte. Es war sein Instinkt, der ihn warnte, ein sechster Sinn.

Dann ging alles sehr schnell. In einem fließenden Impuls packte Alan das Schwert und federte herum. Er zog die Klinge in einem Halbkreis nach oben, ein tödlicher Schwung ohne sichtbaren Ansatz, der seinen Gegner überraschte. Stahl fraß sich durch Stoff und das Fleisch, das er schützte, ein erstickter Laut, der andere stürzte. Mit einem Ruck zerrte Alan die Klinge frei. Er vollendete die Drehung, brachte die Maschinenpistole hoch und feuerte in der gleichen Bewegung, eine Kette von Explosionen. Die Kugeln rissen winzige Blutfontänen aus den Beinen des Mannes, zerschmetterten seine Knie, die Oberschenkel bis hoch zur Hüfte …

Alan lenkte die Waffe instinktiv zur Seite, als er das Gesicht erkannte. Schmerz verzerrte Ravins Züge, Ungläubigkeit und noch etwas anderes. Der Blick der farblosen Augen verursachte Alan Schuldgefühle, die ihn überrollten wie eine Lawine. Schuld, die er nicht empfinden wollte. Er trat Ravin die Pistole aus der Hand und stieß ihm das Schwert gegen die Kehle, ohne den Schwung zu vollenden. Seine Wut erlahmte, als er auf den Mann herabblickte, der ihm so viel mehr gewesen war als ein Kampfgefährte und ergebener Freund seines Vaters. Die Schuld war wie ein grauer Schwamm, der alle Energie aus ihm heraussog.

»Wo ist sie?«

»Bringst du es nicht zu Ende?«, fragte Ravin. Er versuchte sich zu bewegen und realisierte dann, dass seine Beine ihm nicht gehorchten. »Das ist deine größte Schwäche. Du kannst dich nicht entscheiden.«

»Wo?«

»Und findest dich so zwischen den Fronten wieder.«

»Das muss nicht so enden«, sagte Alan.

»Doch, das muss es.« Ravin hustete. Blut lief ihm über die Lippen. »Denn ich habe mich entschieden. Ich diene Mordechai. Ich weiß wenigstens, wofür ich kämpfe.«

Alan starrte ihm ins Gesicht. »Ich kämpfe für mich. Für mich und für die, die mir etwas bedeuten.«

»Und deshalb hilfst du Kain?«

»Kain interessiert mich nicht.«

»Kain will nur zerstören. Und du kämpfst ihm den Weg frei.«

»Mich interessiert nur Eve«, presste Alan hervor.

Ravin schwieg ein paar rasselnde Atemzüge lang, dann begannen seine Lippen zu zucken. »Ich habe das nie verstanden«, murmelte er. »Diese Leidenschaft für Sterbliche in dir. Das Gleiche wie damals mit diesem Jungen. Du gibst alles auf für ein flüchtiges Versprechen.«

»Tatsächlich«, sagte Alan sanft, »habe ich nichts aufgegeben, das mir etwas bedeutet. Ich habe Freiheit von meinem Vater gewonnen.«

Auf der anderen Seite der Halle explodierte eine weitere Granate. Schwacher Feuerschein zuckte über die Mauern. Wenn es noch Überlebende gab, beschäftigte Kain sie jedenfalls. Ein Teil von Alan war dankbar für die schreckliche Effizienz des Killers. Ein Teil, der nicht darüber nachdenken wollte, worauf das hier hinauslief.

»Wenn du mich nicht tötest«, eine Spur Trauer glitt über Ravins Züge, »dann werde ich dich jagen. Das weißt du, nicht wahr? Dein Vater wird dir das nicht verzeihen.«

»Wenn er noch in der Lage ist, Befehle zu geben.«

»Wenn nicht, müsste ich Rache üben.«

Alan nickte. Das Gefühl von Schuld wurde übermächtig. Und mit der Schuld kam ein Schmerz, wie er nur aus Verlust entstand. Ravin hatte recht. Er stand an einem Kreuzweg und musste eine Wahl treffen. Ihre Blicke verschränkten sich ineinander.

»Es tut mir leid«, flüsterte Alan. Er hob das Schwert eine Handbreit hoch und rammte es mit Wucht hinab. Und das Leben wich aus den farblosen Augen, gerade als die Lippen begannen, ein Lächeln zu formen.

Alan wusste nicht, wie lange er dort gestanden, die Arme auf das Schwert gestützt und ins Leere gestarrt hatte, nachdem die Fackel erloschen war. Als er Schritte hörte, wusste er, dass es Kain war und keiner der Männer überlebt hatte.

»Du hast Ravin erwischt.« Bewunderung schwang in Kains Stimme.

»Ja«, erwiderte er müde.

»Wir müssen weiter«, sagte Kain. »Die werden wissen, dass wir kommen.«

Alan nickte. »Nachdem du das halbe Gebäude in die Luft gejagt hast.«

»Wir haben gewonnen, oder?«

Alan richtete sich auf und schob das Schwert zurück in die Scheide. Er fühlte sich nicht wie ein Sieger. Schweigend durchquerten sie die Halle. Sie blieben vor dem Fahrstuhlschacht stehen, der beidseitig von Stahltreppen flankiert war. Das Gitter, das den Zugang zum Schacht versperrt hatte, hing verbogen in den Angeln. Es stank nach verbranntem Metall.

»Ich habe den Aufzug außer Betrieb gesetzt«, sagte Kain.

Alan deutete auf die Stufen. »Gibt es noch mehr Treppen außer der hier?«

»Ich habe keine gesehen.« Kain hantierte mit seiner Pistole. »Und ich habe eine Runde gedreht. Es gibt keinen anderen Weg nach draußen.«

Es blieb ruhig, während sie Stufe um Stufe nach oben stiegen. Zu ruhig. Kain glaubte, dass er Mordechai in der Falle hatte, doch Alan war nicht so sicher. Sein Vater hatte nicht Jahrtausende überlebt, weil er sich in aussichtslose Situationen treiben ließ.

Sie stiegen weiter, passierten den neunten Stock. Ein Nachtfalter streifte Alans Wange. Ein zweiter flatterte vor ihm auf. Die Luft war voll von ihnen. Dann durchschnitt ein dünner Schrei die Luft und riss abrupt wieder ab. Alan ließ jede Vorsicht fallen und begann zu laufen.

Die Kälte des Betons sickerte in Eves Haut.

Ihr Gesicht schmerzte, wo Mordechais Hand sie getroffen hatte. Als sie den Kopf drehte, schrammte ihre Wange über Sand und Steinchen. Im Augenwinkel sah sie die dunkle Gestalt, regungslos neben der Tür, die hinab ins Treppenhaus führte. Sie wusste, da war noch ein zweiter Mann, sie konnte ihn nur nicht sehen. Einen Herzschlag später beugte sich Mordechai zu ihr herab und füllte ihr Blickfeld aus. Er ließ sich auf ein Knie nieder und streckte eine Hand nach ihr aus. Sie zuckte zurück, nur nicht weit genug, um seinen Fingern zu entgehen. Doch dieses Mal schlug er sie nicht. Seine Berührung war überraschend sanft. Eve keuchte. Sie war in einem Albtraum gefangen, mit einem wahnsinnigen Monster.

»Ich frage mich«, Mordechai schien zu sich selbst zu sprechen, »was meine Söhne in dir sehen. Zu meiner Zeit hätte man gesagt, du bist von äußerst mäßiger Schönheit.« Eve schauderte, als seine Finger durch ihre Locken glitten. »Offen gestanden bin ich enttäuscht. Ich bin sehr enttäuscht.«

Ihr fehlte die Kraft für eine Entgegnung. Ihre Kehle fühlte sich wund an von all den Schreien, die niemand hören wollte. Hier oben war sie ganz allein. Ihre Augen folgten Mordechais Hand und dem Nachtfalter auf seinem Handrücken.

»Sie folgen dem Licht«, erklärte er. »Sie spüren die Nähe ihres Meisters.« Unvermittelt stand er auf. »Ich dachte, du könntest mir einen neuen Sohn gebären. Aber leider fehlt uns die Zeit dafür.« Ein dünnes Lachen. »Ich brauche dich für einen wichtigeren Zweck.«

Er packte ihr Handgelenk und zog sie auf die Beine. Jeder Muskel in ihrem Körper schmerzte. Noch immer war sie benommen von den Nachwirkungen der Droge, mit der sie Mordechais Handlanger außer Gefecht gesetzt hatten. Sie sah nun, dass die Luft voll war von Nachtfaltern, große schwarze Schmetterlinge, die sich um ein Zentrum an der Wand der Kapelle sammelten.

Vergeblich versuchte sie, sich dem Griff der eisenharten Finger zu entwinden. Sie kämpfte bei jedem Schritt. Doch

Mordechai zerrte sie mit sich, als wäre sie eine Stoffpuppe. Die Sinnlosigkeit ihrer Bemühungen trieb ihr schließlich die Tränen in die Augen. Er schleppte sie hinein in die Wolke aus Flügeln und feinem Staub und winzigen Krallen. Die Motten waren überall. Sie verfingen sich in ihrem Haar, streiften ihr Gesicht und die Hände. Eine tiefe, elementare Panik stieg in ihr auf. Sie wollte wieder schreien, wagte es jedoch nicht, aus Furcht, die Tiere könnten ihr in den Mund fliegen. Mordechais Handrücken traf sie im Gesicht und ließ ihre Lippen aufplatzen.

»Beherrsch dich!«, knurrte er. Dann glätteten sich seine Züge. »Du wirst einen Engel nähren. Das wird nicht jedem zuteil.«

Er zog sie zu einem steinernen Block dicht vor der Mauer, dessen Größe und Form an einen Altar erinnerten. Eine lebensgroße Statue lag darauf, die in Eve unwillkürlich die Assoziation eines Menschenopfers heraufbeschwor. Sie erinnerte sich nicht, wann Mordechai den Dolch gezogen hatte, doch er war schnell. Er schlitzte ihr das Handgelenk auf, ein tiefer Schnitt.

Ihr Blut spritzte über den Kopf der Statue, auf ihre Lippen, sammelte sich in der Halsgrube und lief weiter in einem dünnen Rinnsal bis zu dem Ring, den Mordechai auf der Gestalt platziert hatte, unterhalb einer altertümlichen Kette. In einem Winkel ihres betäubten Geistes erfasste Eve, dass das die Statue von den Fotos sein musste. Die Statue, die angeblich die Hülle eines gefallenen Engels war. Die Luft schien sich mit einem Mal zu verdichten. Oder vielleicht strömten nur noch mehr der schwarzen Motten an diesem Platz zusammen. Vielleicht lockte ihr Blut sie an. Oder vielleicht auch nicht.

Die Luft knisterte, als wäre sie mit Elektrizität getränkt. Eve schauderte. Auf einer tieferen geistigen Ebene spürte sie, wie sich die Wirklichkeit verzerrte. Plötzlich schien sie durch eine Linse zu blicken, die Raum und Zeit verbog. Selbst die Nachtfalter schienen in ihrem Flügelschlag innezuhalten. Es war, als stünden sie im Atemhauch Gottes. Den Leib der Statue überlief ein Zittern. Ein Riss sprang an der Schulter auf, spaltete die Brust, verjüngte sich zu einem Netz feiner Adern. In einer Mischung aus Faszination und Grauen starrte Eve hinab auf den Stein. Ihr Blut sickerte in die Kanäle, die weiter aufklafften, immer weiter. Der Ring vibrierte, begann zu rutschen und fiel schließlich hinab auf den Boden. Mit einem durchdringenden Ton zersprang der Opal. Er explodierte förmlich, als wäre eine winzige Bombe in seinem Innern gezündet worden.

Sie hörte Mordechais Keuchen und blickte zu ihm auf, sah seinen starren, entrückten Blick. Von irgendwoher drang ein Schrei durch die Nacht. Metall schlug gegen Metall, ein dumpfes Echo in der Ferne. Dann barst die Statue in Stücke. Darunter wand sich lebendiges Fleisch. Entfaltete sich wie ein Schmetterling, der aus seiner Hülle schlüpfte. Ein Leib, gespenstisch durchscheinend, Blut und Staub verschmierten die Haut. Der Kopf drehte sich und enthüllte eine Masse weißer Locken, die wie Seide schimmerten. Die Lider der Kreatur flackerten, öffneten sich. Und diese Augen …

Augen voller Tiefe, deren Blick Eve durchbohrte wie eine Klinge. Die Farben flossen ineinander und paralysierten sie. Seine Schönheit raubte ihr den Atem. Noch immer wirbelten Hunderte von Faltern um den Altar. Der Engel richtete sich auf. Scherben glitten zu Boden und zersprangen in kleinere Stücke. Wie beiläufig entfaltete er seine Flügel. Mit einem Geräusch wie explodierende Fallschirmseide streckten sich Muskeln, Sehnen und Haut. Der Luftzug fegte die Motten zurück.

Seine Augen hefteten sich wieder auf Eve. Sie stand reglos, umklammerte ihr blutendes Handgelenk und registrierte voller Überraschung, dass sie sich nicht mehr fürchtete. Glück rauschte durch ihre Adern wie eine starke Droge. War das seine Wirkung auf Menschen? Der vielfarbige Blick verengte sich, taxierte sie, schien sie zu durchdringen. Dann streckte er eine Hand nach ihr aus. Ein Schrei brach in ihre Wahrnehmung.

»Nicht«, brüllte jemand. »Nicht!«

Schüsse fielen. Eve konnte sehen, wie die Kugeln am Leib des Engels abprallten, als schützte ihn ein unsichtbarer Schild. Die Dunkelheit jenseits des Altars geriet in Bewegung. Mordechais Kopf fuhr herum. Der Engel sah sie immer noch an. Dann erfasste Eve die Konturen eines Mannes mit leuchtenden Locken und dachte für einen Herzschlag, wie sehr sie denen des Engels glichen.

Kain feuerte noch mehr Schüsse ab. Querschläger gruben sich in die Wand der Kapelle. Der Engel drehte sich, nur eine Winzigkeit, und fegte Kain mit einem Flügelschlag von den Füßen. Wie durch einen Zufall erfasste er Mordechai mit dem gleichen Hieb und schleuderte ihre Körper quer über das Dach, tief in die Dunkelheit. Eve konnte nicht sehen, ob sie sich wieder aufrafften. Sie konzentrierte sich auf diese tausendfarbigen Augen, die sie in der Zeit festhielten und ihr das Gefühl gaben, dass nichts mehr zählte. Nicht in der Zukunft und nicht in der Vergangenheit.

Alan stoppte mitten im Lauf. Er starrte herüber zu den Körpern von Kain und Mordechai, die reglos am Fuß der Brüstung lagen. Verkrümmt und mit verdrehten Gliedern, so dicht, dass sie sich beinahe berührten. Der Aufprall musste ihnen alle Knochen gebrochen haben. Er blickte zurück zu dem Wesen, das seine Hand nach Eve ausstreckte, und erkannte im gleichen Moment, dass keine Drohung in der Geste lag. Kain hatte sich getäuscht.

Der Engel war gut zwei Köpfe größer als er, eine perfekt gemeißelte, alabasterfarbene Gestalt. Die Vertrautheit der Form nahm Alan den Atem, diese vielfach porträtierte Silhouette, die er von Gemälden kannte, tausend Zeichnungen und Skulpturen, und die dennoch nicht der Grazie und Schönheit dieses Wesens gerecht wurden. Das war nicht die Bestie, deren Bild Katherina heraufbeschworen hatte.

Alans Blick glitt zu Eve, die keinen Zoll vor dem Engel zurückwich. Eine überwältigende Erleichterung schnürte ihm die Kehle zu. Sie lebte, und sie hatte keine schweren Verletzungen erlitten. In seiner Erinnerung grub er nach dem Namen des Engels. Dem Namen, den sein Vater gemurmelt hatte wie eine Kostbarkeit. *Asâêl*.

»Asâêl!« Wie ein Echo seiner Gedanken erscholl Mordechais Ruf durch die Nacht. »Asâêl!«

Der Engel wandte den Kopf. Mordechai tauchte aus dem Dunkel auf und kam schleppend näher. Er zog ein Bein nach.

»Welches Jahr schreiben wir?«

Die Stimme des Engels klang voll und melodisch. Einen Moment fragte sich Alan, wie es möglich war, dass er Asâêl verstehen konnte. Dann wurde ihm bewusst, dass die Worte sich in seinem Kopf geformt hatten. Asâêl hatte nicht die Lippen bewegt.

Mordechai hielt inne. Verwirrung glitt über seine Züge, vielleicht über die Profanität der Frage. Es waren die ersten Worte, die dieses Wesen nach über tausend Jahren Kerkerhaft sprach. Und es fragte, welches Jahr sie hatten?

»2009«, sagte Eve.

»2009«, wiederholte der Engel. »Wer ist …« Er brach ab und schüttelte den Kopf. »Gibt es noch die Königreiche der Menschen?«

»Die Welt hat sich verändert.« Mordechai hatte seine Fassung zurückgewonnen. »Erkennst du mich? Ich habe deine tausendjährigen Ketten gelöst.«

»Du?« Der Engel entfaltete seine Flügel zu voller Größe. Diese Flügel, die nicht aus Federn bestanden, sondern aus einer Art dicker Haut, bedeckt von kurzem silbrigem Haar. »Warum?«

Sein Kopf neigte sich, als würde er Mordechai nun eingehender betrachten. »Du suchst nach Erleuchtung«, beantwortete er sich selbst die Frage. »Weil du glaubst, dass sie dich wieder richtig fühlen lässt.« Sein Lachen klang wie Kristalle, die aneinanderrieben. »Dabei besitzt ihr bereits die größte Gabe! Ihr Menschen seid zum Bersten gefüllt mit Emotionen. Wisst ihr nicht, welch ein Geschenk das ist? Du suchst nach etwas, das du längst besitzt.«

Langsam drehte er sich um. Alan versteifte sich unter dem Bann seines Blicks. Er krümmte sich unter der Macht, die darin lag. Diese ungeheure Verführung, der einst die Menschen verfallen sein mochten, als Asâêl und seine Brüder einen Fuß auf die Erde setzten. Dann las er tiefer in den vielfarbigen Augen, fand die Begierde und die Faszination und begriff, um wie viel komplizierter es war.

Ihr wisst nicht, welch ein Geschenk das ist!

Der Engel beneidete sie. War es das, was ihn und seine Gefährten in die Arme menschlicher Frauen geführt hatte? Ihre Emotionen?

»Du weißt nicht, was du begehrst«, flüsterte er. Erst mit Verzögerung wurde ihm klar, dass er es laut ausgesprochen hatte.

»Du bist ein Suchender«, sagte Asâêl. »Doch du bist so selbstsüchtig in deiner Suche nach Sühne, dass du das übersiehst, nach dem du nur die Hand auszustrecken brauchst. Es ist leicht, Erlösung zu finden. Sie«, ein Nicken in Eves Richtung, »liebt dich. Und du liebst sie mit jeder Faser deines Seins. Warum leugnest du das?«

Weil ich ein Monster bin, wollte er sagen. Weil alles, was ich berühre, in Zerstörung endet.

»Nein«, gab Asâêl zurück. »Du musst nur an das glauben, wofür du kämpfst. Und für das kämpfen, an das du glaubst.«

Alans Blick glitt zu Eve. Er war nicht sicher, ob sie gehört hatte, was der Engel sagte. Oder ob Asâêls Worte nur für ihn bestimmt waren.

Kämpfen für das, woran er glaubte.

Das hatte er getan, nicht wahr? Zum ersten Mal in seinem Leben. Asâêl hatte recht. Er liebte Eve. Er liebte sie so verzweifelt, dass er sich davor fürchtete, sie zu berühren, aus Angst, sie zu zerstören in all seiner Hast.

Ein Frieden überkam ihn, den er zuvor nicht verspürt hatte. Nicht genug, um all den Hass wegzuwaschen, die offenen Wunden zu schließen. Doch genug für den Moment. Genug, um die Hand auszustrecken und nur das zu nehmen, wofür er gekommen war.

»Asâêl!« Mordechais Stimme war verzerrt vor Ungeduld.

Der Engel drehte den Kopf. »Willst du einen Lohn für deine Anstrengungen?«

Alan zuckte zusammen, als er begriff, dass Asâêl sich keinesfalls die Mühe machte, stets nur zu einem von ihnen zu sprechen. Dieser Satz war an seinen Vater gerichtet.

»Ich hatte gehofft, du würdest mein Gast sein – für einige Zeit.« Mordechai streckte die Arme aus und drehte die Handflächen nach oben. »Ich muss von dir lernen …«

»Ich bin nicht, wofür du mich hältst.« Müdigkeit schlich sich in Asâêls Stimme. »Ich habe keine Erleuchtung für dich. Keinen göttlichen Fingerzeig. Sieh dich an! Du vereinst das Beste zweier Welten, bereichert um die Weisheit von Jahrtausenden. Du fühlst wie ein Mensch, doch du trägst das Erbteil meiner Brüder in dir. Und du fragst mich nach Erleuchtung? Wenn es dir nur gelänge, deinen Hochmut zu überwinden. Dann könntest du die unzähligen Wahrheiten um dich herum erkennen. Du könntest wertschätzen, was dir jeden Tag begegnet, und würdest finden, was du suchst.«

»Aber das Göttliche …«

»Du schneidest dich selbst vom Göttlichen ab«, unterbrach ihn der Engel. »Jedes Geschöpf trägt ein Stück Göttlichkeit in sich. Jede Emotion birgt göttliche Kraft, am stärksten von allen ist die Liebe. Sieh auf deine Söhne, die du beide verraten hast. Dann wirst du verstehen, wie diese Kraft wirkt.«

Alan fixierte Mordechai, der seinerseits den Engel anstarrte. Wie durch einen Schleier erfasste er Kain, tiefer im Dunkel, der offenbar seine Benommenheit abgeschüttelt hatte und langsam näher kam. Dann klirrte Metall auf Stein. Alan konnte die Handgranate nicht sehen, doch er hörte, wie sie über die Platten rollte.

Eve …

Die Zeit schien stillzustehen.

Das Antlitz des Engels blieb reglos. Mordechai drehte sich um. Zu langsam. Vielleicht war es die Gegenwart Asâêls, die ihn dazu verleitet hatte, sich sicher zu fühlen. Vielleicht hatte er geglaubt, der Engel würde ihn schützen. Aus Dankbarkeit. Doch da war kein Dank.

Alan umklammerte Eve noch im Sprung und riss sie zu Boden. Die Detonation betäubte seine Sinne, Hitze fegte über ihn hinweg, doch er spürte Eves Körper unter seinem und wusste, dass sie geschützt war. Die Druckwelle brachte einen Teil der Kapelle zum Einsturz und schleuderte Mordechai in die Luft, zerriss ihn förmlich in den Flammen.

Schutt und Steine regneten herab. Alan verlagerte vorsichtig sein Gewicht und richtete sich auf die Knie auf. Durch einen Vorhang aus Glut und Asche sah er Kain, der sich wie ein Dämon auf seinen Vater stürzte, um es zu Ende zu bringen.

Alan hinderte ihn nicht daran.

Er fühlte keine Schuld mehr. Nicht diesen scharfen Schmerz wie bei Ravin. Da war nur eine vage Erleichterung und die Erkenntnis, dass Regeln und Traditionsbewusstsein längst an die Stelle von Liebe und Vertrauen getreten waren. Was immer ihn mit seinem Vater verbunden hatte, es war seit Langem tot.

»Soll ich den Blutdurst von dir nehmen?«, fragte der Engel.

Kain richtete sich langsam auf. Das Blut ließ ihn taumeln. Nie zuvor hatte er einen so machtvollen Rausch erlebt. Dabei war es nicht einmal viel, das er getrunken hatte. Nicht viel, das geblieben war.

Er beobachtete Alan, der Eve vom Boden aufhalf. Die Art, wie sein Halbbruder den Arm um sie legte, ließ eine solche Wut in ihm aufflammen, dass selbst der Engel ihn kaum noch zu fesseln vermochte.

Asâêls Blick streifte ihn, wanderte zu Alan, blieb wieder an Kain hängen. »Ihr seid Brüder«, erklang die Stimme des Engels in Kains Geist. »Warum verhaltet ihr euch nicht so, wie das Blut es euch lehrte?«

»Halbbrüder«, knurrte Kain. »Kein Bruder. Halbbruder.«

»Du liebst die Rache«, sagte der Engel. »Und den Hass. Wie fühlst du dich, nachdem du ihn«, er machte eine Kopfbewegung zu Mordechais Leiche, »getötet hast?«

»Ich weiß es nicht«, gab Kain zu.

»Rache ist ein leeres Versprechen.« Die Lippen des Engels formten ein halbes Lächeln. »Zusammen mit dem Blutdurst könnte ich auch die Fesseln lösen, die dich zwingen, diese Frau zu begehren, obwohl sie dich niemals lieben wird.«

Kain zuckte zusammen. Ein Schatten flackerte über Eves Gesicht.

»Nein«, sagte er.

»Du glaubst, der Preis ist das Opfer wert?«

»Ich werde es herausfinden.«

Der Engel nickte und drehte sich zurück zu Eve. Er trat dicht an sie heran und nahm ihr Gesicht in beide Hände. Alan wich ein paar Schritte zurück vor den wuchtigen Flügeln des Wesens. Kain hatte den Eindruck, dass der Engel etwas zu ihr sagte, doch was immer es war, dieses Mal war es nur für Eve bestimmt. Dann wandte er sich ab, ging die wenigen Schritte bis zum Rand der Plattform, breitete die Flügel aus und stürzte sich hinunter in die Nacht.

Kain starrte dem Wesen nach, bis es eins geworden war mit dem sternlosen Himmel.

»Schade, Vater«, sagte er, »dass das nicht so gelaufen ist, wie du es dir vorgestellt hast.« Sein Sarkasmus brannte ihm auf der Zunge. Plötzlich verspürte er keine Lust mehr, in seinem Triumph zu baden. Dieser Sieg war wie eine schlaffe Hülle, aus der alle Luft gewichen war. »Das war's«, sagte er so laut, dass seine Stimme von den Mauern widerhallte. »Ende der Vorstellung.« Mit zwei schnellen Schritten war er bei Eve und packte sie am Handgelenk. Der Duft ihres Blutes stieg ihm in die Nase und überlagerte den schalen Geschmack, den das Widerstreben in ihren Augen in ihm auslöste.

»Lass sie los!«, zischte Alan.

Kains Blick streifte das Schwert, das sein Halbbruder locker über die Schulter gelegt hatte. Das Blut in seinen Adern tobte wie ein Vulkan. Da war ein winziger Rest rationalen Bewusstseins, der dagegen ankämpfte. Er wusste, dass es eine Wirkung des Rausches war und dass seine Handlungen nicht mehr vom Verstand getrieben waren. Doch diese Stimme war leise und erstickte unter der Woge aus Blutgier und Lust.

»Jetzt sind es nur noch wir zwei«, konstatierte er. »Du und ich.«

Eve wand sich in seinem Griff. Ihr schwacher Widerstand schürte nur die Hitze in seinen Adern. »Dem Sieger die Beute, so heißt es doch?«

»Lass sie los!«, wiederholte Alan.

Das Rauschen wurde stärker. Die Mischung aus Eves Parfüm und dem Geruch ihres Blutes brachte ihn um den Verstand. In einem plötzlichen Impuls stieß er sie zurück, packte Alan mit der Gewalt eines Gottes und schleuderte ihn gegen die Wand. Klirrend stürzte das Schwert zu Boden.

Alan rang nach Atem wie ein Ertrinkender. Die Wucht des Aufpralls hatte ihm die Luft aus den Lungen getrieben. Und ihm wahrscheinlich alle Rippen gebrochen. Mordechais Blut floss nun in Kains Venen. Mordechais kostbares altes Blut, die stärkste Droge der Welt.

Alan zerrte die Pistole aus seinem Gürtel, richtete sie auf seinen Halbbruder und zog den Abzug durch. Die Kugeln rissen Blutfontänen aus Kains Leib, doch er schien es nicht wahrzunehmen. Er stürzte ihm nach, trat ihm die Waffe aus der Hand und landete schwer auf seiner Brust. Mit den Knien presste er ihm die Arme an den Boden. Er spürte, wie Kain ihm das eigene Schwert gegen die Kehle rammte. Ihm wurde schwindelig von der Gewalt des Déjà-vus, das plötzlich auf ihn einstürzte. Und auch Kain konnte es spüren. Alan las es in seinem Blick, in den Pupillen, die von der Droge geweitet waren. Grimmige Entschlossenheit lastete hinter dem Druck, mit dem Kain die Klinge nach unten drückte. Kain war ihm überlegen, und Alan verstand nun, warum sein Halbbruder Asâêls Angebot ausgeschlagen hatte. Mordechais Blut verlieh ihm für kurze Zeit die Stärke eines Gottes. Eines grimmigen, verzweifelten Gottes, und mit dieser Macht riss er an sich, was er begehrte.

Ein Lachen löste sich aus Alans Brust. Er hatte ihn unterschätzt. Hatte die Kraft und Verzweiflung des Blutsbandes unterschätzt. Oder Kains impulsive Natur.

Die Klinge an seiner Kehle stoppte.

Alan versuchte, aus Kains Griff auszubrechen, doch er hätte ebenso gut gegen Stahlfesseln ankämpfen können.

»Was ist so amüsant?«, fragte Kain. Seine Augen glänzten blutunterlaufen.

»Lass ihn los.« Eves Stimme schnitt dünn in die Nacht. Kains Wangenmuskeln verhärteten sich. »Du willst doch mich, oder? Nicht ihn.« Die Worte zitterten, aber sie brachen nicht. Sie schwebten in der Luft wie kleine Eiskristalle. Kains Hand verkrampfte sich um den Griff des Schwertes. »Was willst du tun, wenn er tot ist? Mich niederschlagen und fesseln und an den Haaren in deine Höhle schleifen?« Ihr Ton wurde schärfer. »Und dann? Müsstest du immer auf der Hut sein. Jetzt fürchte ich dich nur. Aber dann würde ich dich hassen. Du weißt doch, wie sich das anfühlt, der Wunsch nach Rache?« Ihre Stimme war hart. »Wenn nichts anderes mehr zählt? Du müsstest mich töten, um Ruhe zu finden. Und was hättest du damit gewonnen?«

»Ja«, knurrte Kain, »vielleicht wäre das der bessere Weg.«

Abrupt löste er seinen Griff. Er erhob sich und blieb stehen, betrachtete das Schwert in seiner Hand. Als Alan sich aufzurichten versuchte, fuhr die Klinge herum und stoppte dicht vor seiner Brust.

Alan erstarrte. Die Luft schien sich plötzlich um ein paar Grade abzukühlen. Eve stand mit dem Rücken an der verbliebenen Wand der Kapelle und hielt ihren Arm umklammert.

»Wenn du ihn tötest«, sagte sie, »töte mich besser gleich mit. Es gibt Dinge, die kannst du nicht erzwingen. Liebe.« Sie stockte. »Freundschaft. Dankbarkeit.«

Kain antwortete nicht.

Kurz überlegte Alan, ob er ihn überrumpeln könnte, sich des Schwertes bemächtigen, um dann in einem raschen Streich …

»All die guten Dinge.« Eves Worte unterbrachen seine Gedankenfetzen. »Die Wärme, die das Leben überhaupt lebenswert macht. Sie sind wie kleine Vögel.« Sie senkte den Kopf. »Man muss sie in der Hand halten, ganz vorsichtig. Und sie beschützen, darf ihnen kein Leid zufügen. Sonst sterben sie oder fliegen davon.« Ihre Stimme verlor an Substanz. Sie schwieg einen Moment, blickte wieder auf. »Was wäre mit Freundschaft? Wenn wir aufhören, uns gegenseitig nach dem Leben zu trachten, wenn wir versuchen würden, die Seele im anderen zu sehen …«

Alan wagte kaum zu atmen. Ihre Worte woben einen Kokon aus Wärme, der ihn umhüllte wie flüssige Seide und seine Nerven glättete. Es war eine subtile Magie. Plötzlich ahnte er, dass es etwas mit Asâêl zu tun hatte.

Mit dem, was der Engel zu ihr gesagt hatte. Etwas, das ihr die Kraft gab und die Macht, diese Worte zu sprechen und diese Zuversicht hineinzulegen und den Anflug von Hoffnung, der es unmöglich machte, ihnen zu widerstehen.

Klirrend fiel das Schwert zu Boden. Als Kain sich umdrehte, war die Wildheit aus seinen Augen gewichen. Seine Pupillen wirkten wieder normal. Erst jetzt nahm Alan das Blut wahr, das von Kains Fingern tropfte. Sein Halbbruder blutete aus einem halben Dutzend Wunden, wo er ihn mit der Salve aus der Automatik erwischt hatte. Es war nur die Droge, die ihn aufrecht hielt. Nun, wo der Rausch zu verfliegen begann, würde er bald zusammenbrechen.

Alan stützte sich zuerst auf ein Knie, kam dann auf die Beine. Dieses Mal hinderte Kain ihn nicht daran. Kain wandte sich ab und entfernte sich ein Stück, blieb schließlich an der Brüstung des Daches stehen. Alan trat zu Eve und berührte sie leicht am Arm. Sie wandte ihm den Kopf zu und lächelte ein verstörendes Lächeln.

Ein verirrter Nachtfalter flatterte auf, als Kain mit dem Fuß gegen die Maschinenpistole stieß, die zwischen den Trümmern der zerstörten Kapelle lag.

»Du hast ihn überrascht«, sagte Alan.

»Was?«

»Mordechai. Er hatte das nicht erwartet.«

Ein kleines Stück entfernt hockte Eve auf dem Altarblock, der wie durch ein Wunder unbeschädigt geblieben war. Sie hatte die Knie angezogen und ihre Arme um sie geschlungen. Alan rieb sich mit dem Daumen über den kleinen Schnitt am Unterarm, aus dem er Blut über ihre Wunde am Handgelenk hatte laufen lassen.

»Wenn du ihn nicht schlagen kannst, spreng ihn in die Luft.« Kain zuckte mit den Schultern. »Zum Teufel mit der Ritterlichkeit! Wir leben im 21. Jahrhundert.«

Alan hielt seinen Blick fest. In einer Mischung aus Verblüffung und Faszination verstand er, dass sich die Feindseligkeit zwischen ihnen in etwas anderes verwandelt hatte. Etwas, das sich fast anfühlte wie eine raue Kameradschaftlichkeit.

»Sprengstoff«, konstatierte Alan.

Ein schiefes Lächeln stahl sich in Kains Mundwinkel. »Es gibt mehr Wege als dieses anachronistische Ding«, er machte eine Kopfbewegung zum Schwert, »um unsereins umzubringen.« Sein Gesicht verzerrte sich unter plötzlichem Schmerz, seine Hand glitt zur Brust. Die Transformation würde nicht mehr lange auf sich warten lassen. Kain hielt sich kaum noch auf den Beinen. »Glaub mir, ich kenne mich damit aus.«

Alan gab das Lächeln zurück. »Das Ding ist recht effektiv für einen Anachronismus.«

Er folgte Kains Blick zu Eve. Kain trat auf sie zu und streckte einen Arm nach ihr aus. Seine Finger glitten über ihr Haar und streiften ihre Wange. Sie öffnete den Mund, um etwas zu sagen, doch Kain wartete nicht darauf.

»Freundschaft, ja?«

Sarkasmus schwang in seiner Stimme. Ein Funken Bitterkeit. Abrupt wandte er sich ab, entfernte sich mit schleppenden Schritten. Er stolperte und fing sich wieder.

»Was hast du jetzt vor?«, rief Alan ihm nach.

Kain sah über seine Schulter. »L. A. ist nicht meine Stadt. Wahrscheinlich gehe ich zurück an die Ostküste. Wer weiß?«

»Viel Glück«, sagte Alan.

Die Stahltür zum Treppenhaus quietschte, als Kain sie aufzog. Seine Schritte verhallten. Alan starrte in die Dunkelheit, wo Kains Silhouette verschwunden war, und verspürte einen leisen Anflug von Bedauern. Was seltsam war. Oder vielleicht auch nicht.

Der Panzer, den Eve um sich errichtet hatte, zerbarst, als Alan die Arme um sie legte. In dem Wissen, dass er sie auffangen würde, ließ sie sich gegen ihn sinken, an seinen warmen Herzschlag. Sie lauschte auf den Wind und das Rauschen des Verkehrs von den Freeways und presste sich fester an seinen Körper. Als er zusammenzuckte, hob sie den Kopf.

»Tut mir leid. Bist du verletzt?«

»Nicht der Rede wert.« Er ließ einen Daumen über ihr Handgelenk gleiten. »Da wird eine kleine Narbe bleiben.«

»Es war ein ziemlich tiefer Schnitt.« Eve schluckte. »Kein weißer Hahn und keine Jungfrau, was?«

Leise lachte er an ihrem Haar. Sein Atem blies warm gegen ihre Kopfhaut. »Dein Blut war vermutlich der Katalysator«, sagte er. »Um Körper und Seele wieder zu verbinden.«

»Er ist nicht wahnsinnig.«

»Nein«, bestätigte Alan.

»Sein Name ist Asâêl.«

»Ich weiß.«

»Er war dankbar. Er dachte, ich hätte ihm seine Freiheit geschenkt.«

»Weil es dein Blut war, das ihn zurückgeholt hat.«

Eve dachte an das, was der Engel zu ihr gesagt hatte. An das, was er ihr gegeben hatte. Schwindel überrollte sie.

»Lass uns hier verschwinden«, sagte Alan.

Sie sah, dass er keinen Blick zurückwarf zu der Leiche seines Vaters, als sie das Dach verließen.

24

Das Hotel in San Quintin, zweihundert Meilen hinter der mexikanischen Grenze, besaß einen Computer mit Internetanschluss und einen Drucker. Glastüren führten von der Rückseite der Lobby direkt hinaus zu einem weiten weißen Strand, der um diese Jahreszeit nahezu menschenleer war. Alan beobachtete ein Frachtschiff, das weit draußen vor der Küste ankerte. Eine Gruppe von Pelikanen fischte im flachen Wasser. Sie glitten tief über die Wellen und stießen senkrecht hinab, um ihre Beute regelrecht zu torpedieren.

Hinter ihm sprang der Drucker an. Er drehte sich zu Eve um, die konzentriert auf den Monitor blickte. Sie sah bezaubernd aus. Die Tage in der Sonne und im salzigen Wind hatten ihr gutgetan. Das Chiffonkleid, das sie sich einen Tag zuvor in einem Laden in Camalú gekauft hatte, bauschte sich um ihre Schultern.

»Schwanensee im Dorothy Chandler Pavillon, Grand Circle, erste Reihe.« Sie hob eine Augenbraue. »Gib einen Tipp ab!«

»Was?«

»545 Dollar pro Ticket.«

»Wow.« Er verstand immer noch nicht.

Eve stand auf und zog die Seite aus dem Drucker. »Ich hab's getan. Zwei Tickets.« Sie faltete den Ausdruck zusammen und schob ihn in den Umschlag zu der Ansichtskarte, die sie zuvor an der Hotelrezeption erstanden hatten. »Für Felipe.«

Er zögerte einen Moment, dann fiel es ihm ein. Der Hispano in ihrem Nachbarapartment.

Ein Lächeln glitt über ihr Gesicht. »Er ist mein bester Freund. Und er hat mir Icoupovs russische E-Mails übersetzt.«

Alan nickte.

»Er glaubt, seine Heilung wäre ein Ergebnis göttlicher Intervention.« Sie legte den Umschlag auf den Tisch. »Komm her.«

Er gehorchte. Sie packte sein Haar mit beiden Händen und zog seinen Kopf herunter. Dann küsste sie ihn, ein weicher Kuss, leicht wie Schmetterlingsflügel. Alan legte die Arme um ihre Hüften und zog sie an sich. Ihr Duft berauschte ihn, so wie ihre Lippen und die Art, wie sie sich an ihn schmiegte. Unter seinen Fingern knisterte Chiffon.

Später, auf der Suche nach einem Postamt, schlenderten sie die staubige Straße hinunter, die vom Hotel ins Stadtzentrum führte. Sie kauften Orangen von einem Karren am Straßenrand und bummelten weiter, die Hände ineinanderverschlungen wie ein verliebtes Teenagerpärchen. Ihre Fingerspitzen kitzelten seine Handfläche.

Alan faszinierte noch immer, wie sehr sich ihre Beziehung gewandelt hatte. Er hatte sich so sehr davor gefürchtet, ihr seine dunkle Seite zu offenbaren. Nach der Schlacht im Carnegies Tower hatte er geglaubt, dass der Graben zwischen ihnen nie mehr zu überwinden wäre. Doch in der Nacht von Mordechais Tod war etwas Unfassbares geschehen. Eve hatte akzeptiert, was er war. Und nun, da es nichts mehr zu verbergen gab, empfand er eine Freiheit, die ihn trunken machte. Er liebte ohne Reue und ohne Berechnung. Und sie tat es ihm gleich.

»Wann fahren wir eigentlich zurück nach L. A.?«, fragte sie.

»Ich weiß nicht.« Er schälte eine Orange mit einer Hand und den Zähnen, weil er Eve nicht loslassen wollte. »Wann immer du willst.«

»Greg hat mir geschrieben.«

»Wer ist Greg?«

»Mein Agent.«

»Ah.« Die Orange schmeckte süß und aromatisch.

»Die *Times*-Leute sind euphorisch wegen meines letzten Artikels. Nachdem das alles passiert ist mit Mordechai«, sie sprach leise, und er wusste, sie wollte keinen Nerv bei ihm treffen, »erscheint der Text in einem neuen Licht. Jetzt glauben sie, er wäre ein Fingerzeig auf die kommenden Ereignisse gewesen.«

»Und das ist gut oder schlecht?«

Eve seufzte. »Kommt darauf an, wen du fragst. Greg sagt, die *Times* will mir einen Zweijahresvertrag anbieten. Zu richtig guten Konditionen. Die Leute vom LAPD sehen das wahrscheinlich ein bisschen anders.«

»Da hast du doch gute Kontakte.«

»Meinen Ex-Freund. Ich hatte ihm den Tipp mit dem Hafen gegeben, und dann ist er mit Katherinas Garde zusammengeprallt. Seitdem habe ich nichts mehr von ihm gehört.«

Alan lachte leise. »Wahrscheinlich denkt er, du hättest ihn in eine Falle gelockt.«

»Vielleicht warten wir doch noch ein bisschen mit der Rückkehr.«

Sie wichen einem Lkw aus, der mit Gasflaschen beladen war. Alans Gedanken schweiften zu Mordechai, dessen Tod sich wie ein Befreiungsschlag für ihn angefühlt hatte. Dann dachte er an den Engel.

»Was war das«, fragte er, »was Asâêl dir gesagt hat?«

Sie lächelte.

Alan blieb stehen. »Aber er hat etwas getan, oder?«

»Er war sehr dankbar.«

Er zog sie an sich. »Er war dankbar?«

Eve blickte ihn an mit diesem rätselhaften Lächeln. Ihre Augen offenbarten eine Tiefe, die er zuvor nicht an ihr bemerkt hatte. Etwas an ihr hatte sich verändert, ein subtiles Detail. Er konnte es nur nicht greifen.

»Sehr dankbar«, murmelte sie.

Und plötzlich erinnerte er sich an ihren Blick, als sie Kain beschworen hatte, von ihm abzulassen, auf dem Dach von Maryans Cathedral. Es hatte nicht ein Hauch von Furcht darin gelegen. Sie hatte gewusst, dass es funktionieren würde. Er dachte an das Gefühl von Magie, als ihre Worte zu ihm durchgedrungen waren, so unwiderstehlich. Ein feiner Zauber. Und Kain hatte ihnen nichts entgegensetzen können. Alan überlief ein Schauder.

»Uns wurde etwas geschenkt«, flüsterte Eve.

Ihre Finger verschränkten sich fest in seinen.

Epilog

Arkadin setzte sich auf den Rand des Springbrunnens vor der Central Library in Downtown. Er zog seine Jacke aus und legte sie gefaltet neben sich auf den Stein. Ende November, und es fühlte sich an wie ein Spätsommertag. Die Sonnenstrahlen auf der glitzernden Fassade des U. S. Bank Tower auf der anderen Straßenseite blendeten ihn.

Ohne Eile zog er sein Telefon hervor und tippte eine Moskauer Nummer. Ein paar Tage hatte er überlegt, ob er diesen Anruf machen sollte.

»*Da?*«, meldete sich ein Mann.

»Hier ist Arkadin.«

Spatzen balgten sich um Brotkrümel auf den Stufen zur Bibliothek. Er beobachtete eine junge Frau mit einem blonden Zopf und einer College-Tasche, während er der Stimme am anderen Ende der Leitung lauschte. Süß. Aber er war satt, und er hatte begonnen, im Verborgenen zu jagen seit dem Tod seines Bruders.

»Mordechai hat es geschafft«, sagte er. »Der Engel lebt. Ich habe ihn gesehen.«

»Die Gerüchte sagen, dass Mordechai tot sei.«

»Das ist wahr.«

»Gut.« Überraschung schwang in diesem einen Wort mit. Und Erregung. Eine unbändige Freude. »Und der Engel?«

»Ist geflohen. Aber ich kenne sein Versteck.«

»Dann sind wir im Geschäft«, sagte der Mann.

Die Blondine löste ihre Haare und schüttelte sie aus. Arkadin lächelte ihr zu. Die Zeit des Versteckens war beinahe vorüber.

Nachwort

Die Idee zu diesem Roman entstand an einem Novemberabend in meinem Apartment in Los Angeles. Auf der anderen Straßenseite erhebt sich ein Hotel mit zahllosen Fenstern, und hinter jedem Fenster passiert eine Geschichte. Ein Mann schiebt sein Fenster auf und lehnt sich hinaus. Ein Stockwerk höher führt ein Paar eine heftige Diskussion. Und jemand anders zieht seine Vorhänge zu …

Ein halbes Jahr später bevölkerten Schattenläufer die Straßen der Stadt.

Dieses Buch verdankt seine Entstehung der Mithilfe und Motivation vieler lieber Menschen, von denen ich einige hier nennen möchte. Ein Dank geht zuerst an Martina vom Sieben Verlag, die mich auf das Thema brachte, und an Antje, meine Lektorin, für die tolle Zusammenarbeit. Dann möchte ich meinen wunderbaren Testleserinnen danken – Alexandra, Annerose, Alex, Kerstin, Kathi, Renate, Susanne und Tanja, deren Rat und Urteil mir unbezahlbar waren und die nicht nur ein besseres Buch aus meinem Skript machten, sondern mir auch die Motivation verliehen, immer weiterzuschreiben. Ohne euch wäre dieser Roman nicht, was er ist.

Nalini Singh

Engelskuss

Gilde der Jäger

Roman

Atemberaubende Spannung und prickelnde Erotik!

Die Vampirjägerin Elena Deveraux wird von dem ebenso charismatischen wie gefährlichen Erzengel Raphael angeheuert. Diesmal ist es jedoch kein entflohener Vampir, den sie aufspüren soll, sondern ein abtrünniger Erzengel. Um den Auftrag erfüllen zu können, muss Elena bis an die Grenzen ihrer Fähigkeiten gehen – und darüber hinaus! Zugleich weckt der übermenschliche Raphael eine ungeahnte Leidenschaft in ihr. Doch seine Berührung könnte für Elena den Tod bedeuten, denn im Spiel der Erzengel zahlen die Sterblichen den Preis!

»Ein fantastisches Lesevergnügen und ein toller Start der neuen Serie von Nalini Singh. Dieses Buch muss man gelesen haben!«
Love Vampires

432 Seiten, kartoniert mit Klappe
€ 9,95 [D]
ISBN 978-3-8025-8274-5

www.egmont-lyx.de

EGMONT LYX
Verlagsgesellschaften